KJB

Lauren Child, geboren 1967, wuchs in Wiltshire auf, einer Grafschaft im Süden Englands. Sie studierte an der City and Guilds Art School in London. Danach hatte sie verschiedene Jobs, bis sie 1999 ihr erstes Kinderbuch veröffentlichte. Heute ist Lauren Child eine der bekanntesten Kinderbuchautorinnen und -illustratorinnen Englands.

Bei Fischer sind von Lauren Child bisher erschienen:
Ruby Redfort – Gefährlicher als Gold
Ruby Redfort – Kälter als das Meer
Ruby Redfort – Schneller als Feuer

Der fünfte Band der Ruby-Redfort-Reihe erscheint voraussichtlich im Herbst 2016.

Weitere Informationen zum Kinder- und Jugendbuchprogramm der S. Fischer Verlage, auch zu E-Book-Ausgaben, gibt es bei www.blubberfisch.de und www.fischerverlage.de.

Lauren Child

Ruby Redfort

Dunkler als die Nacht

Aus dem Englischen
von Anne Braun

KJB

MIX
Papier aus verantwortungsvollen Quellen
FSC www.fsc.org FSC® C083411

Erschienen bei FISCHER KJB

Die englische Originalausgabe erschien 2014 unter dem Titel
›Ruby Redfort – Feel the Fear‹ im Verlag
HarperCollins Children's Books, London

Covergestaltung: Geviert – Büro für Kommunikationsdesign, München
Abbildung: Geviert unter Verwendung von Fotos von Shutterstock und Getty Images (Husky)
Lektorat: Silvia Bartholl
Satz: Pinkuin Satz und Datentechnik, Berlin
Druck und Bindung: CPI books GmbH, Leck
Printed in Germany
ISBN 978-3-596-85548-3

Für meine Cousinen Phoebe und Lucy

»Furchtlosigkeit wird oft als entscheidende Voraussetzung für Freiheit betrachtet. Aber hat Furcht nicht ihre Daseinsberechtigung? Ist dieses seit Urzeiten in uns angelegte Gefühl nicht dazu da, uns im Falle einer Gefahr zu warnen, damit wir lieber einen sichereren Weg einschlagen?
Die Frage sollte besser lauten: Ist Furchtlosigkeit immer eine positive Charaktereigenschaft?
Warum fürchten wir uns vor der Furcht?«

DR. JOSEPHINE HONEYBONE, Gründerin des Heimlich Good Emotion Instituts, in ihrer Doktorarbeit »Große Gefühle«

Herbst

An einem schönen, sonnigen Tag im Oktober blickte eine Frau im Zentrum von Twinford nach oben und entdeckte ein etwa fünfjähriges Mädchen, das sich aus einem kleinen Fenster im fünfzehnten Stockwerk zwängte. Soweit die Frau von der Straße aus erkennen konnte, wollte das Kind einen gelben Luftballon zu fassen bekommen, der sich an der Feuerleiter des Gebäudes verhakt hatte. Dass ein Sturz aus dieser Höhe lebensgefährlich war, war der Kleinen offenbar nicht bewusst, denn sie krabbelte seelenruhig auf allen vieren auf den Luftballon zu. Als sie auf eine Lücke in dem rostigen Metall stieß, hielt sie kurz inne – und streckte dann eine Hand hinein, als wollte sie sich vergewissern, dass da wirklich ein Stück fehlte. Die Frau unten auf dem Bürgersteig hielt die Luft an.

Das Kind streckte seine Hand aus, konnte die pinkfarbene lange Schnur des Luftballons jedoch nicht ganz erreichen, und der Ballon nickte wie zum Hohn und drehte sich leicht, so dass man das aufgedruckte Smiley-Gesicht sehen konnte. Die Kleine, die auf der Geburtstagsparty ihrer Cousine zu Gast war, fragte sich, ob der Luftballon möglicherweise von einer anderen Party stammte. Er war etwas anders als die Ballons, die ihre Cousine verteilt hatte: Am Ende der Schnur hing ein

brauner Zettel, der aussah wie ein altmodischer Kofferanhänger. Das Kind nahm an, dass eine Botschaft darauf stand, ein Gruß vielleicht von jemandem, der weit weg wohnte.
Plötzlich richtete sich das Mädchen auf und setzte voller Zuversicht einen Fuß auf den Eisenträger, der einst eine Sprosse der Feuerleiter gehalten hatte. Nun konnte das Kind den Ballon beinahe berühren, aber eben nur beinahe. Eine ganze Minute lang stand es reglos da, ehe es das Schutzgeländer langsam losließ, wie eine Seiltänzerin die Arme ausbreitete und sich dem Luftballon weiter näherte, indem es auf dem schmalen Eisenbalken vorsichtig einen Fuß genau vor den anderen setzte.
Die Frau auf dem Bürgersteig schnappte nach Luft und wusste nicht, ob sie dem Kind eine Warnung zurufen sollte, doch dann würde es eventuell erschrecken, das Gleichgewicht verlieren und herunterfallen. Nein, sie konnte weder losrennen, um Hilfe zu holen, noch das Kind warnen – deshalb stand sie nur wie versteinert da und befürchtete, jeden Augenblick mit ansehen zu müssen, wie die Tragödie ihren Lauf nahm.
Das kleine Mädchen oben auf dem schmalen Sims ahnte natürlich nichts von dem Dilemma der Frau unten auf der Straße. Es interessierte sich nur für den braunen Zettel an der Schnur des Luftballons. Was mochte darauf stehen?
Das Kind streckte die Hand danach aus, doch als es sich dabei vorbeugte, rutschte es mit einem Fuß nach hinten und fiel dann, mit dem gelben Luftballon in der Hand, zur Erde.
Die Frau auf dem Bürgersteig schlug sich die Hände vors Ge-

sicht und stieß einen so lauten Schrei aus, dass ein Mann, der gerade mit seinem Hund Gassi ging, vor Schreck erstarrte.
Beim Fallen dachte das kleine Mädchen an Agent Deliberately Dangerous und seinen tollen Gleitumhang, mit dem er der Schwerkraft trotzen konnte und der ihn stets sicher zur Erde trug. Die Kleine dachte auch daran, was sie am Morgen gefrühstückt hatte: eine Schale Chocopops und zwei Gläser Bananenmilch. Wie würde sich das auswirken? Würde sie wie ein Stein zu Boden fallen oder wie ein Blatt sanft zur Erde schweben? Und was für ein Geräusch würde es machen, wenn sie auf dem Gehsteig aufschlug? Würde es *Boing* machen wie bei dem Looney-Toons-Hund, oder würde sie wie eine Katze geschmeidig auf allen vieren landen?
Und gerade als es den Anschein machte, sie würde gleich unsanft auf dem Asphalt aufschlagen, geschah etwas völlig Unerwartetes: Ein Lastwagen kam angefahren – von der Firma Twinford-Featherbed –, und das kleine Mädchen landete federweich mitten auf der Ladefläche. Das Ganze hatte gerade mal 3,2 Sekunden gedauert, doch es lief wie in einem Zeichentrickfilm in Zeitlupe ab.
Als der Lastwagen ein paar Häuserblocks weiter an einer roten Ampel anhalten musste, kletterte die Kleine unbemerkt herunter und marschierte mit dem gelben Luftballon in der Hand zur Geburtstagsparty zurück.
Gleich an der ersten Straßenecke blieb die Kleine kurz stehen, um sich den Papieranhänger anzusehen. Zu ihrer großen Enttäuschung stand keine Botschaft darauf, er war nicht be-

schriftet und leer – nur zwei geschlossene Augen waren darauf gemalt. Trotzdem riss sie den Zettel von der Schnur ab und steckte ihn in ihre Tasche. Sie hatte sich solche Mühe gegeben, um den Luftballon in die Hände zu bekommen, und außerdem wusste man nie, wann man so einen braunen Zettel mal brauchen konnte, oder?

Das kleine Mädchen ließ den Ballon mit dem Smiley los, und er stieg zum Himmel empor, wo er immer kleiner und kleiner wurde und schließlich nicht mehr zu sehen war.

Die Frau auf dem Bürgersteig schaute und schaute, doch von dem Mädchen, das vom Himmel gefallen war, war weit und breit nichts zu sehen.

Ein ganz gewöhnliches Kind

Als Ruby acht Jahre alt war, nahm sie an einem Experiment teil. Sie und dreiunddreißig weitere Teilnehmer sollten sich einen kurzen Film ansehen, auf dem sich sechs Personen – drei mit schwarzen Trikots und drei mit weißen Trikots – einen Ball zuwarfen. Die Aufgabe bestand darin zu zählen, wie oft die Spieler in den weißen Trikots den Ball weitergaben.

Ruby zählte sechzehn Pässe.

Diese Antwort war richtig.

Sie bemerkte auch den Gorilla.

Oder genauer gesagt, den Mann in einem Gorillakostüm, der über das Spielfeld ging, kurz stehen blieb, sich auf die Brust trommelte und dann wieder aus dem Blickfeld verschwand.

Fünfzehn der anderen Teilnehmer sahen ihn ebenfalls.

Ruby bemerkte *auch*, dass einer der drei schwarzgekleideten Spieler das Spielfeld verließ, als der Gorilla auftauchte.

Fünf der anderen Kandidaten bemerkten es ebenfalls.

Und Ruby sah außerdem, dass der Vorhang im Hintergrund seine Farbe veränderte und plötzlich nicht mehr rot, sondern orange war.

Das war *keinem* der anderen aufgefallen.

Die Psychologen, die dieses Experiment leiteten, sagten hinterher, dass Ruby sich erstaunlich gut konzentrieren könne und zudem eine ausgezeichnete Beobachtungsgabe habe, da sie viele Dinge gleichzeitig wahrnehmen konnte.

Abgesehen von den genannten Dingen hatte Ruby auch mitbekommen, dass eine der Teilnehmerinnen (das Mädchen mit dem Leberfleck auf der linken Wange) ihren Kaugummi (der Marke Fruity Chews) unter den Nachbarstuhl klebte, ein anderer (der Junge mit Heuschnupfen) sein Glas Wasser umwarf und eine dritte Person (die Frau mit einem Pflaster am Ringfinger) nervös an ihrem Ohrring herumzupfte. (Sie trug auch zwei nicht zusammenpassende Socken in leicht unterschiedlichen Grüntönen.)

Diese drei Beobachtungen hatten allerdings nichts mit dem Experiment zu tun, an dem Ruby damals teilnahm.

Etliche Jahre später ...

1. Kapitel

Ein schönes Glas Milch

Ruby Redfort blickte nach unten.
Tief unter ihr fuhren Autos, die sich wie kleine Käfer langsam vorwärtsbewegten. Eine warme Brise wehte ihr ins Gesicht, und sie hörte gedämpft ein misstönendes Konzert aus Autohupen und Polizeisirenen. Es war ein drückend heißer Tag wie so viele in diesem Sommer, und die Hitze führte bei manchen Menschen zu Aggressivität und Reizbarkeit und einem allgemeinen Unbehagen.
Ruby genoss den herrlichen Blick auf Twinford City. Aus dieser Höhe sah man keine Details, nur das Straßennetz und Wohnblöcke – mächtige Wolkenkratzer, die aus dem Gitternetz ragten. Außerhalb der Stadt begann die große Einöde: Im Osten lag die Wüste, im Westen der Ozean, eine Bergkette erstreckte sich nach Norden. Vom Fenstersims des Sandwich Buildings, auf dem Ruby saß, konnte man sogar das riesige blinkende Auge sehen, das Logo der städtischen Augenklinik, und darunter den Schriftzug: FENSTER DER SEELE.
Die Augenklinik gab es seit 1937, und ihr Logo war inzwischen so etwas wie ein Wahrzeichen von Twinford geworden. Es gab Leute, die extra herkamen, um sich unter dem blinkenden Neonauge fotografieren zu lassen.

Rubys Gedanken begannen zu wandern. Sie dachte über die Ereignisse der letzten Monate nach – und wie oft sie da dem Tod ins Auge geblickt hatte … Einmal hätte ein Wolf sie beinahe zerfleischt, dann wäre sie um ein Haar erschossen worden. Sie hatte sich in der Wildnis verlaufen und dabei schwer verletzt, und sie war von einer steilen Klippe gestürzt und in einen Waldbrand geraten. Es waren keine schönen Erinnerungen, andererseits aber waren sie aufregend. Ruby war immer noch am Leben, weil sie einfach nur Glück gehabt hatte (mehr Glück als Verstand, wie Hitch spöttisch bemerkte). Es sah ihr gar nicht ähnlich, sich mit der Vergangenheit zu beschäftigen, doch Gevatter Tod hatte in letzter Zeit so oft an ihre Tür geklopft, dass sie nur darüber staunen konnte, dass sie noch hier war.

Und nun saß sie also auf der Fensterbank des Wolkenkratzers, obwohl ein Sturm angekündigt war. Manch einer hätte es als gefährlich angesehen, nicht aber Ruby. Sie war eher enttäuscht, dass ihr weder Windstöße um die Ohren pfiffen noch ungünstige Wetterbedingungen herrschten, und nicht mal eine einzelne Taube pickte an ihr herum. Hier oben war es in Rubys Augen kein bisschen gefährlicher als unten auf dem Twinford Square auf einer Parkbank. Okay, so ganz stimmte es nicht: Immerhin bestand die Gefahr, dass Mr Cleethorps' Besprechung mit ihrem Vater früher zu Ende ging als geplant, und dann würde sie mit Gewissheit von beiden einen Anschiss kassieren, weil sie ihren Hintern auf dem Fenstersims im zweiundsiebzigsten Stockwerk parkte und somit das Schicksal herausforderte. Doch das war ein Klacks im Vergleich zu dem

Nervenkitzel, an den Ruby sich während der letzten fünf Monate als Spektrum-Agentin gewöhnt hatte.

Ruby war hier im Sandwich Building – oder genauer gesagt: saß an der Außenfassade –, weil ihr Vater darauf bestanden hatte, sie zu seinem Geschäftstermin mitzunehmen.

»Solange du noch den Gips am Arm hast, Schatz, lasse ich dich nicht aus den Augen.«

Seit Rubys Unfall war ihr Vater total überbehütend und hätte seine Tochter am liebsten in Watte gepackt. Ständig sollte jemand um sie herum sein – entweder er selbst, seine ebenfalls überängstliche Frau Sabina oder ihre alte Haushälterin, Mrs Digby. Ein gebrochener Arm, ein verletzter Knöchel, versengte Haare: Beinahe wäre sein über alles geliebtes, einziges Kind zu Asche verbrannt! Darüber kam er einfach nicht hinweg.

Mit Waldbränden war nicht zu spaßen, und was hatte Ruby überhaupt auf dem Wolf Paw Mountain zu suchen gehabt? Diese Frage hatte sich Brant Redfort inzwischen schon oft gestellt, genau wie alle anderen Leute, die in den Tagen nach dem Unfall bei den Redforts durch die Tür gekommen waren. Seither wurde Brant von großen Ängsten geplagt. Manchmal wachte er mitten in der Nacht auf und stellte sich vor, wie schrecklich sein Leben ohne sein kleines Mädchen wäre. Einfach unvorstellbar! Seine Ängste hatten sich wie eine ansteckende Krankheit auch auf seine Frau übertragen, und zum allerersten Mal in Rubys dreizehn Lebensjahren wollten ihre Eltern ständig wissen, wo sie war und was sie gerade machte.

Diese permanente Kontrolle ging Ruby enorm auf den Geist, wie sie taktvoll sagte.

»Lass sie doch«, hatte ihr Mrs Digby geraten, eine lebenskluge, praktisch veranlagte Frau, die schon bei den Redforts gearbeitet hatte, als Rubys Mutter noch ein Kind gewesen war. »Sie waren früher nie vernünftig genug, sich Sorgen zu machen. Es kann nicht schaden, wenn sie zwischendurch auch mal etwas Phantasie aufbringen müssen.«

»Warum?«, hatte Ruby gefragt. »Wem nützt es, wenn sie sich zu Tode fürchten? Was haben sie davon?«

»Sie sind zu gutgläubig«, hatte Mrs Digby erwidert. »Anders als ich sehen sie nicht von allem die negativen Seiten.« Mrs Digby war nämlich durch und durch pessimistisch. *Geh immer vom Schlimmsten aus, dann wirst du nie enttäuscht!*, lautete ihr Motto, mit dem sie ihr Leben lang gut gefahren war.

Jedenfalls tat Ruby vorläufig genau das, was ihre Eltern wollten. Sie machte ganz auf braves Mädchen und freute sich auf den Tag, an dem sie den lästigen Gips am Arm los sein würde. Dann würden ihre Eltern bestimmt wieder Ruhe geben.

Rubys Vater arbeitete in der Werbebranche, genauer gesagt, machte er Public Relations, brachte also einflussreiche Leute zusammen, vermittelte Kontakte und so weiter. Dazu gehörte es auch, den großen, wichtigen Kunden gegenüber absolut zuvorkommend zu sein, und darin war Brant Redfort sehr, sehr gut. Wenn er zu einem besonders wichtigen Kunden ging, achtete er sogar darauf, eine Krawatte zu tragen, die zu dem jeweiligen Kunden passte – so wie heute. Barnaby Cleethorps war ein konservativer, jovialer Mann. Für ihn hatte sich Brant für eine rotweißkarierte Krawatte entschieden, die an ein Tischtuch erinnerte und mit winzigen Picknickutensilien übersät war. Wie gemacht für diesen Anlass, hatte er augenzwinkernd zu seinem Spiegelbild gesagt.

Als Brant an diesem Morgen zum Frühstücken nach unten gekommen war, saß seine Tochter am Terrassentisch, mit einem Glas Bananenmilch in der einen, einem Zombie-Comic in der anderen Hand, und auf ihrem T-Shirt stand der Spruch: WAS GIBT'S ZU GLOTZEN, BLÖDMANN?

Er seufzte. Höchst unwahrscheinlich, dass Ruby später mal wie er in der Public-Relations-Branche Karriere machte.

»Sei bitte vorsichtig, Ruby, wenn du nachher in der Innenstadt bist«, sagte ihre Mutter. »In Downtown sind ein paar ziemlich üble Typen unterwegs.«

»Du weißt schon, dass ich mit Dad zu einem seiner Kunden gehe?«, sagte Ruby nachsichtig und saugte geräuschvoll den Rest ihrer Bananenmilch auf.

»Eben«, murmelte Mrs Digby, die ohnehin der Meinung war, dass es in der Werbebranche von üblen Typen nur so wimmelte.

Brant küsste seine Frau auf die Wange. »Ich behalte sie im Auge, Schatz, mach dir keine Sorgen. Was kann ihr im Büro von Barnaby Cleethorps schon passieren?«

Sabina gab ihrer Tochter zum Abschied ebenfalls einen Kuss und drückte sie an sich, als würde sie sie einen Monat lang nicht mehr sehen.

»Mom, reg dich wieder ab«, sagte Ruby, entwand sich den Armen ihrer Mutter, ging aus dem Haus und stieg in die klimatisierte Limousine, in der der Chauffeur ihres Vaters bereits wartete.
Er fuhr die beiden in die 3rd Avenue, wo sie mit dem Fahrstuhl in den 72. Stock hinauffuhren. Mr Cleethorps begrüßte ihren Vater und sie – »Schön, dass man dich auch wieder mal sieht, Ruby« –, und er quetschte ihre Hand und schüttelte ihren gesunden Arm so heftig, dass Ruby ernsthaft befürchtete, er würde ihn gleich auskugeln. »Siehst aus, als kämst du gerade von einer Schlacht zurück. Doch wie mir dein Vater sagte, hast du eine wahre Heldentat vollbracht, junge Lady.«
Ruby setzte ihr Kleinmädchenlächeln auf, da Mr Cleethorps sie offenbar mit einer Fünfjährigen verwechselte. »Wie wär's mit einem Getränk für unsere junge Besucherin?«, sagte er dann zu seiner Assistentin, die nickte und etwas Passendes holen ging – vermutlich ein Glas Milch, wie Ruby befürchtete. Ruby sollte recht behalten. Sie verdrehte die Augen. Sie war kein großer Fan von Milch, es sei denn, diese war mit Erdbeer-, Schokolade- oder ihrem Lieblingsgeschmack Bananen verfeinert.
Kaum war Ruby allein, überlegte sie sich, wie sie die Milch entsorgen könnte. Leider gab es hier im Eingangsbereich keine Pflanzen, und die Milch in eine der Deko-Vasen zu schütten wäre unhöflich gewesen. Suchend blickte Ruby sich um, und dabei fiel ihr auf, dass sich eines der Fenster öffnen ließ. Sie stellte sich auf einen Stuhl, griff nach oben und schob den

Riegel zurück. Jetzt konnte sie das Fenster aufdrücken; eine frische Brise wehte herein. Da kam Ruby der Gedanke, wie es wohl wäre, draußen im Freien zu sein. Hier oben war die Luft sicher herrlich sauber …

So kam es also, dass Ruby wenig später in einer schwindelerregenden Höhe von ungefähr zweihundert Metern saß, mit den Zehen wackelte und die Stadt von oben betrachtete. Ruby Redfort hatte keine Höhenangst, ihr wurde nie schwindelig, und sie hatte auch noch nie den seltsamen Drang verspürt, sich in die Tiefe zu stürzen. Angst hatte in ihrem Leben noch nie eine große Rolle gespielt – und neuerdings noch weniger als je zuvor. Es war fast, als hätte sie ein Stadium absoluter Furchtlosigkeit erreicht.

Ruby hielt ihr Glas schräg und schüttete den Inhalt langsam aus. Die Tröpfchen lösten sich einfach auf. Und weg war die Milch! Vorsichtig stellte sie das leere Glas auf den Fenstersims und beschloss, hier oben einen kleinen Spaziergang zu machen. Vielleicht konnte sie durch eines der anderen Fenster spähen und sehen, wie ihr Vater Barnaby Cleethorps Honig ums Maul schmierte … Das wäre doch mal ein netter Zeitvertreib!

Der umlaufende Sims war relativ breit, und so war es ein Leichtes, bis zu dem Süd-Eckfenster zu balancieren und einen Blick in Mr Cleethorps' Büro zu werfen. Offenbar führte ihr Vater seinem Kunden gerade eine Diashow vor, denn die Jalousien waren unten, und Ruby konnte nur zwischen den Lamellen hindurchspähen. Ein paar Leute von Barnaby Cleethorps' Team saßen dabei und begutachteten die Entwürfe, die sich die kreativen Köpfe in der Werbeagentur ihres Vaters ausgedacht hatten. Auf der Leinwand war gerade der Slogan zu sehen, an dem die Leute der Agentur wochenlang herumgefeilt hatten: *Man muss es spüren, um es zu glauben!*

Ruby sah, dass Mr Cleethorps alles andere als begeistert dreinschaute. Sie rutschte noch ein Stück weiter, um auch das Gesicht ihres Vaters sehen zu können. Wie immer wirkte er erstaunlich cool, kein bisschen nervös, doch Ruby wusste, dass er unter Anspannung stand, weil er plötzlich auf das Fenster zukam. Das war ein Tick von ihm: Wenn er Stress hatte, riss er häufig alle Fenster auf. Bei Stress bekam er Platzangst und brauchte dringend frische Luft.

Ruby duckte sich und machte sich so klein wie möglich. Ihr Vater konnte sie durch die Lamellenjalousie zwar nicht sehen, doch sie wollte kein Risiko eingehen.

Das Fenster im 72. Stock zu öffnen mochte Brant Redfort zwar Erleichterung verschaffen, doch auf seine Tochter hatte es eine genau entgegengesetzte Wirkung. Ruby wusste nämlich nicht, wie das Fenster aufging; sie hoffte, es wäre ein normales Fenster, das nach innen aufging … Doch es handelte sich um ein schwenkbares Fenster, das sich nach außen öffnete, und als ihr Vater es aufriss, wurde Ruby von der Fensterbank katapultiert. Sie landete *an* – und leider nicht *in* – einer dieser fahrbaren Gondeln, mit denen Fensterputzer an der Außenseite von Hochhäusern herumfahren, um die riesigen Glasflächen von

außen putzen zu können. Im Moment waren zum Glück keine Fensterputzer darin unterwegs, doch das hatte wiederum den Nachteil, dass niemand da war, der Ruby hereinziehen konnte.
Als Ruby nun gute zweihundert Meter über dem Straßenverkehr hing, die Fahrzeuge unter ihr dahinkriechen sah und hupen hörte, fiel ihr auf, dass das Ganze eine gewisse Situationskomik hatte: Ihr Vater, der sie unbedingt beschützen wollte, hätte sie um ein Haar in den sicheren Tod gestoßen.
In ihrer momentanen Lage fiel es Ruby allerdings etwas schwer, diese Ironie des Schicksals witzig zu finden.

2. Kapitel

Smalltalk

Während Ruby sich mit beiden Händen krampfhaft an der Fensterputzer-Gondel festhielt, blickte sie nach unten auf das Straßennetz. Sie konnte das berühmte alte Lichtspielhaus der Stadt sehen, die Scarlet Pagoda, mit dem Japanischen Garten, und auch die mit bunten Bändern geschmückten Laternenpfähle und die Neonschriften, die das Motto des diesjährigen Twinford Filmfestivals verkündeten: *Nervenkitzel der besonderen Art.*

Diesmal ging es beim Filmfestival um Thriller und Horrorklassiker, also die Art von Filmen, die sie und Mrs Digby so liebten, und Ruby hätte gewettet, dass die Situation, in der sie sich gerade befand, in vielen dieser Filme vorkam.

Allerdings war es so, dass Ruby hier keinen Stunt machte und unter ihr auch kein Sicherheitsnetz gespannt war, weshalb sie zusehen musste, dass sie in die Gänge beziehungsweise in diese verflixte Gondel kam, bevor jemand Alarm gab. Sie schaffte es, sich ins Innere der Fensterputzer-Gondel zu hieven, wo sich die Schaltknöpfe befanden. Sie musste möglichst schnell zu ihrem ursprünglichen Fenster zurück. Welches es war, sagte ihr das leere Milchglas auf dem Sims.

Als Ruby wenig später aus der Gondel ins Innere des Gebäudes kletterte, wurde sie von einer barschen Männerstimme begrüßt.

»Mensch, Kleine, geht's noch? Komm sofort rein!«

Ruby hob den Kopf und sah einen attraktiven Mann in einem vornehmen Anzug vor sich stehen. Er wirkte etwas gestresst.

»Na, mach ich Sie etwa nervös?«, fragte Ruby.

»Nein, das Einzige, das mich gerade nervös macht, ist die Politesse unten in der 3rd Avenue, wo ich in der zweiten Reihe geparkt habe.«

»Mann, Hitch, warum parken Sie nie auf normalen Parkplätzen wie jeder normale Mensch?«

»Meinst du, hier in der Innenstadt sei es so leicht, einen Parkplatz zu finden?«

Ruby seufzte, schwang ihre Beine über die Fensterbank und sprang dann ins Innere. Sie landete auf dem langen, glänzenden Couchtisch, der das Kernstück des eleganten Empfangsraums bildete. Kugelschreiber schlidderten über den Tisch, und eine Schale mit bunten Murmeln kippte um, deren Inhalt in alle Richtungen rollte und teilweise unter den Möbelstücken verschwand.

Hitch verdrehte die Augen. »Super Auftritt, Kleine.«

»Schon gut«, sagte Ruby, sammelte die Stifte wieder ein und stopfte sie in den Stiftebecher zurück. »Machen Sie doch kein Drama daraus, Mann.«

HITCH: »Hey, *ich* mache doch kein Drama. Aber Mr Barnaby H. Cleethorps würde eines machen. Er ist in manchen Sachen etwas eigen.«

RUBY: »Was würde er tun? Mich zur Strafe an den Füßen aus dem Fenster hängen?«

HITCH: »Kann gut sein.«

RUBY: »Wow! Hängt er so an seinen Stiften?«

HITCH: »O ja, Redfort.«

RUBY: »Hey, warum sind Sie eigentlich hier? Zurück vom Sommerurlaub?«

HITCH: »So ähnlich.«

RUBY: »Wo waren Sie überhaupt?«

HITCH: »Das ist geheim.«

RUBY: »Hä? Ihr Sommerurlaub ist geheim?«

HITCH: »Ich war nicht im Urlaub.«

RUBY: »Aber das haben Sie doch gerade behauptet!«

HITCH: »Nein, hab ich nicht. Das warst *du*.«

RUBY: »Junge, Junge, ich hab den Smalltalk mit Ihnen echt vermisst. Und wo gehen wir jetzt bitte schön hin?«

HITCH: »Zum Fahrstuhl.«

RUBY: »Sie wissen, dass ich hier nicht weg kann. Mein Vater lässt mich nicht aus den Augen.«

HITCH: »Das hab ich mit ihm geklärt. Er vertraut dich meiner Obhut an.«

RUBY: »Oje. Dann weiß er sicher nicht, wie oft das schon in die Hose ging. Also, was haben wir vor?«

HITCH: »Wir beide? Nun, ich werde eine Tasse Kaffee trinken, und du wirst in die Mangel genommen.«

RUBY: »Oh …«

HITCH: »Die Chefin will dich sprechen.«

Für den Rest der Welt war Hitch der Haushaltsmanager der Redforts, und nur ein paar wenige Eingeweihte wussten, dass er in Wirklichkeit ein hochkarätiger Geheimagent war. Die Geheimdienstagentur Spektrum hatte ihn bei den Redforts eingeschleust, als eine Art Mentor und Bodyguard ihrer jüngsten Mitarbeiterin Ruby Redfort. Und ihre Vorgesetzte war LB, die Leiterin der Abteilung Spektrum 8.

Sie fuhren mit dem Aufzug nach unten. Das dauerte eine ganze Weile, denn das Sandwich Building war schon alt und der Aufzug nicht auf dem neuesten Stand der Technik.

»Ich dachte, ich sei krankheitshalber noch beurlaubt«, maulte Ruby.

»Damit ist es vorbei«, sagte Hitch.

»Gibt's was Neues bei Spektrum?«, fragte Ruby. »Vielleicht einen neuen Fall?« Ruby arbeitete seit April als Codeknackerin bei Spektrum und hatte in dieser Zeit schon bei drei Fällen mitgearbeitet. Und jedes Mal war sie um Haaresbreite am Tod vorbeigeschrammt. Aber lebensgefährliche Situationen gehörten nun mal zum Job einer Geheimagentin.

»Frag mich nicht! Ich bin nur der Typ, der dich durch die Gegend kutschiert.« Hitch verzog keine Miene.

Ruby sah ihn kopfschüttelnd an, denn *wenn* jemand etwas wusste, dann Hitch. Doch sie wusste auch, dass es sinnlos wäre, ihn ausquetschen zu wollen. Wenn er nicht reden wollte, redete er auch nicht. Da half kein Bitten und kein Betteln. Er konnte schweigen wie ein Grab. Musste er auch, denn er war einer der Spitzenagenten von Spektrum 8 und hatte Zugang zu Informationen, die topsecret waren. Er sagte kein Wort, zu niemandem. Ganz nach `REGEL 1: KLAPPE HALTEN!` Aber wie kam es, dass ein so hochrangiger Agent undercover als Bodyguard einer Dreizehnjährigen arbeitete? Diese Frage stellte Hitch sich praktisch jeden Tag.

Als die beiden mit großen Schritten das Sandwich Building verließen, sahen sie neben Hitchs Wagen eine Politesse stehen, die bereits ihren Strafzettelblock gezückt hatte.

Womit anfangen? Er stand im Parkverbot, in der falschen Richtung, eines der Räder war auf dem Bürgersteig, und das seit geschlagenen einundzwanzig Minuten. Es würde ein saftiger Strafzettel werden.

Hitch zog eine Augenbraue hoch. »Warte kurz, Kleine.«

Die Politesse stemmte die Hände auf die Hüfte, um zu demonstrieren, dass mit ihr nicht gut Kirschen essen war. Sie wirkte richtig kampfeslustig, als würde sie denken: Ah, da kommt er! Noch einer dieser Blödmänner, die sich herausreden wollen, statt zu ihrem egoistischen Verhalten zu stehen.

Als Hitch auf sie zukam, verschränkte die Politesse die Arme.

Hitch lehnte sich an seinen Wagen und begann, mit der jungen Frau zu reden, oder besser gesagt: zu plaudern. Die Politesse verlagerte ihr Gewicht auf den anderen Fuß und stützte plötzlich kokett eine Hand auf die Hüfte. Hey, was war das? Lächelte sie etwa?

Mann, du hast es echt drauf, dachte Ruby und konnte sich ein Grinsen nicht verkneifen. Hitch konnte dem Teufel ein Ohr abquatschen, wenn er wollte.

Die nette Unterhaltung, denn danach sah es echt aus, dauerte eine ganze Weile. Was erzählte Hitch ihr bloß?

Nun drehte die Politesse den Kopf und musterte Ruby, schließlich steckte sie ihren Block mit den Strafzetteln in die Tasche. Sie lachte und nickte.

Dann hob sie einen Arm, als wollte sie mit Hitch abklatschen. Doch er war nicht der Typ für so etwas, wie Ruby wusste, deshalb hob er nur grüßend die Hand. Damit gab sich die Politesse offenbar zufrieden, denn sie drehte sich um und ging weiter ihres Weges, eine fröhliche Melodie vor sich hin pfeifend.

Ruby stieg in den Wagen. »Und? Was haben Sie ihr erzählt?«

»Oh, nur was für ein tolles Mädchen du bist«, erklärte Hitch, während er auf den Fahrersitz rutschte.

»Klar doch. Und was noch?«, hakte Ruby nach.

»Ich sagte, ich könne ihr Eintrittskarten für die Play-offs der Twinford Sneakers besorgen.«

»Können Sie das wirklich?«

»Klar, der Veranstalter ist ein alter Freund von mir.«

»Ich dachte, Geheimagenten hätten keine Freunde.«

»Nein, das verwechselst du mit Steuerprüfern«, sagte Hitch und ließ den Motor an. »Ich habe ehrlich gesagt mehr Freunde, als mir lieb ist.«

»Komisch«, sagte Ruby. »Ich hab noch nie einen gesehen.«

»Sie sind alle eher schüchtern und zurückhaltend«, sagte Hitch.

Ruby betrachtete ihn von der Seite. »Sind Sie sicher, dass Sie sich die Freunde nicht nur ausgedacht haben? Sind es vielleicht Freunde der unsichtbaren Art?«

»Oh, sie sind nur sehr ruhig«, sagte Hitch. »Eine Runde Kartenspielen und dann früh zu Bett.«

»Klingt echt nach Spaß. Ich würde gern mal einen Ihrer Freunde kennenlernen.«

»Du würdest sie nicht mögen, Kleine«, sagte Hitch. »Kein Einziger von ihnen steht auf Kaugummi.«

3. Kapitel

-8

Es war keine große Überraschung für Ruby, dass Hitch sie persönlich ins Hauptquartier brachte. Sie war natürlich schon oft dort gewesen und hatte in dieser abgeschirmten Umgebung unzählige Stunden mit Codeknacken zugebracht. Doch die Zentrale zu *finden* war kein Kinderspiel. Der Zugang zur Agentur wurde häufig verlegt, und Ruby gehörte nicht zu den wenigen Privilegierten, die über die Pläne von Spektrum 8 und architektonische Veränderungen informiert wurden. Hitch war ihr Bindeglied zu dieser Welt im Untergrund, und ohne ihn wäre Ruby schon mehrmals aufgeschmissen gewesen. Nur *ein* Fehler, und man flog raus!

Als Ruby das letzte Mal ins Hauptquartier wollte, musste sie auf dem Kinderspielplatz im Central City Park durch eine Riesenraupe kriechen und war dabei peinlicherweise von Vapona Begwell gesehen worden, der mit Abstand doofsten Mitschülerin an der Junior High. Das hatte Ruby bis zum heutigen Tage nicht überwunden, denn die blöde Pupswell, wie Ruby sie insgeheim nannte, hatte an der ganzen Schule herumposaunt, dass Ruby sich offenbar gern auf dem Kleinkinderspielplatz herumtrieb.

Vapona hatte natürlich nicht die leiseste Ahnung, was »Redkäppchen« tatsächlich im Raupentunnel gesucht hatte, und sie würde es auch nie erfahren. Über ihren Job bei Spektrum durfte Ruby mit keiner Menschenseele reden. Es gab nur eine einzige Person außerhalb der Organisation, die davon wusste, und das war Clancy Crew, der beste und treueste Freund, den ein Mädchen sich nur wünschen konnte. Ruby wusste, dass er sich eher die Zunge abbeißen würde, als ihr Geheimnis auszuplaudern.

»Und wo ist der Zugang diesmal?«, fragte Ruby argwöhnisch.

»Was würdest du sagen, wenn es immer noch die Raupe auf dem Kinderspielplatz wäre?«, fragte Hitch, ohne eine Miene zu verziehen.

»Sie machen Witze!«, rief Ruby. »Soll ich etwa noch mal mit den Krabbelkindern in den bescheuerten Raupentunnel kriechen?«

Hitch schwieg.

»Mann, ich wette, es war *Ihre* Idee gewesen, stimmt's? Muss ja irrsinnig Spaß machen zu beobachten, wie ich mich bis auf die Knochen blamiere und mir mein Image versaue. Ich wette, Sie haben sich tagelang ins Fäustchen gelacht.«

Hitch sah sie von der Seite an und schwieg.

»Das ist jetzt nicht Ihr Ernst, oder?«, hakte Ruby besorgt nach.

»Nö, ich wollte dich nur auf den Arm nehmen, Redfort. Du hättest eben dein Gesicht sehen sollen! Du kannst wirklich einen Stein erweichen, wenn du nur willst.«

»Sie sollen mich nicht auf den Arm nehmen! Wie soll da eine vertrauensvolle Zusammenarbeit möglich sein?«

»Du darfst nicht alles glauben, was man dir sagt, Redfort. Sonst kommst du noch in den Ruf, leichtgläubig zu sein.«

Ruby kniff die Augen zusammen und funkelte ihn an.

Es war nun schon fünf Monate her, dass Hitch zur Haustür der Redforts hereinspaziert war und seinen Job als »Haushaltsmanager« in ihrem modernen, luxuriösen Architektenhaus angetreten hatte. Rubys Mutter bezeichnete ihn übrigens gern als »Butler«, obwohl Hitch bereits mehrfach angedeutet hatte, dass ihm das ganz und gar nicht gefiel.

Eine Tätigkeit dieser Art war für einen Agenten von Hitchs Kaliber eigentlich unter seiner Würde, doch Ruby Redfort zu beschützen war eine ganz besondere Mission. Der Grund: Sie war die cleverste Codeknackerin, die jemals für Spektrum gearbeitet hatte – wenn man vom längst verstorbenen Bradley Baker einmal absah. Dieser hatte seine Geheimdienstkarriere ebenfalls schon als Teenager begonnen, war dann aber als junger Mann bei einem Einsatz ums Leben gekommen und galt bis zum heutigen Tag als Held, dessen Verlust ganz Spektrum bedauerte. Bradley Baker war eine lebende Legende und wurde so oft lobend erwähnt, dass Ruby schon rot sah, wenn sie seinen Namen nur hörte.

Gegen einen toten Spitzenagenten anzukommen war nicht leicht, doch Ruby war wild entschlossen, es zumindest zu versuchen. Ehrgeizig wie sie war, wollte sie Baker nicht nur im Codeknacken übertreffen, sie wollte auch als Agentin im Einsatz mindestens so gut werden wie er. Ob sie das schaffen würde oder nicht, musste sich aber erst noch herausstellen.

Im Moment jedenfalls war Hitch ihr offizieller Beschützer. Er war schon seit mehreren Jahren als Agent im Einsatz tätig und in einer Vielzahl von Disziplinen ein Ass. Rubys Bodyguard zu spielen entsprach allerdings nicht seiner Vorstellung von einem Traumjob. Auf ein eigenwilliges Schulmädchen aufzupassen war frustrierend, besonders auf eines mit so einer frechen Klappe. Doch Ruby war ihm inzwischen auch ans Herz gewachsen. Es war komisch: Wenn man sie kannte, mochte man sie, auch wenn man sie manchmal am liebsten auf den Mond geschossen hätte.

Ruby war nämlich blitzgescheit und konnte messerscharf denken; sie war willensstark, tüchtig und zum Glück auch sehr witzig. Und es gab bei Spektrum nur wenige Agenten, von denen Hitch dasselbe sagen konnte.

Hitchs Armbanduhr piepte. Er nahm das Gespräch über seinen Ohrhörer an, und Ruby bekam leider nicht mit, was gesagt wurde. Sie merkte nur, dass Hitch drei Sekunden später wendete und in die Richtung zurückfuhr, aus der sie gekommen waren, so dass sie sich nun erneut durch den dichten Verkehr im Stadtzentrum kämpfen mussten.

»Was gibt's?«, fragte sie.

»Spektrum hat die Sicherheitsvorrichtungen verschärft«, erklärte Hitch. »Der Zugang wurde schon wieder verlegt.«

»Ist etwas passiert?«, fragte Ruby.

»Es passiert dauernd etwas«, antwortete er lapidar.

Im Stadtzentrum, auch Downtown genannt, waren alle Gebäude hoch, selbst die weniger hohen. Hier gab es imposante

Kaufhäuser, Büro- und Verwaltungsgebäude, Banken und Wohnblöcke. Wolkenkratzer ragten weit über hundert Meter in die Höhe, und wenn man den Kopf hob, hatte man das Gefühl, sie liefen oben am Himmel spitz zu. Die älteren Twinforder bezeichneten das Stadtzentrum oft als Mini-Manhattan oder Klein-Los Angeles, weil es mit beiden Städten eine gewisse Ähnlichkeit aufwies: Es war eine Mischung aus Uptown New York und Downtown L. A. Größenmäßig konnte es die Innenstadt allerdings mit keiner der beiden Städte aufnehmen.
Die Gebäude waren im Großen und Ganzen recht ansehnlich, viele stammten noch aus den zwanziger und dreißiger Jahren des 20. Jahrhunderts. Es gab natürlich auch neuere Gebäude, die hauptsächlich aus Stahl und Glas bestanden, doch wenn man an der richtigen Stelle stand und die modernen Straßenschilder und Plakatwände ignorierte, konnte man sich die alte City immer noch ganz gut vorstellen. Aus diesem Grund diente das Stadtzentrum von Twinford oft als Kulisse für Spielfilme, die in der Vergangenheit spielten, als um 1930 herum Gangsterbanden die Straßen unsicher machten und elegant gekleidete Paare die Nächte durchtanzten.
Diesen Teil der Stadt liebte Ruby am meisten – es war irgendwie aufregend, sich im Labyrinth der Straßen zu verlieren, anonym zu werden und für jemanden, der von einem der Wolkenkratzer herunterschaute, wie eine Ameise auszusehen.
Hitch parkte in der Tiefgarage des Schroeder Buildings auf dem einzigen freien Platz in einer endlos scheinenden Reihe von parkenden Autos. Nichts deutete darauf hin, dass dieser

Parkplatz für Hitchs silbernes Cabrio reserviert gewesen wäre, doch Ruby hatte den Eindruck, dass dem so war. Die Rampen der Tiefgarage führten spiralförmig nach unten, und Ruby fragte sich unwillkürlich, wie viele Autos insgesamt wohl unter diesem großen Gebäude standen.

»1500«, sagte Hitch plötzlich, als hätte er ihre Gedanken gelesen. »1517, wenn man die Fahrzeuge des Wartungsteams mitzählt. Sie stehen alle in den drei unterirdischen Ebenen unter siebenundsiebzig Stockwerken aus Beton, Stahl und Glas. Sprengt doch fast das Vorstellungsvermögen, nicht wahr?«

Sie stiegen aus dem Cabrio und gingen zum Aufzug. Jemand hatte eine kleine Fliege neben den Abwärtsknopf gemalt, und in die Stahlplatte neben der Tür war ein Strich eingekratzt, als wäre die Fliege gerade herausgeschwirrt. Die Aufzugtüren öffneten sich, Ruby und Hitch gingen hinein. Hitch drückte auf eine bestimmte Stelle, und eine unsichtbare Platte schnappte auf. Er gab eine Zahlenkombination ein. Die Türen schlossen sich hinter ihnen, während sich gleichzeitig vor ihnen eine andere Tür öffnete. Sie gingen hindurch. Auf der anderen Seite befand sich ein verstaubter alter Dienstaufzug. Hitch schob das Metallgitter auseinander, das sich wie eine Ziehharmonika öffnen ließ, und sie betraten einen primitiven großen Kasten. Hitch drückte auf den Knopf, auf dem –8 stand, eine oder vielleicht auch sieben Sekunden später gab es einen Ruck, und der Kasten setzte sich holpernd in Bewegung und glitt abwärts. Eine einzelne, nackte Glühbirne schwankte über ihren Köpfen, verbreitete ein spärliches Licht und warf gespenstische Schatten, während sie ruckelnd in die Tiefe fuhren.

Es war nur schwer vorstellbar, dass dieser altmodische Aufzug mit der mickrigen Beleuchtung zu einer der weltweit führenden und elitärsten Geheimdienstorganisationen führte. Doch Ruby Redfort wunderte sich kein bisschen; bei Spektrum war man vor Überraschungen nie sicher.

4. Kapitel

Nicht das spitze Ende nehmen!

Als sich die Aufzugtür wieder öffnete, betraten sie ein komplett anderes Ambiente: großzügig und sehr gepflegt. Kein Staub, keine Spinnweben, keine Käfer – und auch keine Fliegen.

»Wissen Sie zufällig, was die Chefin von mir will?«, fragte Ruby.

»Ist nicht meine Aufgabe, dir das zu sagen«, erwiderte Hitch.

Ruby hatte LB, die Chefin von Spektrum 8, seit ihrem Einsatz in Sachen Alaskawolf nicht mehr gesehen.

Als Ruby damals mit einem Helikopter vom Wolf Paw Mountain eingeflogen wurde und sofort in die Notaufnahme gebracht werden musste, hatte LB gerade anderes zu tun gehabt; sie war in einer dringenden Angelegenheit unterwegs und deshalb bei Rubys offizieller Einsatznachbesprechung nicht dabei gewesen. Diese Aufgabe hatte ein anderer Geheimagent übernommen.

»Ist sie einigermaßen gut drauf heute, was meinen Sie?«, fragte Ruby, wohl wissend, dass das etwa so unwahrscheinlich war, wie wenn LB einen pinkfarbenen Hosenanzug getragen hätte – die Dame trug grundsätzlich nur Weiß.

Hitch sagte nichts dazu. Er zeigte nur auf den Wartebereich mit den eleganten weißen Stühlen.

HITCH: »Du wartest hier, Kleine.«

RUBY: »Okay.«

HITCH: »Hier. Verstanden?«

RUBY: »Mhmm.«

HITCH: »Das war ein Ja, oder?«

RUBY: »Mhmm.«

HITCH: »Du wirst in ungefähr fünfzehn Minuten reingerufen, okay?«

RUBY: »Okay.«

HITCH: »Rühr dich nicht von der Stelle.«

RUBY: »Verstanden.«

Fünfzehn Minuten, dachte Ruby. Da kann ich mir schnell noch was zu trinken holen. Und sie machte sich auf den Weg zur Kantine.

Sie holte sich eine Dose Limonade und setzte sich dann auf einen der hypermodernen Stühle an einen der vielen cool aussehenden Tische. Die tiefhängenden Lampen über den Tischen gaben dem Raum eine gemütliche Note. Die Spektrum-Kantine war keine normale Firmenkantine – wie alles bei Spektrum vermittelte auch sie den Eindruck von elitärer Selbstgefälligkeit.

Ruby nahm das Büchlein mit ihren Regeln hervor, ein kleines Notizbuch mit pinkfarbenem Einband, auf dessen Vorderseite in knallroten Buchstaben REGELN geschrieben stand.

Sie hatte im zarten Alter von vier Jahren mit diesem Buch angefangen, und im Laufe der Jahre war eine stattliche Anzahl von Regeln zusammengekommen. Genau neunundsiebzig.

Und gerade war ihr eine neue Regel eingefallen: REGEL 80: MAN SOLLTE SICH NIE AUF EINEN FENSTERSIMS STELLEN, WENN MAN NICHT GANZ GENAU WEISS, OB SICH DAS FENSTER NACH INNEN ODER NACH AUSSEN ÖFFNET. Zugegeben, diese Regel war etwas speziell. Aber ganz nützlich. Sie würde sie später noch überarbeiten, damit sie etwas mehr Pep bekam.

»Du siehst viel besser aus«, sagte da eine weibliche Stimme.

Als Ruby den Kopf hob, erblickte sie Dr. Harper, die Spektrum-Ärztin, die sie behandelt hatte, als sie damals schwer angeschlagen vom Wolf Paw Mountain heruntergeflogen worden war.

»Besser als wer oder was?«

»Besser als bei unserer letzten Begegnung.«

»Ah, gut möglich. Da hatte ich eine Grippe plus einen kaputten Fuß plus einen gebrochenen Arm, und ich wäre auch beinahe verkohlt worden.«

»Ach ja, stimmt. Deine Haare haben sich noch nicht so ganz erholt«, sagte Dr. Harper und verzog das Gesicht. »Immer noch etwas … angesengt. Und dein Arm? Macht er dir noch zu schaffen?«

»Nee, nicht wirklich«, antwortete Ruby. »Er juckt nur wie verrückt.«

»Das ist der Heilungsprozess«, sagte Dr. Harper. »Kein Grund zur Sorge. Lass es jucken.«

»Können Sie mir nichts dagegen geben?«, fragte Ruby hoffnungsvoll.

»Doch«, sagte Dr. Harper und griff in ihre Brusttasche. »Das hier.« Sie reichte Ruby einen gelben Bleistift.
»Oh, danke«, sagte Ruby etwas ratlos. »Und wie lautet die Gebrauchsanweisung?«
»Nicht das spitze Ende nehmen«, sagte Dr. Harper.
»Und was ist mit meinem Knöchel?«
Die Ärztin begutachtete Rubys Fuß und erklärte dann: »Den kannst du wieder belasten.«
»Sind Sie sicher?«, fragte Ruby.
»Ja, vertrau mir«, sagte Dr. Harper. »Ich bin Ärztin.«
»Ach nee? Und ich dachte, Sie seien Komikerin. Was ist mit meinem Arm?«
»Der müsste auch wieder in Ordnung sein. Ich würde dir den Gips ja gern abnehmen, aber leider habe ich gleich einen Termin.« Sie schielte auf ihre Uhr.
»Ein medizinischer Notfall?«, fragte Ruby neugierig.
»Ein Tisch für zwei im Twinford Grand«, erklärte Dr. Harper.
»Wie bitte?! Sie können mir den Gips nicht abmachen, weil Sie ein Date haben und *zu Mittag* essen wollen?«
»Hat dir noch niemand gesagt, dass das Mittagessen die wichtigste Mahlzeit des Tages ist?«
»Nein, das ist das Frühstück«, widersprach Ruby.
»Tja, das Frühstück habe ich verpasst«, sagte Dr. Harper. »Deshalb ist es umso wichtiger, dass ich nicht auch das Mittagessen sausen lasse.«
»Da kann ich ja froh sein, dass ich nicht im Sterben liege«, sagte Ruby spöttisch.

»An einem Gips am Arm ist noch keiner gestorben.«
»Und Sie behaupten, Sie seien keine Komikerin?«, sagte Ruby.
»Wir sehen uns nächsten Herbst«, rief Dr. Harper noch zurück, als sie bereits aus der Kantine eilte.
Bevor Ruby die Chance gehabt hätte, wieder ihren Gedanken nachzuhängen, kam plötzlich eine Durchsage aus der Lautsprecheranlage: »Redfort Ruby, sofort antreten bei Spektrum 8, auf der Ebene Schwarzweiß.«
Die Stimme gehörte dem hausinternen Ansager von Spektrum, einer Person, die Ruby noch nie zu Gesicht bekommen hatte, doch sie hatte das Gefühl, dass es niemand war, mit dem sie gern auf einer einsamen Insel gestrandet wäre.
Der Besitzer dieser Stimme residierte vermutlich in der gleichen Abteilung wie Summ, die Empfangsdame und Telefonistin, die wie ein Champignon aussah und über die mehr als fünfzig Telefone im Empfangsbereich wachte. Warum konnte dieser Typ nicht einfach sagen: »Ruby Redfort, bitte umgehend in LBs Büro erscheinen, dalli!« Wäre das zu viel verlangt?
Sie trank ihre Limo aus und stand dann langsam auf, um zu LBs Büro zu gehen.
»Hallöchen«, sagte Ruby, als sie an Summ vorbeikam, die in ihrem Kreis von Schreibtischen saß; wie üblich hing sie an einem der Telefone und redete mit weiß Gott wem. Summ blinzelte sie an, deutete auf ihre Uhr und telefonierte seelenruhig weiter.
Als Ruby sich LBs Büro näherte, sah sie schon von weitem, dass die Tür einen Spaltbreit offen stand, und beim Näher-

kommen konnte sie Bruchstücke einer Unterhaltung hören. Die Stimmen waren leider sehr leise, so dass Ruby nur einzelne Satzfetzen verstehen konnte, die keinen Sinn ergaben:

»… ganz offensichtlich ohne Erlaubnis entfernt …«

»… des Verteidigungsministeriums?«

»… wurde mir gesagt.«

»… top secret?«

»Definitiv …«

»… unserem Hochsicherheitsraum …?«

»Aber wie hätte jemand da reinkommen können?«

»… einen Luftschacht … Ich weiß, es scheint unmöglich zu sein, aber …«

»Und sonst wurde nichts angerührt?«

»Nein, sonst scheint nichts zu fehlen. Es gibt keine Spuren, dass jemand oder etwas irgendwo sonst in dem Gebäude war.«

»Sehen Sie unsere Sicherheit in Gefahr?«

»Immer. Ich bin …«

»Aber nur ein Idiot würde versuchen …«

Als Ruby an die Tür klopfte, verstummten die Stimmen schlagartig.

»Herein«, sagte LB, und ihre Stimme klang noch rauer und gedehnter als sonst. »Und mach die verdammte Tür zu, Redfort.«

Ruby tat, wie ihr geheißen, und ging dann auf den freien Stuhl neben Hitch zu. Er tippte auf seine Uhr, und sein vorwurfs-

voller Blick besagte: Kannst du denn kein einziges Mal einen Befehl befolgen? Sie hängte ihre Tasche an die Stuhllehne und nahm Platz. Dann blickte sie fragend von LB zu Hitch.
Hitchs Stirn wies leichte Sorgenfalten auf, und auch LB wirkte nicht ganz so beherrscht wie sonst. Sie spielte mit einem Gegenstand herum: einem glatten Viereck aus Plastik oder eventuell Plexiglas, das in etwa die Größe eines Schlüsselanhängers hatte. Doch daran hing kein Schlüssel, und falls es doch einer war, dann war es ein hypermodernes Modell. Als LB Rubys Blick bemerkte, zog sie die Stirn kraus und ließ das Ding hastig in der Tasche ihrer weißen Jacke verschwinden.
»Was ist los, Leute?«, fragte Ruby. »Hat jemand eure Katzen überfahren?«
Hitch schloss gequält die Augen. »Ich wünschte, es ginge hier nur um ein paar platte Katzen«, sagte er, »und das sage ich als Katzenliebhaber.«
»Autsch, dann muss die Lage ja sehr ernst sein«, sagte Ruby. »Dürfte ich vielleicht mehr erfahren?«
»Nein«, schnaubte LB.
»Na schön«, sagte Ruby mit einem Schulterzucken. »Gibt es sonst etwas, das Sie mir sagen wollen?«
LB sammelte ihre Blätter ein und ordnete sie zu einem ordentlichen Stapel, ehe sie Ruby über den Rand ihrer großen, leicht getönten Brille mit weißem Rahmen hinweg ansah. Sie wirkte irgendwie müde heute. Zu lange gearbeitet? Oder schlecht geschlafen?
»Also. Du hast es insgesamt ganz gut gemacht, Redfort. Zu

schade, dass dir der Wolf durch die Lappen ging, aber wenigstens konntest du verhindern, dass die Verdächtige ihn in die Finger bekam, und das ist auch schon etwas.«
LB bezog sich auf den letzten Fall, an dem Ruby gearbeitet hatte und bei dem sie sich tatsächlich ganz gut geschlagen hatte, wenn auch auf ihre unorthodoxe Art. Dank ihres Geschicks als Codeknackerin, ihres kriminalistischen Spürsinns und ihrer messerscharfen Kombinationsgabe war sie dahintergekommen, wer die seltenen wilden Tiere aus dem Privatzoo eines schrulligen alten Kauzes befreit hatte. Es war dessen Tierpfleger gewesen, doch der war wenig später von den Leuten, die ihn dazu angestiftet hatten, ermordet worden.
Hinter dem Ganzen steckte eine junge Frau namens Loreley van Leyden. Die eigentliche Drahtzieherin jedoch war eine Frau in den Fünfzigern, von der Spektrum bis heute nicht mehr wusste, als dass sie Australierin war – darauf deuteten ihr Akzent und der Ort hin, von dem aus sie ihre erste verschlüsselte Botschaft verschickt hatte. Diese zwei Frauen wären auch vor weiteren Morden nicht zurückgeschreckt, um die Essenz des Cyanwolfs in die Finger zu bekommen – eine berauschende Duftessenz, die aus einer speziellen Drüse des fast ausgestorbenen Blauen Alaskawolfs gewonnen wurde. Um diesen Duft rankten sich Sagen und Mythen; schon ein paar Tropfen davon waren ein kleines Vermögen wert.
Das einzige Problem war, dass der Flakon mit dieser Duftessenz seither spurlos verschwunden war.
»Bedauerlicherweise«, sagte LB nun, als hätte sie Rubys Ge-

danken gelesen, »konnte die mysteriöse Australierin damit entkommen. Einerseits gratuliere ich dir, dass du den Fall gelöst hast, andererseits finde ich es jammerschade, dass du nicht verhindern konntest, dass das Fläschchen mit der Cyanessenz in die gegnerischen Hände fiel und die beiden Hauptverdächtigen nun über alle Berge sind. Aber jeder von uns hat mal eine schwache Stunde und benimmt sich wie ein Dilettant.«

LB hatte ein besonderes Geschick darin, eine Aussage, die ursprünglich als Kompliment gemeint war, so zu Ende zu führen, dass sie einem Anschiss nahekam. Doch daran hatte sich Ruby zum Glück längst gewöhnt; es prallte an ihr ab.

»Und nun zu den Details jener misslichen Begegnung: Kannst du noch einmal genau wiederholen, was diese Australierin zu dir sagte, bevor sie dich zwang, einen Schritt rückwärts zu machen, so dass du in die Tiefe gestürzt bist?«

»Oh, das werde ich sicher nie vergessen«, sagte Ruby. »Ich dachte nämlich, es seien die letzten Worte, die ich in meinem Leben höre.« Das war nicht gelogen.

Ruby verstummte kurz, um sich zu konzentrieren, und sagte dann: »Sie befahl mir, ihr den Flakon mit der Duftessenz zu übergeben – und da sie eine Waffe hatte, blieb mir nichts anderes übrig. Ich dachte, sie wollte die Essenz nur haben, weil sie sehr wertvoll ist, und sagte: ›Und das alles nur, um mit dieser dummen Essenz viel Geld zu machen?‹ Und da sagte sie: ›Denkst du wirklich, es ginge nur darum? Nein, Herzchen, es geht nicht um irgendein irrsinnig teures Parfüm, um den Reichen und Schönen ihr Geld aus der Tasche zu ziehen. Es geht um sehr viel mehr – um etwas, das so bedeutend ist, dass du es dir nicht mal *vorstellen* kannst.‹«

LB schwieg und starrte vor sich hin, als versuche sie, etwas zu fokussieren, das zu weit weg war, um es genau sehen zu können. Auch Hitch und Ruby schwiegen, bis plötzlich Summs Stimme aus der Sprechanlage kam.

»Agent Farrow von der Security ist hier und wünscht Sie zu sprechen.«

LB nickte. »Gut, ich bin in einer Minute da.« Sie wandte sich wieder an Ruby. »Nun, Redfort, ich erkenne durchaus an, dass du viel Tatkraft und Mut bewiesen hast, als du allein in die Berge gegangen bist, um den Cyanwolf zu retten, aber …«

Sie machte eine kurze Pause, und Ruby blickte zu Hitch, doch dessen Miene blieb undurchdringlich.

»*Aber* …«, wiederholte LB, »dadurch hast du dich in Gefahr gebracht – allein und ohne Rückendeckung. Du hast dich über klare Vorschriften hinweggesetzt. Und du wärst heute nicht mehr am Leben, wenn dich nicht einer unserer Agenten unter Einsatz seines eigenen Lebens aus diesem Feuer gerettet hätte.«

Ruby klappte den Mund auf, um zu widersprechen.

LB hob eine Hand. »Wie ich schon sagte, besitzt du durchaus ein paar löbliche Fähigkeiten. Doch du gehst auch inakzeptable Risiken ein. Deshalb hast du meiner Meinung nach im Trainingsprogramm für Agenten im Einsatz nichts zu suchen. Um mich verständlich auszudrücken: Du hast ab sofort *Stu-*

benarrest, Redfort, und arbeitest wieder ausschließlich am Schreibtisch.«

»Soll das ein Witz sein?!«, stammelte Ruby.

»Denkst du, ich hätte Zeit zum Witzemachen?« LBs stählerner Blick verriet, dass sie grundsätzlich keine Witze machte. »Ich bin jedoch bereit, dir noch eine letzte Chance zu geben. Du darfst an einem weiteren Test teilnehmen, und wir werden deine Testergebnisse genau unter die Lupe nehmen. Sie entscheiden darüber, ob du überhaupt das Zeug zur Agentin im Einsatz hast.« Sie blickte auf Hitch. »Dass wir dir diese letzte Chance geben, hast du nur deinem Kollegen hier zu verdanken. Der Test kann von jetzt auf gleich anberaumt werden. Ohne Vorwarnung. Solltest du nicht umgehend antreten, bist du automatisch durchgefallen.«

LB erhob sich, nahm den Papierstapel an sich und verließ ohne ein weiteres Wort den Raum. Es wurde still im Zimmer, man hörte nur das leise Rascheln ihres eleganten weißen Rocks, als sie barfuß durch den Korridor ging.

Kaum waren sie allein, drehte sich Ruby zu Hitch. *»Stubenarrest!«*, sagte sie fassungslos.

Hitch hielt ihrem entsetzten Blick stand. »Du solltest etwas dankbarer sein«, sagte er. »LB wollte dich für immer aus dem Trainingsprogramm für Agenten im Einsatz nehmen.«

»Warum? Ich habe den Fall doch gelöst!«

»Ja, einen Teil davon«, erwiderte Hitch. »Aber du hast die Übeltäter entkommen lassen. Und du wärst fast ums Leben gekommen.«

»Ach nee? Fast ums Leben kommen ist also eine strafbare Handlung, für die man gefeuert werden kann?«

»Redfort, wir können es uns nicht leisten, gute Codeknacker zu verlieren oder überhaupt einen Agenten, klar.« Hitch seufzte. »Aber wir investieren eine Menge in deine Ausbildung, doch du gehst ziemlich leichtsinnig mit deinem Leben um und somit auch mit dem deiner Kollegen.«

Ruby schwieg.

»Und noch etwas«, fuhr Hitch fort. »Hast du eine Ahnung, wie schwierig es ist, eine dreizehnjährige Schülerin zu finden, die einen Code knacken kann?«

Sie sah ihn an. »Aha. Okay.«

Sie verließen die Spektrum-Zentrale und fuhren mit dem Aufzug wieder nach oben in die Schroeder-Tiefgarage. Dort stiegen sie in Hitchs Wagen. »Wer ist eigentlich der Idiot?«, fragte Ruby unvermittelt.

»Hä? Was für ein Idiot?«, fragte Hitch zurück.

»Der, von dem ihr gesprochen habt, bevor ich angeklopft habe.«

»Eine Idiotin bist *du*, wenn du denkst, dass ich mit einem Schulmädchen über Spektrum-Geheimnisse rede.«

»Einen Versuch wär's vielleicht wert«, sagte Ruby. »Schießen Sie los!«

»Genau das würde Spektrum vermutlich mit mir machen, wenn ich unerlaubt streng vertrauliche Informationen weitergebe.«

»Was? Sie erschießen?«

»Würden sie sich eventuell überlegen.«

»Im Ernst?«

»Quatsch, Ruby, nicht wirklich – hoffe ich zumindest. Aber sie könnten mich feuern.«

»Das wäre echt blöd«, gab Ruby zu.

Hitch nickte. »Ja, wäre es. Dann müsste ich mir einen *richtigen* Job suchen.« Er schüttelte sich.

»Meine Eltern würden Sie sicher gern als Butler behalten.«

»Ja«, sagte Hitch. »Genau davor hab ich Angst.«

Zur gleichen Zeit
reden ein Mann und eine Frau
über eine gesicherte Funkverbindung
miteinander …

»Und? Hast du den 8er-Schlüssel?«
»Nein.«
»Nein?«
»Nein.«
»Warum nicht?«
»Ging nicht.«
»Alles geht.«
»Das verstehen Sie nicht. Er wird an einem sehr sicheren Ort aufbewahrt. Seit ich die beiden anderen Dinger geholt habe, wurden die Sicherheitsvorkehrungen beträchtlich verschärft und …«
»Wie?! Zwei? Ich hatte dir befohlen, nur *einen* zu holen!«
»Na ja, ich hab noch einen für mich mitgenommen. Den sah ich, als ich gerade ihr Labor verließ, und fand ihn ganz nützlich.«
»Nützlich? Wofür?«
»Das ist privat.«
»Hey, ich bezahle dich nicht, damit du ›nützliche Dinger‹ für dich selbst klaust, verstanden? Ich will nicht, dass du auffällst, weil du in Labors eindringst und mitnimmst, was dir gerade passt!«

»Regen Sie sich nicht auf. Hat doch kein Mensch gemerkt, dass ich was mitgehen ließ. Die wissen ja nicht mal, dass ich dort war.«

»Lass dich nicht ablenken, Birdboy. Du darfst das Ziel nicht aus den Augen verlieren.«

»Sie bekommen schon noch, was Sie haben wollen, aber Sie müssen mir Zeit lassen.«

»Ich habe keine Zeit. Ich will es sofort.«

»Man kommt nicht leicht dran.«

»Logisch, sonst bräuchte ich dich ja nicht.«

»Es ist schwieriger, als ich dachte.«

»Und ich dachte, du wärst einsame Spitze.«

»Und ich dachte, Sie wären tot, Valérie.«

»Siehst du? Alles ist möglich.«

»Von den Toten auferstehen – ist das möglich?«

»Sieht ganz so aus.«

5. Kapitel

Etwas neben der Spur

»Hey, Ruby-Schatz«, sagte ihr Vater und hob den Kopf. Er saß im Wohnzimmer und wirkte sehr müde. Er lehnte sich in seinem Lieblingssessel zurück, in dem er so gern saß, wenn er einen anstrengenden Tag hinter sich hatte. Mr Barnaby Cleethorps war offensichtlich ein harter Knochen. Hitch stand hinter der Bar und mixte gerade einen Drink.

»Alles gutgegangen beim Zahnarzt?«, fragte Brant.

»Hä?«, sagte Ruby. »Beim Zahnarzt? Na ja …«

»Entschuldige, Schatz, war eine dumme Frage. Wer geht schon freiwillig zum Zahnarzt?«

»Wer ein Loch im Zahn hat?«, schlug Ruby vor.

»Aha, du hattest ein Loch im Zahn«, hakte ihr Vater nach.

»Zum Glück falscher Alarm«, sagte Ruby und wunderte sich, dass Hitch ihr nicht gesagt hatte, welche Ausrede er ihrem Vater aufgetischt hatte.

»Hitch war doch die ganze Zeit bei dir, oder?«, fragte Brant.

»Ja, klar, natürlich war er dabei.« Sie warf dem Betreffenden einen vorwurfsvollen Blick zu, in dem »Sie Ratte!« zu lesen war. Hitch brachte Ruby ein Glas Limonade und flüsterte ihr dabei zu: »Alles zu Übungszwecken, Kleine. Nur wer blitzschnell reagiert, bleibt am Leben.«

»Toller Spruch. Den schreibe ich Ihnen auf Ihre nächste Geburtstagskarte«, zischte Ruby und hätte Hitch am liebsten mit ihrem Blick durchbohrt.

Brant Redfort sah auf seine Uhr. »Ob das Abendessen wohl bald fertig ist?«

»Hoffentlich, ich bin am Verhungern«, sagte Ruby.

»Hast du nicht zu Mittag gegessen?«, fragte Brant alarmiert.

»Doch, aber ich hab in letzter Zeit einfach schrecklich großen Hunger. Liegt wahrscheinlich am Genesungsprozess; da muss man doppelt so viel essen wie sonst.«

Brant Redfort schien irritiert. »Das muss ich mit deiner Mutter besprechen; ich will, dass mein kleines Mädchen so schnell wie möglich wieder gesund wird«, sagte er und zerzauste ihr die Haare. Ruby musste sich zusammenreißen, um ihn nicht anzufauchen – sie hasste es, wenn er ihre Haare verwuschelte –, doch weil er an diesem Abend so erschöpft aussah, hielt sie still.

»Und was hast du heute sonst noch erlebt?«, fragte er weiter.

»Der Doc meinte, der Gips könne endlich ab«, sagte Ruby und hielt ihren eingegipsten Arm hoch.

»Großartige Nachricht, Schatz!«, sagte Brant.

»Ich hätte es gern so schnell wie möglich hinter mir«, sagte Ruby. »Morgen wäre doch gut, Dad, du weißt schon, warum.«

»Die Scarlet Pagoda! Klar! Natürlich willst du morgen Abend bei der Benefizveranstaltung gut aussehen!«

»Richtig, Dad. Gut auszusehen, dafür lebe ich.«

»Weißt du was? Ich ruf gleich Dr. Shepherd an. Er kann dich

sicher irgendwo in seinen Terminplan einschieben – oder dich an jemanden seines Teams überweisen. Ich will nicht, dass irgendein Anfänger meiner Ruby in den Arm sägt.« Wieder verstrubbelte er ihr die Haare und griff dann zum Telefon.

»Hallo, Frank. Brant hier … Danke, sehr gut. Und selbst? … Und Wallis? … Und die Kinder? … Und deine Eltern? … Deine Schwester Betty? … Freut mich zu hören. Ich rufe wegen Ruby an. Sie hat einen Gips am Arm, der ganz schnell abgemacht werden müsste, und ich wollte fragen, ob du sie morgen irgendwie dazwischenschieben kannst oder notfalls einer deiner besten Leute? … Super, Frank, das ist total nett von dir. Gut, dann warte ich auf deinen Rückruf.« Er legte auf. »Alles paletti. Du bist morgen bei der Kostümgala wieder vorzeigbar. Da kommt alles zusammen, was in Twinford Rang und Namen hat. Und du weißt, dass wir Redforts uns da von der besten Seite zeigen müssen.«

Das wusste Ruby, und wie! Ihre Eltern waren nett – mehr als nett, sie waren sehr, sehr liebenswert, freundlich, gesellig und allgemein beliebt. Das merkte man zum Beispiel auch an dieser Benefizveranstaltung, bei der Mr und Mrs Redfort ganz oben auf der Gästeliste standen. Wenn ihnen das Datum nicht gepasst hätte, wegen anderer gesellschaftlicher Verpflichtungen zum Beispiel, wäre die Veranstaltung garantiert verschoben worden. Die Redforts waren grundsätzlich gutgelaunt, einflussreich und sehr großzügig, wenn es um Spenden ging. Auch ihre einzige Tochter, Ruby, war beliebt, aber auf ganz andere Art und aus völlig anderen Gründen. Sie gab sich keine große Mühe, freundlich zu sein. Sie war nie absichtlich unfreundlich oder unfair, aber sie hielt es auch nicht für nötig, um jeden Preis beliebt zu sein, und vielleicht war sie es genau deshalb. Auf geradezu magnetische Weise.

»Danke, Dad«, sagte Ruby nun und ging zur Treppe.

»Gern geschehen«, sagte Brant. »Bald bist du diesen lästigen Gips los und kannst mit deinen Freunden wieder Tischtennis spielen.«

Woher hätte Brant Redfort auch wissen sollen, dass seine Tochter die ganze Zeit mit ihren Freunden Tischtennis gespielt *und* tausend andere Sachen gemacht hatte, die sie immer tat – sie ließ sich von einem gebrochenen Arm doch nicht die Laune verderben, und ein bisschen Schmerzen machten ihr auch nichts aus.

Ruby ging in ihr Zimmer hoch, machte die Tür hinter sich zu und nahm das lockere Paneel aus der Wand, hinter dem sich ein kleiner Hohlraum befand. Hier bewahrte sie das aktuellste ihrer Notizbücher auf, das gelbe (die anderen 624 waren unter einem Brett im Fußboden versteckt, und kein Mensch hatte je ein Wort von dem gelesen, was sie aufgeschrieben hatte). Darin notierte sie sich alles, was ihr einigermaßen interessant erschien oder eventuell später mal von Interesse werden könnte. Ihre REGEL 16 lautete: AUCH HINTER ETWAS BANALEM KANN SICH EIN GEHEIMNIS VERBERGEN, und ihre REGEL 34: MAN WEISS NIE, WANN MAN ETWAS NOCH MAL BRAUCHEN KANN – und das schloss auch scheinbar nutzlose Informationen ein.

Ruby nahm einen Stift und notierte sich:

> Was für einen Test lassen sie mich wohl machen? Wie kann ich das im Vorfeld herausfinden? Ich muss darauf vorbereitet sein.
>
> Worüber haben LB und Hitch geredet? Was fehlt oder wurde eventuell gestohlen? Aus einem Hochsicherheitsraum?
>
> Was war heute mit LB los? Sie wirkte irgendwie angespannt. Warum?

Auf keine dieser Fragen wusste Ruby eine Antwort, doch eines stand fest: Sie würde versuchen, es herauszufinden. Sie würde sich ganz bestimmt nicht damit abfinden, von LB wieder an den Schreibtisch verbannt zu werden!

Später, beim Abendessen, hörte Ruby zu, wie sich ihre Eltern über die geplante Renovierung der Scarlet Pagoda unterhielten. Mit der morgigen Veranstaltung sollte der Grundstock dafür gelegt werden. Es gab eine hochkarätige Tombola, und einige der Preise waren ziemlich verlockend. Sabina zum Beispiel wollte unbedingt einen der Hauptpreise gewinnen: eine Porträtaufnahme durch Ada Borland. Ada Borland war eine weltberühmte Fotografin, und wer den von ihr gestifteten Preis gewann, hatte die Ehre, von dieser bekannten Künstlerin fotografiert zu werden – entweder er selbst oder einer seiner

Lieben. Aus diesem Grund hatte Sabina bis dato genau zweiundfünfzig Lose gekauft.

Abgesehen von diesem Highlight sollte Sabina, die im Vorstand des Renovierungskomitees saß, bei der bekannten Twinforder Bildhauerin Louisa Parker eine Skulptur in Auftrag geben, die nach Abschluss der Renovierungsarbeiten im Japanischen Garten vor dem alten Lichtspielhaus aufgestellt werden sollte. Die Mitglieder des Komitees hatten eingehend diskutiert, wen die Skulptur darstellen sollte. Sie waren sich noch nicht einig geworden. Die meisten fanden, dass es entweder die Person sein sollte, die die größte Summe für die Renovierung stiftete, oder aber eine einflussreiche Persönlichkeit der Twinforder Gesellschaft. Wer auch immer der oder die Glückliche sein mochte: Die Skulptur würde hoffentlich um einiges ansehnlicher werden als das Standbild von Bürgermeister Abrahams, das neulich aufgestellt worden war und nun drohend vom Skylark Building herabblickte und jedem, der hinaufsah, einen Heidenschreck einjagte.

»Ich finde, die Skulptur sollte jemanden darstellen, der in den Glanzzeiten der Scarlet Pagoda hier auftrat«, sinnierte Sabina.

»Wie wär's mit einem Star aus einem Film, der hier uraufgeführt wurde, als die Pagoda noch ein Lichtspielhaus war?«, ergänzte Brant.

»Oder …«, sagte Sabina, und ihre Augen blitzten auf, weil sie plötzlich eine besonders gute Idee hatte, »wie wär's mit einem Star aus einem Film, der in der Scarlet Pagoda *gedreht* und später auch dort *gezeigt* wurde?«

»Ach, du meinst … die Dings?«, sagte Brant.
»Richtig, wie hieß sie noch gleich?«, versuchte auch Sabina sich zu erinnern.
»Ja genau, der Filmstar, der dieses Jahr geehrt werden soll.« Beide blickten ihre Tochter hilfesuchend an.
»Margo Bardem«, sagte Ruby wie aus der Pistole geschossen. »Sie begann ihre Karriere in der Scarlet Pagoda als Friseurin und Maskenbildnerin. Als eine Hauptdarstellerin ausfiel und man blitzschnell einen Ersatz benötigte, wurde Margo Bardem entdeckt. So bekam sie ihre erste Rolle in dem Film *Die Katze, die den Singvogel fing,* unter der Regie von George Katsel, den sie später auch heiratete. Dieser Film wurde in der Scarlet Pagoda gedreht und 1952 auch dort uraufgeführt.«
»Ruby, du bist ein wandelndes Lexikon!«, rief ihre Mutter bewundernd und klatschte vor Freude in die Hände.
»Ich habe die Broschüre des Filmfestivals gelesen«, entgegnete Ruby trocken.
»Hoffentlich bekommen wir genügend Geld zusammen, um das wunderschöne alte Gebäude erhalten zu können«, sagte Brant. »Oder könnt *ihr* euch Twinford ohne die Scarlet Pagoda vorstellen?«
»Ich weiß nicht, ob das alte Gemäuer nicht besser abgerissen werden sollte«, sagte da Mrs Digby, die gerade mit einem großen Bratentopf ins Zimmer getreten war.
»Aber Mrs Digby!«, rief Sabina entsetzt aus. »Das kann nicht Ihr Ernst sein, oder?«
»Wenn Sie in den Jahren der Weltwirtschaftskrise in einer bau-

fälligen Bruchbude aufgewachsen wären wie ich, würden Sie auch mehr auf blitzsaubere Räume ohne Schimmel an den Wänden stehen«, sagte die alte Haushälterin resolut.

Sabina verschlug es die Sprache.

»Ich will Ihnen mal was sagen«, fuhr Mrs Digby fort und stellte die große, schwere Kasserolle auf den Tisch. »Ich persönlich würde freiwillig nicht mal meinen kleinen Zeh in die Scarlet Pagoda setzen, nein, Leute, nicht für alles Geld der Welt.«

»Warum denn das?«, fragte Sabina perplex.

»Weil's dort spukt, deshalb!«, erklärte Mrs Digby und verschränkte die Arme vor der Brust.

»Das ist doch nicht Ihr Ernst, Mrs D! Sie glauben doch nicht etwa an Geister und ähnlichen Unsinn, oder?«

»Unsinn oder nicht – nennen Sie es, wie Sie wollen. Ich gehe jedenfalls nicht hin und basta!«

»Aber Sie lieben die alten Filme doch auch«, gab Ruby zu bedenken. »Stellen Sie sich vor: Dort könnten Sie einige Ihrer alten Filmidole persönlich treffen.«

»Ist mir zu riskant«, entgegnete Mrs Digby. »Ich hätte zu viel Angst vor Begegnungen der besonderen Art.«

»Ist das Ihr Ernst?«, fragte Ruby. »Glauben Sie wirklich an solches Zeug?«

»Und ob!«, antwortete Mrs Digby. »Mich kriegen jedenfalls keine zehn Pferde dort rein. Und wenn, dann nur schreiend und um mich schlagend!«

»Wir können Sie also nicht mit einem Gratiseintritt für die Kostümgala morgen Abend beglücken?«

»Danke, ganz bestimmt *nicht*!«

»Hmm, wen könnten wir dann so kurzfristig einladen?«, sagte Sabina ratlos.

»Fragen wir doch Elaine Lemon!«, schlug Brant vor.

»Gute Idee«, kommentierte Mrs Digby. »Wenn *die* kommt, nimmt jedes Gespenst freiwillig Reißaus.«

In diesem Moment läutete das Telefon.

Ruby sprang auf und nahm den Hörer ab. »Hallo, Clance!«, sagte sie. Er rief oft an, wenn sie mitten beim Abendessen waren; offenbar kapierte er nicht, dass andere Familien zu anderen Zeiten am Tisch saßen als seine.

»Hey, woher weißt du, dass ich es bin?«, fragte Clancy verdutzt.

»Weil wir beim Essen sind und du oft anrufst, wenn wir gerade beim Essen sind«, entgegnete Ruby. »Hat was mit Wahrscheinlichkeit zu tun. Um diese Zeit rufst nur du an … oder eventuell Mrs Lemon.«

»Stimmt das?«

»O ja.«

»Soll ich wieder auflegen?«

»Nö, schon zu spät. Jetzt hast du meinen Verdauungsprozess schon gestört.«

»Ähm, sorry.«

»Und weshalb rufst du an?«

»Ich wollte fragen, ob du meine Nachricht gekriegt hast.«

»Welche Nachricht?«

»Die im Baum.«

»Was steht darin?«

»Dass du mich bitte sofort anrufen sollst.«
»Sieht nicht danach aus.«
»Hab ich mir gedacht.«
»Und *weshalb* sollte ich dich sofort anrufen?«
»Ich wollte wissen, ob wir uns treffen können, einfach so.«
»Und warum hast du mir nicht auf den Anrufbeantworter gesprochen?«
»Weiß nicht.« Kurze Pause. »Gewohnheit?«
»Ruby-Schatz«, rief Sabina, »könntest du jetzt bitte auflegen und zum Tisch zurückkommen? Ich finde es lästig, wenn ein gemütliches Abendessen durch Telefonate unterbrochen wird. Da gerät die ganze Verdauung durcheinander.«
»Hast du gehört, Clance? Jetzt hast du auch den Verdauungsprozess meiner Mutter durcheinandergebracht!«
»O Gott, sag ihr bitte, es tut mir leid«, sagte Clancy.
»Du kannst es ihr persönlich sagen, wenn du vorbeikommst!«
»Nö, mir ist eher danach, auf einem Baum zu sitzen.«
»Okay, was hältst du davon, wenn wir uns in zwanzig Minuten im Amster Green Park treffen? Ich will mir sowieso noch die Beine vertreten und mich nett unterhalten.«
»Ich dachte, deine Leute lassen dich nicht mehr allein aus dem Haus?«, sagte Clancy.
»Ich nehme Floh mit«, sagte Ruby. »Du weißt ja: Mit einem Husky an deiner Seite bist du nie allein.«
»Hä? Wer sagt das?«, murmelte Clancy vor sich hin, während er auflegte.
Ruby setzte sich wieder an den Tisch.

»Was hast du da im Gesicht?«, fragte ihre Mutter erschrocken. Sie musterte ihre Tochter so intensiv, dass sie ganz vergaß, ihre Gabel weiter zum Mund zu führen. »Ist das ein Hämatom?«
»Nee, wahrscheinlich Dreck«, sagte Ruby. »Ich sollte vielleicht kurz duschen.«
Doch Sabina hatte schon die Hand ausgestreckt und begann, an Rubys Wange zu rubbeln.
»Au!«, rief Ruby.
»Das ist kein Dreck«, erklärte Sabina kategorisch. »Ich fürchte, du leidest an Blutarmut. Menschen, die schnell blaue Flecken kriegen, sind oft blutarm – und der Grund dafür kann Stress sein.«
»Okay, okay, ich verspreche, dass ich aufhöre, blutarm zu sein, wenn du aufhörst, in meinem Gesicht herumzureiben!«, sagte Ruby.
»Wir müssen mehr auf deine Ernährung achten, Schatz. Du brauchst mehr … wie heißt das noch gleich, Brant?«
»Eisen«, sagte Ruby.
»Ich werde sofort welches bestellen«, sagte Sabina, ließ ihre Serviette fallen und verließ den Tisch. »Morgen ist die Kostümgala in der Scarlet Pagoda, und ich möchte nicht, dass du wie eines der Ausstellungsstücke aussiehst!«

6. Kapitel

Spaziergang mit einem Husky

Ruby hatte recht gehabt: Ihre Eltern hatten nichts dagegen, dass sie mit Floh noch ein bisschen an die Luft ging. Schließlich war es »diesem Hund« zu verdanken, dass Ruby überhaupt noch am Leben war.

Wenn Floh damals nicht zurückgerannt wäre und die Feuerwehr auf ihre Notlage aufmerksam gemacht hätte, wäre Ruby nicht mit einem gebrochenen Arm, einem verletzten Fuß und angesengten Haaren davongekommen. Sabina hatte all ihren Freunden und Bekannten erzählt, was für ein Held ihr Husky war. Ihre Version von Rubys Rettung entsprach auch weitgehend den Tatsachen; von ein paar entscheidenden Details wusste Sabina selbstverständlich nichts.

Ruby und Floh gingen den Cedarwood Drive hinunter, bogen unten an der Ecke nach rechts ab und waren in der Amster Street. Auf ihrem Weg zu dem kleinen Park, Amster Green genannt, ging Ruby noch schnell in Marty's Minimart, um ein Päckchen Kaugummi zu kaufen. Normalerweise hatte sie immer welchen bei sich, doch als sie wegen ihres Arms im Krankenhaus gewesen war, hatte Brant ihr Versteck mit den Hubble-Yums unter der Couch entdeckt und den ganzen Vorrat weggeworfen.

Brant Redfort war ein sehr toleranter Mensch, doch bei Kaugummi kannte er kein Pardon.

Als Ruby wieder aus dem kleinen Supermarkt kam, fiel ihr ein Junge auf, der gewollt ungestylt aussah – er stand mit zwei anderen Jungs zusammen, machte aber den Eindruck, als warte er auf jemanden. Während sie an der kleinen Gruppe vorbeiging, drehte er sich zu ihr, als wollte er etwas sagen, doch dann überlegte er es sich offenbar wieder anders. Er sprang auf sein Skateboard, fuhr zur Straße vor, hielt sich an der hinteren Stoßstange eines vorbeifahrenden Lastwagens fest und war alsbald im Straßenverkehr verschwunden.

Es war eine beeindruckende – okay, auch gefährliche – Art der Fortbewegung, aber irgendwie praktisch und cool, wie Ruby fand. Man nannte es »Skitchen«, und sie beschloss, es demnächst selbst mal auszuprobieren.

Im Amster Green Park ging Ruby zielgerichtet auf die alte Eiche zu und hielt nach Clancy Ausschau. Sie entdeckte ihr altes Rad, das sie ihm geschenkt hatte, doch er selbst war nicht zu sehen. Sie pfiff durch die Zähne – zweimal kurz, einmal lang –, und augenblicklich kamen drei Pfiffe zurück: einmal lang, zweimal kurz. Aha, Clancy saß bereits auf dem Baum.

Floh machte es sich im Gras gemütlich – er kannte das alles bereits –, während Ruby zu klettern begann. Wegen des Gipsarmes dauerte es länger als sonst, doch als geübte Kletterin schaffte sie es schließlich bis nach oben.

Ruby und Clancy Crew saßen Seite an Seite auf dem höchsten Ast der alten Eiche, der sich noch zum Sitzen eignete. Von hier aus hatten sie einen guten Blick auf den Amster Green Park und die umliegenden Geschäfte. Der Baum hatte so viel Laub, dass sie vom Weg aus nicht zu sehen waren. Hier oben hielten die beiden sich nicht nur gern auf; der Baum diente ihnen auch als Versteck für verschlüsselte Nachrichten. Und selbst wenn ihnen jemand auf die Schliche käme und die Origami-Zettel in »ihrem« Astloch entdeckte, wäre er vermutlich nicht clever genug, den Geheimcode zu entschlüsseln.

Trotz der späten Stunde war es noch heiß, doch das dichte Blattwerk spendete eine angenehme Frische. Und obwohl die Ferien fast vorbei waren, gab es noch keine Anzeichen dafür, dass der Sommer zu Ende ging und der Herbst vor der Tür stand. Es war wirklich ein einmalig schöner Sommer gewesen. Natürlich hatte es Spaß gemacht, viel Zeit am Strand zu verbringen, abends zu grillen und bis spät in die Nacht hinein zusammenzusitzen, doch dieser heiße Sommer hatte auch einen hohen Preis gefordert: Die lang andauernde Hitzewelle lag bleischwer über der Stadt, in der Umgebung hatten etliche Waldbrände gewütet. Die Feuerwehr war in ständiger Alarmbereitschaft gewesen, und auch die Kriminalitätsrate war höher gewesen als sonst, was offenbar damit zusammenhing, dass die hohen Temperaturen die Menschen aggressiver machten und bei manchen schnell die Sicherungen durchbrannten – behaupteten zumindest die Psychologen.

»Meine Mom glaubt nicht, dass es jemals wieder kühler wird«, sagte Clancy.

»Tja, dann wird sie sich noch wundern«, sagte Ruby.

»Denke ich auch. Ich wollte damit nur sagen, dass man es sich echt nur schwer vorstellen kann. Inzwischen ist man so daran gewöhnt, dass es megaheiß ist und man zum Beispiel nicht an eine Jacke denken muss, wenn man aus dem Haus geht.«

»Stimmt«, sagte Ruby, »aber das Wetter kann von einem Tag auf den anderen umschlagen, und dann braucht man mehr als nur eine Jacke, wenn man aus dem Haus geht.« Ihr Arm unter dem Gips begann zu jucken, und sie schob den gelben Bleistift darunter und bewegte ihn hin und her.

»Und wie soll ich bis dahin durchhalten?«, fragte Clancy.

»Lutsch ein, zwei Eiswürfel oder so«, schlug Ruby vor. »Mannomann, bin ich froh, wenn dieser blöde Gips endlich wegkommt.«

»Wann hacken sie ihn ab?«, fragte Clancy, der zu gern dabei gewesen wäre, wenn sich eine Krankenschwester mit einer Elektrosäge ans Werk machte.

»Morgen«, erklärte Ruby. »Allerdings wurde ich vorgewarnt, dass mein Arm dann total schrumpelig und behaart sein kann und möglicherweise ganz anders aussieht als mein anderer Arm.«

Clancy starrte sie an und bekam vor Staunen den Mund nicht mehr zu.

»Hey, schau nicht so entsetzt drein!«, sagte Ruby.

»Ich schaue nicht *entsetzt* drein, sondern interessiert«, sagte Clancy. »Mal ehrlich: zwei unterschiedliche Arme – wäre doch cool.«

»Aber die stärkere Behaarung wäre sowieso nur vorübergehend.«
»Schade«, sagte Clancy, doch da fiel ihm etwas anderes ein. »Sag mal, hast du diese Fernsehshow gesehen?«
»Welche meinst du?«
»Die mit dem Zauberer, einem Illusionisten namens Darnley Rex«, erklärte Clancy. »Er hat eine neue Show im Fernsehen, weißt du, mit Magie und solchen Sachen. Echt, da wird einem ganz anders.«
»Da geht es nur darum, jemandem eine Idee ins Gehirn einzupflanzen. Es läuft alles über Worte, merk dir das«, sagte Ruby. »Noch bevor du realisierst, wie dir geschieht, hat dich der Magier schon davon überzeugt, dass du etwas ganz anderes siehst als das, was vor dir steht, oder du glaubst, etwas ganz anderes zu sein, als du bist, und plötzlich fängst du an, wie ein Huhn zu gackern.«
»Ich will mir trotzdem lieber vorstellen, dass es Magie ist«, sagte Clancy. »Okay, ich weiß, dass es keine ist, aber es wäre doch verrückt, wenn es Magie wäre, oder?«
»Ich weiß nicht«, sagte Ruby. »Stell dir vor, dieser Darnley Rex könnte bewirken, dass alle Menschen im Land nur noch als gackernde Hühner herumrennen! Dann könnte er klammheimlich die Weltherrschaft übernehmen. Gefällt mir irgendwie nicht, diese Vorstellung …«
Eine Minute lang schwiegen sie beide, bis Clancy sich ein Herz fasste und fragte: »Und? Haben sie dir eine Medaille verliehen?«

»Wer?«, fragte Ruby zurück.

»Na, Spektrum natürlich. Haben dir die Leute von Spektrum schon eine Medaille verliehen?«

»Eine Medaille? Wofür?«, fragte Ruby.

Clancy sah sie kopfschüttelnd an. »Weil du ihretwegen beinahe in dem Waldbrand umgekommen wärst.«

»Warum sollte ich dafür eine Medaille bekommen? Man bekommt keine Medaille, nur weil man *nicht* in einem Waldbrand zu Asche verbrannt ist. Sonst würden ja Hinz und Kunz eine bekommen.«

»Okay, meinetwegen nicht dafür, dass du *nicht* verkohlt bist, sondern vielleicht für all die anderen Sachen, die du gemacht hast?«

»Hey, dafür werde ich schließlich bezahlt. Ist mein Job«, erklärte Ruby. Sie verstummte kurz, bevor sie ergänzte: »Aber vielleicht nicht mehr lange.«

»Was?!«

»Spektrum. Sie haben mich für unbestimmte Zeit aus dem Trainingsprogramm für Agenten im Einsatz verbannt.«

»Für unbestimmte Zeit?«, wiederholte Clancy ungläubig.

»Na ja, es sei denn, ich mache einen bestimmten Test und bestehe ihn. Falls ich aber durchfalle, bin ich raus und darf für den Rest meiner Karriere nur noch am Schreibtisch sitzen, wie Old Kröte. Der Test ist meine allerletzte Chance.«

»Das kann nicht dein Ernst sein!«, sagte Clancy und ruderte vor Aufregung mit den Armen. »Du hast den Fall mit dem Wolf gelöst! Dafür sollten sie dir mindestens eine Medaille geben, in Anerkennung deiner Verdienste, wie bei der Armee, aber nicht …«

»Hör mal, Clancy«, fiel Ruby ihm ins Wort, »erstens bin ich nicht bei der Armee, und zweitens hab ich meine Sache *nicht* gut gemacht. Ich habe nicht mal ein Dankeschön zu hören bekommen – so etwas wie ›Anerkennung‹ gibt es bei einer Geheimdienstorganisation nicht. Machst du deinen Job gut, gibt man dir den nächsten Fall; vermasselst du ihn, gibt man dir den Laufpass – so läuft der Hase. Ich habe zwar den Duftcode geknackt und den Wolf aufgespürt, aber beim Survivaltraining habe ich kläglich versagt, und was noch schlimmer ist: Ich hab mir den Flakon mit der Wolfsessenz abnehmen lassen. Wie sollte ich dafür eine Medaille bekommen? Ich kann schon froh sein, dass sie mir überhaupt noch eine letzte Chance geben.«

Aber sie war alles andere als froh. Sie fühlte sich total ungerecht behandelt.

Clancy nahm einen Schluck aus seiner Coladose. »Und wie sieht dieser Test aus?«

»Keine Ahnung.«

»Aber du wirst ihn bestehen, oder?«

»Das hoffe ich doch!«, sagte Ruby. Sie wollte lieber nicht daran denken, was sie tun würde, wenn sie aus dem Spektrum-Trainingsprogramm für Agenten im Einsatz flog. Klar, das Entschlüsseln von Codes war ihr eigentliches Spezialgebiet, doch sehr viel spannender fand sie die actionreichen Einsätze vor Ort.

Nach einer Weile kletterten die beiden wieder vom Baum herunter. Das fiel Ruby etwas leichter als das Hochklettern, doch als sie vom untersten Ast auf den Boden sprang, verlor sie das Gleichgewicht. Sie plumpste ins Gras und landete etwas unsanft auf der Schulter.

»Ruby, Mensch, meinst du wirklich, dass du schon wieder fit bist und arbeiten kannst?«, rief Clancy besorgt.

»Klar meine ich das! Hab mich nie besser gefühlt.« Sie klopfte sich den Staub ab.

»Ich sage es nur ungern, aber dein Gleichgewichtssinn ist etwas gestört, und es kommt mir so vor, als wärst du insgesamt nicht so selbstsicher wie früher«, gab Clancy zu bedenken.

»Mit meinem Gleichgewichtssinn ist alles in Ordnung, er ist besser denn je. Es ist nur dieser lästige Gips, der mich behindert.«

Clancy musterte sie eindringlich. »Na schön, wie du meinst, Ruby. Dann glaube ich dir eben.«

Das stimmte nicht, kein bisschen. Ruby wusste es, aber sie wollte dieses Thema lieber fallenlassen – über solche Sachen zu reden war okay, wenn es andere Leute betraf, dann fand sie es sogar richtig faszinierend. Im Zusammenhang mit ihr selbst ging es Ruby auf die Nerven.

Wieder zu Hause, ging sie sofort in ihr Zimmer hoch und von dort aus weiter aufs Flachdach, wo sie ihre Ruhe hatte und ungestört ihren Gedanken nachhängen konnte. Diese kreisten im Moment um den Spektrum-Test. Worum würde es gehen? Überlebenstraining? Geschicklichkeit? Kraft?

Und was wäre, wenn sie durchfiel?
Dieser Gedanke war so schrecklich, dass sie ihn schnell beiseiteschob.
Sie hob den Kopf, betrachtete den Himmel mit den vielen Sternen und hoffte, eine Sternschnuppe zu sehen. Die Meteoritenzeit war eigentlich schon vorbei, aber man konnte nie wissen ... In solchen Dingen hatte Ruby unendlich viel Geduld. Es war für sie eine Art Meditation, in die Unendlichkeit des Sternenhimmels zu schauen und dabei ihren Gedanken nachzuhängen.
Da hörte sie ein leises Tapsen, das sich ihr näherte. Ah, Floh.
»Na, mein Junge?« Sie drückte ihren Hund an sich und kraulte ihn hinter den Ohren. »Was meinst du, was auf deine Ruby zukommt?« Sie sah den Husky an, als würde sie tatsächlich eine Antwort von ihm erwarten.
Sie dachte an die vergangenen Monate zurück: die Begegnung mit der Australierin, mit der gefährlichen, heimtückischen Parfümverkäuferin Loreley ... Hinter diesem Komplott musste weitaus mehr stecken, als sie, Ruby, erahnte. Warum hatte die Australierin Loreley den Auftrag gegeben, die Duftessenz des Cyanwolfs zu stehlen? Wofür brauchte sie die? Wo waren die beiden Frauen jetzt? Worauf hatten sie es wirklich abgesehen, und wann würden sie wieder aus der Versenkung auftauchen? Vielleicht nie, doch das war eher unwahrscheinlich – in jedem Thriller, den Ruby bisher gelesen hatte, tauchten die Bösewichte noch einmal auf, um einen furiosen Abgang hinzulegen.

Ruby merkte, dass sie mit diesem Fall innerlich noch nicht abgeschlossen hatte, und sie wünschte und hoffte, dass sie die beiden Verbrecherinnen eines Tages wiedersehen würde, besser früher als später … Ihre Neugier ließ ihr einfach keine Ruhe.
Als Ruby so in den dunklen Himmel blickte, eine Hand auf Flohs warmen Kopf gelegt, hörte sie in der Ferne Sirenen, mehrere auf einmal, deren Heulen aus dem Stadtzentrum von Twinford kam. Sie klangen wie ein Warnruf, eine Warnung vor Dingen, die in nächster Zeit passieren würden. Und während Ruby noch die Ohren spitzte, schrillte in ihrem Kopf ein weiteres Alarmsignal, und sie konnte LBs Stimme fast hören, die streng und unmissverständlich sagte: »Zu große Neugier kann fatale Folgen haben.«
Eine Warnung, die Ruby schon oft gehört, aber stets ignoriert hatte. Würde sie sie diesmal beherzigen?
Wer sie kannte, hatte da seine Zweifel …

Weit oben,
hoch über
den heulenden Sirenen …

… und über den sich langsam drehenden Blinklichtern der Rettungsfahrzeuge spazierte eine winzige Gestalt am spärlich erleuchteten Himmel entlang. Es sah aus, als würde sie zwischen zwei Wolkenkratzern durch die Luft gehen und mit den Füßen einen unsichtbaren Weg ertasten. Ein Himmelsgänger – ein Skywalker?

Die Sirenen und Lichter tief unter ihm interessierten ihn nicht.

Ein Stück weiter vorne stand ein Gebäude in Flammen.

Nun, das ging ihn nichts an.

Als er das Nichts überquert hatte, sprang er leichtfüßig auf das Dach eines Wolkenkratzers und verschwand so plötzlich, als hätte es ihn nie gegeben.

7. Kapitel

Der Anruf

Ruby wachte auf, weil ihr Telefon läutete. Zumindest dachte sie, es sei eines ihrer Telefone. Noch etwas benommen sprang sie aus dem Bett, konnte aber nicht lokalisieren, woher das Läuten kam. Sie hatte jede Menge Telefone – eine ganze Kollektion. Eines sah wie eine Muschel aus, ein anderes wie ein Hummer, eines wie ein Eichhörnchen im Smoking. Außerdem besaß sie ein Donut-Telefon, eines, das wie ein Hamburger aussah, ein paar Telefone, die wie Telefone aussahen, und noch etliche mehr.

Als Ruby suchend durch ihr Zimmer blickte, um zu ergründen, woher das Läuten kam, dämmerte ihr plötzlich, dass es vermutlich von der Armbanduhr kam, die sie in die Schublade ihres Schreibtisches gelegt hatte. Ihre Uhr war nämlich keine normale Uhr von Timex, Ingersol oder Swatch. Ihre Uhr war eine multifunktionale Spezialanfertigung mit integriertem Funkgerät, und obwohl sie sie meist nur als Rettungsuhr bezeichnete, lautete die offizielle Bezeichnung »Spektrum-Fluchtuhr«. Sie hatte früher Bradley Baker gehört, als der noch ein Teenager gewesen war.

Jetzt gehörte sie Ruby. Und sie hatte ihr schon aus so mancher Notlage geholfen.

Ruby holte die Uhr aus der Schublade und schaltete in den Sprechmodus.

»Na, was macht dein gebrochener Arm?«, fragte eine muntere Männerstimme.

»Um mich das zu fragen, haben Sie mich geweckt?«, knurrte Ruby.

»Es ist schon zehn Uhr«, sagte die Stimme.

»Oh, das hab ich nicht gewusst«, sagte Ruby.

»Hast du denn keinen Wecker?«, sagte die Stimme.

»Brauch ich nicht. Es gibt genug Leute wie Sie, die mir gern auf den Zeiger gehen.«

»Was ist nun mit dem Arm? Ist der Gips sehr lästig?«

»Klar, er hindert mich am Schlafen.«

»Wieso das?«

»Dauernd rufen Leute an, die wissen wollen, wie es mir damit geht.«

»Aha«, sagte die Stimme. »Und was sagst du dann?«

»Dass es juckt«, sagte Ruby.

»Ein gutes Zeichen«, sagte die Stimme. »Es bedeutet, dass der Bruch gut verheilt.«

»Bekomme ich dauernd zu hören. Aber wollen Sie mir nicht endlich verraten, wer Sie sind?«, fragte Ruby.

»Oh, tut mir leid. Hab ich vergessen, mich vorzustellen?«

»Scheint so.« Ruby gähnte.

»Ich bin Agent Gill. LB sagte, ich solle den Praxistest mit dir absprechen. Ich wollte nur schnell hallo sagen.«

»Auch hallo«, sagte Ruby und kratzte mit dem gelben Stift

unter ihrem Gips herum. Dann tapste sie mit der Funkuhr ins Badezimmer und betrachtete ihr Gesicht im Spiegel. »Ist es ein Survivaltest?«, fragte sie betont beiläufig.

»Das kann ich weder bestätigen noch bestreiten«, sagte Gill.

»Wann soll der Gips abgemacht werden?«

»Heute.«

»Das ist gut, denn du wirst beide Arme brauchen, und du musst fit sein.«

»Muss man das nicht immer?«, fragte Ruby.

»Richtig, deshalb solltest du gleich mal auf dein Fahrrad hüpfen und ein paar Meilen abstrampeln. Mach ein kleines Workout.«

»Würde ich ja gern, aber ich habe kein Rad«, sagte Ruby.

»Hast du doch, ich hab dich schon in der Stadt herumfahren sehen. Es ist gelb, oder?«

»Grün«, sagte Ruby.

»Genau«, sagte Gill. »Gut, dann schwing dich also demnächst auf dein grünes Rad.«

»Es ist blau«, sagte Ruby.

»Hast du nicht gerade gesagt, es sei grün?«

»Nicht mehr.«

»Wie das?«, fragte Gill.

»Ich hab es mit Windrush-Metallicblau besprüht und meinem Freund Clancy geschenkt.«

»Das war aber sehr nett von dir«, sagte Gill.

»Schon, aber es bedeutet, dass ich vorläufig zu Fuß gehen muss.«

Gill seufzte durch die Leitung. »Tja, das hat man davon, wenn man nett ist.«
»Wem sagen Sie das?« Ruby seufzte ebenfalls.
»Dann kann ich dir nur raten, es mit Jogging zu versuchen.«
»Wie bitte?! Sie haben mich geweckt, um mir zu sagen, ich solle mit Joggen anfangen?«
»Nein, ich habe dich geweckt, um dir zu sagen, dass du demnächst kontaktiert wirst, vielleicht schon in den nächsten Stunden. Du musst dich in Bereitschaft halten. Ich werde mich wieder melden«, sagte Gill.
»Sie haben angerufen, um mir zu sagen, dass Sie sich bald bei mir melden werden …?«
»Richtig! Ich werde mich wieder melden«, sagte Gill und legte auf.
Rubys Uhr vibrierte – sie sah auf das Ziffernblatt. Auf dem Glas waren plötzlich Buchstaben zu sehen.

SEI BEREIT!

»Ich kann es kaum erwarten«, murmelte Ruby. Das war nicht so ironisch gemeint, wie es klang. Ruby zählte wirklich schon die Stunden. Sie hatte das Gefühl, dass ihr Leben richtig langweilig gewesen war, bevor sie von Spektrum rekrutiert worden war. Natürlich hätte sie gut eine oder auch zwei Wochen ohne den Nervenkitzel ihres »Nebenjobs« leben können. Sie hatte viel Spaß mit ihren Freundinnen und Freunden, nette Eltern, und es gab ja auch noch Bücher, Musik, Museen, Kunstgalerien, Kinos, Eisdielen, Rollerskates – tausend Dinge, die man tun konnte, und zu Hause konnte man fernsehen oder auch Tischtennis spielen. Es gab genügend Dinge, mit denen sie ihren neugierigen, wachen Geist beschäftigen konnte. Doch Ruby war keine normale Dreizehnjährige; ihr Verstand brauchte ständig neue Herausforderungen.

Als Ruby sich gerade ankleidete, entdeckte sie einen Zettel, der an ihrer Zimmertür klebte. Mrs Digby musste ihn hingeklebt haben. Auf dem Zettel stand:

Wichtig:
Heute Abend um Punkt 18.30 Uhr fertig sein.
Ohren waschen (mit Seife) nicht vergessen.
P.S. Deine Mutter hat Dir ein Kleid gekauft.
(Es wird Dir nicht gefallen.)

Ruby verdrehte die Augen und setzte dann ihre Suche nach den Yellow-Stripe-Sneakers und einem frischen T-Shirt fort. Ihr Blick fiel auf das rote, auf dem in großen schwarzen Buchstaben geschrieben stand: BITTE SAGT MIR, DASS ICH NICHT WACH BIN!

Ruby besaß viele T-Shirts, die alle mit ähnlichen Sprüchen, Slogans oder Fragen bedruckt waren. Einige waren witzig, andere frech, wieder andere witzig *und* frech. Die meisten davon gefielen ihrer Mutter *gar nicht*, doch Ruby dachte nicht daran, sich in Sachen Klamotten dreinreden zu lassen, am allerwenigsten von ihrer Mutter.

»Eines Tages wirst du einsehen, dass ich mich in modischen Dingen auskenne. Dann wirst du mich zu schätzen wissen«, sagte Sabina nicht selten.

»Mom, ich weiß dich jetzt schon zu schätzen«, antwortete Ruby dann immer. »Es ist nur so, dass die Klamotten, die du mir dauernd kaufst, dazu führen, dass ich dich weniger schätze, als ich es tun würde, wenn du sie mir ersparen würdest.«

Da summte die Haussprechanlage in Rubys Zimmer. »Jaaa?«, meldete sie sich.

»Hier spricht die Haushälterin, du weißt schon, die arme alte Lady, die dir jeden Wunsch von den Lippen abliest.«

»Hallo, Mrs Digby, was kann ich für Sie tun?«

»Wollte dich nur an heute Abend erinnern«, sagte die Haushälterin. »Deine Eltern legen großen Wert darauf, dass du um Punkt halb sieben geschniegelt und geschrubbt, mit dem neuen Kleid und polierten Schuhen an der Haustür stehst, verstanden?«

»Das haben Sie mir doch schon auf den Zettel geschrieben«, stöhnte Ruby. »Gibt es sonst noch etwas, was Sie wiederholen möchten?«

»Ja, Punkt halb sieben – sei pünktlich, sonst gibt's Ärger.«

Mrs Digby arbeitete seit einer halben Ewigkeit als Haushälterin bei den Redforts, und sie kannte Ruby in- und auswendig. Und wenn etwas so sicher war wie das Amen in der Kirche, dann die Tatsache, dass Ruby Redfort niemals eine Medaille für Pünktlichkeit gewinnen würde. Mit festen Uhrzeiten stand sie auf Kriegsfuß.

Da summte die Haussprechanlage erneut. »Am Kühlschrank hängt übrigens eine Nachricht von deinem Vater.«
»Und?«, fragte Ruby.
»Was – und?«, fragte Mrs Digby zurück.
»Was hat er geschrieben?«
»Wenn du deinen faulen Hintern endlich heruntertragen würdest, könntest du es selbst lesen.« Die Haushälterin legte auf, und Ruby ging nach unten, weil sie allmählich Hunger hatte. Der Zettel hing noch am Kühlschrank. Darauf stand:

Dr. Shepherd war so nett, Dich trotz seines engen Terminplans noch einzuschieben. Sei bitte um 13.15 Uhr im St. Angelina Hospital.
Mein Chauffeur Bob holt Dich um halb eins zu Hause ab und fährt Dich auch wieder zurück.
Nimm auf keinen Fall die U-Bahn.
Und bitte, Schatz, sei pünktlich. Der gute Mann tut mir einen Riesengefallen.
Alles Liebe, Papa.

Ruby warf einen Blick auf ihre Uhr; sie hatte noch massenhaft Zeit, bis sie im Krankenhaus sein musste. Es würde reichen, um noch schnell in den tollen Secondhandladen in der Amster Street zu gehen und sich nach einem Kleid für heute Abend umzusehen. Das Kleid, das Sabina ihr gekauft hatte, würde sie auf gar keinen Fall anziehen! Aber ein Kleid müsste es schon sein, ihrer Mutter zuliebe.

Ruby hatte Glück – das Kleid, das ihr auf Anhieb gefiel, passte ganz wunderbar, beziehungsweise würde gut passen, wenn sie es noch etwas kürzte. Außerdem entdeckte sie in dem Geschäft einen alten Taschenbuchkrimi, der ganz interessant aussah. Ihr Vater würde seinen Chauffeur sicher viel zu früh schicken, um sie abzuholen, und dann müsste sie im Krankenhaus lange warten. Da wäre es nicht schlecht, wenn sie etwas zum Lesen dabei hatte. Noch netter wäre es jedoch, das neue Buch im Sonnenschein zu lesen statt in einem klimatisierten Wartezimmer im Krankenhaus. Ruby musste nicht lange überlegen: Kein Problem, ein Anruf würde genügen.

Als Ruby das Geschäft verließ, fiel ihr Blick auf einen Münzfernsprecher. Sie wählte die Büronummer ihres Vaters und landete bei seiner Assistentin.

»Hi, Dorothy«, sagte sie mit verstellter Stimme, »hier spricht Sabina Redfort. Hören Sie, ich habe beschlossen, Ruby selbst ins Krankenhaus zu fahren, Sie wissen ja, wie es mit Kindern so ist. Ich möchte ganz sichergehen, dass sie pünktlich dort ist, und ich weiß, Bob ist ein wunderbarer Fahrer und alles, aber Ruby hat es nicht so mit der Pünktlichkeit, und wer weiß, ob er einen Teenager auch rechtzeitig ins Auto bekommt? Wage ich zu bezweifeln …« (Ruby lachte auf genau dieselbe Weise wie ihre Mutter.) »Ja, Dorothy, da gebe ich Ihnen recht. Seien Sie also bitte so nett und sagen Sie Bob, er brauche nicht zu kommen. Danke, und oh – es wäre mir lieber, wenn mein Mann es nicht mitbekäme, sonst denkt er wieder, ich sei eine überbesorgte Glocke ... Ach, *Glucke*? Wirklich? Es heißt Glucke?« (Wieder lachte sie.) »Gut, dann tschau-tschau.«

Ruby konnte die Stimme ihrer Mutter so täuschend echt nachmachen, dass nicht mal ihre Mutter selbst den Unterschied gemerkt hätte.

Zufrieden setzte sich Ruby dann auf eine Bank in der Nähe, lehnte sich mit dem Rücken an die Mauer und grinste vor sich hin. Sie wusste zwar noch nicht, wie sie nachher ins Krankenhaus kommen würde, da sie kein Rad mehr hatte, doch dieses Problem würde sie später lösen. Sie schlug ihren Krimi auf – *Keine Zeit zum Schreien* – und begann zu lesen.

Es dauerte nicht lange, bis Ruby jedes Gefühl für Raum und Zeit verlor; das Buch war viel spannender als erwartet. Sie nippte nebenbei immer wieder an ihrem Milchshake und hatte die 275 Seiten schon fast durch, als sie plötzlich spürte, dass sie beobachtet wurde. Sie blickte auf. Es war der Junge mit der gestylt-ungestylten Frisur, den sie am Vortag vor dem Minimart gesehen hatte. Er stand breitbeinig auf dem Telefonhäuschen, als würde das keinen stören, aber vielleicht war ihm das auch egal.

Ruby fiel ein, wie er sich hinten am Lastwagen festgehalten hatte und auf seinem Skateboard davongeflitzt war – das wollte sie wirklich mal ausprobieren. Er war einer dieser Jungs, die wussten, dass sie gut aussahen – doch im Moment wirkte er eher schüchtern und spielte mit einem Schlüsselanhänger herum, der mit einer Kette an seinem Gürtel befestigt war. Er wirkte längst nicht so taff wie gestern. Ruby vermutete, dass er sie gleich anlächeln und vielleicht sogar ansprechen würde und sich nur noch nicht so recht traute.

»Hey«, sagte er dann tatsächlich.

»Auch hey«, erwiderte Ruby. Sie hatte ihren Milchshake weggestellt und suchte gerade nach ihrer Kappe, die irgendwo in ihrem Rucksack sein musste. »Ach, übrigens, ich glaube, die Lady da will telefonieren.« Sie zeigte auf die ältere Frau, die ein wenig ratlos den Jungen auf dem Telefonhäuschen betrachtete. Der Junge zuckte mit den Schultern und sprang dann herunter.

»Wie heißt du?«, fragte er plötzlich.

»Soweit ich weiß, ist es üblich, sich zuerst selbst vorzustellen, bevor man eine andere Person nach ihrem Namen fragt. Ist schließlich eine sehr persönliche Frage.«

»Hä? Jemanden nach seinem Namen zu fragen ist persönlich?«, sagte der Junge perplex.

»Für mich ja, es sei denn, du bist ein Gesetzeshüter oder von wesentlich höherem Rang – nur dann bist du berechtigt, jemanden nach seinem Namen zu fragen.« Nachdem sie diesen Satz ohne aufzublicken heruntergerattert hatte, fragte sie: »Und? *Bist* du ein Gesetzeshüter?«

Damit hatte sie den fremden Jungen total aus der Fassung gebracht. Er stammelte: »Wie? *Was* soll ich sein?«

»Ein Gesetzeshüter«, wiederholte Ruby und wühlte weiter in ihrem Rucksack herum. »Also, was ist nun?«

»Was soll sein?«, fragte der Junge.

»Wie heißt du, Kumpel?«

»Wie ich heiße?«

»Meine Güte, leidest du an Gedächtnisschwund? Oder bist du in einem Zeugenschutzprogramm?«

Der fremde Junge grinste, überrascht und verlegen, weil er es offenbar nicht gewohnt war, dass sich ein Mädchen nicht vor Begeisterung überschlug, wenn er sie ansprach.

»Ich heiße …«, begann er, doch Rubys Interesse an ihm war schlagartig erlahmt. Sie hatte gerade Erschreckendes gesehen – die Uhr über der Tür der Apotheke.

Verflixt! Das Krankenhaus! Ihr Termin! Sie war zu spät dran!

»Hör mal, ich bin sicher, dass du einen echt tollen Namen hast, Kumpel, der spitzenmäßig zu dir passt und alles, aber das erzählst du mir lieber beim nächsten Mal, denn ich muss sofort los!« Sie setzte sich ihre Kappe auf, die sie endlich in ihrem Rucksack gefunden hatte, und sprang auf. Hektisch winkte sie ein Taxi herbei, riss die Tür auf und sprang hinein.

Der Junge mit der coolen Frisur sah dem Taxi nach, als es sich in den Verkehr einfädelte. Sehr weit kam es allerdings nicht, weil gleich die erste Ampel rot war. Als er sich abwandte, sah er Rubys Buch noch auf der Bank liegen.

»Hey, dein Buch!«, rief er und rannte los. Im Zickzack düste er durch den anfahrenden Verkehr, doch das Taxi gab Gas, sobald die Ampel auf Grün gesprungen war.

»Heb's für mich auf!«, rief Ruby aus dem offenen Fenster. »Ich will unbedingt wissen, wie es ausgeht!«

8. Kapitel

Bis auf den letzten Cent

Der Taxifahrer hatte den Sender TTR eingeschaltet: *Twinford Talk Radio*, wo gerade eine lebhafte Diskussion über Lokalnachrichten im Gange war. Die Hörerinnen und Hörer riefen an, um ihre Meinung zu dem Standbild zu sagen, das der Bürgermeister von sich hatte aufstellen lassen und das bei den Twinfordern überhaupt nicht gut ankam.

»Die Statue ist so was von hässlich!«, schimpfte Roxy aus North Twinford.

»Mein Kleiner brüllt immer wie am Spieß, wenn ich mit dem Kinderwagen an dem Standbild vorbeifahre«, steuerte Judy aus der Midtown Avenue bei. *»Ich bin jedes Mal versucht, ein Tuch darüberzuwerfen, damit man das hässliche Ding nicht mehr sieht! Verstehen Sie, was ich meine?«*

»Und ob ich dich verstehe, Judy«, seufzte der Taxifahrer, »ich hab meiner Lebtag noch nichts Scheußlicheres gesehen.« Er suchte im Rückspiegel Rubys Blick. »Und was sagst *du* dazu?«

»Ich stehe auf Horror in jeder Form«, antwortete Ruby. Der Bildhauer, der versucht hatte, den Bürgermeister in Stein abzubilden, hatte eindeutig etwas Modernistisches angestrebt, doch herausgekommen war ein steingewordener Albtraum.

»Verstehe!«, sagte der Taxifahrer und drückte mächtig auf die

Hupe. Er streckte den Kopf aus dem Fenster. »Aus dem Weg, Lady!«

Twinford Talk Radio wechselte nun das Thema und berichtete von bevorstehenden Stürmen, die trotz der bisher so stabilen Wetterlage demnächst über Twinford hereinbrechen würden.

»Da erzählen die uns dauernd, der erste Hurrikan sei bereits im Anmarsch, dabei haben wir nicht mal genug Wind, um einen Drachen steigen zu lassen, ich hab's versucht«, beschwerte sich Steve aus Ocean Bay Suburb.

Beim nächsten Punkt der Live-Diskussion ging es um einen mutmaßlichen Einbruch im 26. Stockwerk in den Lakeridge Square Apartments. Mutmaßlich deshalb, weil allem Anschein nach nichts gestohlen worden war. *»Hat es ein Hochhausräuber auf die Bewohner der Lakeridge Apartments abgesehen?«*, fragte Ted, der Moderator.

»Ich wette, es hat etwas mit diesem Skywalker zu tun«, sagte der Taxifahrer.

»Was für ein Skywalker?«, fragte Ruby.

»Ach, irgendein Clown soll zwischen den noblen Apartmentblocks in Downtown herumspaziert sein«, erklärte der Taxifahrer. »Ist mir egal, ich wohne in einer Erdgeschosswohnung drüben in East Twinford.«

»Wie? Man hat jemanden auf den Dächern herumspazieren sehen?«, fragte Ruby.

»Nein, man sagt, er gehe durch die Luft«, sagte der Taxifahrer. »Von einem Gebäude zum nächsten.«

»Kann ich mir nicht vorstellen«, sagte Ruby.

»Aber wie macht es dieser Typ, Alice? Mit einem Hochseil, oder hat er übernatürliche Kräfte? Und was kann die Polizei von Twinford gegen diesen Mann tun, wenn überhaupt?«

»Soll ich Ihnen sagen, was ich *denke?«*, sagte Alice aus East Twinford. *»Ich wünsche dem Kerl viel Glück! Ich hätte auch gern so viel Geld, dass ich im Lakeridge wohnen könnte! Diese Reichen da haben doch sowieso viel zu viel Geld. Die juckt es doch gar nicht, wenn bei ihnen eingebrochen wird und ein paar von ihren Wertsachen futsch sind! Es ist sowieso verdächtig, dass sie so viel haben, es ist einfach nicht gerecht, und wenn es nach mir ginge, dann –«*

»Danke für Ihren interessanten Beitrag, Alice, aber wir müssen hier leider abbrechen«, stoppte der Moderator ihre Schimpftirade.

Ruby hatte interessiert zugehört und war richtig enttäuscht, als die Sendung mit einem weniger spannenden Thema weiterging, nämlich Kalkablagerungen im Bad. Sie hing ihren eigenen Gedanken nach, während die Stadt an ihr vorbeiflitzte. Erst als sie etwa auf halber Strecke zum Krankenhaus waren, fiel ihr auf, dass sie vermutlich nicht genug Geld für das Taxi hatte. Verflixt, wahrscheinlich reichte es nicht mal für die bisherige Strecke. Sie hatte ihre Dollars für das Kleid und das Buch ausgegeben und war jetzt echt knapp bei Kasse.

»Oje, hören Sie, fahren Sie bitte rechts ran, ich muss hier aussteigen«, sagte Ruby zu dem Fahrer. »Ich fürchte, mein Geld reicht nicht.«

Mit quietschenden Reifen kam das Taxi zum Stehen.

»Es sei denn … aber ich nehme nicht an …«, fuhr Ruby fort, während sie sämtliche Münzen aus ihrem Portemonnaie klaubte und ihm überreichte, »… dass Sie einem Kind mit einem kaputten Arm aus der Patsche helfen wollen.«
»Raus mit dir!«, maulte der Fahrer und deutete mit dem Daumen zum Gehsteig.
»Danke, sehr freundlich, Sir«, rief Ruby dem Taxifahrer nach, als dieser schon Gas gab. »Ich werde Sie in meinem Testament bedenken.«

So kam es, dass Ruby mit fast einer halben Stunde Verspätung im Krankenhaus eintraf, wo sie von einer schlechtgelaunten Schwester empfangen wurde. »Schwester Mary« stand auf ihrem Namensschild.
»Du kommst zu spät!«, pflaumte sie Ruby an.
»Gerade mal siebenundzwanzig Minuten«, gab Ruby zu bedenken.
»Zu spät ist zu spät«, brummte die Krankenschwester.
»*Viel* zu spät?«, hakte Ruby nach.
»Dr. Shepherd ist schon weg«, sagte Schwester Mary und stemmte die Fäuste auf die Hüften.
»Im Ernst?«
»Dr. Shepherd ist ein vielbeschäftigter Mann.«
»Entschuldigung«, sagte Ruby mit großen unschuldigen Augen. »Wissen Sie, ich hatte echt Probleme mit dem Herkommen. Zuerst musste ich …«
Die Schwester hob abwehrend eine Hand, um Rubys Redefluss

zu stoppen. »Wenn du versprichst, kein Wort mehr zu sagen, werde ich schauen, was ich für dich tun kann.« Sie tätigte ein paar Anrufe und sagte zu Ruby, sie solle sich draußen im Wartezimmer auf einen der Plastikstühle setzen.

Ruby schlug ein stark lädiertes Exemplar des *Twinford Daily Mirror* auf. Auf Seite zwei stand ein Artikel über den Einbruch im Lakeridge Building. Der Bewohner des fraglichen Apartments, ein gewisser Mr Baradi, hatte einen Riesenschreck bekommen, als er um 6.20 Uhr aufstand und feststellen musste, dass die Tür seiner Wohnung im 26. Stock weit offen stand.

> »Die Wohnungstür war eindeutig von innen aufgeschlossen worden«, erklärte er der Polizei vom 24. Bezirk. »Ich frage Sie«, fuhr er fort, »wie in Dreikönigsnamen war das möglich?« Seltsamerweise wurde nichts gestohlen, doch die Suche dauert noch an.

Fünfundvierzig Minuten später schickte die Schwester Ruby in ein kleines weißes Kabuff und sagte, der Arzt würde gleich kommen. Ruby wartete und wartete. Eine Stunde und siebenundzwanzig Minuten später war noch immer niemand gekommen. Bis dahin hatte Ruby alle Aushänge und Informationen an der Wand mehrfach gelesen, zuerst in Englisch, dann auf Spanisch und zum Schluss auch noch die in Blindenschrift. Dann endlich öffnete sich die Tür.

»Na, willste das Ding abhaben?«, fragte die Frau im weißen Kittel und zeigte auf Rubys Gipsarm.

»Ähm, ja, wäre nicht schlecht. Verstehen Sie mich nicht falsch, und die Warterei hier war auch echt klasse, aber ich sollte allmählich zu meinen Eltern zurück, sonst kommen sie noch auf die Idee, mein Zimmer weiterzuvermieten.«

Der Frau war offenbar nicht nach Scherzen zumute, denn sie ging nicht auf Rubys ironischen Ton ein. »War das ein Ja?«, fragte sie.

»Ja«, bestätigte Ruby.

»Ein ›Ja, bitte‹?«

»Ja, bitte, Ma'am«, sagte Ruby.

»Schon besser«, sagte die Frau im weißen Kittel und machte sich umgehend ans Werk. Es dauerte nicht lange, bis Ruby ihren Gips los war.

»Können Sie mir noch den einen oder anderen Rat geben?«, fragte Ruby und deutete auf ihren befreiten Arm. Ein komisches Gefühl, plötzlich wieder Luft daran zu spüren.

»Ähm, ja«, sagte die Frau, »du solltest in Zukunft vielleicht etwas entspannter sein. Deine pampige Art ist deiner Gesundheit nicht zuträglich.«

Ruby lächelte sie an. »Danke, werde ich mir merken. Sie als medizinische Kapazität müssen es ja wissen.« Sie bedankte sich artig und bot der Frau einen Kaugummi an, den diese tatsächlich annahm.

Danach marschierte Ruby erleichtert aus dem Kabuff und verließ das Krankenhaus.

Sie nahm ein Taxi bis nach Hause, klingelte Hitch heraus und informierte ihn über ihren finanziellen Engpass. Hitch bezahlte den Taxifahrer – und Rubys Vater bekam von alledem zum Glück gar nichts mit.

Ruby ging in die Küche, wo sich ihre Mutter gerade von ihrer Haus- und Hoffriseurin Tammy die Haare machen ließ. Sabina blätterte in der neuesten Ausgabe von *Whispering Weekly* – einer Illustrierten mit Klatsch und Tratsch über berühmte Filmstars, Models und Sängerinnen. Der Modeteil beschränkte sich fast nur darauf, wie grässlich die Damen in ihrem jeweiligen Outfit aussahen. BERÜHMT UND PHANTASTISCH? ODER KATASTROPHAL UND SCHRECKLICH?

Es gab auch eine Rubrik, die sich ausschließlich mit kleineren und größeren Pannen befasste: Nahaufnahmen von Strümpfen mit Laufmaschen und von Gesichtern mit Pickeln, Falten oder missglückten Frisuren. Tammy, die Friseurin, beugte sich immer wieder über Sabinas Schulter, schnalzte missbilligend mit der Zunge und blätterte manchmal sogar ungefragt weiter. Am meisten faszinierte Tammy offenbar eine Story über eine Schauspielerin, die auf die dumme Idee gekommen war, ein Make-up namens Face Flawless – Makelloses Gesicht – auszuprobieren. Sie hatte offenbar versucht, mit diesem Make-up alle Flecken und Unebenheiten abzudecken, um bei der Premiere ihres neuen Films perfekt auszusehen. Doch leider enthielt Face Flawless irgendeinen Inhaltsstoff, der unschön auf die Blitzlichter der Fotografen reagierte. Fakt war, dass alle Stellen, die Jessica Riley mit dem Make-up verdecken wollte, weiß glänzten. Ihr Gesicht sah wie eine fleckige Landkarte aus.

»Die Ärmste! Sie tut mir echt leid«, sagte Tammy mitfühlend und schüttelte den Kopf. »Solche Fotos sollten sie nicht bringen.« Sie wartete, bis Sabina weiterblätterte. »O nein, schauen Sie sich *die* mal an …« Sie deutete mit ihrem Kamm auf eine Sängerin, die in einem viel zu engen Badeanzug abgelichtet worden war. »Das arme Ding! Wenn sie das hier sieht, wird sie garantiert darüber nachdenken, ob sie sich aus den Schenkeln Fett absaugen lässt.«

»Ich wette, es ist ihr ein großer Trost, dass zwanzig Millionen Leserinnen wie Sie sie bedauern«, sagte Ruby.

Da kam Brant Redfort in die Küche. »Hallo, Ruby, du siehst so anders aus«, sagte er.

Sabina blickte von ihrer Illustrierten auf. »Stimmt. Ich frage mich …?«

»Könnte es vielleicht … an meinem Arm liegen?«, schlug Ruby vor.

»Ach ja, richtig!«, riefen ihre Eltern im Chor.

»Das müssen wir feiern!«, sagte Brant.

»Du kennst mich ja, ich freue mich immer, wenn es einen Anlass zum Feiern gibt«, sagte Sabina und klatschte vor Freude in die Hände. »Hitch!«, rief sie dann. »Wir haben etwas zu feiern! Haben Sie etwas Passendes im Angebot?«

In diesem Moment schellte es an der Tür – gleich dreimal hintereinander. Wer läutete da Sturm?

Mrs Digby eilte zur Haustür, wo Clancy stand und vor Aufregung von einem Fuß auf den anderen hüpfte.

»Himmel, Junge! Musst du aufs Klo?«, fragte sie.

»Entschuldigung!«, rief Clancy, als er auch schon die Treppe hochflitzte und dabei immer zwei Stufen auf einmal nahm. Er war extra gekommen, um Rubys Arm zu sehen.
»Er ist nicht so haarig, wie ich gehofft hatte«, sagte er, als Ruby ihm ihren Arm präsentierte, »aber definitiv behaarter als der andere.«
Ruby verdrehte die Augen. »Junge, Junge, deine Sorgen möchte ich haben!«
»Hallo, Clancy«, sagte Sabina. »Wie kommt es, dass du um diese Zeit nicht schon geschniegelt und herausgeputzt bist für die Veranstaltung in der Scarlet Pagoda? Da geht es sehr vornehm zu.«
Clancys Miene verfinsterte sich. »Ich gehe nicht hin.«
»Wie bitte?! Spinnst du?«, rief Ruby. »Das kannst du mir nicht antun!«
»Mein Vater hat in letzter Minute ein offizielles Dinner in der Botschaft anberaumt, bei dem er mich unbedingt dabeihaben will.« Er zuckte die Schultern. »Familiäre Verpflichtungen.«
Als er Rubys Gesicht sah, fuhr er fort: »Glaub mir, es ärgert mich total. Ich wäre so gern hingegangen. Werden da nicht sogar die Kostüme aus *Vorsicht vor dem Krabbenmann* vorgeführt?«
Brant und Sabina verstanden nur Bahnhof, doch Ruby nickte.
»Wenn deine Eltern nicht hingehen, kannst du doch mit uns kommen, Clancy«, schlug Sabina vor.
»Gute Idee, Schatz«, pflichtete Brant seiner Frau bei. »Komm doch mit uns.«
»Du *musst* mitkommen, Mensch«, sagte auch Ruby. »Sie zei-

gen Kostüme aus fast allen Horrorklassikern, die du so liebst – und auch aus anderen Filmen, echt coole Sachen, kein langweiliges Zeug.«

Clancy lachte verkniffen. »Ich weiß! Ich habe mich seit Wochen auf dieses Event gefreut. Aber leider kennt mein Dad kein Erbarmen, wenn Botschafterin Sanchez kommt. Sie hat acht Kinder, stell dir vor! Acht!«

»Na und?«, sagte Ruby achselzuckend.

»Mein Vater hat nur sechs.«

Ruby sah ihn kopfschüttelnd an. »Ist das eine Art Wettbewerb unter Botschaftern?«

»In diesem Fall schon. Hast du eine Ahnung, wie schwer es für Frauen ist, in der Politik Karriere zu machen?«

»Klar, da rennst du bei mir offene Türen ein«, sagte Ruby.

»Gegen Botschafterin Sanchez ist mein Vater ein Schmalspurfahrer, zumindest sieht er es so. Sanchez ist *die* Vorzeigefrau schlechthin, wenn es darum geht, Karriere und Familie unter einen Hut zu bringen. Als der Präsident letzten Monat hier war, hat sie eigenhändig einen Kuchen gebacken. Stell dir vor, sie ist Botschafterin und alleinerziehende Mutter von acht Kindern und backt für den Präsidenten einen Kuchen!«

»Scheint wirklich eine taffe Frau zu sein«, kommentierte Sabina.

»Und womit will dein Vater *sie* beeindrucken?«, fragte Brant.

»Oh, er tut, was er kann«, sagte Clancy. »Er ist wild entschlossen, sich als Superdaddy zu präsentieren, der sich in seiner Freizeit hingebungsvoll um seine großartige Kinderschar kümmert –

trotz seines anstrengenden Berufs. Folglich müssen wir Kinder vollzählig anwesend sein und strahlen.«

»Und was ist mit seiner großartigen Frau?«, fragte Sabina, während sie an einem der Drinks nippte, die Hitch gerade serviert hatte.

»Sie lässt sich gerade die Haare machen«, sagte Clancy. »Wie auch gestern schon.«

»Na ja, du weißt ja, was man sagt: Die richtige Frisur öffnet einem Tür und Tor«, sagte Brant.

Clancy rümpfte die Nase, weil er vermutlich überlegte, ob an diesem Spruch etwas dran war. »Kann sein … Jedenfalls müssen wir alle geschniegelt und gut frisiert sein, damit alle sehen, was für eine tolle Karriere er gemacht hat, wie toll seine Kinderlein sind und wie toll Twinford und er sind. Verständlich, nicht wahr?«

»Ich habe verstanden«, sagte Ruby. »Du kannst heute Abend nicht mitkommen, weil du und deine ganze Familie toll dastehen und schick frisiert sein müsst.«

Clancy nickte. Genau so war's.

9. Kapitel

Das Skorpion-Gespenst in der Scarlet Pagoda

Ruby freute sich auf diesen Abend. Weniger wegen der Veranstaltung an sich – der ganze Smalltalk würde wie immer todlangweilig sein –, doch die Kostüme, die vorgeführt wurden, waren sicher hochinteressant.
Abgesehen von Lesen waren Filme Rubys größtes Hobby, besonders Krimis und Horrorfilme – eine Leidenschaft, die sie mit Mrs Digby teilte. Nichts machte der alten Haushälterin der Redforts größeres Vergnügen als spannende Mordfälle. Zu schade, dass sie bei Gespenstern kneift, dachte Ruby. Der heutige Abend in der Scarlet Pagoda würde einen wahren Schatz an Originalkostümen aus berühmten Kriminal- und Horrorfilmen zutage fördern.
Ruby brauchte länger als sonst, um sich fertig zu machen, weil sie ihr neuerworbenes Kleid noch etwas abändern musste – sprich: Sie musste es um etwa zehn Zentimeter kürzen und den Saum mit Klebeband innen festkleben. Das Ergebnis gefiel ihr ausnehmend gut, und als sie auch noch ihre neue Sonnenbrille aufsetzte, fand sie sich richtig cool. Die Veranstaltung würde sie etwas ablenken, so dass sie nicht mehr ständig an den doofen Spektrum-Test denken müsste.
»Herrje, was hast du da an?«

Sabina Redfort starrte ihre Tochter an, die in einem unförmigen Kleid und mit abgetragenen Schuhen und Overknees die Treppe herunterkam. Ihre Augen waren hinter einer riesigen, viereckigen, weißen Sonnenbrille versteckt.
Das Kleid stammte ganz offensichtlich aus einem Secondhandladen, wenn nicht sogar vom Flohmarkt. Es hatte ein grelles pink-gelbes Paisley-Muster, und weil es Ruby viel zu weit war, hatte sie es in der Taille mit einem breiten, weißen Gürtel mit riesiger Schnalle zusammengebunden.
Du meine Güte, dachte Sabina bestürzt, hat meine Tochter den Fetzen womöglich aus der Kleidersammlung gefischt?
»Ist was?«, fragte Ruby – völlig unnötigerweise, denn das Gesicht ihrer Mutter sprach Bände.
Sabina schloss gequält die Augen und schüttelte den Kopf, als müsste sie einen grässlichen Anblick abschütteln.
»Okay«, sagte sie dann, »ich will kein Theater machen. Gehen wir und genießen wir den heutigen Abend. Ich stelle mir einfach vor, du hättest das hübsche pfirsichfarbene Kleid an, das ich extra bei Melrose Dorff für dich gekauft habe – genau, warum hast du es eigentlich nicht angezogen?«
In diesem Moment kam Brant Redford in einem eleganten schwarzen Anzug ins Wohnzimmer, und seine Augen begannen zu strahlen, als er seine Frau erblickte – sie war ein Traum in Rosé mit dazu passenden Accessoires.
»Du siehst hinreißend aus, Schatz«, sagte er und küsste sie auf die Wange. »Du natürlich auch, Ruby«, fügte er hinzu, noch bevor er seine Tochter genau angesehen hatte. »Du siehst sehr …

sehr …« Er suchte nach einem Adjektiv, das nicht beleidigend und doch zutreffend sein würde. Ihm fiel keines ein.

»Ich verstehe: sehr, sehr«, sagte Ruby. »Regt euch wieder ab, Leute. Ich fühle mich in meinem Outfit sehr wohl.«

Hitch chauffierte die Redforts zum Veranstaltungsort. Es war ein Riesenzirkus mit rotem Teppich und allem Pipapo.

Die Scarlet Pagoda war hell erleuchtet, und die Besucher hofften, dass dank der Einnahmen aus den sehr teuren Eintrittsgeldern und der Tombola so viel Geld zusammenkam, dass das alte Art déco-Gebäude vor dem Verfall gerettet werden konnte. Da es aus den Goldenen Zwanziger Jahren stammte, galt es als architektonisches Juwel von großer historischer Bedeutung. Jeder der älteren Oskar-verdächtigen Stars hatte hier schon auf der Bühne gestanden.

Und viele von ihnen hatten auch Spuren hinterlassen – im wahrsten Sinne des Wortes. Direkt vor dem alten Lichtspielhaus gab es den Twinford Walk of Fame, eine Ruhmesmeile, auf der mit jeweils einem Namen versehene Sterne aus Messing in den Asphalt eingelassen waren. Jeder der berühmten Filmstars hatte neben seinem Stern einen Fußabdruck in den noch weichen Beton gedrückt.

Ruby ging mit ihren Eltern an diesen Sternen vorbei, und dabei gab Sabina laufend Kommentare ab.

»Das da ist Fletch Gregory, was für ein Mann, und oh, schaut nur, was für winzige Füße der liebe, kleine Arthur Mudge hat – ich dachte immer, er sei größer, und hier, du meine Güte, sind die hier wirklich von Margo Bardem?«

Dann endlich hatten sie das Eingangsportal erreicht.
Das Gebäude war ursprünglich ein Ort für Zirkusdarbietungen und Theateraufführungen gewesen, erst sehr viel später war es in ein Lichtspielhaus umgewandelt worden – die frühere Bezeichnung für ein Kino. Inzwischen war es nur noch ein Saal, ein riesiger, leerer Raum, in dem jede Woche mindestens ein weiteres winziges Goldmosaikteilchen von der Decke fiel. Die eleganten gemalten Damen, die stumm von den Wänden herunterblickten, verblassten mit jedem Jahr ein bisschen mehr. Wenn nichts unternommen wurde, würden ihre Gesichter bald ganz verschwinden, und dann konnte nur noch ein Abbruchunternehmen anrücken.
Für diesen Abend aber war das historische Gebäude spektakulär auf Vordermann gebracht worden; es erstrahlte in seinem alten Glanz und ließ erahnen, wie prachtvoll es aussehen würde, wenn es erst einmal renoviert war. Alles hatte sich eingefunden, was in Twinford Rang und Namen hatte. Die Leute standen mit Champagnergläsern in den Händen herum und lachten und plauderten miteinander, während gutaussehende junge Kellner durch die Menge schwebten und auf silbernen Tabletts Häppchen anboten.
Gleich nach ihrem Eintreffen wurden Ruby und ihre Eltern von Bekannten belagert. »Was für ein wunderbares Beispiel für die Art déco-Ära«, sagte schwärmerisch Dora Shoering, Twinfords selbsternannte Expertin für alles, was mit Geschichte zusammenhing. Um den allgemeinen Geräuschpegel und das Klirren von Gläsern zu übertönen, musste sie ziemlich laut sprechen.

»Hier ist die Geschichte von Twinford so präsent, dass man sie mit den Händen berühren und ganz tief in sich aufsaugen kann.« Wie auf Kommando holten die Frauen tief Luft. Sabina musste husten – die Pagoda war eine Oase für Staubmilben.
»Du kennst dich gut aus mit diesen Dingen, Dora. Es wäre wirklich unsagbar traurig, wenn das alles hier dem Untergang geweiht wäre«, sagte sie.
»Da gebe ich dir völlig recht, Sabina«, sagte Marjorie Humbert, während sie nach einem Papiertaschentuch kramte, nachdem sie die Geschichte mit eigenen Händen berührt hatte. »Es wäre ein großer Verlust für Twinford.«
Elaine Lemon gesellte sich zu ihnen. »Und worüber unterhalten sich die Damen gerade? Gibt es neuen Klatsch und Tratsch?«
»Oh, wir haben nur festgestellt, dass es äußerst schade wäre, wenn dieses herrliche Gebäude dem Erdboden gleichgemacht würde«, erklärte Marjorie.
»Ganz meine Meinung«, sagte Elaine und beschloss, ebenfalls ein trauriges Gesicht zu machen. »Es wäre eine grässliche Tragödie.« Sie suchte nach weiteren Worten. »Eine tragische Tragödie.« Elaine interessierte sich nicht im Geringsten für die Scarlet Pagoda; sie war nur gekommen, weil Sabina ihr ein Gratisticket geschenkt hatte und weil so viele andere Leute hier waren.
Ruby hatte den Eindruck, dass diese Unterhaltung nicht mehr wesentlich spannender werden würde, und sie machte sich auf die Suche nach etwas Unterhaltsamerem. Als sie durch

den Saal schlenderte, entdeckte sie mehrere Größen aus der Welt der Bühne und des Films, darunter auch eine ihrer Lieblingsschauspielerinnen: Erica Grey. Erica war der Star vieler B-Movies und hatte auch einige der kuriosesten und fiesesten Frauengestalten in der Filmwelt dargestellt. Sie stammte ursprünglich aus Alabama und redete mit voller, tiefer Stimme und dem gedehnten Tonfall der Südstaaten. Alle paar Augenblicke warf sie den Kopf in den Nacken und lachte schallend – und dabei riss sie ihren rotgeschminkten Mund auf und zeigte ihre unglaublich weißen, glänzenden Zähne.

Einige Meter weiter konnte Ruby auch einen Blick auf Dirk Draylon werfen, den Hauptdarsteller aus der TV-Serie *Crazy Cops*, der sich gerade zu seinem Platz auf der anderen Seite des Laufstegs begab. Es sah ganz so aus, als würde die Vorführung bald beginnen.

Mannomann, dachte Ruby, Mrs Digby hätte es hier bestimmt gefallen.

Unter den Anwesenden waren noch weitere prominente Personen zu sehen, doch es war keiner dabei, dem Ruby unbedingt die Hand schütteln wollte. Nicht weil sie sie nicht bewundert hätte, aber sie war etwas skeptisch: Einen Leinwandhelden kennenzulernen konnte sich als Fehler erweisen und mit einer großen Enttäuschung enden. Die Welt der Filme war eine Welt der Illusionen, die man sich nur erhalten konnte, wenn sie nicht mit dem wahren Leben in Berührung kam.

Zumindest war Ruby dieser Meinung, bis sie an diesem Abend den Maskenbildner Frederik Lutz traf, den sie sehr bewunderte. Er war ein wahrer Künstler, der einige der verblüffendsten Monster, Bösewichte und Opfer auf der Leinwand kreiert hatte und außerdem als Visagist für große Weltstars arbeitete.

Mit ihm unterhielt sie sich eine Weile, und als Ruby sich verabschiedete, um an ihren Platz zu gehen, bedankte er sich für ihre Komplimente und rief ihr nach: »Falls du mal für einen sehr wichtigen Anlass geschminkt werden willst, komm einfach bei mir vorbei – es wäre mir ein Vergnügen, Miss Redfort.«

»Danke, das merke ich mir«, sagte Ruby und dachte dabei an Halloween. Dann drehte sie sich um und stieß prompt mit ihrer Freundin Red Monroe zusammen.

»Ich suche dich schon lange«, sagte Red und rieb sich die Stirn.

»Hallo, Red. Wo ist Sadie?«, fragte Ruby und hielt sich die Nase.

»Sadie? Die ist hinter der Bühne und hilft dem radioaktiven Hummer, seine Scheren zu fixieren.« Das sagte sie in einem Tonfall, als würde ihre Mom jemandem helfen, seine Krawatte zu binden.

Reds Mutter, die von allen nur Sadie genannt wurde, war Kostümbildnerin – sie entwarf hauptsächlich Kostüme für Thriller und Science-Fiction-Filme und hatte schon bei Dutzenden B-Movies mitgewirkt. Ruby ging gern zu Red nach Hause, weil es im Atelier ihrer Mutter immer etwas Spannendes zu sehen gab, und umgekehrt saß Sadie oft mit gezücktem Bleistift da und stellte komische Fragen wie: »Sag mal, Ruby, wie stellst du dir einen Grungemeister vor? Meinst du, er hat Finger oder eher Klauen?«

Ruby und Red gingen zusammen zu ihren Sitzplätzen. Ihr

Freund Elliot Finch saß bereits da und studierte das Programmheft.
Die Lichter gingen aus. Alle klatschten.
»Ist Clancy nicht da?«, flüsterte Red.
»Nein, er muss heute Abend für seinen Vater lächeln«, erklärte Ruby.
»Der Arme. Irgendwann renkt er sich noch den Kiefer aus«, sagte Red.
»Befürchte ich auch«, flüsterte Ruby.
Eine erboste Dame in der Reihe hinter ihnen zischte: »Psst!«
»Willkommen zur Eröffnungsfeier des Twinforder Filmfestivals – Nervenkitzel der besonderen Art!«, rief der Moderator, Ray Conner, nachdem er mit einem Satz auf die Bühne gesprungen war.
Das Publikum applaudierte.
Ruby merkte sofort, dass dieser Ray Conner ein ziemlicher Schwätzer war.
»Wie Sie alle wissen, soll mit der Benefizveranstaltung des heutigen Abends der finanzielle Grundstock für die Renovierung dieses wunderschönen Gebäudes, der Scarlet Pagoda, gelegt werden.«
Pause für weiteren Applaus. Zufriedenes Lächeln des Moderators.
»Getreu dem Motto des diesjährigen Festivals können Sie sich freuen auf ›Nervenkitzel der besonderen Art‹, mit anderen Worten: auf Horrorklassiker und Thriller aller Art, von komisch über romantisch bis hin zu furchterregend – alles mit

Gänsehautgarantie. Und der heutige Abend ist vor allem unseren großartigen Kostümbildnern und Kostümbildnerinnen gewidmet, von denen man in der Regel nichts sieht oder hört, weil sie hinter den Kulissen bleiben.«

Weiterer Applaus, besonders von Red.

Lächeln und Nicken des Moderators.

»In den kommenden Wochen werden die Kinos in ganz Twinford herausragende Filme der vergangenen Jahrzehnte zeigen, bekannte Klassiker. Sie haben die Gelegenheit, Werke großer Stars wie Betsy Blume, Leonard Fuller und Crompton Haynes zu bewundern, und das Ganze gipfelt in einer Hommage an die begnadete Schauspielerin Margo Bardem. Sie arbeitete als ganz junge Frau hier, in diesem Gebäude, als Friseurin. Ihre Karriere begann mit einem romantischen Thriller, der im Jahre 1952 zum einen innerhalb dieser Mauern gedreht und zum anderen auch hier uraufgeführt wurde. In der Folgezeit war Margo Bardem noch in sehr vielen weiteren bekannten Filmen zu bewundern.«

Weiterer Applaus. Ein etwas verkniffenes Lächeln von Betsy Blume.

»Bedauerlicherweise kann Margo Bardem am heutigen Abend nicht bei uns sein …«

Das Publikum ächzte bedauernd.

»… doch beim Finale des Festivals am Freitag, dem 15., wird sie selbstverständlich anwesend sein.«

Applaus.

»Danke, danke, vielen Dank«, sagte Ray, der inzwischen fast

brüllen musste, um den lauten Applaus zu übertönen. »Das Finale, liebe Freunde, bietet einen ganz besonderen filmischen Leckerbissen – die Weltpremiere von *Dunkler als die Nacht*, in dem die Scarlet Pagoda in etlichen Szenen zu sehen ist. Er wurde schon 1954 gedreht, aus unerfindlichen Gründen jedoch nie aufgeführt, und deshalb kommen Sie, meine lieben Twinforder, als Erste in den Genuss, diesen Film sehen zu können!«
Der Beifall schwoll noch mehr an.

»Mannomann«, wisperte Elliot, »kommt dieser Typ denn nie zu Potte?«

»Und da wir gerade von dieser großartigen Schauspielerin sprechen: Eines der Highlights des heutigen Abends werden die legendären Kostüme sein, die Mrs Bardem in mehreren Thrillern trug, vor allem aber in *Die Katze, die den Singvogel fing*. Jawohl, meine sehr geehrten Damen und Herren, am heutigen Abend haben Sie das große Glück, mehrere berühmte Outfits zu sehen, die Mrs Bardem trug und die mit Sicherheit sehr viel dazu beigetragen haben, dass ihre Filme so große Kassenschlager wurden …« Er machte eine kurze Pause, um die Spannung zu steigern.

»Das Federkleid …« Applaus.

»Die weiße Robe mit Pelzbesatz …« Applaus.

»Und jawohl, die legendären gelben Schuhe, Größe 35.« Applaus.

»Die Liste ließe sich noch weiterführen«, sagte Ray.

Anerkennende laute Pfiffe ertönten – offenbar saßen eine Menge Fans der Schauspielerin im Publikum.

»Und außerdem, liebe Anwesende, bietet der heutige Abend ein weiteres Highlight: die große Tombola!«

Begeisterte Jubelrufe waren zu hören, darunter sicher auch aus dem Mund ihrer Mutter, wie Ruby vermutete.

Nach weiterem Geschwafel fing dann endlich die Show an. Musik setzte ein, und Ray Conner verzog sich endlich. Der Vorhang öffnete sich, und eine Prozession von Models in unterschiedlichen Kostümen, von denen eines ausgefallener war als das andere, stolzierte über den Laufsteg. Ruby war restlos begeistert – es war, als seien die Figuren aus ihren Lieblingsfilmen zum Leben erwacht.

Red lehnte sich vor. »Ist das nicht ein Kostüm aus *Der dritte Mann kommt im Leichentuch*?«

»Ja, glaube ich auch«, bestätigte Ruby.

»Sieht aus, als sei es aus echten Spinnweben gemacht, und schau dir das an …«

Als Red auf ein weiteres Kostüm zeigen wollte, stieß sie versehentlich den Drink auf ihrem Schoß um.

»O verflixt, nicht schon wieder!«, stöhnte sie und rieb hektisch an ihrem Kleid herum.

»Hey, das war ein blauer Smoothie, Red. Du solltest den Fleck besser gleich auswaschen«, riet ihr Elliot. »Das Zeug kriegt man kaum noch heraus, Mann – ich glaube, es ist radioaktiv verseucht.«

Missgeschicke dieser Art passierten Red fast stündlich, und sie war es gewohnt, ständig zum nächsten Klo oder Brunnen rennen zu müssen.

Während Red sich also auf den Weg zu den Toiletten machte, um den Smoothie-Fleck auszuwaschen, konnten Ruby und Elliot weiter die Show genießen – live wirkten die Kostüme noch umwerfender als auf der Leinwand. Man konnte ohne Übertreibung sagen, dass etliche der Kostüme um Längen besser waren als die Filme, in denen sie vorkamen.

Als Ruby nach etwa fünfzehn Minuten anfing, sich zu fragen, wo Red blieb, kehrte diese endlich zu ihrem Platz zurück. An den Gesichtern der Leute, an denen sie sich vorbeizwängte, konnte man erkennen, dass sie dabei auf schrecklich viele Zehen trat. Während Red sich wieder neben sie setzte, fiel Ruby auf, dass ihre Freundin leichenblass war und fast wie ein Gespenst aussah.

»Was ist los?«, fragte Ruby leise. »Du siehst aus, als hättest du eine Begegnung mit dem Skorpion-Gespenst hinter dir.«

»Hatte ich vielleicht sogar – ich habe mich verlaufen und bin hinter der Bühne gelandet, und dort stimmt etwas nicht. Es war ganz, ganz komisch. Vielleicht war es ja nicht der Skorpion, aber ich habe echt Muffensausen bekommen.«

»Im Ernst?«, fragte Elliot.

»Ich sag's euch: Hier spukt es, genau wie die Leute sagen«, flüsterte Red.

Ruby musterte sie erstaunt. »Hör mal, vielleicht solltest du nicht so viele von diesen blauen Smoothies trinken. Du weißt, dass da jede Menge Chemikalien drin sind. Könnte echt sein, dass sie das Gehirn angreifen.«

»Ich mach keine Witze, Leute! Ich weiß, ich bin tollpatschig und stolpere über vieles, doch diesmal, ich schwör's, bin ich über etwas gestolpert, das gar nicht *da* war – ich meine, es war schon etwas da, aber nichts, was ich sehen konnte, doch da *war* etwas – ich meine, ich kann ja nicht über nichts gestolpert sein, oder? Und ich schwöre, dass ich auch Schritte gehört habe.«

»Red, du stolperst *ständig* über nichts«, gab Ruby zu bedenken.

Red starrte zuerst ihre Freundin, dann Elliot an. »Diesmal nicht«, sagte sie mit Nachdruck. »Diesmal lag es nicht an mir.«

Und komischerweise glaubte ihr Ruby.

10. Kapitel

Seltsam, seltsam

Kurz nach diesem Zwischenfall und nach der Pause, als die zweite Hälfte der Show seit etwa zehn Minuten im Gange war, schien hinter der Bühne etwas nicht nach Plan zu laufen.
Die Organisatorin kam auf die Bühne und entschuldigte sich für die kurze Unterbrechung, es gäbe ein kleines technisches Problem.
Anschließend kam Ray, der Moderator, zurück, machte ein paar mittelmäßige Scherze und sagte, er hoffe, dass es nichts mit der *Klaue am Fenster* oder dem *Ektoplasma-Grapscher* zu tun hätte. Das Publikum lachte brav.
Dann kam die Organisatorin zurück und verkündete, dass unglücklicherweise eines der wichtigsten Stücke im Moment nicht auffindbar sei, die Show jedoch gleich weitergehen würde.
Ruby und Red sahen sich an.
»Ich sag's doch«, sagte Red. »Da hinten ist etwas.«
»Okay, ich werde es überprüfen«, sagte Ruby lässig. Ihre Neugier war geweckt; sie wollte unbedingt wissen, was los war – selbst auf die Gefahr hin, eventuell von den Scheren des Skorpion-Gespenstes attackiert zu werden. Zum Glück glaubte sie nicht an Gespenster, deshalb hatte sie eigentlich nichts zu be-

fürchten. Schließlich hatte sie – weitgehend unverletzt – einen Waldbrand überlebt, zwei Begegnungen mit dem abgrundtief bösen Grafen von Klapperstein, und sie war den Tentakeln eines riesigen Seemonsters entkommen. Allmählich begann sie, sich für unbesiegbar zu halten.

Ruby erhob sich, schlüpfte durch die Sitzreihe und ging hinter die Bühne. Das tat sie so selbstbewusst, dass niemand sie aufhielt, zumindest nicht, bis sie zu dem Raum kam, in dem der Showleiter Befehle bellte.

»Hier kannst du nicht rein!«, sagte eine einschüchternd aussehende Frau in einem asymmetrischen Gewand und mit einer asymmetrischen Frisur.

»Ich wollte nur schnell …«

»Verschwinde!«, zischte die Frau und schlug Ruby die Tür zwei Zentimeter vor der Nase zu.

»Mist«, sagte Ruby. Als sie sich umdrehte und wieder gehen wollte, fiel ihr Blick auf einen Stapel Fischköpfe, riesige Exemplare aus Pappmaché. Ruby wusste sofort, aus welchem Film sie stammten, denn sie hatte ihn mehr als nur einmal gesehen, Seite an Seite mit Mrs Digby auf dem heimischen Sofa. Ruby war erst drei gewesen, als sie *Das Meer der Fischteufel* zum ersten Mal anschaute.

Sie nahm einen der Köpfe in die Hand und untersuchte ihn. Hm, einen Versuch ist es wert, dachte sie und stülpte ihn sich blitzschnell über den Kopf. Toll, sie konnte wunderbar hinaussehen, doch niemand konnte hereinsehen! Der Fischkopf war zwar unbequem, aber das war zu ertragen. Sie inspizierte die

Kleiderstange mit den Kostümen und fand schnell, wonach sie suchte. Sie zog das Flossenkostüm vom Kleiderbügel und zwängte sich hinein. Nun war sie ein garantiert unkenntlicher, wenn auch etwas zu kurz geratener Fischteufel. Guter Dinge ging Ruby wieder zur Tür, und diesmal winkte die Frau sie herein. »Höchste Zeit! Wo bleibt der Rest deines Schwarms?«

Ruby zuckte die Schultern.

»Heutzutage gibt es keine Profis mehr«, schimpfte die asymmetrische Frau und schüttelte den Kopf. Sie beäugte den Fisch vor ihr etwas genauer. »Bist du nicht ein bisschen zu klein? Du ziehst die Flossen nach.«

Der Fisch zuckte erneut die Schultern, sagte jedoch nichts. Dann zeigte er mit einer Hand zur Toilette, und die Frau verdrehte die Augen und sagte: »Okay, aber beeil dich, Blubbel!«

Als Ruby sich an den Kleiderstangen voller Kostüme und an den Kartons mit den Requisiten und Accessoires vorbeischlängelte, hörte sie zufällig, wie eines der Models sagte: »… gelben Schuhe sind verschwunden – seltsam, nicht wahr?« Sie seufzte. »Nicht dass es eine Rolle spielt, ich hätte sie sowieso nicht vorführen können.« Sie sah auf ihre Füße. »Ich trage Größe 40. Wie hätte ich meine Füße in diese winzigen Dinger pressen können? Diese Margo Bardem muss Füßchen wie eine Elfe haben.« Ruby schlüpfte durch die Seitentür in ein Labyrinth von Gängen. Sie streifte ihr Fischkostüm ab und tapste auf den Zehenspitzen durch mehrere Flure im Backstage-Bereich. Sie wusste selbst nicht, wohin sie wollte, sie folgte einfach den Stimmen – und die kamen von irgendwo hoch oben in der Pagoda. Ruby hatte vor langer Zeit mal gehört, dass es dort oben eine Garderobe gab, weil eine bekanntermaßen schwierige Schauspielerin unbedingt eine Garderobe im Dachgeschoss haben wollte und auch einen Tresorraum direkt daneben. Sie legte großen Wert darauf, dass ihre Wertsachen im Nebenzimmer sicher verwahrt waren, während sie auf der Bühne stand – andernfalls hätte sie ihren Auftritt abgesagt.

Als Ruby die nächste Treppe hinaufstieg, wurden die Stimmen lauter. Mit Hilfe des ausziehbaren kleinen Spiegels – eines der vielen Zusatzgeräte an ihrer Spektrum-Fluchtuhr – konnte sie sehen, was hinter der Ecke vor sich ging. Zwei Wachmänner erklärten der Organisatorin gerade eindringlich, sie hätten sich keinen Zentimeter wegbewegt und die Tür, hinter der sich Requisite Nummer 53 befand, keine Sekunde aus den Augen gelassen.

»Wir haben uns keinen Zentimeter von der Stelle wegbewegt, an der ich gerade stehe!«, sagte einer der Wachmänner mit Nachdruck. »Kein Mensch hat die Türklinke auch nur berührt, und folglich *kann* niemand dort drin gewesen sein, zumindest nicht, bis der Bühnenarbeiter kam und sie holen wollte.«

»Alles richtig«, sagte nun auch der andere Wachmann. »Alles, was Stan gesagt hat, ist die volle Wahrheit. Bis zu dem Moment, in dem Sie die Tür aufgeschlossen haben, ist kein Mensch da reingegangen.«

»Sie wollen mir also weismachen, Sie beide hätten die ganze Zeit hier gestanden?«

»Hören Sie, Lady, ich will Ihnen gar nichts weismachen. Ich behaupte nur, dass Al und ich die ganze Zeit hier an dieser Stelle standen, an der wir immer noch stehen.«

»Richtig, die ganze Zeit«, bestätigte Al. »Wir haben uns absolut korrekt verhalten, genau nach Vorschrift. Wir haben uns nichts vorzuwerfen. Hier war alles in bester Ordnung.« Al hob ein kleines Stück Papier vom Boden auf, als könnte er damit seine Aussage unterstreichen. »Alles ist da, wo es hingehört.« Er steckte das Papier in seine Tasche. »Tipptopp, sehen Sie?«

»Die Requisite 53 hat sich also in Luft aufgelöst? Oder wurde von einem Gespenst gestohlen? Wollen Sie das behaupten?«

»Eine andere Erklärung gibt es nicht«, sagte Al, »und deshalb will ich Ihnen auch gleich sagen, dass wir hiermit kündigen. In diesem Gebäude spukt es – das steht fest. Als der Bühnenarbeiter vorhin ankam, um Ihre sogenannte Requisite 53 zu holen, hatte ich ein ganz seltsames Gefühl – ein Gefühl, als würde jemand oder etwas an mir vorbeistreifen. Folglich, Lady, müssen Sie sich für das große Finale eine andere Sicherheitsfirma suchen.«

Die Frau schüttelte den Kopf, als könnte sie nicht glauben, was sie da hörte. Sie protestierte zwar, doch es nützte nichts: Stan und Al ließen sich nicht erweichen und waren auch nicht bereit, es sich noch einmal zu überlegen.

»Geister hin oder her«, sagte die Frau, »können wir uns darauf einigen, dass Ihr Team heute Abend noch alle Ausgänge kontrolliert? Keiner – ich wiederhole: keine Menschenseele – darf dieses Gebäude verlassen, bevor er nicht auf gestohlene Ge-

genstände überprüft wurde!« Sie wandte sich zum Gehen und fügte noch hinzu: »Mich eingeschlossen!«
Der Wachmann nickte. »Wird gemacht!«, sagte er. »Keiner verlässt das Gebäude, bevor er nicht von uns kontrolliert wurde.«
Wenn das stimmt, dachte Ruby, dann hält sich der Dieb vermutlich noch hier auf, hat sich versteckt und wartet auf eine Gelegenheit, ungesehen zu entkommen. Aber wie wollte er das bewerkstelligen? Sie blickte sich um.
Vielleicht durch ein Fenster?, überlegte sie.
Ruby flitzte die Treppe hinunter. Im Erdgeschoss gab es keine Fenster, die Fenster im Treppenhaus ließen sich nicht öffnen und waren auch nicht eingeschlagen. Es gab definitiv keinen Fluchtweg.
Ruby ging durch den langen Korridor zurück zum Festsaal.
Als sie um die nächste Ecke bog, glaubte sie plötzlich, etwas zu hören – ein leises, sachtes Trippeln. Es könnte eine Maus gewesen sein … oder eine Ratte. Unwillkürlich bekam sie eine Gänsehaut. Reiß dich zusammen, Redfort, ermahnte sie sich.
Als Ruby endlich wieder an ihrem Platz saß, war die Show längst zu Ende. Auch die Tombola hatte bereits stattgefunden, die Spendenzusagen wurden gerade eingesammelt, und dann kam nur noch das Finale mit gespenstischen Lichtern, düsteren und bedrohlichen Toneffekten und einem Aufmarsch von Monstern und Bösewichten der Filmgeschichte, gefolgt von einem Schwarm von Fischteufeln.
Ruby versuchte, diesen einmaligen Anblick zu genießen, doch nach den Gesprächen, die sie gerade belauscht hatte, war sie

verständlicherweise nicht so recht bei der Sache. Als das letzte Ungeheuer die Bühne verlassen hatte, brach im Publikum tosender Applaus aus.

Kaum jemand schien gemerkt zu haben, dass Requisite 53 gefehlt hatte, es hatte so viel anderes zu bestaunen gegeben. Sabina Redfort war jedoch sehr enttäuscht.

»Wo waren sie nur? Ich dachte, sie sollten eines der Highlights des Abends sein!«

»Sie waren sicher mit dabei«, sagte Brant. »Du hast sie nur übersehen.«

»Ach was! Wie könnte ich die berühmten gelben Schuhe übersehen, Brant? Das glaubst du doch selbst nicht!«, sagte Sabina.

»Egal«, sagte Brant, »mach dir nichts daraus, Schatz. Immerhin hast du den von Ada Borland gestifteten Preis gewonnen!«

»O ja!«, rief Sabina entzückt. »Ruby, stell dir vor, ich habe bei der Tombola gewonnen, und du, Kind, darfst dich freuen: Du wirst von der berühmten Ada Borland fotografiert werden!«

Rubys Lächeln fiel etwas gequält aus – sie fand es kein bisschen aufregend, in eine Kamera zu lächeln, sondern eher todlangweilig. Doch um ihrer Mutter eine Freude zu machen, sagte sie tapfer: »Super.«

»Die Glücksgöttin war dir hold, mein Schatz«, sagte Brant.

»Na ja«, gestand Sabina, »ich habe ehrlich gesagt etwas nachgeholfen und insgesamt hundertzweiundzwanzig Lose gekauft.«

Als die Redforts zusammen mit den anderen Besuchern aus dem Gebäude strömten, drehte sich Brant auf dem Gehsteig noch einmal um und schaute zurück. »Wenn man sich das alte Gebäude so ansieht, kann man sich schon vorstellen, dass es darin spukt«, sagte er. Er zwinkerte Barbara Bartholomew, einer Freundin der Familie, zu. »Irgendwie aufregend, nicht wahr, Barb?«

Barbara lief ein unfreiwilliger Schauer über den Rücken. »Ich weiß nicht«, sagte sie. »Ich bekomme bei diesem Gedanken eine Gänsehaut.«

Ruby schwieg auf der ganzen Fahrt nach Hause. In ihrem Kopf überschlugen sich die Gedanken, und sie versuchte, eine logische Erklärung für das Geschehen dieses Abends zu finden. Nebenbei bekam sie auch mit, worüber sich ihre Eltern unterhielten, doch sie sprachen nur darüber, wie lecker die Appetithäppchen gewesen waren und dass der Einparkservice etwas unterbesetzt war – die Sache mit den gelben Schuhen hatte Sabina offenbar schon vergessen.

Zu Hause holte sich Ruby einen Saft aus dem Kühlschrank, wünschte ihren Eltern eine gute Nacht und ging dann in ihr Zimmer hinauf.

Okay, Red Monroe war bestimmt leicht zu täuschen, und niemand war tollpatschiger als sie, doch es war äußerst merkwürdig, dass Red und die Männer vom Sicherheitsdienst fast genau dasselbe berichteten: Sie hatten etwas gespürt, das sie sich nicht erklären konnten. Normalerweise hätte Ruby diese Aussagen nicht sehr ernst genommen. Die Gerüchte, dass es in der Scarlet Pagoda spukte, regte die Phantasie der Leute an, und natürlich konnten einen das Knarren und Quietschen und die Zugluft in einem so alten Gebäude an Gespenster denken lassen. Die meisten Leute waren leicht zu beeinflussen, und wenn erst mal jemand ein seltsames Erlebnis schilderte, fanden sich schnell andere, die Ähnliches zu berichten wussten. Das hatte Ruby in einem Buch von Dr. Stephanie Randleman mit dem Titel *Ich glaube, das hab ich auch gesehen* gelesen. Andererseits durfte man Dinge aber auch nicht von vornherein als Unsinn abtun, nur weil es nach dem Geschwafel leicht beeinflussbarer Personen klang. Waren die Gerüchte, die über die Scarlet Pagoda kursierten, eventuell doch nicht *völlig* aus der Luft gegriffen? Ruby erinnerte sich an ihren zweiten Fall, an dem sie im Auftrag von Spektrum gearbeitet hatte und in dem es um ein riesiges Seemonster, den sogenannten »Seeflüsterer«, gegangen war. Damals hatten mehrere junge Leute behauptet, sie hätten ein Flüstern gehört, das eindeutig aus dem Ozean kam – und sie hatten sich nicht getäuscht. Es stimmte tatsächlich. Ruby hatte es selbst gehört und auch den Riesenkraken gesehen, der diese Flüstertöne erzeugte. Aber Gespenster? Das klang schon sehr unwahrscheinlich, und Ruby wollte überzeugende Beweise in der Hand haben, bevor sie glauben würde, dass ein Wesen aus der Geisterwelt für das Verschwinden eines Schuhpaars der Größe 35 verantwortlich war.

*Sie nahm ihren Schlüsselbund heraus
und begann,
jeden der fünf Schlüssel …*

… in ein anderes der fünf Schlösser zu stecken. Dann schob sie die schwere Tür auf, trat ein und machte die Tür hinter sich zu.
Da war jemand.
Sie wusste sofort, wer es war: Sie konnte die Lederpolitur seiner italienischen Schuhe riechen. Er war hier, in ihrer Wohnung …
Langsam ging sie durch den Flur, und ihre hochhackigen Schuhe klackten auf den Marmorfliesen. Die Tür zu ihrem Arbeitszimmer stand offen, und sie sah im Halbdunkel eine Gestalt in dem Sessel am Fenster sitzen.
»Ein anstrengender Arbeitstag?«, fragte er.
»Kann man sagen«, seufzte sie. Ihre Stimme verriet nicht, dass sie Angst hatte.
»Ach, übrigens«, sagte er, »rote Haare stehen dir gut. Hast du auch deinen Akzent deinem neuen Aussehen angepasst?«
»Ich wollte nicht, dass mich jemand erkennt, deshalb habe ich mich auch für ein neues Gesicht entschieden.«
»Eine faszinierende und interessante Entscheidung«, sagte er. »Die Leute werden glauben, sie sehen ein Gespenst.« Er machte eine kurze Pause. »Aber genug geplaudert. Darf ich davon ausgehen, dass alles nach Plan läuft?«

»Ich bin mir nicht sicher«, murmelte sie.
Er lächelte. »Meine Liebe, Unsicherheit kann schrecklich belastend sein, nicht wahr?«
Sie schwieg.
»Nichts Genaues zu wissen kann einen fast in den Wahnsinn treiben.« Er musterte sie so intensiv, als wollten seine dunklen Augen ihre Seele ergründen. »Dann sollte man rasch handeln und versuchen, die Sache in Ordnung zu bringen, bevor sie einem nachts den Schlaf raubt. Sonst strampelt man sich vergeblich ab, obwohl das eigene Leben womöglich nur noch an einem seidenen Faden hängt.«
Sie wusste, was er damit sagen wollte, und sie hatte keine Absicht, dem Tod ins Auge zu blicken, egal auf welche Weise. Sie würde den Verräter aufspüren und ihn vor die Wahl stellen: Leben oder Tod. Es gab nichts dazwischen.

11. Kapitel

Hellwach

Ruby wurde schon den zweiten Morgen hintereinander von einem Läuten geweckt. Diesmal war es tatsächlich das Telefon, und es war auch wesentlich früher als zehn Uhr. Ruby sah auf ihren Wecker, konnte die Zahlen aber nur verschwommen sehen. Sie setzte sich auf und tastete nach ihrer Brille. Himmel, erst *sieben*!

»Hoffentlich ist es was Wichtiges, Kumpel!«, knurrte Ruby in den Hörer.

»Schon«, sagte eine Mädchenstimme.

RUBY: »Oh, hallo Red. Ich dachte, es sei Clance!«

RED: »Es steht in der Zeitung. Ich habe es mir nicht eingebildet!«

RUBY: »Was steht in der Zeitung? Was hast du dir nicht eingebildet?«

RED: »Das Gespenst.«

RUBY: »Hä? Was?«

RED: »In der Zeitung steht, dass ein Gespenst sie gestohlen haben muss.«

RUBY: »Was gestohlen?«

RED: »Die kleinen gelben Schuhe – *die* wurden gestern Abend gestohlen.«

RUBY: »Zu diesem Schluss bin ich auch schon gekommen. Aber wie soll ein Gespenst deiner Meinung nach ein Paar Schuhe wegtragen?«

RED: »Gespenster haben doch Arme, oder?«

RUBY: »Gespenster können keine Materie bewegen.«

RED: »Da steht im *Twinford Echo* aber etwas anderes!«

RUBY: »Wartest du kurz, Red?«

Sie legte den Hörer weg, schlüpfte blitzschnell in die Jeans, die neben ihrem Bett lag, schnappte sich ein halbwegs sauberes T-Shirt und rannte dann ins Bad. Dort ergriff sie den Hörer ihres Telefons, das die Form einer Seife hatte, während sie sich mit der anderen Hand ihre Zahnbürste schnappte.

RUBY: »Bist du noch da?«

RED: »Mhmm.«

Ruby begann, sich die Zähne zu putzen.

RED: »Du klingst irgendwie komisch.«

RUBY: »Kann sein, ich praktiziere gerade Mundhygiene.«

RED: »Oh …«

RUBY: »Und wie sicher sind die von der Zeitung, dass die Schuhe gestohlen wurden und nicht nur verlegt?«

RED: »Ganz sicher!«

RUBY: »Echt?«

RED: »Ja, diese Schuhe sind total wertvoll, weil sie doch in dem Film vorkamen, mit dem Margo Bardem berühmt wurde.«

RUBY: »*Die Katze, die den Singvogel fing*«, ja, weiß jeder. Gehört mit zur Geschichte von Twinford.«

RED: »Richtig! Weiß jeder. Deshalb war gestern Abend ein komplettes Sicherheitsteam da.«

RUBY: »Klar, logisch.«

RED: »Nicht nur wegen der Schuhe, es waren auch noch andere wertvolle Sachen da. Aber wie dem auch sei: Jemand hat es geschafft, diese Schuhe aus dem verschlossenen Safe in dem verschlossenen Tresorraum zu holen, vorbei an den Wachmännern, und dann die Treppen runter und zu einem der diversen Ausgänge hinaus. Doch kein Mensch kann sich erklären, wie der Dieb, beziehungsweise die Diebin, in den bewachten Raum gelangen konnte – und folglich muss es ein Gespenst gewesen sein. Sagen alle!«

Ruby schwieg; sie dachte angestrengt nach.

RED: »Ruby, bist du noch dran?«

RUBY: »Ähm, ja. Ich denke nach.«

Schweigen.

RED: »Denkst du immer noch nach?«

RUBY: »Ja.«

RED: »Okay, dann leg ich jetzt besser auf.«

RUBY: »Okay.«

Ruby stand geschlagene zehn Minuten lang reglos da, bevor wieder Leben in sie kam. Sie ging durch ihr Zimmer und schaute mit ihrem Periskop – einem Sehrohr, das sie als Sechsjährige selbst gebastelt hatte – in die Küche. Niemand zu sehen. Ihre Eltern waren offenbar bereits aus dem Haus, sie hatten einen Geschäftstermin, bei dem sie beide anwesend sein mussten, und Mrs Digby, die Haushälterin, war vermutlich auf dem Gemüsemarkt; folglich würde Ruby sich ihr Frühstück selbst machen müssen. Sie flitzte die Treppe hinunter, ging in die Küche und an den Kühlschrank und trank einen Schluck Pfirsichsaft. Dann steckte sie zwei Scheiben Toastbrot in den Toaster und setzte sich auf einen der Hocker am Küchentresen. Dort lag die neueste Ausgabe des *Twinford Echo*, und Rubys Blick fiel auf die fettgedruckte Schlagzeile:

SCHUHE GINGEN ALLEIN AUF WANDERSCHAFT!

Unter den Bewohnern von Twinford wird bereits heftig diskutiert, ob es sich bei dem Schuhdieb möglicherweise um ein Gespenst handeln könnte. Trotz des fünfzig Mann starken Sicherheitsteams sind die kleinen gelben Schuhe, die in dem Film *Die Katze, die den Singvogel fing* eine wichtige Rolle spielten, am gestrigen Abend in der Scarlet Pagoda aus einem verschlossenen und fensterlosen Tresorraum verschwunden. Wie diese Schuhe der Größe 35 quasi durch Geisterhand verschwinden konnten, bleibt ein Rätsel.

DIE NO-SHOW-SCHUHE

Stan Barrell (42) gehört dem renommierten Sicherheitsteam an, das in dem verhängnisvollen Zeitraum vor dem Tresorraum Wache stand, als die wertvollen Schuhe spurlos verschwanden. »Es ist, als wären sie von einem Moment zum nächsten verschwunden. Sie waren in der einen Sekunde noch da, in der nächsten nicht mehr, einfach weg. Niemand konnte den Raum betreten haben. Folglich können sie nur von einem leibhaftigen Gespenst geklaut worden sein.«

Ach nee, Stan, dachte Ruby. Hast du überhaupt gemerkt, was du da gesagt hast? Stan klang nicht wie der hellste Kopf des Teams.

Viele Besucher des gestrigen Abends teilten offenbar Stan Barells spontane Vermutungen.

GESPENST STEHT UNTER
DRINGENDEM TATVERDACHT

»Es gibt eigentlich keine andere Erklärung«, sagt Mrs Doris Flum aus Garden Suburbs, South Twinford, die unter den Besuchern der Kostümgala war. »In diesem Gebäude spukt es. Tat es schon immer«, erklärte sie mit Nachdruck.

»Warum wurde diese Doris Flum nach ihrer Meinung gefragt, was kann sie schon wissen? Wieso hat es in der Pagoda angeblich schon immer gespukt? In einem Gebäude spukt es nur, wenn zuvor jemand darin gestorben ist. Es ist ja nicht schon als Spukhaus gebaut worden.« Ruby hielt ein Selbstgespräch, und Floh, ihr Husky, sah sie fragend an. Redete sie mit ihm, ging es um Futter? Doch sein Fressnapf blieb leer, und das Wort »Gassi« war auch nicht vorgekommen. Ruby merkte nicht, wie hoffnungsvoll ihr Hund sie ansah; sie genoss es, sich über diesen Zeitungsartikel ärgern zu können.

Das *Twinford Echo* galt als sensationslüsterne und oberflächliche Zeitung, Fakten waren nicht seine Stärke. Das einzig interessante Detail, von dem das *Echo* zu berichten wusste, war, dass es um ein Paar Schuhe ging – auch bekannt als »Requisite 53«. Sonst war angeblich nichts verschwunden, beziehungsweise gestohlen worden.

Warum sonst nichts?

Ruby zog ihr gelbes Notizheft aus der Gesäßtasche und notierte sich dieses Detail – es *musste* etwas zu bedeuten haben. Anschließend widmete sie sich wieder der Zeitungslektüre und sah, dass der zweitlängste Artikel dem Wetter galt.

HITZEWELLE ADIEU!

Die ungewöhnliche Hitzewelle, die Twinford nun schon seit Wochen heimsucht, wird früher oder später auf dramatische Weise enden.

Himmel, wer schreibt so einen Mist?, dachte Ruby.

Trotzdem las sie weiter. Es war ein ziemlich aufgeblähter Artikel über die Stürme, die der Herbst gewöhnlich mit sich brachte, nur dass sie in diesem Jahr offenbar etwas früher über Twinford hereinbrechen würden als sonst … aber vielleicht auch nicht, die Meteorologen waren sich da nicht einig.

Ruby blätterte weiter und war schon wieder mit einem Foto vom Standbild des Bürgermeisters konfrontiert. Irgendein Spinner hatte die Statue so verkleidet, dass sie wie das Skorpion-Gespenst aussah.

In diesem Moment sprang die Toastscheibe aus dem Gerät, Ruby nahm sie, legte sie auf ihren Teller und sah, dass sie beschriftet war.

WACH?
GUT.
TEST.
HEUTE MORGEN.
HAUPTQUARTIER.
SOFORT.

»Mann, hat man denn nie seine Ruhe?«, stöhnte Ruby. »Ich hab ja noch nicht mal gefrühstückt.«
Das war einer der Nachteile, wenn man einen Toaster besaß, der gleichzeitig als Fax fungierte. Wem hätte es schon gefallen, wenn er Befehle seines Vorgesetzten direkt auf den Küchentisch geliefert bekam? Für Ruby gehörte das jedoch mit zum Job.
Sie bestrich den Toast mit Butter, nahm ihn zwischen die Zähne und griff mit einer Hand nach ihrem Rucksack, mit der anderen nach ihrem Saftglas. Dann eilte sie nach unten ins Souterrain. Sie konnte schon von weitem hören, dass Hitch eine seiner Schallplatten abspielte, denn die Musik drang durch die nur angelehnte Tür in den Flur. Ruby klopfte an, und auf sein Zeichen trat sie ein.

Das kleine Apartment war wie immer perfekt aufgeräumt, keine einzige Socke lag herum, keine benutzte Kaffeetasse stand da. Egal, ob Ruby tagsüber oder spätabends hierherkam, sie hatte Hitch noch nie überraschen können. Er schien nie zu schlafen oder kurz vor dem Einschlafen zu sein.

»Na, Kleine, du bist aber früh auf den Beinen!«, begrüßte er sie.

»Spektrum hat sich gemeldet!« Ruby hielt ihm die angebissene Toastscheibe hin.

»Ah, der Test«, sagte Hitch. »Bist du bereit?«

»Eigentlich würde ich ja zuerst noch gern frühstücken«, maulte Ruby. »Aber ja, ich kann es kaum erwarten.«

»Freut mich, das zu hören, Kind«, sagte Hitch. Im ersten Moment schien es, als wollte er noch etwas hinzufügen, doch dann überlegte er es sich offenbar wieder anders.

»Die Sache ist die«, sagte Ruby, »dass ich kein Rad mehr habe. Deshalb wollte ich fragen, ob Sie eventuell so nett wären, mich hinzufahren?« Sie setzte ihren unschuldigen Kleinmädchenblick auf und sah Hitch lächelnd an – doch es nützte nichts.

»Kleine, es mag dich überraschen, aber die Geheimdienstorganisation Spektrum hat mich nicht rekrutiert, um dich durch die Gegend zu kutschieren. Mein Job ist etwas komplexer, als du offenbar annimmst.«

»Und wie soll ich dann bitte schön *sofort* ins Hauptquartier kommen? Wenn ich den Bus nehme, muss ich dreimal umsteigen und dann noch zwanzig Minuten zu Fuß gehen!«

»Lauf zur Greenstreet und nimm dort die U-Bahn«, schlug Hitch ungerührt vor.

»Die Station Greenstreet ist wegen Wartungsarbeiten geschlossen«, sagte Ruby.

»Dann musst du dir etwas anderes einfallen lassen. Dafür bezahlen wir dich schließlich. Fürs Denken.«

»Tu ich doch. Und ich denke, dass Sie mich hinfahren könnten.«

»Denk dir was anderes aus, Kleine.«

»Und was ist mit dem Spektrum-Fahrstuhl? Sie haben mir den Code nicht verraten.«

»Hab ich sehr wohl«, sagte Hitch.

»Ach nee? Wann?«, fragte Ruby.

»Denk nach«, sagte Hitch. »Ich bin mir sicher, dass du draufkommst. Du musst einfach nur eins und eins zusammenzählen.«

12. Kapitel

Skitchen

Als Ruby Hitchs Apartment verließ, brummte sie vor sich hin, es sei total fies von ihm und grenze an Kindesvernachlässigung und so weiter. Sie hängte sich ihre Umhängetasche diagonal über die Brust und marschierte zur Haustür, die sie lautstark hinter sich zuschlug. Sie wollte sich gerade so richtig schön in schlechte Laune hineinsteigern, als sie plötzlich Elaine Lemon erblickte, ihre Nachbarin, der sie immer tunlichst aus dem Weg ging. Mrs Lemon versuchte ständig, Ruby in ein Gespräch zu verwickeln, doch sie redete meistens nur todlangweiliges Zeug und endete fast immer mit der Frage: »Sag mal, hättest du nicht Lust, auf meinen kleinen Archie aufzupassen? Ich weiß, wie gern ihr beide zusammen spielt.«

Das stimmte absolut nicht: Archie war noch nicht mal ein Jahr alt.

War es einem Baby in diesem Alter nicht total egal, *wer* mit ihm spielte? Und was Ruby betraf: Was sollte bitte schön lustig daran sein, mit einem Kleinkind zu spielen?

Ruby jedenfalls hatte null Bock dazu, und um nicht schon wieder in Mrs Lemons Fänge zu geraten, vergaß sie ihre schlechte Laune augenblicklich und flitzte wie ein geölter Blitz den Cedarwood Drive hinunter. Erst als sie definitiv außer Rufweite war, hörte sie auf zu rennen, ging aber mit schnellen Schritten weiter. Als sie am Haus der O'Learys vorbeikam, fiel ihr auf, dass die schon wieder am Umbauen waren. Die O'Learys ließen ihr Haus mindestens zweimal pro Jahr umgestalten. In der Einfahrt stand ein Container voller Bauschutt und anderem Zeug, und als Ruby genauer hinsah, entdeckte sie etwas, was wie ein noch völlig intaktes Skateboard aussah.

Das war typisch Britney O'Leary: Ein paar Tage lang war sie mit Feuereifer dabei, dann wurde ihr langweilig, und sie probierte etwas anderes aus. Ruby zog das Board aus dem Container und stellte es auf den Boden. Es sah okay aus. Sie stellte sich darauf; es fühlte sich auch okay an.

Super – da war es ja, ihr Transportmittel. Damit war sie zwar nicht so schnell wie mit dem Rad oder dem Auto, aber immerhin schneller, als wenn sie drei Busse nehmen und dann noch drei Block weit zu Fuß gehen müsste. Natürlich wäre sie noch schneller, wenn sie sich an ein vorbeifahrendes Fahrzeug hängen könnte. Wenn dieser Junge mit der gestylt-ungestylten Frisur es konnte, dann sie doch wohl auch, oder? Genau, sie würde sich irgendwo anhängen und ziehen lassen.

Ruby hatte es ehrlich gesagt noch nie zuvor ausprobiert. Sie hatte es immer ziemlich schwachsinnig gefunden, außer in einem absoluten Notfall oder wenn jemand scharf darauf war, in der Notaufnahme eines Krankenhauses zu landen. Doch inzwischen sah sie vieles etwas anders. Sie fühlte sich nach ihren Abenteuern quasi unbesiegbar, und deshalb empfand sie das

Skitchen auf einmal als gute Möglichkeit, um schneller durch die Stadt zu kommen.

Ruby stellte sich auf das Skateboard, stieß sich ab und flitzte auch schon los. Minuten später hing sie an einem Auto, das zufällig in die richtige Richtung fuhr. Sie kam ziemlich gut voran, sehr viel besser als mit einem Rad – und sie musste nur zweimal »umsteigen«, weil das Auto, an dem sie sich festhielt, plötzlich abbog und in die falsche Richtung fuhr. Trotzdem kam sie erstaunlich schnell am Schroeder Building an.

Sie klemmte sich ihr Board unter den Arm und grinste zufrieden vor sich hin: Es hatte einen Heidenspaß gemacht. Der Wind im Gesicht, der Asphalt, der unter ihren Füßen vorbeigeflitzt war. Mit dreißig Meilen die Stunde voranzukommen und sich kein bisschen anstrengen zu müssen – das machte total Spaß. Okay, sie hätte auch Pech haben können, und das hätte das sichere Ende von Ruby Redfort bedeutet … doch das hatte ihr nur einen zusätzlichen Kitzel verschafft.

Sie ging zum Aufzug, betrat ihn und wartete, bis sich die Türen hinter ihr schlossen. Was jetzt? Wie lautete der Code, der sie in die Zentrale von Spektrum bringen würde?

Sie stand da und dachte nach. Wenn Hitch ihr den Code gesagt hatte, dann konnte es nur in der Tiefgarage gewesen sein.

Was hatte er da gesagt?

Es konnte nichts sehr Interessantes gewesen sein, sonst wüsste sie es noch. Stimmt, es war langweilig gewesen; Hitch hatte irgendwas Banales über das Gebäude erzählt … Etwas über Autos und die verschiedenen Ebenen und Stockwerke. Ruby

blickte sich um – irgendwo musste es doch ein paar Infos über diese Tiefgarage geben.
Ah, da war das Schild, neben der Einfahrtrampe.
Kapazität pro Ebene: 500 Fahrzeuge.
Es gab drei Ebenen, und das bedeutete 1500 Fahrzeuge. Das Schroeder Building hatte 77 Stockwerke. Das wusste sie, weil es jeder wusste, denn über dem Eingang stand eine große 77, und das war die Hausnummer und auch die Anzahl der Stockwerke. Ruby dachte an Hitchs Worte: »Einfach nur eins und eins zusammenzählen.«
Also addierte sie die Zahlen: 1500 + 3 + 77, betrat den Aufzug erneut und tippte die Zahl 1580 ein. Nichts geschah, die Tür blieb verschlossen.
»Was ist los?«, überlegte Ruby laut. »Ist das Ding hier kaputt? Wie soll ich Spektrum erreichen?« Und da fiel ihr ein, dass sie vermutlich auch die Fahrzeuge des Wartungsdiensts mitzählen musste – die hatte Hitch ebenfalls erwähnt, doch Ruby konnte sich nicht an die genaue Zahl erinnern. Zu doof, denn jetzt musste sie die Parkplätze zählen, auf denen »Reserviert für das Wartungsteam« stand, doch das war schnell gemacht. Siebzehn.
Okay, die Fahrzeuge vom Wartungsdienst mitzählen.
Ruby tippte 1597 ein und *ta-da*: Die Tür ging auf.
»Mann, das hätte er mir ja auch sagen können«, brummte Ruby. Doch sie wusste, was er geantwortet hätte: Mitdenken, Redfort!

Obwohl es fast ein Ding der Unmöglichkeit war, in gerade mal siebenundzwanzig Minuten von ihrer Haustür bis hierher zu kommen, wurde Ruby von Summ mit einem ungeduldigen Blick empfangen. Ihr wurde gesagt, sie solle Platz nehmen und warten, bis sie aufgerufen wurde.

»Könnte ich mir vielleicht noch schnell was aus der Kantine holen?«, fragte Ruby. »Ich musste mein Frühstück ausfallen lassen, um pünktlich hier zu sein.«

»Meinetwegen. Aber wenn du nicht da bist, wenn du aufgerufen wirst, bist du automatisch durchgefallen«, erwiderte Summ ungnädig wie immer.

Ruby verdrehte die Augen, setzte sich aber brav in den Wartebereich. Dort saß sie mindestens so lange, wie es gedauert hätte, in Ruhe in der Kantine zu frühstücken.

»Agentin Redfort, bitte sofort zum Regenbogenbüro!«, tönte schließlich die roboterhaft klingende Stimme aus der Lautsprecheranlage.

Endlich!

Ruby stand auf und ging zu dem Kreis aus Schreibtischen, in dessen Inneren die Champignonfrau saß.

»Warum diese doofe Durchsage?«, fragte sie. »Ich sitze doch direkt vor Ihrer Nase. Sie hätten doch nur ein Handzeichen machen müssen.«

»Ist nicht meine Aufgabe«, schnauzte Summ sie an.

»Himmel«, murmelte Ruby. »Verhalten Sie sich immer streng nach Vorschrift?«

»Ansager sagen an, *ich* bediene die Telefone«, knurrte Summ

und schob Ruby einen Zettel hin. »Und ich gebe Anweisungen weiter.«
Auf dem Zettel standen ein paar Wörter und Zahlen:

Testkandidatin 45902314: mit dem Aufzug in die graue Zone fahren,
Alles Weitere erklärt der zuständige Agent.

Wie sich herausstellte, war der zuständige Agent ausgerechnet Groete alias »Das stumme E« – wie Ruby ihn insgeheim nannte, weil er sehr pingelig war, was die Aussprache seines Namens betraf. Groete wurde nämlich »Grote« ausgesprochen.
»Hallo, Kröte.« Ruby sprach das K und das Ö sehr deutlich aus. »Was? Sie sind hier und verrichten Deppendienst? Hat man Ihnen noch immer nicht verziehen, dass Sie im Raubfall Melrose Dorff so viel Mist gebaut haben?«
Groete bedachte sie mit einem vernichtenden Blick. »Apropos Mist bauen – wie ich hörte, hattest du dir einen Arm gebrochen. Haben dich die bösen Kinder im Kindergarten umgeschubst?«
»Ähm, nein, ich wurde von einer Psychopathin über einen Felsvorsprung gedrängt. Und was haben Sie im Sommerurlaub gemacht? Sich eine Wellness-Maniküre gegönnt?«
Groete verzog genervt das Gesicht. »Kind, wenn ich Zeit hätte, würde ich dir ja antworten, aber leider hab ich hier enorm viel zu tun.«

»Ha, wenn Ihnen eine halbwegs gescheite Antwort einfallen *würde*, würden Sie sie sicher zum Besten geben. Aber machen Sie sich nichts daraus, ich sehe ja, wie anstrengend es für Sie ist, hinter Ihrem Schreibtisch herumzusitzen.«

Groete grinste schmallippig. »Wie ich hörte, fliegst du hochkant aus dem Trainingsprogramm für Agenten im Einsatz, wenn du den Test gleich versaust.« Er schielte auf den Zettel in Rubys Hand. »Testkandidatin 45902314 – wird das deine Glückszahl sein? Oder sind es Ziffern, die dir den Zugang zur Welt der Agenten für immer verbauen?«

»Nun ja, immerhin darf ich mein Glück *versuchen*. Ist Ihnen nicht vergönnt, soweit ich weiß«, sagte Ruby.

»Will ich auch gar nicht«, fauchte Groete. »Ich arbeite gern hier im Hauptquartier. Hier laufen alle Fäden zusammen.«

Ruby blickte sich demonstrativ um. »Aha, verstehe«, sagte sie spöttisch. »Ich kann mir lebhaft vorstellen, wie aufregend es ist, in diesem lauschigen Kabuff hinter einem hübschen Schreibtisch zu sitzen und Däumchen zu drehen.«

»Hier, dein Test!«, schnaubte Groete und überreichte Ruby einen Schlüssel mit einem gelben Anhänger. Auf einer Seite des Anhängers stand die Zahl 5, auf der anderen war ein Muster aus Linien und Kreisen zu sehen. »Hoffentlich geht's schön schnell. Und wenn du durchgefallen bist, wird LB dich noch vor dem Mittagessen feuern. Dann verpasst du wenigstens nicht dein Mittagsschläfchen.«

Ruby gähnte. »Sie sollten Ihre dämlichen Kommentare dringend mal überarbeiten; sie hängen mir echt zum Hals raus.«

Ruby ging zu den Aufzügen zurück und fuhr in die gelbe Ebene hinunter. Dort ging sie durch den langen, verwinkelten Korridor, bis sie zu einer gelben Tür gelangte, deren Farbe haargenau denselben Farbton hatte wie der Schlüsselanhänger. Da die Türen nicht nummeriert waren, wusste Ruby nicht, was die Zahl 5 auf dem Anhänger zu bedeuten hatte. Sie steckte den Schlüssel ins Schloss, drehte ihn um und betrat einen seltsamen Raum, eine virtuelle Stadt mit Gebäuden und Industriemaschinen, Kränen und Wassertürmen, Feuerleitern und Straßen und Gassen.

Sie studierte das labyrinthartige Muster auf der Rückseite ihres Schlüsselanhängers – eine Art Stadtplan, wie sie annahm. Die fünf Kreise standen für bestimmte Orte, die Zickzacklinien für die Richtung, die sie einschlagen musste, um zu diesen Orten zu gelangen. Und auf dem Schlüsselanhänger stand die Zahl 5. Aha, dachte sie, fünf Dinge. Ich muss fünf Dinge finden.

Es gab keinen Hinweis darauf, dass es auch auf die Zeit ankam, doch Ruby hielt es für angebracht, möglichst schnell zu sein – der Faktor Zeit war immer wichtig.

Vermutlich musste sie sich durch diese künstliche Stadtlandschaft arbeiten. Die Linien auf dem Schlüsselanhänger sagten ihr, auf welchem Weg sie dorthin gelangte. Wie sie das schaffte, war ihre Sache.

Also begann sie. Sorgfältig begutachtete sie das Terrain und plante eine Route, die sie zu Objekt 1 bringen würde – einem kleinen Schlüsselbund, nicht leicht zu erspähen, besonders wenn man bedachte, dass Rubys Augen nicht die besten waren. Die Schlüssel steckten in einer Mauer, die sie hochklettern musste, während sie mit einem künstlichen Gewitter zu kämpfen hatte und innerhalb nicht mal einer Minute pitschnass wurde – aber alles in allem war es keine große Herausforderung. Ruby steckte Objekt 1 in ihre Tasche.

Erster Punkt erledigt, vier weitere warteten noch auf sie.

Der nächste Gegenstand war eine gelbe Taschenlampe. Sie lag auf einem baufälligen Hausdach, und Ruby musste an der morschen Mauer des Gebäudes hinaufklettern, um sie zu erreichen. Steine und Gipsbrocken lösten sich, als sie sich nach oben kämpfte, und ein ganzer Abschnitt des Dachs gab unter ihr nach, als sie die Dachsparren erreicht hatte – Dachziegel und Balken fielen krachend und mit ohrenbetäubendem Donnern nach unten.

Ups!, dachte Ruby.

Sie schnappte sich die Taschenlampe und legte eine kurze Pause ein, um zu überlegen. Die Linien auf dem Schlüsselanhänger sagten ihr, dass sie zuerst in den darunterliegenden Raum musste, um von dort aus durch eine Türöffnung ins benachbarte Gebäude zu gelangen. Doch der fragliche Raum war jetzt voller Schutt, und falls es je einen Durchgang gegeben hatte, so war davon nun nichts mehr zu sehen. Ruby steckte die Taschenlampe in ihren Gürtel und entschied sich für einen anderen Weg, der jedoch sehr viel länger und riskanter aussah und einiges an Kraft erforderte, weil sie hierbei eine Falltür freilegen musste.

Das dritte Objekt war in einem Kellerraum versteckt, der so niedrig war, dass Ruby nur auf dem Bauch hineinkriechen konnte. Ihr war nicht wohl bei diesem Gedanken, denn kleine, dunkle Räume waren nicht ihr Ding. Immerhin erwies sich die Taschenlampe hier als sehr nützlich, und Ruby ließ den Lichtstrahl langsam über die Wände wandern, ganz methodisch und präzise, und so schaffte sie es, die aufsteigende Panik zu unterdrücken – gemäß ihrer REGEL 19: PANIK LÄHMT DAS GEHIRN.
Ihr war klar, dass die Uhr unerbittlich tickte, und sie ahnte, dass es länger als nötig gedauert hatte, bis sie Objekt 3, eine Kupfermünze, endlich in der Hand hielt. Sie musste sich beeilen, weshalb sie beschloss, nicht weiter durch den langen, gewundenen Tunnel zu kriechen, sondern besser wieder nach oben zu gehen und ebenerdig weiterzumachen. Das ging vermutlich etwas schneller.
Kurzer Blick auf den Stadtplan: Der vierte Gegenstand befand sich jenseits der künstlichen Stadt. Ruby ging zu dem Wasserturm, der gut fünfzehn Meter hoch war. Es war ein Wagnis, doch ein Wagnis, das sich lohnte. Nachdem sie bis zu der Plattform hochgeklettert war, auf der der Wassertank stand, beschloss sie, das letzte Stück nicht an der Leiter hinaufzuklettern, die am Wassertank lehnte, sondern im Freeclimbing-Stil, wobei sie die hölzernen Fassreifen als Halt für Hände und Füße benutzen würde.
Ruby zog ihre Schuhe aus – sie eigneten sich nicht zum Klettern, und barfuß hatte sie einen besseren Halt. Sie konn-

te gut klettern, und deshalb war sie in null Komma nichts oben, ohne nach links oder rechts zu schauen. Sie entdeckte das kleine Taschenmesser sofort; es war mit einem Metallband an der Oberfläche festgeschraubt. Ruby fand schnell heraus, dass sie die Kupfermünze als Schraubenzieher benutzen konnte, um die Schraube zu lockern und das Taschenmesser loszumachen. Dann richtete sie sich wieder auf und inspizierte die Umgebung. Und schon erblickte sie Objekt 5 – sie musste nicht mal auf ihren Plan schauen –, es hing an einem Kran: ein silbrig glänzender, abgerundeter kleiner Zylinder.

Ruby wollte keine Zeit mit Hinunterklettern verlieren, doch wenn sie zum Kran hinüberspringen wollte, musste sie zuerst auf die andere Seite des Tanks kommen. Und das ging nur, wenn sie ins Wasser sprang und hinüberschwamm.

Ruby zögerte nicht lange.

Als sie sich auf der anderen Seite aus dem Wasser stemmte, schnaufte sie kurz durch und sprang dann mit einem großen Satz vom Wasserturm an den Ausleger des Krans. Ihr Herz blieb kurz stehen, als ihre Finger abrutschten – doch sie konnte die andere Hand blitzschnell hochreißen und sich am Metall festhalten. Dann hangelte sie sich wie ein Äffchen am Arm des Krans entlang nach vorn.

Der kleine Zylinder hing an einem dicken Seil. Wenn sie abstürzte, würde das alles andere als glimpflich ausgehen und sie mehr als nur ein paar Schürfwunden davontragen. Aber sie würde schon nicht fallen. Am Ende des Kranauslegers zog sie das Seil hoch, griff nach dem Zylinder und schnitt ihn mit dem Taschenmesser von dem Seil ab. Der Zylinder war, um einiges schwerer, als sie erwartet hatte, und so groß, dass sie ihn nicht in der Hand halten konnte. Kurz entschlossen stopfte sie ihn unter ihr T-Shirt, wo er tatsächlich ganz gut hielt.

Nun hängte sie sich an das, was von dem Seil übrig war, und schaukelte so lange hin und her, bis sie hoch genug war, um sich auf das Baugerüst am anderen Ende des Stadtdschungels zu schwingen.

Doch um zum Endpunkt zu kommen, musste sie über einen Abgrund springen, der breiter war als alles, worüber sie jemals gesprungen war. Zudem ging es gute zehn Meter in die Tiefe – es sah aus, als sei es nicht möglich, aber eigentlich war alles möglich, nicht wahr? Ruby ging fünfzehn Schritte zurück, um Anlauf zu nehmen, und rannte dann los, so schnell sie konnte. Dann der Absprung – sie warf sich nach vorn, ihre Zehen kamen auf der anderen Seite auf, sie fiel nach vorn und griff nach dem Erstbesten, an dem sie sich festhalten konnte.

Sie hatte es geschafft!

Mit Müh und Not.

Erschöpft lehnte sie sich mit dem Rücken an die Wand, rutschte nach unten und ließ den Kopf auf die Knie sinken. Sie war völlig außer Atem, doch sie hatte bewiesen, was sie beweisen musste. Dafür bekam sie sicher die Bestnote. Da kam ein Mann in einem kurzärmeligen weißen Shirt und einer braunen Krawatte hinter dem Gebäude hervor, an dem sie sich gerade ausruhte, und streckte seine Hand aus, um ihr auf die Beine zu helfen.

»Danke, Agentin Redfort, gute Zeit und eine recht hohe Punktzahl.«

Ruby sah ihn verblüfft an. »Wie? Keine Eins plus? Hab ich mal gezögert, oder was?«

13. Kapitel

Ein Muss

Ruby sollte auf der harten Metallbank warten, bis jemand sie rufen würde. »Etwa zehn Minuten oder so.« Sie gaben ihr nicht mal ein Handtuch. Und ihre Schuhe hatte sie auch noch nicht zurückbekommen.

Es gab jetzt sicher gleich eine Nachbesprechung mit einem Super-Nerd, der ihr was vorsingen würde über ihre Qualitäten, ihr Ego, ihre Motivation und blablabla. Darauf war Ruby nicht besonders wild. Sie fand, dass ein solches Gespräch nur heiße Luft war, unnützes Geschwätz. Es ging doch nur darum: Hatte sie es geschafft oder nicht? Und diese Frage war geklärt – warum also lange schwafeln?

Nach einer Zeit, die ihr wie zehn lange Minuten vorgekommen war, wurde Ruby endlich abgeholt und durch einen schwarzweißen spiralförmigen Gang zu einer grauen Tür geführt. Auf der anderen Seite der Tür wartete ein anderer Agent, ebenfalls in einem kurzärmeligen weißen Shirt und mit einer braunen Krawatte. Er saß hinter einem grauen Schreibtisch und schob gerade ein paar Papierstapel hin und her.

»Hallo, Miss Redfort«, sagte er und erhob sich. »Ich bin Agent –«

»Gill«, führte Ruby seinen Satz zu Ende.

Er schien überrascht.

»Ich kenne Ihre Stimme bereits vom Telefon«, sagte Ruby.

»Ausgezeichnetes Gehör«, sagte Agent Gill. »Aber nimm doch Platz.«

Ruby setzte sich und wartete.

Gill schob noch ein paar weitere Blätter zusammen und räusperte sich, bevor er endlich zur Sache kam.

»Du hast eine Menge riskanter Dinge gemacht«, begann er. »Ich will ganz offen sein: So, wie wir die fünf Dinge platziert hatten, haben wir nicht damit gerechnet, dass du sie alle erreichen würdest, da sie ja ziemlich weit oben waren.«

»Wollen Sie damit sagen, dass ich klein bin, Sir?«, sagte Ruby mit todernstem Gesicht, obwohl sie den Mann nur necken wollte.

»Ich will damit sagen, dass du meinem Rat offensichtlich gefolgt bist und an deiner Fitness gearbeitet hast; du hast erstaunlich große Distanzen übersprungen, wenn man bedenkt, dass ... nichts für ungut, Miss Redfort.«

»Schon vergessen«, sagte Ruby.

Gill wirkte leicht nervös und trank einen Schluck Wasser, bevor er fortfuhr: »Allerdings gibt es da ein Problem.«

»Was?! Ich hab doch alles hinbekommen und bin kein einziges Mal gefallen! Oder?«

»Stimmt«, sagte Agent Gill.

»Und die Zeit war auch in Ordnung, richtig?«

»Ja, stimmt.«

»Ich habe alles eingesammelt, wie es auf dem Schlüsselanhänger stand, fünf Dinge, richtig?«

»Ja, fünf Objekte«, bestätigte Agent Gill.
»Wo ist dann das Problem?«
»Du hast etwas übersehen.«
»Ich verstehe nicht …«
»Du hättest die fünf *richtigen* Objekte finden sollen.« Agent Gill nahm den letzten Gegenstand in die Hand, den silbrigen Zylinder, der im Schein seiner Schreibtischlampe glänzte.
Ruby sah sich den Gegenstand verwundert an, bis sie entdeckte, was auf der Unterseite stand, nämlich: BOMBE.
»Verflixt, wie konnte ich *das* übersehen?«, sagte Ruby fassungslos, mehr zu sich selbst als zu ihrem Gegenüber.
»Ist schon mehr Leuten passiert«, versuchte Gill sie zu trösten.
»Reden Sie von Veränderungsblindheit? Die eintritt, wenn man sich zu stark auf die eigentliche Aufgabe konzentriert und dadurch ein Detail übersieht?«
»Ja, aus diesem Grund fallen manche durch bei diesem Test«, sagte Agent Gill. »Bei dir gibt es einen anderen Grund. Du warst fahrlässig und hast das Ziel komplett aus den Augen verloren. Du hast dich verrannt.«
Ruby sah ihn stirnrunzelnd an. »Aber ich …«
»Das ist dir auch entgangen.« Er reichte ihr ein Foto über den Schreibtisch. Darauf war der Wasserturm zu sehen, an dem Ruby hinaufgeklettert und durch den sie anschließend geschwommen war. Seitlich stand in großen Lettern GIFT, und darunter waren ein Totenschädel und zwei überkreuzte Knochen zu sehen.

Wie konnte sie *das* übersehen haben?
»Hättest du die Warnung gelesen«, fuhr Agent Gill fort, »hättest du die Leiter nehmen können, die am Tank lehnte, sie hochziehen und quer über das Wasserbecken legen können, dann hättest du eine Art Steg gehabt. Ich hätte ehrlich gesagt von dir erwartet, dass du so vorgehen würdest – angesichts des Rufs, der dir vorauseilt.«
»Ähm …« Ruby fehlten buchstäblich die Worte.
Nicht aber Agent Gill. »Außerdem hättest du, wenn du um das Gebäude herumgegangen wärst, in dem du die Taschenlampe gefunden hast, eine Tür entdeckt. Einer der Schlüssel an dem Schlüsselbund, den du zuvor gefunden hattest, passt in das Schloss dieser Tür, und so hättest du ganz gemütlich über die Treppe bis zum Dach hinaufgehen können, statt praktisch das halbe Dach zum Einsturz zu bringen und dir somit den Weg zur Falltür und zu Objekt 3 zu versperren.«
»Oh«, sagte Ruby betroffen.
Gill musterte sie. »Das kannst du laut sagen. Aufgrund dessen, was ich gesehen habe, vermute ich, dass du erstaunlich wenig Rücksicht auf dein Leben nimmst. Deine Furchtlosigkeit führt dazu, dass du dir nicht genau überlegst, was du tust – du tust impulsiv das Erstbeste, was dir einfällt. Du triffst keine überlegten Entscheidungen, sondern handelst sehr spontan – egal wie riskant eine Sache ist. Für einen Agenten im Einsatz ist das ein extrem gefährliches Verhalten. Um ganz offen zu sein: Ich hätte nicht erwartet, dass du aus diesem Grund durchfällst.«

»Wie bitte?! Sie haben *erwartet*, dass ich durchfalle?«, fragte Ruby ungläubig.
»Ja. Aber aus einem ganz anderen Grund. Wir haben dir nicht zugetraut, dass du den letzten Sprung schaffst. Natürlich gingen wir davon aus, dass du es versuchen würdest, aber die Distanz war absichtlich zu groß gewählt. Es war weiter, als du normalerweise springen kannst. Von den Kandidaten wird erwartet, dass sie ein Risiko richtig einschätzen, merken, wenn es zu groß ist, und dann einen anderen Weg suchen. Du dagegen hast den weiten Sprung geschafft, und das hat uns sehr überrascht.«
»Na ja«, sagte Ruby mit einem Schulterzucken. »Ich kann nun mal weit springen.«
»Oder du hattest einfach Glück«, sagte Agent Gill trocken. Er hüstelte und machte sich erneut an seinen Papieren zu schaffen. »Normalerweise hätten wir dich jetzt in die dritte Phase des Trainingsprogramms für Agenten im Einsatz übernommen, und das wäre ein Freeclimbing-Kurs im Dry River Canyon gewesen. Doch aufgrund des heutigen Testergebnisses müssen wir davon Abstand nehmen. Du wirst an keinen weiteren Außeneinsätzen mehr teilnehmen und auch nicht am Trainingsprogramm.«
»Wie bitte?!«, sagte Ruby nun schon zum zweiten Mal.
»Tut mir leid«, sagte Gill.
»Aber ich musste doch sowieso schon aussetzen. Ich dachte, nach diesem Test könnte ich mit dem Training weitermachen!«

»Ausgeschlossen«, sagte Gill. »Ich wiederhole: nicht mit diesem Testergebnis. Du bist eine Gefahr für dich selbst und potentiell auch für andere, wenn du keine Rücksicht auf dein eigenes Leben nimmst.«
»Was wollen Sie damit sagen?«, fauchte Ruby. »Nur weil ich keine Angst habe, gefährde ich andere?«
»Richtig«, sagte Gill trocken. »Deine Furchtlosigkeit trübt dein Urteilsvermögen, und deshalb wärst du bei einem Außeneinsatz ein Sicherheitsrisiko. Und abgesehen davon, hast du Eltern.«
»Hat jeder!«, sagte Ruby schnippisch. »Sie doch auch, oder?«
»Das ist etwas anderes«, erwiderte Agent Gill. »Meine Leute sitzen nicht zu Hause und warten mit Milch und Keksen darauf, dass ich heimkomme.«
»Was? Meinen Sie, *meine* tun das?«, sagte Ruby und verdrehte die Augen. »Ich bin dreizehn, nicht drei!«

Enttäuschung war nicht das richtige Wort für das, was Ruby empfand. Eher Wut. Agent Gill hatte sie gleich nach dem Gespräch zum Spektrum-Psychologenteam geschickt. Deshalb saß sie nun in dem gemütlichen Büro von Dr. Selgood, umgeben von vollen Bücherregalen. Immerhin hatte man ihr ein Handtuch gegeben, und sie konnte sich trockenrubbeln. Ihre Schuhe hatte sie allerdings noch nicht zurückbekommen.

DR. SELGOOD: »Was du hast, Redfort, ist ein Leiden – ein Krankheitsbild, das bei Menschen manchmal auftritt, die eine sehr gefährliche Situation überlebt haben. Es gibt keine Bezeichnung dafür und auch nur wenige Studien über die Betroffenen, doch ich nenne es den ›Wundereffekt‹. Ich hatte einen Patienten, der behauptete, immer einen Schutzengel an seiner Seite zu haben. Er fürchtete nichts und niemanden.«

RUBY: »Was ist aus ihm geworden?«

DR. SELGOOD: »Er ist tot.«

RUBY: »Hat sein Schutzengel Urlaub gemacht?«

DR. SELGOOD: »Gegen den Tod kommt niemand an. Du lebst zurzeit in einer Art ständiger Euphorie und hast ganz vergessen, dass du auch sterben könntest.«

RUBY: »Bin ich bisher nicht.«

DR. SELGOOD: »Das ist keine Garantie für die Zukunft.«

RUBY: »Kann ich mir trotzdem nicht vorstellen.«

DR. SELGOOD: »Gehst du deshalb auf volles Risiko?«

RUBY: »Je mehr Risiken ich eingehe, desto lebendiger fühle ich mich.«

DR. SELGOOD: »Ironischerweise steigt genau dadurch das Risiko, ums Leben zu kommen.«

RUBY: »Glaub ich irgendwie nicht.«

DR. SELGOOD: »Wieso?«

RUBY: »Ich habe mal ein Buch gelesen über einen Jungen, der ausgerechnet hat, wie groß die Wahrscheinlichkeit eines plötzlichen Todesfalls ist, eine Art Lebensrisikoabschätzung. Er glaubte, wenn einem *einmal* etwas Unwahrscheinliches zugestoßen ist wie … sagen wir, wenn ein Flugzeug auf dein Haus fällt oder wenn du bei einem Waldbrand über eine Klippe stürzt, dann ist dieses spezielle Risiko abgehakt, weil einem so etwas aller Wahrscheinlichkeit nach kein zweites Mal passiert.«

DR. SELGOOD: »Da redest du von Statistiken, und dabei weißt du besser als die meisten anderen, dass es keineswegs ausgeschlossen ist, dass auch ein zweites Flugzeug auf dein Haus stürzen kann.«

RUBY: »Stimmt, aber da hätte man schon unglaublich viel Pech.«

DR. SELGOOD: »Und du denkst, du hast immer Glück?«

RUBY: »Na ja, ich glaube nicht, dass es viele Leute schaffen würden, sich aus einer überdimensionalen Eieruhr zu befreien.«

DR. SELGOOD: »Sprichst du von damals, als du beinahe in Sand begraben wurdest?«

RUBY: »Ich könnte genauso gut an die Situation denken, als ich von giftigen Quallen gelähmt wurde und beinahe von Haifischen aufgefressen worden wäre.«

DR. SELGOOD: »Hast du dich nie gefragt, ob du dich unbewusst nicht selbst in derart gefährliche Situationen hineinmanövriert hast? Und eventuell nur deshalb mit dem Leben davongekommen bist, weil du ein exzellentes Spektrum-Training hinter dir hattest, hochwertige Geräte in der Tasche und zudem auch das Glück, in letzter Sekunde gerettet zu werden?«

RUBY: »Das hätte ich selbst nicht besser ausdrücken können, Doc, es ist sehr unwahrscheinlich, dass ich sterbe. Alles spricht für mich.«

DR. SELGOOD: »Und doch bist du im Rahmen dieses Tests durch vergiftetes Wasser geschwommen und hast anschließend eine Bombe von einem Kran geholt.«

RUBY: »Ach, kommen Sie, das war doch nur ein Test! Diese Dinge waren nicht real.«

DR. SELGOOD: »Und wenn sie real gewesen wären?«

RUBY: »Waren sie aber nicht.«

DR. SELGOOD: »Der zehn Meter tiefe Abgrund war real.«

RUBY: »Hallo, soll das heißen, dass unter mir kein Sprungtuch aufgespannt war?«

Der Psychologe seufzte und schlug die Akte zu.

DR. SELGOOD: »Ich würde vorschlagen, dass du wiederkommst. Wollen wir gleich die nächsten Termine ausmachen?«

RUBY: »Nun ja, wenn Sie so gern mit mir plaudern, will ich Sie nicht dieses Vergnügens berauben.«

Sie grinste, allerdings mit zusammengebissenen Zähnen.

Als Ruby das Zimmer des Psychologen verließ, fand sie ihre Schuhe vor, beide inzwischen fast trocken. Sie schlüpfte hinein, sah sich um und dachte kurz nach. Aber statt dann nach links zu gehen und mit dem Aufzug auf Summs Ebene zu fahren, ging sie nach rechts und huschte wieselflink über die im Zickzack verlaufenden Fluchttreppen bis hinunter in die orangefarbene Ebene. Vor der Tür des Raums mit den technischen

Spezialgeräten blieb sie stehen, sah auf ihre Uhr und tippte die genaue Uhrzeit ein – das war der Code, mit der sich die Tür öffnen ließ. Bisher war es immer so gewesen, doch diesmal geschah nichts. Die Tür blieb zu.

Diese Fieslinge!

Klick-klick machte es in ihrem Gehirn.

Kröte, murmelte sie, ich wette, das warst du!

Wenn jemand bei Spektrum einen Code geändert haben wollte oder kurzfristig die Sicherheitsbedingungen verbessern wollte, ging er zu Old Kröte. Codes funktionieren am besten, wenn sie von einem Unbekannten ausgetüftelt wurden, doch zu Groetes Pech kannte Ruby ihn ziemlich gut. Sie hätte gewettet, dass er den Zutritt zum Spezialgeräteraum nicht zuletzt deshalb mit einem neuen Code gesichert hatte, um ihr eins auszuwischen. Kröte hatte sich vermutlich diebisch gefreut bei der Vorstellung, dass er die kleine Redfort ausgeschlossen hatte. »Wer zuletzt lacht, lacht am besten«, sagte sich Ruby und überlegte, wie der neue Code wohl lauten könnte.

Sie rief sich das kurze Gespräch mit ihm noch einmal in Erinnerung, und da hatte sie eine Erleuchtung. Klar, das hatte er sich bestimmt nicht verkneifen können.

45902314 – ihre Testnummer, die Ziffern, über die er noch einen dummen Scherz gemacht hatte!

Ruby tippte sie ein, und prompt sprang das Schloss auf.

Manche Leute sind sehr leicht durchschaubar, dachte Ruby und grinste.

Im Spezialgeräteraum fand sie auf Anhieb, wonach sie suchte. Sie hatte sie schon so oft bestaunt, dass sie sie auch mit verbundenen Augen gefunden hätte. Zwanzig Sekunden später war Objekt 202 in ihrem Rucksack verstaut. Ruby hatte absolut kein schlechtes Gewissen – sie brauchte sie, man hätte sie ihr sowieso längst geben müssen, und außerdem: Wer sonst würde sie tragen wollen? Schließlich konnte sie mit ihrem neuen Skateboard nicht überall hinflitzen, und ganz bestimmt nicht in den Dry River Canyon, aber genau dorthin wollte sie.

> ***Fluchtschuhe***
> *Auf grünen Knopf in der Sohle des linken Schuhs drücken, und die Schuhe verwandeln sich in Rollschuhe. Drückt man auf den roten Knopf in der Sohle des rechten Schuhs, werden die Düsenturbinen aktiviert. Damit erzielt man eine maximale Geschwindigkeit von 142,6 Stundenkilometern über eine Entfernung von 10 km. Warnung: Füße können überhitzen. Nicht auf unebenem Untergrund verwenden!*

Die Wunderschuhe hatten früher einmal dem jungen Bradley Baker gehört und moderten nun schon seit Jahren in dieser Vitrine vor sich hin. Das war eine echte Verschwendung, wie Ruby fand. Sie machte die Glastür leise wieder zu und hoffte, dass die leere Stelle niemandem auffallen würde. REGEL 18: OFT ÜBERSIEHT MAN, WAS MAN DIREKT VOR DER NASE HAT.

Sie wollte gerade gehen, als ihr Blick an einem Gegenstand

hängen blieb, den ihre Mutter als »Muss« bezeichnen würde. Dieser Gegenstand sah wie ein langweiliger, kleiner, silberner Rucksack aus, doch als Ruby die Beschreibung las, wurde ihr sofort klar, dass es sich um ein absolut cooles und äußerst nützliches Utensil handelte.

Gleitflügel

Rucksack einfach über eine normale Jacke anziehen. Er darf auf keinen Fall bedeckt sein. Beim Springen (erst ab einer Höhe von mindestens sechs bis sieben Metern) werden die Fabra-Tech-Flügel aktiviert, indem man auf den roten Knopf am rechten Schulterriemen drückt. Achtung: Der Knopf darf erst in der Luft gedrückt werden! Sollten sich die Flügel dann nicht öffnen –

Was dann zu tun wäre, erfuhr Ruby leider nicht, weil das Schild an dieser Stelle abgerissen worden war, doch sie ging davon aus, dass die Gleitflügel sowieso funktionieren würden. Und falls nicht, nun, dann müsste sie sich eben etwas einfallen lassen, während sie im freien Fall war. Neben den Gleitflügeln lag ein kleiner orangefarbener Zettel, auf dem sicher stand, dass man diesen Gegenstand nicht ohne ausdrückliche Genehmigung entfernen dürfte und blablabla.

Da sie die Fluchtschuhe schon stibitzt hatte und allein dafür schon Ärger bekommen würde, konnte sie ja auch gleich zwei Sachen mitnehmen. Und außerdem – wenn die Spektrum-Leute so besorgt waren, dass sie von irgendwo runterfallen könnte, war es doch besser, wenn sie für diesen Fall gewappnet war, oder? Deshalb war es nur vernünftig, wenn sie die Gleitflügel an sich nahm.

Wer A sagt, muss auch B sagen, dachte Ruby, als sie die Zentrale verließ.

14. Kapitel

Laufen

Ruby ging auf einen Sprung in den Amster Green Park, weil sie hoffte, dass Clancy eventuell dort war – nach dem morgendlichen Frust bei Spektrum hätte sie gern ein freundliches Gesicht gesehen. Doch da hatte sie sich leider getäuscht, denn als sie auf die Eiche geklettert war und in ein ganz bestimmtes der vielen Astlöcher im Stamm griff, fand sie nur ein Stück Papier vor, das zu einem Käfer gefaltet war. Sie faltete es auseinander und las die Nachricht, die darauf geschrieben stand:

Vlj pstlzv vmdrs Hzmh.
Hygd rmsomm alt eiq Hsbdbzvytl eiqxvwgpv.*

»Armer Clancy«, seufzte Ruby. »Eine Schwester wie sie möchte ich wirklich nicht haben!«
Sie kletterte wieder nach unten und machte sich auf den Heimweg. Das Skateboard glitt wunderbar schnell durch die topfebene Amster Street, und nach dem anstrengenden Morgen war Ruby sehr froh darüber.
Kaum war sie zu Hause, rief sie Clancy an.
»Ich habe deine Nachricht gefunden«, sagte sie, »klingt ja ganz schön ätzend. Konnte deine Schwester Minny nicht für dich

* Es handelt sich wie immer um einen Vigenère-Code. Schlüsselwort: Der Name von Clancys kleinster Schwester. – Lösung s. S. 169

einspringen? Sie ist dir noch einiges schuldig für die letzten Male, als du ihr aus der Patsche geholfen hast.«

»Stimmt«, brummte Clancy. »Aber sag mal, wo hast du heute Morgen gesteckt?«

»Ich musste meinen Pfadfinderinnen-Test machen.« Am Telefon redeten Ruby und Clancy nicht so offen wie sonst.

»Und? Bist du wieder dabei?«

»Nein.«

»Wie bitte?! Das können sie doch nicht machen! Worum ging es bei diesem Test?«

»Darum, ob ich körperlich und geistig fit bin.«

»Und?«

»Mir fehlt etwas, sagen sie.«

»Und was?«

»Angst.«

»Ist das schlimm?«

»In ihren Augen offenbar schon. Sie denken, ich hätte einen unbewussten Todeswunsch.«

»Echt? Das haben sie gesagt?«

»Nein, natürlich nicht so direkt. Sie sprachen vom ›Wundereffekt‹.«

»Egal wie sie es nennen«, sagte Clancy. »Haben sie recht, was meinst du?«

»Weiß ich nicht, aber es ist komisch, wenn du das Gefühl hast, du selbst wärst nie dran. Scheint ein bestimmtes Krankheitsbild zu sein, ob es nun Wundereffekt oder Engelkomplex oder sonstwie heißt. Das ändert aber nichts an der Tatsache, dass ich immer noch lebe, obwohl ich statistisch gesehen bereits mehrfach tot sein müsste.«

»Und wie fühlt es sich an?«, hakte Clancy nach. »Ich meine, wenn man das Gefühl hat, dass einem der Tod nichts anhaben kann?«

Ruby musste kurz überlegen. »Ich bin dauernd versucht, es drauf ankommen zu lassen. Es ist ein prickelndes Gefühl, sich stark und unbesiegbar zu fühlen. Und nach jeder gefährlichen Situation, die ich heil überstanden habe, kann ich mir noch weniger vorstellen, dass es mal schiefgehen könnte. Aber wieso ist das ein Problem? Verstehe ich nicht. Ich bin Pfadfinderin, richtig? Oder zumindest eine Pfadfinderin in Ausbildung, und da kann Furchtlosigkeit doch nicht schaden!« Sie machte erneut eine kurze Pause. Dann: »Was ist? Kommst du her oder was?«

»Oder was«, antwortete Clancy.

»Haha, Clance … Manchmal bist du echt komisch, Kumpel, weißt du das?«

»Ja, weiß ich. Wenn ich könnte, würde ich sofort kommen, das weißt du.«

»Ja, ich weiß. Es ist nur wegen Olive, richtig?«

»Ja, und danach wollte ich mich mit Elliot im Donut Diner treffen. Komm doch auch!«

»Ich überlege es mir«, sagte Ruby. »Mach in der Zwischenzeit keine Dummheiten, okay?« Sie legte auf und ging in die Küche hinunter, weil sie ziemlich hungrig war, und als sie an dem Tischchen in der Diele vorbeiging, läutete dort das Telefon.

Sie nahm ab. »Twinford Weltraumprogramm, schlüpfen Sie in einen Astronautenanzug und vergessen Sie die Schwerkraft.«

»Ähm …«, sagte eine zögernde Stimme am anderen Ende der Leitung.

»Oh, hallo, Quent.«

»Hier spricht Quent.«

»Ich weiß«, sagte Ruby.

»Woher hast du das gewusst?« Er klang richtig erfreut.

»Deine Stimme ist unverwechselbar.«

»Wirklich?«

»Wirklich!«

»Wow, das hat mir bisher noch keiner gesagt.«

»Freut mich, dass ich deinen Tag gerettet habe – was kann ich für dich tun?«

»Ich wollte nachfragen, ob du zu meiner Geburtstagsparty kommst.«

Schweigen.

»Ich habe dir schon vor Wochen eine Einladung geschickt, aber da warst du ja gerade im Krankenhaus wegen deinem Arm und hast es wahrscheinlich verbummelt.«

Schweigen.

»Deshalb rufe ich vorsichtshalber auch noch an.«

Schweigen.

»Thema meiner Party ist Superheld.«

Schweigen.

»Ich weiß noch nicht genau, was für ein Kostüm ich anziehe, aber ich denke an den Typen, der unter Wasser atmen kann.«

»Aquaman?«
»Genau, Aquaman, der Herrscher des Königreichs Atlantis. Aber es ist ziemlich schwer, Aquaman zu sein, wenn man nicht im Wasser ist, und wegen der Algen mussten wir das Wasser in unserem Pool ablassen.«
»Wann ist deine Party noch mal, Quent?«
»Am Samstag, den sechzehnten.«
»Oh, Samstag, der sechzehnte? Das ist ja doof. Jeder andere Tag wäre okay, aber ausgerechnet da kann ich nicht.«
»Echt? Da kannst du nicht?« Quent klang total enttäuscht. Nicht sauer – enttäuscht.
Nun war es so, dass Ruby knallhart sein konnte, wenn es um Schulhofschläger oder Psychopathen ging, doch bei einem enttäuschten, lispelnden Elfjährigen – oder enttäuschten Mitmenschen an sich – verpuffte ihre schnodderige, selbstsichere Art von einer Sekunde auf die andere.
»Hör mal, Quent, bevor deine Unterlippe noch lange weiterzittert, lass mich nachsehen, ob sich vielleicht doch etwas machen lässt.«
Eine Superhelden-Party, dachte Ruby. Ha, das hat mir gerade noch gefehlt!

Während Ruby noch über ihre Zwickmühle nachdachte, überlegte ihr bester Freund Clancy, wie er sein eigenes kleines Problem lösen könnte. Er war so intensiv am Grübeln, dass er das leise Stimmchen zuerst gar nicht hörte.
»Ich hab gefragt, ob wir jetzt endlich gehen können!« Es war

Olive, Clancys fünfjährige Schwester. »Ich will zum Kindergeburtstag!«
»Nein«, maulte Clancy. »Ich habe gesagt, dass ich notfalls auf dich aufpasse, aber ich habe keine Lust, dich irgendwohin zu bringen.«
»Aber Mom hat gesagt, du *musst*!«
Olive stand unter seiner Zimmertür und war bereits komplett angezogen: Mütze, Mantel, Handschuhe und Rucksack.
»Warum bist du so warm angezogen, Olive?«, fragte Clancy. »Du weißt, dass es draußen 24 Grad warm ist, oder?«
»Mom hat gesagt, dass bald ein Kältebruch kommt«, sagte Olive.
»Na, das nenne ich vorauseilenden Gehorsam. Und außerdem heißt es Kälte*ein*bruch, nicht *Bruch*.«
»Mir gefällt Kältebruch aber besser.«
Clancy verdrehte die Augen. Die meisten Leute fanden die kleine Olive süß, er nicht. Sie war viel zu nervig, um süß zu sein.
Während Clancy nach seinem Rucksack suchte, ging Olive wieder nach unten, um ihn bei ihrer Mutter zu verpetzen.
Clancy nahm die hintere Treppe, um sich heimlich aus dem Staub zu machen – vielleicht konnte er Olive doch entkommen –, doch als er um die Hausecke bog, war sein Traum ausgeträumt. Sie stand wieder da und sah in ihrer gelben Kleidung wie ein kleiner Pac-Man aus, mit ausdrucksloser, aber entschlossener Miene.
»Mom sagt, du kriegst Ärger, wenn du mich nicht hinbringst.«
Es gab kein Entrinnen. Denn da ertönte auch schon die Stim-

me von Mrs Crew: »Clancy, ist es wirklich zu viel verlangt, wenn ich dich bitte, deine kleine Schwester zu diesem Kindergeburtstag zu bringen? Sie hält so große Stücke auf dich, kannst du nicht einfach mal lieb zu ihr sein?«

Olive blinzelte mit ihren großen Augen zu ihm hoch. Sie sah aus, als könnte sie kein Wässerchen trüben, wie eine niedliche Babypuppe.

Clancy überlegte gerade, womit er Olive bestechen könnte, als seine Mutter aus der Küche kam, gefolgt von Amy, der zweitjüngsten Crew-Schwester.

Amy war sieben und eher wortkarg, und vielleicht mochte Clancy sie genau deshalb.

»Okay, okay, ich bring sie hin«, stöhnte Clancy.

Amy warf ihm einen mitfühlenden Blick zu.

Mrs Crew bückte sich und drückte ihrer Jüngsten ein Küsschen aufs Näschen. »Du siehst zum Anbeißen aus, mein Schatz!«

Clancy betrachtete Olive. Von wegen zum Anbeißen! Eher zum Beißen!

Widerwillig brachte er Olive zum Haus ihrer Freundin, wo sie ihn sofort links liegen ließ und zu den anderen Kindern rannte.

»War mir ein Vergnügen!«, rief er. »Danke.«

Olive hörte ihn nicht.

»Ist das deine kleine Schwester?«, sagte eine Mutter, die gerade ihr Kind herbrachte. »Sie ist zum Fressen süß.«

»Da brauchen Sie aber echt viel Ketchup«, sagte Clancy trocken.

Wegen dieses unfreiwilligen Umwegs war Clancys ganzer Zeitplan durcheinandergekommen – Elliot wartete sicher schon lange im Donut Diner auf ihn. Clancy hasste es, zu spät dran zu sein; er war ein pünktlicher Mensch und wurde richtig nervös, wenn er nicht pünktlich sein konnte. Deshalb fing er an zu rennen. Es war schon nach zwölf und ziemlich warm, doch er nahm es in Kauf, verschwitzt anzukommen, als noch später. Er rannte wie ein Verrückter. Trotzdem traf er volle einundzwanzig Minuten zu spät am Diner ein. Ein Jammer, denn ausgerechnet an diesem Tag wäre es besser für ihn gewesen, pünktlich zu sein; das hätte ihm viel Ärger erspart.

Als er die Tür des Donut Diner in der Amster Street aufstieß und eintrat, stolperte er über einen Jungen, der am Boden kauerte und sich gerade einen Schuh zuschnürte.

»Au, sorry«, sagte Clancy und trat einen Schritt zurück.

Der Junge richtete sich auf und wirbelte herum, und im ersten Moment sah es aus, als wollte er etwas wie »Halb so wild« sagen, doch als er Clancy sah, schien er es sich anders zu überlegen.

Es war, als müsste er sich blitzschnell entscheiden: es gelassen hinzunehmen oder zu motzen. Er entschied sich für Option zwei.

»Sag mal, spinnst du? Oder willst du unbedingt eine in die Fresse kriegen?«

»Wie bitte!?« Clancy begriff nicht, wie ihm geschah. Er war doch nur in friedlicher Absicht ins Double Donut gekommen, und jetzt sollte er geschlagen werden? Es war noch nicht mal ein Uhr mittags; der Tag hatte doch gerade erst begonnen.

»Bist du auch noch taub, du Loser?«, fragte der Junge aggressiv.

Clancy stand da wie ein begossener Pudel und wusste nicht, was tun. Der fremde Junge schob das Kinn vor und kniff die Augen zusammen. Er sah echt fies aus, fies hässlich und stark und muskulös – fast so, als könnte er es mit einem Gorilla aufnehmen.

»Hör mal, ich wollte dich nicht anrempeln, okay? Du bist mir nur zufällig im Weg gehockt.«

»Was?!« Der Gorilla-Typ stellte sich offenbar noch dümmer, als er war.

»Sorry, falls ich dir weh getan habe.« Clancy hatte diesen Satz noch nicht ganz ausgesprochen, als ihm klar wurde, dass er besser die Klappe gehalten hätte, wenn er nicht mit blutgetränktem Shirt nach Hause gehen wollte. Doch der Typ nervte ihn kolossal, und da hatte er es sich nicht verkneifen können, ihn ein kleines bisschen zu provozieren.

»*Was* hast du da gesagt?«, fauchte der Junge.

»Sorry, falls ich dir weh getan habe. Ich vermute, du hast eine niedere Schmerzschwelle«, sagte Clancy, »ist bei manchen Leuten so.«

Der Junge verzog keine Miene. »Und *du* hast gleich gar keine Schmerzschwelle mehr, wenn ich mit dir fertig bin«, zischte er. »Ich breche sie dir glatt in zwei Hälften.«

»Das ist doch Unsinn«, sagte Clancy. »Man kann eine Schmerzschwelle nicht zerbrechen, weder in Hälften noch in Viertel, in gar nichts.«

Doch der Junge hörte gar nicht zu. Er packte Clancy am Kragen und ballte seine andere Hand zu einer Faust. Er brachte sein Gesicht sehr dicht an das von Clancy – so dicht, dass Clancy seinen Mundgeruch riechen konnte.
»Schon gut, schon gut«, krächzte Clancy, »ich entschuldige mich. War allein meine Schuld, okay? Können wir jetzt das Kriegsbeil begraben?«
Aber dieses Angebot war offenbar auch nicht dazu angetan, den Jungen zu besänftigen – ganz im Gegenteil. Er holte schon mit seiner freien Faust aus, um Clancy ins Gesicht zu schlagen, als Marla bemerkte, was los war und herbeieilte. Sie packte den fremden Jungen resolut am Arm.
Marla war bekannt dafür, dass sie in ihrem Diner keine Händel duldete. Und sie war unglaublich stark: Sie bekam jedes Essiggurkenglas auf, wuchtete schwere Kartoffelsäcke in ihre Vorratskammer und warf krakeelende Männer auf die Straße, ohne ins Schwitzen zu kommen.
Sie sah dem aggressiven Jungen in die Augen. »Ich will dich hier nicht mehr sehen, Junge. Weder in meinem Diner noch vor meinem Diner und auch nicht in der Nähe meines Diners, verstanden, Herzchen?«
Der Junge nickte verlegen.
»Fein, dann wäre ja alles geklärt«, sagte Marla, drehte ihn um und führte ihn mit eisernem Griff zur Tür. »Und jetzt verzieh dich!«
Dann wandte sie sich an Clancy. »Den Ball immer schön flachhalten, ja?«, war alles, was sie sagte, bevor sie in ihre Küche

zurückkehrte. Clancy bürstete seine Hose ab, dann ging er an den Tischen vorbei zu der Nische, wo Elliot auf ihn wartete.

Elliot blickte ihn stirnrunzelnd an. »Du weißt schon, wie spät es ist, oder?«

»Hast du *das* gesehen?«, fragte Clancy.

»Was?«, fragte Elliot. »Hab ich was verpasst?« Er spähte zum Eingang.

»Ich wurde gerade fast von einem Gorilla erschlagen.«

»Echt?«

»Zum Glück nur fast«, sagte Clancy. »Aber zu wissen, dass du hier bist und an mich denkst, war mir eine große Hilfe.«

»Was meinst du mit Gorilla?« Elliot wusste nicht, ob er sich fürchten sollte oder ob seine Neugier stärker war.

»Da war so ein Muskelprotz, der mich umbringen wollte, doch Marla hat ihn rausgeworfen.«

»Blöd, dass ich es nicht gesehen habe«, sagte Elliot. »Ich hätte ihn … du weißt schon, ich hätte irgendwas getan.«

»Du?! Ganz bestimmt«, sagte Clancy spöttisch.

»Im Leben nicht!«, sagte Elliot. »Du bist ein guter Freund, Clancy, aber ich behalte meine Zähne gern dort, wo sie sind, nämlich im Mund.«

»Aha! Und was hättest du also getan?«, fragte Clancy.

»Ich wäre vermutlich in die andere Richtung gerannt«, sagte Elliot und bekam plötzlich einen seiner gefürchteten, typischen Lachanfälle. Er lachte und lachte, bis der ganze Tisch zu vibrieren begann und sein Milchshake auf den Boden fiel. Marla eilte herbei und drückte ihm einen Lappen in die Hand.

Clancy nahm es Elliot nicht übel, dass er ihm nicht beigestanden hätte. Immerhin war er ehrlich. Und Ehrlichkeit kann man keinem übelnehmen.

Lösung zu Seite 158: Hab leider keine Zeit. Muss wieder mal auf Monsterkid aufpassen.

15. Kapitel

Kein Schutzengel weit und breit

Am nächsten Morgen wachte Ruby früh auf und zog sich an: eine Shorts und ein T-Shirt mit dem Aufdruck ZIEH LEINE!. Sie stopfte Sonnencreme und die Kletterschuhe in ihren Rucksack und packte auch eine Flasche Wasser, Kletterkreide und die Gleitflügel ein. Und zum Schluss holte sie Objekt 202 hervor: die Fluchtschuhe.

Wenn Spektrum sie keinen Freeclimbing-Kurs machen lassen wollte, dann musste sie eben selbst trainieren.

Sie schlüpfte in die Schuhe. Sie passten wie angegossen. Es war klar, dass sie früher mal dem Wunderknaben Bradley Baker gehört hatten, doch sie sahen nicht aus, als seien sie viel getragen worden.

Ruby schob ihr Fenster auf, sprang von der Fensterbank auf den Baum vor ihrem Fenster und kletterte in den Garten hinunter. Dann schlüpfte sie zum hinteren Gartentor hinaus und lief zur Dry River Road, die sich bis zum Horizont schlängelte. Sie drückte auf den grünen Knopf in der Sohle, die Rollen sprangen heraus. Jetzt sahen die Fluchtschuhe mehr oder weniger wie traditionelle Rollschuhe aus. Dann drückte sie auf den roten Knopf. Nichts geschah. Sie fuhr ein paar Meter – noch immer nichts. Blödes, veraltetes Spektrum-Zeug, dachte sie aufgebracht. Doch dann, ganz plötzlich, flitzte sie in einem unglaublichen Tempo auf den Dry River Canyon zu.

In dieser Gegend würde Spektrum das Klettertraining abhalten, und deshalb wollte Ruby auch hier trainieren. Sie war genauso gut wie alle anderen, egal was LB oder Agent Gill von ihr dachten. Es war noch früh am Morgen und noch nicht sehr heiß, also ein perfekter Tag für eine Klettertour. Und wie hätte sie ihren frisch verheilten Arm besser testen können als mit einer Kletterpartie an den gut hundert Meter hohen Felswänden?

Nun, da gäbe es zig andere Möglichkeiten …

Ruby kam unbeschadet im Canyon an, doch ihre Füße waren richtig heiß geworden, und die Fluchtschuhe rochen irgendwie komisch. Ruby zog sie aus und legte sie zum Abkühlen in den Schatten eines Felsens. Es gab keine Bäume im Dry River Canyon, nur imposante Felsen; vermutlich war hier vor Urzeiten mal ein Flussbett gewesen. Gewaltige Felsformationen prägten die Landschaft, imposante, goldschimmernde Felswände ragten bis weit hinauf und umschlossen den Canyon zu beiden Seiten.

Ruby zog ihre Kletterschuhe an, band sich den Beutel mit der Kletterkreide um den Bauch und sah an der hohen Felswand hinauf. Dann schnallte sie sich den kleinen Rucksack mit den gefalteten Gleitflügeln auf den Rücken. Er war so leicht, dass sie ihn kaum spürte.

Ruby begann zu klettern.

Sie kam gut und schnell voran, und aus einiger Entfernung sah es richtig mühelos aus, wie sie sich mit den Händen und Füßen von Halt zu Halt nach oben arbeitete. Hin und wieder legte sie eine Pause ein, aber nur, um kurz nach hinten in ihren Beutel zu greifen und die Handflächen wieder mit Kreide einzureiben, denn sie durfte auf gar keinen Fall schwitzige Finger bekommen. Sie war schon ziemlich weit oben, als sie noch einmal eine Verschnaufpause machte.

Sie stand auf einem ziemlich kleinen Felsvorsprung und wollte kurz den Ausblick genießen, bevor sie das letzte Stück in Angriff nehmen würde. Die Luft roch sehr frisch an diesem Morgen, nur eine leichte Brise zerzauste ihre Haare. Ruby überlegte, wie sie von hier aus weiterklettern sollte, und entschied sich nicht für die leichteste Route, sondern für die schwierigste, da sie ja Herausforderungen liebte. Was bedeutete, dass sie sich unter einer breiten Felsnase entlanghangeln und dann auf das Felsplateau hochziehen musste. Hoffentlich gab es dort ein paar gute Stellen zum Festhalten, andernfalls würde es etwas kniffelig werden.

Es war selbst für Spitzenkletterer eine sehr gefährliche Strecke, doch Ruby vertraute so sehr auf ihr Klettergeschick, dass sie keine Minute – nicht einmal eine Sekunde – daran dachte, dass sie eventuell abstürzen könnte. Sie fühlte sich wie Spiderman, als sie sich nur mit den Fingerspitzen und Zehen am Felsen festhielt und sich langsam an der goldenen Felswand entlanghangelte. Dann hatte sie es glücklich geschafft und musste nur noch sehen, wie sie nach oben kam. Sie tauchte ihre Hände in die Kletterkreide, dann hängte sie sich an die Felskante über ihr. Ein paar Sekunden lang hing sie nur mit den Fingern an dem Felsvorsprung, einhundertfünfzig Meter über dem Erdboden, doch dann schwang sie mit schier übermenschlicher Anstrengung einen Fuß nach oben und verhakte ihn am Rand. Jetzt musste sie nur noch ihren Oberkörper so weit drehen, dass sie sich über die Kante ziehen konnte.

Während sie sich dieser Herausforderung stellte, strömte ein Adrenalinstoß durch ihren ganzen Körper – hurra, es war so gut wie geschafft! Sie machte es gut, keine einzige falsche Bewegung, doch dann rutschte sie ganz unerwartet mit einem Fuß nach hinten und fand keinen Halt mehr. Sie grub ihre Finger in das Gestein, verkrallte die Hände und fand im allerletzten Moment, bevor sie abgestürzt wäre, zum Glück einen Halt. Sie dankte dem Himmel für das sprichwörtliche Glück der Redforts.

Puh!

Erleichtert stieß sie die Luft aus und hätte dann beinahe gelacht. Leben und Tod lagen so nah beieinander – und im Moment hing sie genau dazwischen, buchstäblich. Sie blickte sich um und überlegte, was sie als Nächstes tun müsste. Dann begann sie, ihren Körper hin und her zu schwingen, bis sie genügend Schwung hatte für einen kühnen Sprung nach rechts und genau in der richtigen Millisekunde den Stein loslassen konnte.

Einen Herzschlag lang flog sie durch die Luft – bis ihre Hände wieder warmes, trockenes Felsgestein berührten.

Zehn Minuten später hatte sie es geschafft, sie stand oben auf der Klippe und fühlte sich quicklebendig. Sie ließ sich die Sonne ins Gesicht scheinen und spürte das Adrenalin durch ihren Körper strömen. Perfekt, dachte sie. Gleich würde sie fliegen, nach unten gleiten wie ein Adler. Sie klickte den Sicherheitsverschluss an den Gleitflügeln auf und tastete nach dem Auslöseknopf. Das Einzige, was sie noch von den Anweisungen wusste, war, dass man ihn erst drücken durfte, wenn man schon in der Luft war, das war offenbar entscheidend – und gleichzeitig ziemlich schwer, denn es setzte voraus, dass sie sich voll und ganz darauf verließ, dass das Ding auch funktionierte.

Sie entfernte sich etwa zwanzig Schritte von der Kante. Dann drehte sie sich wieder zum Canyon, in den sie gleich springen würde. Sie rannte los, so schnell sie konnte, bis sie so schnell war wie diese Comicfiguren, die erst zu spät merken, dass sie durch die Luft rennen und unter ihnen ein tiefer Abgrund gähnt.

Sie drückte auf den Knopf.

Nichts geschah – für den Bruchteil einer Sekunde.

Sie drückte erneut und spürte, wie sich die zierlichen Flügel entfalteten und dass sie sie trugen – sie war in der Luft und schwebte dahin wie ein riesiger Raubvogel. Mit ihrem Körper konnte sie lenken, indem sie sich nach links oder rechts lehnte.

Wow, es war der Wahnsinn! Es war definitiv eine der aufregendsten Erfahrungen ihres Lebens; sie war gute hundert

Meter hoch in der Luft, ganz allein, umgeben von völliger Stille.

Doch dann hörte sie plötzlich ein sehr, sehr unschönes Geräusch: das Reißen von Fabra-Tech.

16. Kapitel

Glück gehabt!

Als der Luftdruck die Gleitflügel der Länge nach aufriss, lösten sich etliche der Fabra-Tech-Fasern und schwebten davon, während Ruby halb gleitend, halb fallend wie Ikarus auf die gegenüberliegende Felswand zuflog. Sie streckte beide Hände aus, konnte jedoch nach nichts greifen, das ihren Sinkflug aufgehalten hätte.

Da packte eine plötzliche Windbö den Rest der Gleitflügel und riss sie von dem kleinen Rucksack ab, und nun befand sich Ruby im freien Fall. Taumelnd stürzte sie in die Tiefe, und ihre Hände griffen immer wieder ins Leere.

Sie konnte die kleinen Flügel gemächlich davonschweben sehen – wie die Flügel eines unsichtbaren und treulosen Schutzengels. Sie sah auch den Erdboden, der erschreckend schnell näher kam, und ihr wurde klar, dass sie unweigerlich dort unten aufschlagen und eine Delle im Boden hinterlassen würde – an die Delle oder besser das Loch in ihrem Kopf wollte sie lieber gar nicht erst denken.

Was tun? Es wollte sich so gar keine Erleuchtung einstellen, aber vor ihren Augen zuckten auch keine Lebenserinnerungen auf, sie sah nur den Erdboden rasend schnell näher kommen.

Aber dann, ganz plötzlich, fiel sie nicht mehr, sondern sie

schwebte. Wäre der Zettel an den Gleitflügeln nicht halb abgerissen gewesen, hätte Ruby lesen können, dass es in den Schultergurten des kleinen Rucksacks eine kleine Tasche gab, in der sich ein winziger Fallschirm befand. Ein Fallschirm, der sich automatisch öffnete, wenn die Flügel ihren Dienst versagten, und der Ruby nun zurück Richtung Sonne und Himmel trug.

Ist das Glück, oder bin ich einfach nur eine Redfort? Ruby hatte diesen Satz noch nicht ganz zu Ende gedacht, als sie von einem Windstoß gepackt wurde und unsanft an die Felswand knallte.

AUTSCH!

Als Nächstes merkte sie, dass sie festhing – die Fallschirmkappe hatte sich an einer spitzen Felsnase verhakt, und Ruby hing nun ungefähr dreißig bis vierzig Meter über dem früheren Flussbett.

Sie hing buchstäblich in den Seilen.

Und was jetzt?, dachte Ruby und versuchte, sich ihr Survival-Training in Erinnerung zu rufen. Keine abrupten Bewegungen, das war erst mal das Wichtigste.

Langsam versuchte sie, die Halteleinen über ihr zu entwirren. Doch das ging nicht, denn sie hing ja mit ihrem ganzen Gewicht an ihnen.

Deshalb begann sie, vorsichtig hin und her zu schwingen, um auf diese Weise an die Felswand heranzukommen. Wenn sie sich dort festhalten konnte, könnte sie nach oben klettern und den Fallschirm von der Felswand lösen. Doch auch das erwies sich leider als unmöglich.

Nachdem Ruby wirklich alles unternommen hatte, um sich aus ihrer misslichen Lage zu befreien, sah sie ein, dass sie keine andere Wahl hatte: Sie musste Hilfe rufen, oder sie würde für den Rest ihrer Tage hier baumeln. Denn die allereinfachste Möglichkeit, die darin bestand, die Fallschirmleinen einfach zu kappen und dann zu sehen, wo sie landen würde, wollte sie lieber nicht probieren – das hätte sie vermutlich nicht überlebt.

Seufzend drückte sie auf den Notknopf an ihrer Fluchtuhr und wartete, bis Hilfe eintraf.

Gleich nach dem Notruf musste sie vor Erschöpfung eingeschlafen sein, denn das Nächste, was sie hörte, war eine männliche Stimme, die von irgendwo unter ihr kam.

»Sag mal, hast du einen ausgeprägten Todeswunsch, Kleine?«

In ihrer misslichen Lage kam es Ruby vor, als wäre Hitchs Stimme das Schönste, was sie je gehört hatte, obwohl er ziemlich wütend klang. Nicht, dass er sie angeschrien hätte, das nicht – doch seine Stimme klang maßlos enttäuscht, was noch viel schlimmer war. Und sein Gesichtsausdruck sagte ihr, dass er nicht unbedingt erfreut war, sie hier hängen zu sehen, obwohl er natürlich froh war, dass er sie nicht in Einzelteilen vom Boden kratzen musste.

»Ich wollte nur ein bisschen Freiklettern üben, da Spektrum mich ja nicht am Training teilnehmen lässt«, begann Ruby zu erklären. »Wie soll ich mich jemals qualifizieren, wenn ich nicht ständig trainiere?«

Hitch zog eine Augenbraue hoch. Er hatte auf einen Blick erkannt, was los war. »Red keinen Unsinn. Du wolltest nicht trainieren, sondern dir einen Kick verschaffen. Du bist ein unsagbares Risiko eingegangen, nur weil du Spektrum-Equipment ausprobieren wolltest – Equipment, in dessen Gebrauch du gar nicht eingewiesen worden bist. Ganz zu schweigen davon, dass du keine Genehmigung hattest, es zu benutzen. Wer hat dir erlaubt, es aus dem Raum für Spezialgeräte zu holen? Du hast gegen so viele Regeln verstoßen, dass ich mich frage, warum ich mir überhaupt noch die Mühe mache, dir deine Situation zu erklären, da es dich einen feuchten Dreck kümmert.«

Ruby verschränkte die Arme. Es war schwer, eine trotzige Haltung einzunehmen, wenn man nur an dünnen Fäden an einer Felsnase hing, doch sie bemühte sich redlich.

»Oh, bitte«, fauchte Hitch. »Jetzt mach bloß keinen auf zickiges Schulmädchen! Das nervt!«

Während dieser unerfreulichen Unterhaltung war er ihr die ganze Zeit entgegengeklettert.

»Ich sollte dich nur herunterholen und zu Fuß nach Hause gehen lassen. Ach was, warum lasse ich dich nicht einfach da hängen, die Adler würden sich sicher über ein Häppchen Vogelfutter freuen.«

Ruby hätte gern auf diese gemeinen Vorwürfe reagiert, aber andererseits war sie langsam hungrig und wollte gern vor dem Abendessen zu Hause sein, und deshalb war es wohl klüger, die Klappe zu halten.

»Ist dir dein Leben so wenig wert?«, schimpfte Hitch weiter.

»Das ist es nicht«, sagte Ruby. »Ich kann mir nur nicht vorstellen, dass ich sterben könnte. Ich meine, es ist einfach undenkbar … Ich bin ja auch jetzt nicht gestorben, oder? Der Fallschirm hat mich gerettet.«

»Gerettet?! Weil du jetzt hier im Nichts baumelst? Ohne mich würdest du glatt verhungern oder stückweise von den Geiern gefressen werden! Du hängst mitten im Nirgendwo, ist dir das klar?«

»Aber Sie sind doch gekommen, und ich werde nicht sterben.«

Hitch seufzte. »Jeder kann sterben, Kleine. Wieso solltest du die große Ausnahme sein?«

»Weiß nicht, ist nur ein Gefühl. Ich bin immer noch quicklebendig, obwohl ich schon mehrmals in Lebensgefahr geschwebt bin.«

»Und warum ist das so, was denkst du?«

»Keine Ahnung. Vielleicht bin ich einfach ein Glückspilz.«

»Glaube ich nicht«, knurrte Hitch. »Es liegt eher daran, dass immer ein Depp zur Stelle ist, der dich rettet. Und weil du ein paar hochmoderne, nette kleine Gerätchen hast – zum Beispiel die Uhr, die du trägst.«

»Okay«, räumte Ruby ein, »das mit der Uhr mag ja zutreffen, aber wenn es nach diesen Schutzengelflügeln gegangen wäre, hätte ich Sie nicht mehr rufen können. Die funktionieren nämlich nicht, haben Sie das gewusst?«

»Kleine, du wärst gar nicht erst in diese Notlage gekommen, wenn du nicht so schwachsinnig wärst, mit deinem Leben zu spielen und in den Abgrund zu schielen. Ich habe die Einschätzung des Psychologen gelesen und finde sie zufällig sehr treffend – deine fehlende Todesangst macht dich blind für die Umstände. Auf dem kleinen orangefarbenen Zettel neben den Gleitflügeln stand zum Beispiel: *Nicht benutzen: Müssen zuerst repariert werden*!«

»Oh«, sagte Ruby. »Aber wissen Sie, ich hatte es ein bisschen eilig. Ich wollte nicht beim Herumschnüffeln ertappt werden.«

Dazu sagte Hitch lieber nichts.

Er war inzwischen bei ihr angekommen und überlegte, wie er sie aus ihrer misslichen Lage befreien konnte. Ruby war natürlich klar, dass ihr Leben im Moment in seinen Händen lag, deshalb hielt sie brav die Klappe, während er sich zu schaffen machte.

Zwanzig Minuten später hatte sie endlich wieder festen Boden unter den Füßen.

»Wie bist du überhaupt hierher in die Wildnis gekommen?«, fragte Hitch, während er sich suchend umblickte. Weit und breit war kein Transportmittel zu sehen.

Ruby öffnete den Mund und suchte noch nach einer Antwort, die Hitch ihr abnehmen würde, doch der streckte abwehrend eine Hand aus.

»Weißt du was?«, sagte er. »Mach dir nicht die Mühe, mich anzulügen. Ich will es gar nicht wissen.«

Eine schwarze Gestalt
lief seitlich
am Gebäude hinunter …

… nicht ganz so mühelos wie Superman, doch es schien nicht sehr anstrengend zu sein. Das heißt, es sah ziemlich natürlich aus, wie bei einem Turner oder Akrobat, wenn er mit Flickflacks über eine Matte turnt oder auf den Händen geht.

Nur dass dieser Typ hier eine senkrechte Wand hinunterging.

Und nicht nur das: Als er so elegant über die schmale Brüstung turnte, hätte man glauben können, er würde seinen Lebensunterhalt damit verdienen, an Wänden hinauf und hinunter zu gehen. Vielleicht trainierte er ja auch tagtäglich auf einem Schwebebalken …

Als er das neunte Stockwerk des Apartmenthauses erreicht hatte, dessen Fassade mit kunstvollen Steinreliefs geschmückt war, bewegte er sich auf ein kleines Fenster zu, hielt sich am Fenstersturz fest und drückte mit beiden Füßen gegen die Glasscheibe, bis diese nachgab.

Und schon in der nächsten Sekunde schwang er sich ins Innere.

17. Kapitel

Spiderman, Vogel oder Fliege?

Mr und Mrs Okra staunten nicht schlecht, als sie in ihrer Badewanne Farbsplitter vorfanden. Sie hätten sie wahrscheinlich nicht mal entdeckt, wenn nicht Mrs Okra Rückenbeschwerden gehabt und deshalb beschlossen hätte, nicht wie sonst zu duschen, sondern sich ein ausgiebiges, heißes Bad zu gönnen. Sie wollte gerade in die Wanne steigen, als ihr auffiel, dass weiße Farbplättchen auf dem Wasser schwammen. Woher kamen die?

Sie blickte nach oben. Aha! Das Einzige, was im Badezimmer weiß gestrichen war, war das kleine Fenster hoch oben in der Wand. Sie holte eine Trittleiter und besah sich das Fenster näher. Da es normalerweise nicht geöffnet wurde und nur dazu diente, etwas Tageslicht hereinzulassen, war der Fensterrahmen übermalt worden, doch nun sah man deutlich, dass das Fenster mit Gewalt geöffnet worden war und dabei die Farbsprenkel herabgerieselt waren.

Mrs Okra stand vor einem Rätsel. Sie rief ihren Mann, und gemeinsam überprüften sie, ob in ihrer Wohnung im neunten Stockwerk etwas gestohlen worden war. Das Einzige, was allem Anschein nach verschwunden war, war die Erstausgabe eines Gedichtbands von JJ Calkin: *Eine Zeile durch meine*

Mitte – der immer auf Mr Okras Nachttisch lag, beziehungsweise gelegen hatte. Mr Okra hing sehr an diesem Buch und las oft ein oder zwei Gedichte, wenn er etwas melancholisch war. Vorne in dem Buch stand eine Widmung: *Für meinen Schatz Cat von deiner Celeste*, und Mr Okra hatte sich schon manches Mal gefragt, wer diese beiden Menschen wohl waren. Es war ein schönes Gefühl, sich vorzustellen, dass diese Celeste den Gedichtband jemandem geschenkt hatte, der ihr wichtig war. Die Polizei wurde gerufen, um die Beweisaufnahme vorzunehmen. Es war tatsächlich eingebrochen worden, daran bestand kein Zweifel. Aber wer wäre so mutig, an der Fassade des Fountain Heights Buildings bis zum neunten Stockwerk hochzuklettern, und dazu so stark, ein klemmendes Fenster aufzubrechen, und außerdem so klein, um sich durch die winzige Öffnung zu quetschen? Und das alles so leise, dass der schlafende Mr Okra nicht aufwachte, und so diskret, dass auch die unter Schlaflosigkeit leidende Gattin nicht mitbekam, wie das Buch quasi vor der Nase ihres Mannes geklaut wurde?

DER GEIST VON SPIDERMAN lautete die Schlagzeile im *Twinford Echo*.

Ruby Redfort verdrehte die Augen, als sie diesen Artikel las; sie glaubte nicht an Geister und erst recht nicht an die Geister fiktiver Superhelden. Das hier war ja noch bescheuerter als der Artikel über das Gespenst, das die kleinen gelben Schuhe geklaut haben sollte. Wenn es um Verbrechen ging, die unlösbar schienen, neigte Ruby immer zur einfachsten Erklärung: neunundneunzig Prozent dieser Fälle waren eigentlich ganz leicht zu lösen, wenn man logisch vorging. REGEL 33: AUCH FÜR AUSSERGEWÖHNLICHE EREIGNISSE GIBT ES MEIST EINE GANZ GEWÖHNLICHE ERKLÄRUNG.

> Autos und Taxis fuhren vorbei, nächtliche Spaziergänger waren auf dem Heimweg, doch keinem ist diese menschliche Fliege aufgefallen,

hatte der Reporter geschrieben.

Spiderman? Fliege? Was kam als Nächstes? Vogel?

Ruby las weiter:

> »Ich kann mir nur vorstellen, dass es eine Art Vogelmensch war«, sagte Jimmy Long, der Portier des Fountain Heights Buildings. »Er muss aus dem Nichts gekommen sein und ist

durch eines der Fenster eingedrungen; ja, es *kann* nur ein Birdman gewesen sein.«

»Ah, da haben wir's ja, ein Vogelmann«, murmelte Ruby.

Mr Long erzählte weiter, dass er zur fraglichen Zeit schlief und nichts gesehen hätte: Er hatte den Eindringling weder piepsen noch schwirren oder zwitschern gehört, doch Details dieser Art schienen das *Echo* nicht zu interessieren. Wenn Jimmy Long sagte, es sei ein Vogelmensch gewesen, dann war es auch einer und basta.

Doch die *Twinford Lark* (Mrs Digbys Tageszeitung) hatte noch etwas Besseres zu bieten als diesen Jimmy Long: Sie hatten einen Augenzeugen aufgespürt, der behauptete, einen mysteriösen Fassadenkletterer gesehen zu haben.

Boo White, ein Obdachloser, der in jener Nacht am Eingang eines leerstehenden Ladens geschlafen hatte, glaubte gesehen zu haben, wie ein Mann an dem Gebäude hinunterkletterte.

»Wie Spiderman«, behauptete er. »Ich hab gesehen, wie er vom Dach runterkam und etwa auf halber Höhe des Gebäudes durch ein kleines Fenster eingestiegen ist. Aber rauskommen hab ich ihn nicht mehr sehen.«

»Jimmy sagt Vogelmensch? Boo sagt Spiderman? Wem soll ich glauben?«, sagte Ruby und imitierte täuschend ähnlich die Stimme von Elaine Lemon. Ihre Nachbarin würde diese Geschichte *lieben*, das wusste sie.

Ansonsten hatte sich niemand gemeldet, der auch nur ein Insekt an dem Gebäude hochklettern oder den Eindringling aus dem Apartment der Okras hätte kommen sehen, und obwohl die Polizei das Gebäude von unten bis oben durchsucht hatte, gab es keine Anzeichen, dass ein Eindringling da gewesen wäre.

Clancy und Ruby saßen oben in ihrer Eiche im Amster Green Park. Ruby war an diesem Morgen früh aufgestanden, durch ihr Fenster auf den Eukalyptusbaum gestiegen und dann hinuntergeklettert. Sie hatte keine Lust auf eine morgendliche Begegnung mit Hitch, dem sie vorläufig lieber aus dem Weg ging – zumindest so lange, bis sich seine Lust, sie zu erwürgen, etwas gelegt haben würde.

Sie und Clancy studierten gerade die verschiedenen Tageszeitungen von Twinford. Ursprünglich wollten sie eigentlich nach einer Firma suchen, die Schellack abschliff und möglichst sofort ins Haus der Crews käme, ohne lang Fragen zu stellen. Das würde Clancys ältere Schwester Minny vor mindestens einem Monat Hausarrest oder Schlimmerem bewahren. Minny hatte die wertvolle Louis-Quinze-Kommode ihrer Mutter ruiniert, weil sie das gute Stück mit Haarfärbemittel bekleckert hatte, und wenn der Schaden nicht wieder behoben wurde, ehe Mrs Crew ihn entdeckte, würde Minny unheimlich Ärger kriegen.

Clancys Mutter war im Moment zum Glück verreist, würde aber innerhalb der nächsten vierundzwanzig Stunden zurück sein. Clancy, der guten Seele, tat seine Schwester leid, und deshalb hatte er beschlossen, die Sache in die Hand zu nehmen. Doch bei der Durchsicht der Kleinanzeigen blieben er und Ruby ständig an diesen reißerischen Artikeln über den Einbruch bei den Okras hängen.

»War er sehr wertvoll?«, fragte Clancy. »Ich meine, dieser Gedichtband, der gestohlen wurde?«

»Hmm«, Ruby überflog die fragliche Stelle, »eigentlich nicht. Außer man findet, zwanzig Dollar seien viel Geld.«

»Ist es auch«, sagte Clancy. »Aber ich würde dafür nicht an einer Häuserfassade herumklettern. Was macht dieses Buch so besonders?«

Ruby las noch ein Stück weiter. Mr Okra beschrieb, warum das Buch so wichtig für ihn war.

> »Ich habe es in der Sitztasche eines Flugzeugs gefunden. Vermutlich hat es der frühere Besitzer dort beim Aussteigen vergessen. Ich war auf dem Rückflug von Los Angeles, hatte gerade eine depressive Phase und dachte, mein Leben sei ruiniert, doch dann entdeckte ich dieses Buch und begann zu lesen – es hat mich aus meinem Tief herausgeholt. Ich habe sogar eine Rezension darüber geschrieben und an die Zeitung geschickt.«

»Muss ja ein tolles Buch sein«, murmelte Clancy.

»Ein Gegenstand kann auch wertvoll sein, wenn er *nicht* teuer ist«, gab Ruby zu bedenken.

»Schon möglich«, sagte Clancy.

Ruby blickte auf ihre Uhr. »Au, wir sollten los«, sagte sie. Sie und Clancy wollten sich mit Mouse und Elliot am Pingpong-Tisch auf dem Harker Square treffen. Die Tischtennisplatte war erst neulich repariert worden, nachdem ein Tiger einen Teil herausgebissen hatte (aber das war eine andere Geschichte). Als sie schließlich am Harker Square ankamen, stellten sie fest, dass auch dort eifrig über den Diebstahl diskutiert wurde. Warum brach jemand in ein Luxusapartment im neunten Stock eines von einem Portier bewachten Gebäudes ein und ließ dann nur ein einziges Buch mitgehen?

»Na ja, vielleicht ist der Einbrecher jemand, der gern liest«, sagte Elliot. Als er Rubys skeptischen Blick auffing, fügte er schnell hinzu: »Eine richtige Leseratte eben.«

»Weiter vorn in der Straße gibt es eine Bücherei«, sagte Mouse trocken.

»Vielleicht hat er seinen Büchereiausweis verloren«, sagte Elliot.

»Nein, ich denke, dass es eine ganz spezielle Ausgabe war«, sagte Ruby.

»Vielleicht waren ja Geldscheine darin versteckt. Meine Mutter tut das manchmal und versteckt einen Hundertdollarschein in einem Buch«, erklärte Elliot.

»Warum denn das?«, fragte Mouse.

»Damit sie sich freut, wenn sie ihn später wiederfindet. Sie vergisst es nämlich meist und dann, eines Tages – bingo!«

Mouse grinste. »Hey, ich glaube, ich komme nachher mit zu dir nach Hause und leihe mir ein paar Bücher aus«, sagte sie.

18. Kapitel

Die Gefahren von Seife

Pingpong zu spielen wurde zunehmend schwieriger, weil es immer windiger wurde und die vier Freunde die meiste Zeit nur noch hinter dem Ball herjagten. Nach einer halben Stunde gaben sie auf. Mouse und Clancy mussten sowieso nach Hause, und Elliot wollte noch zu Del Lasco gehen. Ruby sagte, sie würde gern mitkommen, müsse aber zuerst kurz nach Hause und Floh abholen.

»Er braucht dringend etwas Bewegung; seit meinem Unfall hatte er viel zu wenig Auslauf«, erklärte sie. »Geh doch schon mal vor, ich komme nach, okay?«

Ruby spurtete nach Hause, um ihren Husky abzuholen, obwohl ihm windiges Wetter gar nicht gefiel. Er mochte es nicht, wenn ihm der Wind um die Ohren pfiff und sein Fell zerzauste. Es war, als spürte er eine unbekannte Präsenz in nächster Nähe, etwas Unsichtbares. In Anwesenheit von Gespenstern verhielt er sich auch so, glaubte zumindest Elliot.

Wenn Floh oder ein anderer Hund abrupt stehen blieben oder ohne ersichtlichen Grund zu bellen begannen, pflegte Elliot zu sagen: »Wisst ihr, warum er bellt? Weil Gespenster oder Untote in der Nähe sind – Hunde haben einen sechsten Sinn für so was.«

Nun hatte Floh aber das Pech, dass es in und um Twinford herum sehr viele dieser kurzen, aber heftigen Stürme gab. Sie brausten heran, fegten durch die Stadt und waren alsbald wieder weg. Sie waren schwer vorhersehbar, traten aber im Herbst häufiger und stärker auf, bis sie irgendwann weiterzogen. Die von den Einheimischen gern als »typische Twinford-Böen« bezeichneten Stürme oder gar Orkane setzten normalerweise Mitte Oktober ein und wirbelten bis November alles durcheinander, aber manchmal traten sie auch schon im September auf. Oft wuchsen sie sich zu heftigen Herbststürmen aus, die mit Regen, Wind und schweren Gewittern einhergingen und einen das Fürchten lehren konnten. Und es sah ganz so aus, als würde dieses Jahr ein solches Sturmjahr werden.

Zu schweren Stürmen hatte Ruby allerdings eine ganz andere Einstellung als Floh. Wenn ein Orkan seine ganze Wucht zeigte und Gegenstände mitriss oder durch die Luft wirbelte, bekam der Hund Angst, denn sein Tierinstinkt sagte ihm, dass das nicht gut sein konnte. Ruby dagegen liebte Stürme. Sie fand die unglaubliche Energie, mit denen ein Sturm das Meer aufwühlte oder Bäume umbog, richtig aufregend. Natürlich sah sie auch die Gefahr, doch die Kraft eines Orkans wirkte auf Ruby immer ansteckend und gab ihr das Gefühl, unbesiegbar zu sein.

Ruby rief den Husky, der sich widerwillig erhob und mit ihr zur Hintertür trottete. Sie nahm ihn an die Leine, nicht etwa, weil es nötig gewesen wäre (Floh war ein sehr guterzogener

Hund), sondern weil der Wind ihn bereits im Vorfeld nervös machte.
Sie gingen durch Nebenstraßen den weiten Weg bis zu Dels Haus, das direkt am Ozean lag. Als Ruby die Gartentür aufschob, konnte sie die Wellen an den Strand donnern hören. Sie ging gar nicht erst zur Haustür, um zu klingeln, sondern gleich um das Haus herum, weil sie wusste, dass sie Del dort finden würde. Del war gern draußen. Wenn sie zu Hause war, hielt sie sich meist im Garten auf, um etwas zu reparieren oder mit einem Ball zu spielen – kicken, werfen oder auffangen, egal was –, und manchmal wirbelte sie auch ihren Hula-Hoop-Reifen herum oder stand auf dem Kopf. Heute aber saß sie mit Elliot auf der Terrasse, und beide schauten aufs Meer, auf dem sich unzählige Surfer tummelten. Gewaltige Wellen rollten heran und krachten donnernd an Land.
»Hallo, Ruby!«, rief Del und klopfte auf den Stuhl neben sich. »Komm, setz dich. Braucht Floh was zu trinken?« Und schon sprang sie auf und eilte in die Küche.
»Klar«, rief Ruby ihr nach. »Hast du 'nen Erdbeershake da?«
Del drehte sich um. »Was?! Dein Hund mag Erdbeershakes?«
»Sehr witzig, Del. Sobald ich Zeit hab, lache ich darüber.«
Als Del zurück war, saßen sie zu viert da (Floh zählte natürlich mit) und betrachteten den Ozean. Das Wasser war mit Surfern übersät, die rittlings auf ihrem Brett saßen und auf die nächste Welle warteten.
»Meinst du, Floh könnte auch surfen?«, fragte Elliot.
»Allein, meinst du?«, fragte Ruby zurück.

Elliot nickte.
»Ich hab ihn schon ein paarmal mit rausgenommen, aber er hat sich nie getraut, sich hinzustellen.«
»Hat es ihm gefallen?«, fragte Del.
»O ja, bestimmt. Floh liebt das Wasser. Er hat nur kein Talent zum Surfen; ist ja auch schwer, sich festhalten, wenn man keine Daumen hat.«
»Stimmt«, sagte Del. »Aber er ist ziemlich klug für einen Hund. Was er wohl wäre, wenn er ein Mensch wäre?«
»Er hätte sicher einen Job, bei dem er mit Menschen zu tun hat«, sagte Ruby. »Er ist kontaktfreudig und mag Menschen.«
Während Del und Ruby sich weiter über Flohs mögliche Berufswahl unterhielten, wenn er denn ein Mensch wäre, dachte Elliot nach. Schließlich sagte er: »Meint ihr, er könnte mithelfen, das Rätsel um die verschwundenen gelben Schuhe zu lösen?«
»Hä?«, fragte Del.
»Wer?«, fragte Ruby.
»Floh«, sagte Elliot.
»Wie?«, fragte Ruby.
»Hä? Was?«, fragte Del erneut. »Wovon redet ihr zwei?«
»Du weißt schon, von den gelben Schuhen, die ein Gespenst geklaut hat«, erklärte Elliot. Del kapierte noch immer nicht.
»Wieso weißt du von nichts? Wo warst du? Auf dem Mars?«
»Nein, in Florida.« Del zeigte auf ihr gebräuntes Gesicht. »Es scheint euch nicht aufgefallen zu sein: Ich war im Sommerurlaub.«

»Tja, dann hast du hier eine Menge verpasst«, sagte Elliot.

»Im Ernst, Elliot. Wie kommst du darauf, dass Floh bei den Ermittlungen helfen könnte?«, wiederholte Ruby ihre Frage.

»Er könnte doch in der Scarlet Pagoda am Tatort herumschnüffeln und das Gespenst eventuell aufspüren, das die Schuhe geklaut hat.«

»Sag mal, tickst du noch richtig?«, fragte Del ungläubig. »Du glaubst doch nicht wirklich, dass ein Gespenst irgendwelche Schuhe geklaut hat, oder?«

»Doch, sagen alle«, verteidigte sich Elliot.

»Jetzt sag bloß nicht, dass du an Gespenster glaubst«, sagte Del.

»Warum nicht? Tiere *glauben* an sie, sie können sie spüren. Wir Menschen haben diese Fähigkeit verloren, doch Hunde und Katzen können paranormale Schwingungen wahrnehmen«, sagte Elliot mit Bestimmtheit.

Del sah ihn ratlos an.

»Man merkt es daran, dass sich ihnen das Fell sträubt. Dann haben sie etwas Übersinnliches gespürt und reagieren darauf.«

Elliot sagte es so überzeugt, als wäre die Tatsache, dass sich Tieren manchmal das Fell sträubt, ein Beweis für die Existenz von Geistern.

»Woher beziehst du diese Informationen?«, erkundigte sich Ruby vorsichtig.

»Aus Büchern«, erklärte Elliot, »und neulich hab ich im Fernsehen einen Film gesehen, in dem es genau darum ging. Da wurde ein Mann interviewt, der ein Haus gemietet hatte, und sein Hund, Buswell, ist brav mit ihm durch alle Räume gegangen, nur vor dem Badezimmer blieb er stehen und wollte partout nicht rein. Er weigerte sich, auch nur eine Pfote hineinzusetzen.«

»Na ja, vielleicht musste er nicht«, sagte Del trocken.

Elliot ignorierte den kleinen Scherz. »Buswell stand nur da und knurrte, und als der Mann es später dem Hausbesitzer erzählte, sagte der, in dem Bad sei tatsächlich jemand gestorben, weil er auf einer Seife ausgerutscht ist.«

»Er ist gestorben, weil er auf einer *Seife* ausgerutscht ist?«, wiederholte Ruby ungläubig.

»Richtig«, bestätigte Elliot.

»In genau diesem Badezimmer?«, fragte sie weiter.

»Nicht genau *in* dem Badezimmer, aber ungefähr eine Stunde später in der Notaufnahme des Krankenhauses. Doch die Seife war schuld daran.«

»Und warum spukt sein Geist jetzt nicht in der Notaufnahme herum?«, fragte Del. »Warum sollte er den weiten Weg ins Badezimmer seines Hauses auf sich genommen haben?«

»Vielleicht fühlt er sich dort wohler«, sagte Elliot.

»Und wie ist er dorthin zurückgekommen?«

»Weiß nicht, ich bin kein Geisterexperte. – Vielleicht mit dem Bus«, schlug Elliot vor.

»Mann, was für eine megalahme Geschichte«, stöhnte Del. »Ruby, ist die Geschichte lahm oder nicht?«

Doch Ruby hatte sich längst ausgeklinkt und hörte nicht mehr zu. Sie war in Gedanken bei dem Abend in der Scarlet Pagoda. Was, wenn Floh bei ihr gewesen wäre? Hätte sich *sein* Fell aufgestellt, wenn er mit ihr durch den Korridor gegangen wäre? Red hatte dort mit Sicherheit etwas Merkwürdiges erlebt, etwas, das sie sich nicht erklären konnte. Doch auf Dels fragenden Blick hin nickte Ruby und sagte: »Wenn man sich vor etwas fürchten muss, dann vor der Seife, nicht vor einem Geist im Badezimmer.«

Auf dem Nachhauseweg wanderten Rubys Gedanken vom Seifengeist zu dem ominösen Gedichtgeist. Sie beschloss, einen kleinen Umweg über die Stadtbücherei zu machen und zu versuchen, ein Exemplar von Mr Okras Lieblingsbuch – *Eine Zeile durch meine Mitte* – auszuleihen. Doch das war leichter gesagt als getan, wie sie erfuhr.

»Bedauere, aber dieses Buch haben wir nicht im Bestand. Früher besaßen wir ein Exemplar, doch es ist seit langem verschwunden, und keiner hat sich die Mühe gemacht, ein neues Exemplar anzuschaffen«, sagte Mr Lithgo. Er kannte sich bestens aus in der Bücherei, was nicht weiter verwunderlich war, da er schon seit ewigen Zeiten hier arbeitete. Mr Lithgo rief bei mehreren kleineren Büchereien von Twinford an, doch keine von ihnen hatte jemals ein Exemplar besessen.

»Der Gedichtband wurde nie als sehr wichtig angesehen, und ich muss sagen, dass er auch relativ selten nachgefragt wurde.«

Rubys nächster Halt war bei Penny Books, ein kleiner feiner antiquarischer Buchladen, in dem es gebrauchte Bücher aller

Art gab: populäre und weniger populäre, lieferbare und vergriffene.

Ray Penny schüttelte den Kopf. »Ich will gerne versuchen, ob ich noch ein Exemplar auftreiben kann, könnte aber eine Weile dauern.«

»Rufen Sie mich an, sobald Sie eines haben, ja?«, sagte Ruby. »Dann komm ich augenblicklich angedüst.«

»Mach ich, Ruby«, sagte Ray. »Klingt ja echt wichtig.«

19. Kapitel

Haarspange mit Fliege

Als Ruby nach Hause kam, ging sie sofort ins Souterrain und klopfte an die Tür von Hitchs Apartment. Er saß am Tisch und studierte ein paar Blätter, die wie Kopien aussahen – doch Ruby hatte keine Ahnung, worum es sich handeln könnte.

»Ähm … hören Sie, es tut mir leid wegen gestern«, sagte sie kleinlaut. »Ich weiß, dass es sehr leichtsinnig von mir war.«

Hitch zog eine Augenbraue hoch.

»Okay«, fuhr Ruby fort, »ich weiß auch, dass es nicht sehr klug war.«

Hitch schloss gequält die Augen.

Ruby seufzte. »Wenn es Ihnen so viel bedeutet – dann weiß ich auch, dass es superdumm war … und …«

»Hör mal, bevor du noch anfängst, um Gnade zu winseln, möchte ich dir sagen, dass ich derselben Meinung bin wie Agent Gill und Doktor Selgood, und bevor du fragst: Nein, ich habe niemandem von deiner hirnrissigen Heldentat erzählt. Die beiden Spektrum-Gegenstände, die du gestohlen hast, wurden zurückgegeben, und Hal, der für die Spezialgeräte zuständig ist, hat mir versprochen, die Gleitflügel still und heimlich zu reparieren.«

Ruby schwieg.

»Findest du es immer noch unfair, dass man dich aus dem Trainingsprogramm genommen hat?«
Ruby zuckte mit den Schultern, denn diese Frage war sicher nur rhetorisch gemeint.
»Ob du damit einverstanden bist oder nicht, ändert nichts an meiner Überzeugung«, fuhr Hitch fort. »Rein zufällig kenne ich ein paar Agenten, die vom Bazillus der Furchtlosigkeit befallen waren, und sie haben alle eines gemeinsam.«
»Gleich werden Sie sagen, dass sie alle tot sind, richtig?«
»Muss ich gar nicht sagen, du weißt es. Jeder, der auch nur ein Fünkchen Verstand hat, weiß, dass du irgendwann eine Kugel abkriegst, wenn du weiterhin russisches Roulette spielst.«
Etwa eine Minute lang schwiegen beide, bis Hitch ein kleines silbernes Kästchen aus seiner Brusttasche holte.
Er schob es über die Tischplatte zu ihr hinüber. »Das hier bewahrt dich hoffentlich vor größeren Schäden«, sagte er, »oder gibt *mir* zumindest die Möglichkeit, dich aufzuspüren, wenn alles andere versagt. Du kannst dich nicht nur auf ein Gerät verlassen, die Fluchtuhr allein reicht nicht aus. Doppelt genäht hält besser. Und … es könnte sein, dass LB die Uhr zurückhaben will.«
»Echt? Halten Sie das für möglich?«
»Weiß ich nicht. Nimm das Geschenk einfach an, ja?«
Ruby öffnete das Schächtelchen. »Eine Haarspange?«, sagte Ruby und nahm sie in die Hand – eine schmale blaue Haarspange, mit einer täuschend lebensecht aussehenden schwarzweißen Stubenfliege verziert. »Was kann sie?«

»Sie sendet ein Signal aus, durch das ich dich orten kann, und außerdem ist ein winziger Funksender darin verborgen, so dass wir miteinander kommunizieren können. Hal hat sie für mich konstruiert. Es handelt sich um einen Prototyp, den er leider noch nicht groß testen konnte, aber ich würde sagen, sie ist besser als nichts.«

»Gut, ich trage sie, wenn es Sie glücklich macht«, sagte Ruby, schob sich die Spange ins Haar und überprüfte ihr Spiegelbild in der dunklen Fensterscheibe. »Sieht ganz gut aus, danke.«

In diesem Moment sprang eine Toastscheibe aus dem Toaster. Hitch nahm sie in die Hand, zog eine Augenbraue hoch und reichte sie dann an Ruby weiter.

Ruby las, was darauf geschrieben stand.

REDFORT, HITCH, SOFORT INS HQ!

»Meinen Sie, in der Zentrale wissen sie von ... von der Sache neulich?«, fragte Ruby etwas nervös.

»Keine Ahnung«, antwortete Hitch. »Könnte auch um etwas ganz anderes gehen.«

»Vielleicht ist ihnen ein Licht aufgegangen, und sie haben eingesehen, dass sie eine falsche Entscheidung getroffen haben, und nehmen mich wieder ins Trainingsprogramm auf«, sagte Ruby.

»So ist's recht, Kleine«, sagte Hitch spöttisch. »Immer schön optimistisch bleiben.«

Im Besprechungszimmer herrschte eine gewisse Anspannung, die Mitarbeiter von Spektrum schienen nur auf dem äußersten Rand ihrer Stühle zu sitzen.

»Was ist los?«, fragte Ruby leise. Eines stand fest: Mit *ihr* hatte es vermutlich nichts zu tun.

»Keine Ahnung, ehrlich«, sagte Hitch, und Ruby glaubte ihm ausnahmsweise sogar.

Es war Agentin Dixie Deneuve von Spektrum 9, die das heutige Briefing leitete. Sie trug einen Hosenanzug und wirkte sehr ernst; keine Zeit für einen kleinen Scherz oder gar den Anflug eines Lächelns.

»Ist das ein Pseudonym oder ihr richtiger Name?«, fragte Ruby Hitch im Flüsterton.

Hitchs Blick gab Ruby zu verstehen, dass sie besser die Klappe halten sollte.

Es wurde still im Raum.

»Aus dem Entwicklungslabor des Verteidigungsministeriums ist ein streng geheimer Prototyp verschwunden«, begann Dixie Deneuve. »Bis jetzt gibt es nicht die Spur eines Anhaltspunktes, wer dafür verantwortlich sein könnte.« Sie trank einen Schluck Wasser, bevor sie fortfuhr: »Das fragliche Objekt wurde vom Spektrum-Forschungsteam in Zusammenarbeit mit dem Militär entwickelt und in einem Hochsicherheitsraum aufbewahrt. Sein Verschwinden ist *höchst* unangenehm für uns alle. Sämtliche Spektrum-Abteilungen sind in Alarmbereitschaft versetzt worden.«

Eine Agentin hob die Hand, und Deneuve nickte.

»Dürfen wir erfahren, worum es sich bei diesem streng geheimen Objekt handelt?«, fragte sie.
»Nein«, sagte Dixie Deneuve.
Ein Murmeln ging durch die Reihen. Was war denn Sinn und Zweck dieses Briefings, wenn niemand wissen durfte, um was für einen Gegenstand es sich handelte?
»Ich kann es Ihnen nicht sagen, weil ich es selbst nicht weiß«, fuhr Agentin Deneuve fort. »Ich weiß es nicht, weil ich nicht dazu autorisiert bin, und wenn ich nicht autorisiert bin, es zu erfahren, gehe ich davon aus, dass ich es auch nicht wissen *muss*.«
»Und woher weiß man«, wagte ein anderer Agent zu fragen, »dass dieser Gegenstand tatsächlich gestohlen wurde?«
Agentin Deneuve blickte ihn streng und herablassend an. »Glauben Sie mir einfach, Agent …« Sie sah demonstrativ auf sein Namensschildchen, »… Dunst, das ist schließlich Ihr Job.«
Der angesprochene Agent rutschte verlegen hin und her.
»Was Spektrum 8 wissen muss, ist Folgendes: Sorgen Sie dafür, dass alle Sicherheitsvorkehrungen peinlich genau eingehalten werden. Halten Sie sich vor Augen, dass höchste Alarmstufe herrscht. Wir müssen die Schuldigen überführen, und zwar bald, und ohne dass die Presse Wind davon bekommt – das ist alles.«
»Wenn man bedenkt, dass sämtliche Spektrum-Mitarbeiter den Standort des Entwicklungslabors des Verteidigungsministeriums kennen und unter Umständen auch den Zutritts-Code

zum Hochsicherheitsraum in Erfahrung bringen könnten, ist es dann nicht möglich, dass es einer unserer eigenen Leute war?«, fragte Agent Blacker.

Dixie Deneuve blinzelte irritiert. »Alles ist möglich, Herr Kollege. Doch im Moment gehen wir davon aus, dass es ein Außenstehender war. Ungeachtet der Tatsache, dass die Umstände des Diebstahls doch sehr … beunruhigend sind.«

Sie machte eine kurze Pause. »Wir wissen von mehreren Kriminellen, die an unserer Forschungsarbeit mit dem Militär interessiert sind. Alles kann man nicht geheim halten. Soweit möglich, behalten wir diese Personen ständig im Auge und sind bemüht, in etwa zu wissen, wo sich jeder von ihnen in jedem Augenblick aufhält. Aber vorläufig müssen wir unser Augenmerk darauf richten, *wie* sich der Eindringling Zutritt verschafft hat – das ist wichtiger als die Frage nach dem *Warum*. Wenn wir die Antwort auf die erste Frage finden, könnte uns das in die richtige Richtung lenken.«

Sie klickte auf ihre Fernbedienung, und der Diaprojektor ging an. Das erste Bild tauchte auf.

Ruby kannte das Gesicht – sie erinnerte sich nur zu gut daran, von ihrem ersten Fall, in dem es um den Jadebuddha von Khotan ging.

»Die Katze«, verkündete Agentin Deneuve, »alias Valerie Capaldi. Sie ist tot, das wissen wir ganz sicher, doch wir interessieren uns für den Verbleib ihres früheren Komplizen.«

Klick.

»Fenton Oswald, ein berüchtigter Juwelendieb, in Berlin ansässig, wo er sich nach unserem Kenntnisstand im Moment auch aufhält – erst gestern wurde er nachweislich dort gesehen. Doch er hätte ganz ohne Zweifel das nötige Geschick und die nötige Cleverness für einen Coup dieser Art.«

Klick, machte der Projektor: weitere Dias, weitere Gesichter.

Der Graf von Klapperstein, der zuletzt auf der Strandpromenade in Nizza gesehen wurde.

»Dort hat er ein Refugium«, sagte Agentin Deneuve. »Würde mich nicht überraschen, wenn er in irgendeiner Form in die Sache verwickelt wäre. Er liebt alles Mysteriöse, und der Diebstahl des fraglichen Gegenstands ist mehr als mysteriös.«

Als Nächster war ein Typ namens Swinspfot zu sehen, und Agentin Deneuve schüttelte sich fast unmerklich und klickte schnell weiter. Er gehörte offensichtlich nicht zum Kreis der Verdächtigen. »Sitzt gerade ein«, erklärte Deneuve, »wegen eines geringfügigen Vergehens in Form von nicht bezahlten Parkknöllchen, doch das hat ausgereicht, um ihn fürs Erste aus dem Verkehr zu ziehen.«

Ein neues Gesicht tauchte auf – wieder eins, das Ruby kannte.

»Babyface Marshall, sitzt immer noch in Haft und kommt in dieser Hälfte des Jahrhunderts vermutlich nicht mehr frei.«

Klick.

»Loreley van Leyden war nachweislich in unseren letzten Fall verwickelt, und ihr derzeitiger Aufenthaltsort ist uns leider nicht bekannt.«

Klick. »Doch obwohl wir viele Aufnahmen von ihr haben …«

Klick. Die Frau, die nun zu sehen war, sah komplett anders aus. »… ist keines der Fotos aussagekräftig, da es sich bei dieser Frau um ein menschliches Chamäleon handelt.«

Klick. Wieder eine andere Frau, diesmal mit blonden Haaren. »Wir wissen vielleicht, wie sie gestern noch aussah …«

Klick. Jetzt sah sie wie eine Chinesin aus. »Aber wir wissen nicht, wie sie heute aussieht.«

Klick, klick, klick. Acht Dias und acht völlig unterschiedlich aussehende Frauen.

»Von der Australierin, alias der Frau mit den blauen Augen, der Agentin Redfort beinahe zum Opfer fiel, wissen wir so gut wie nichts. Abgesehen von der kurzen Aufnahme einer Überwachungskamera tappen wir völlig im Dunkeln.« Ein sehr unscharfes Bild war zu sehen.

»Verstehe ich das richtig?«, fragte Blacker. »Wir haben also nichts in den Händen?«

»Vorläufig nicht«, erwiderte Deneuve. »Doch alle Spektrum-Agenten sämtlicher Abteilungen sind aufgefordert, alle Informationen zusammenzutragen, die irgendwie nützlich sein könnten.«

»Sieht so aus, als würde es eine lange Nacht werden«, stöhnte Hitch leise.

»Mist«, seufzte Ruby, »heute Abend kommt im Fernsehen eine Doppelsendung von *Crazy Cops.*«

Das Übertragungsgerät surrte
und rutschte dabei
ein Stück über den Stahltisch …

Er nahm es hoch und sagte: »Ja?«
»Ich weiß, was du vorhast, Birdboy.«
»Ich verstehe nicht.«
»Meinst du, ich lese keine Zeitungen?«
Schweigen.
»Du bist berühmt. Du hältst ganz Twinford in Atem mit deinen Einbrüchen und hübschen kleinen Beutezügen, und kein Mensch ahnt, wer du sein könntest.«
»Ich habe keine Ahnung, wovon Sie reden.«
»Hör auf zu lügen. Es ist nur peinlich.«
»Ich sagte doch schon, ich habe keine Ahnung, wovon Sie reden.«
»Rück ihn raus … sonst hast du dir die Folgen selbst zuzuschreiben.«

20. Kapitel

Ein Notruf

Ruby war unten in der Küche und frühstückte gerade – sie war etwas spät dran, da sie die ganze Nacht durchgearbeitet hatte. Umso mehr genoss sie es, in der Küche zu sitzen und nebenbei *Twinford Talk Radio* zu hören. Sie hatte das Radio so laut gestellt, dass sie beinahe das Läuten des Telefons in ihrem Zimmer überhört hätte. Deshalb rannte sie immer zwei Stufen auf einmal nehmend nach oben und konnte den Hörer gerade noch von der Gabel reißen, bevor der Anrufbeantworter angesprungen wäre.

»Abteilung für Schädlingsbekämpfung der Stadt Twinford, wir sprühen für Sie alles tot«, keuchte sie in den Hörer.

»Ruby?«

»Kakerlaken oder Ratten, Sir?«

»Hab keine Zeit für Quatsch. Ich habe ein Riesenproblem. Ich wiederhole: riesig oder noch riesiger.«

»Was ist los, Clance? Bist du okay oder verletzt oder so?«

»Nein, aber das kann nicht mehr lange dauern, wenn dir nicht schnell etwas einfällt, und mit schnell meine ich *sofort*!«

»Gut, aber zuerst musst du es mir erklären. Ich kann dir nicht helfen, wenn ich nicht weiß, was los ist.«

»Okay«, sagte Clancy und holte tief Luft. »Du weißt ja, dass ich die Anzeigen in den Zeitungen durchforstet habe nach einem Restaurator, der Moms Louis-Quinze-Kommode restaurieren kann, die Minny mit ihrem Haarfärbemittel ruiniert hat, richtig?«

»Jaaa«, sagte Ruby geduldig.

»Aber ich habe keinen gefunden, und deshalb wird Minny jetzt vermutlich für den Rest ihres Lebens Hausarrest kriegen, und das ist so … so blöd und so …«

Ruby wartete, dass er weiterreden und seinen zweifellos schmerzlichen Satz zu Ende führen würde; sie konnte förmlich spüren, dass seine Arme zuckten, weil er immer mit den Armen ruderte, wenn er aufgeregt war.

»Ich hatte versprochen, ihr zu helfen. Minny hat so ein Zeug aus dem Eisenwarenladen geholt, und da stand drauf, es sei für Holz geeignet, zum Abbeizen, und ich kam nicht auf die Idee zu lesen, was *genau* draufstand und ob sie das richtige Mittel gekauft hatte – du weißt ja, dass ich mit Gebrauchsanweisungen auf Kriegsfuß stehe und so …«

»Ja, ich weiß, du liest sie nie.«

»Egal, dieses Zeug war so aggressiv, dass die ganze Farbe mit abgegangen ist, und die Louis-Quinze-Kommode sieht aus wie … na ja, nicht mehr nach Louis XV, wenn du weißt, was ich meine … und meine Mutter …«

»Sie wird dich umbringen«, sagte Ruby nüchtern.

»Sie wird mich umbringen«, bestätigte Clancy.

»Minny bringt dich auch um«, sagte Ruby.

»Und Minny bringt mich auch um«, bestätigte Clancy.

»Obwohl sie eigentlich schuld ist«, gab Ruby zu bedenken.
»Minny denkt nicht so logisch«, sagte Clancy.
Ruby schwieg, denn sie dachte angestrengt nach.
»Bist du noch da?«, fragte Clancy voller Panik.
»Ich denke nach«, sagte Ruby.
»Gut, aber könntest du vielleicht ein bisschen schneller denken?«, sagte Clancy hektisch.
Eine qualvolle Pause.
»Ich hab's!«, sagte Ruby dann. »Rühr dich nicht von der Stelle und warte auf mich. Ich glaube, ich weiß eine Lösung, aber lass deine Finger von allem, das auch nur entfernt nach Louis-Quinze aussieht, okay?«

Zwölf Minuten später fuhr Hitch mit seinem Wagen auf das Grundstück der Botschaftervilla. Er trug eine Sonnenbrille und hatte einen ledernen Aktenkoffer bei sich. Clancy erwartete ihn bereits und riss die Haustür auf, noch bevor Hitch die Klingel berührt hatte.
»Wann erwartest du sie zurück?«, fragte Hitch.
»Ähm, in einer oder anderthalb Stunden, würde ich sagen, vielleicht auch in zwei.«
»Okay, dann gehen wir von fünfundsiebzig Minuten aus«, sagte Hitch und aktivierte den Countdown-Mechanismus seiner Spektrum-Armbanduhr. »Wo steht das Ding?«
Clancy führte Hitch ins Ankleidezimmer seiner Mutter, und Hitch besah sich den Schaden. Missbilligend schnalzte er mit der Zunge und fuhr mit dem Zeigefinger vorsichtig über das

Holz. »Birnbaum und Walnuss, hergestellt in der französischen Provinz.«
Er zog die Schubladen heraus und begutachtete die Bauart. »Circa 1727, ganz typisch.« Er besah sich die Deckplatte von unten und fand, wonach er gesucht hatte. »Erstaunlich.« Dann holte er ein Vergrößerungsglas aus seiner Aktentasche und hielt es über das beschädigte Holz. »Erstklassige Qualität.«
Alle diese Informationen übermittelte er mittels seiner Uhr – eine ausführliche Beschreibung des Holzes, der Politur, der Patina, die genaue Farbe des übrig gebliebenen Blattgolds und das genaue Ausmaß des Schadens.
Keine sieben Minuten später trafen drei Restauratoren ein. Hitch öffnete ihnen die Tür und führte sie nach oben. Sie sagten nicht viel, sondern machten sich sofort ans Werk. Hitch drückte Clancy einen Schwamm in die Hand, und Ruby, die gerade erst angekommen war, bekam einen Eimer mit Seifenwasser. Er zeigte auf seinen Sportwagen. »Das wird eure Nerven beruhigen«, sagte er. Es kam kein einziges Widerwort.
Als Ruby und Clancy das silberfarbene Cabrio gründlich gewaschen und poliert hatten und Hitch ihr Werk begutachtet hatte, setzten sie sich in die Küche und machten sich über die Drinks her, die Hitch mitgebracht hatte: Minz-Limonade. Hitch ging wieder nach oben, um nach den Restauratoren zu sehen. Genau sechzig Minuten nach ihrem Eintreffen waren sie fertig, hatten ihre Werkzeuge wieder eingepackt und die Abdecktücher zusammengefaltet. Hitch zog ein dickes Bündel Zwanzigdollarnoten aus seiner Geldbörse, zählte etliche

Scheine ab und übergab sie dem Leiter der kleinen Gruppe. Dann schüttelte er den Männern die Hand und sah ihnen nach, als sie gingen. Kaum waren sie weg, griff er in seine Aktentasche und holte eine silberne Sprühdose ohne Aufschrift oder Etikett heraus und sprühte damit großzügig im ganzen Raum herum.

»Was ist das?«, fragte Clancy.

»Muss eine Art Geruchsneutralisierer sein«, sagte Ruby.

»Ja? Ich rieche aber nichts«, sagte Clancy.

Ruby sah ihn an. »Sag mal, hast du vor Panik einen Kurzschluss im Gehirn? Das Zeug soll Gerüche *eliminieren*, zum Beispiel den von der Politur und so weiter.«

Als Hitch fertig war, nahm er eine von Mrs Crews Parfümflakons, drückte auf den Zerstäuber und sprühte erneut den ganzen Raum ein. Anschließend roch es hier wieder so wie immer. Er sah auf seine Uhr – genau vierundsiebzig Minuten waren vergangen. Ein letzter Blick, dann schnipste er mit den Fingern, zog die Tür hinter sich zu und ging flotten Schrittes die Treppe hinunter, mit Ruby und einem staunenden Clancy im Schlepptau.

Bevor er das Haus verließ, wandte er sich noch einmal an Clancy und sagte: »Jetzt vergeig's aber ja nicht, indem du zu nett zu deiner Mutter bist. Sie würde den Braten innerhalb einer Sekunde riechen.« Dann stieg er in sein Cabrio, drehte den Zündschlüssel um, rief: »Adiós, amigos!« und fuhr in Richtung Cedarwood Drive. Er war kaum in die Rose Street eingebogen, als Mrs Crews Limousine an ihm vorbeirauschte.

Hitch sah auf seine Uhr und schmunzelte, als der Countdown bei null ankam.

Clancy sah, wie sich das Tor ihrer Einfahrt öffnete und seine Mutter hindurchfuhr. »Junge, Junge, das ist mir vielleicht ein toller Butler«, sagte er.
»Stimmt«, sagte Ruby, »das war echt beeindruckend.«
Mrs Crew stieg aus ihrem Wagen.
»Hallo, Mom, alles klar bei dir? Kann ich dir beim Ausladen helfen?«, rief Clancy. »Oder dir einen Eistee holen?«
»Sag mal, spinnst du?«, zischte Ruby.
»Weiß nicht«, flüsterte Clancy zurück. »Müssen die Nerven sein.«
Seine Mutter beäugte ihn argwöhnisch. Doch dann kickte Ruby ihn ans Schienbein, und Clancy fluchte laut und boxte sie an den Arm.
Mrs Crews Gesichtszüge entspannten sich; alles war, wie es sein sollte.
Als Ruby zu Hause ankam, ging sie gleich nach oben in die Küche. Mrs Digby, die ihre Schritte hörte, rief: »Hallo, Ruby. Es war jemand hier und hat nach dir gefragt.«
»Wer?«
»Oh, es war nicht Quent Humbert, falls du das befürchtest. Es war dieser Ray Penny vom Buchladen – er hat was für dich vorbeigebracht.«
Auf dem Tischchen im Flur lag ein kleines Päckchen mit einer eilends gekritzelten Nachricht.

Dein Buch ist eingetroffen,und ich dachte,
ich bringe es Dir gleich vorbei,
weil Du es ja kaum erwarten konntest.

Der Gedichtband kostete nur ein paar Dollar. Es war keine Erstausgabe, nicht mal eine Zweitausgabe. Die Seiten waren zum Teil eingerissen und schmuddelig, der Einband war kaputt, und einige Blätter waren lose. Das Buch war weder vom Autor signiert noch enthielt es eine Widmung, aber der Inhalt war komplett – nur das zählte.

Ruby begann sofort zu lesen. Sie las das Buch von vorne bis hinten, ein Gedicht nach dem anderen, Buchstabe um Buchstabe. Sie las auch die Seite mit dem Copyright, der Adresse des Verlags und den Angaben, wo das Buch gedruckt worden war. Sie ging deshalb so gründlich vor, weil auch der langweiligste Teil des Buches einen Hinweis darauf geben konnte, warum es gestohlen worden war. Doch ihr fiel nichts auf.

Seltsam war nur, dass in der Inhaltsangabe ein Gedicht stand – *Gedicht 14: Du bist ein Gedicht, Celeste* –, doch als Ruby danach suchte, stellte sie fest, dass es gar nicht abgedruckt war. Ruby überprüfte die Seitenzahlen, um zu sehen, ob vielleicht doch ein paar Blätter herausgefallen waren, aber nein, die Seitenzahlen waren in Ordnung; nichts fehlte.

Sie rief sich den Zeitungsartikel noch einmal in Erinnerung. Mr Okra hatte erwähnt, dass in seinem Exemplar eine handgeschriebene Widmung stand, von einer gewissen Celeste.

Gut, da hätten wir ja einen Zusammenhang, dachte Ruby.

***

»Na, was haben wir denn da?«, fragte Mrs Digby und spähte Ruby über die Schulter. »Bei allen Heiligen! Musst du dieses hochtrabende, egozentrische Geschwafel für die Schule lesen?«

»Kennen Sie diesen Dichter etwa?«, fragte Ruby.

»Und ob!«, erwiderte Mrs Digby und stützte die Fäuste in die Hüften. »Meine Cousine Emily hat ganz früher mal in der Scarlet Pagoda gearbeitet. Sie hat mir erzählt, dass dieser JJ Calkin praktisch jede Woche da war, um sich die Shows anzusehen und seine Muse zu bestaunen, wer immer das auch war. Hat alle in den Wahnsinn getrieben.«

»Wenn man seine Gedichte liest, hat man nicht den Eindruck, dass er ein glücklicher Mensch war.«

»›Seien Sie doch etwas entspannter‹, hat Emily mal zu ihm gesagt.«

»Und wie hat er es aufgenommen?«

»Er war kein Typ, der mit Kritik umgehen konnte – danach hat er kein Wort mehr mit ihr gewechselt. Willst du ein Tuna-Sandwich, Kind? Du siehst etwas blass aus.«

»Lieber ein Stück Kuchen«, sagte Ruby.

»Von wegen! Ich mache dir ein Sandwich«, beharrte die alte Haushälterin resolut.

Sehr viel später, genau genommen erst nach dem Abendessen, empfing Ruby ein Signal. Es musste um etwas Wichtiges gehen, da die Fliege auf ihrer Fluchtuhr gelb aufblitzte. Sie entschuldigte sich bei ihren Eltern und gab vor, sehr müde zu sein. Dann rannte sie in ihr Zimmer hinauf, zog sich eine Jacke über und kletterte zum Fenster hinaus.

An ihrem Arm blitzte es immer wieder auf – sie sah auf die Uhr und stellte fest, dass die Fliege inzwischen rot aufblitzte.

Du meine Güte, dachte sie. Denken die eigentlich, ich muss nie schlafen?

21. Kapitel

Absolut leer

Im Hauptquartier ging Ruby sofort zu Summs kreisförmig aufgestellten Schreibtischen.

Summ telefonierte gerade auf Mandarin-Chinesisch, doch als sie Ruby erblickte, unterbrach sie ihr Gespräch kurz und sagte: »Blacker will dich sehen, er ist in der Kantine.«

Wenig später trat Ruby zu ihm – er wischte sich gerade etwas Sojasauce von seiner Jacke.

»Und? Was haben Sie für mich?«, fragte Ruby.

Agent Blacker arbeitete in der Abteilung Decodierung, und folglich hatten er und Ruby schon viele lange Stunden zusammen verbracht, in kleinen Räumen über allen möglichen Unterlagen brütend, während Donut-Tüten aus dem Abfallkorb quollen. Blacker wirkte immer etwas zerstreut, doch dieser Eindruck täuschte. »Blacker darfst du nicht unterschätzen«, hatte Hitch ihr gleich zu Beginn ihrer Zusammenarbeit eingeschärft. Und das hatte Ruby auch nie getan.

Nun beugte er sich auf seinem Stuhl vor. »Du hast doch von diesen mysteriösen Einbrüchen gehört, nicht wahr?«, sagte er und zog einen Zeitungsausschnitt aus der Tasche. Er war mehrfach gefaltet und sah aus, als wäre er schon zigmal gelesen worden.

Die Überschrift lautete: GESPENSTISCHE VERBRECHEN. Es ging um die Okras und das gestohlene Buch. Auf dem Foto saßen sie Hand in Hand auf der Couch und wirkten sehr bedrückt.

»Klar hab ich davon gehört, aber warum interessiert sich Spektrum dafür?«, fragte Ruby. »Ich würde natürlich genauso gern wie alle anderen Twinforder wissen, wer dieser Skywalker ist, aber warum *Spektrum*? Soweit ich gehört habe, wurde bei diesem Wohnungseinbruch nichts Wertvolles gestohlen – weder in finanzieller noch in sicherheitsbedrohender Hinsicht.«

»Du meinst, es sei nicht besonders schlimm, bestohlen zu werden?« Groete war gerade hereingekommen, wichtigtuerisch und aufgeblasen wie immer. »Der kleinen reichen Ruby würde es natürlich nichts ausmachen, wenn ihr jemand ein paar hundert Dollar klaut, denn ihre Millionärseltern würden sofort den Geldbeutel zücken, wenn sie zum Beispiel ein neues Balletträckchen haben will ...«

»Wie bitte?«, sagte Ruby kopfschüttelnd. »Was labern Sie da von Balletträckchen? Die Frage war berechtigt.«

Blacker sah Groete an. »Lass das, Miles. Rubys Frage ist wirklich legitim.« Kröte zog einen Flunsch. »Hör mal, Miles«, fuhr Blacker fort, »setz dich doch gleich an das Datenmaterial. Es wäre echt gut, wenn wir noch etwas mehr Anhaltspunkte hätten. Eins muss man dir lassen: Deine gestrige Arbeit hat uns ganz schön vorangebracht.«

Es war Groetes Job, alle möglichen Daten ins Rechnersystem

einzuarbeiten, und deshalb saß er quasi an der Quelle und war immer gut über die verschiedenen Fälle informiert, an denen Spektrum 8 gerade arbeitete. Man konnte auch keinesfalls behaupten, dass er unterbelichtet gewesen wäre; er war alles andere als ein geistiger Dünnbrettbohrer oder Nerd, und seine Streitlust machte ihn zu einem intellektuellen Gegner, den man ernst nehmen musste. Eigentlich ein Jammer, dass er so ein Kartoffelkopf war.

Groete erhob sich, ließ sich fast dazu hinreißen, Blacker anzulächeln, und marschierte dann ohne ein weiteres Wort aus der Kantine. Ruby musste Blacker einfach bewundern: Er war sehr diplomatisch.

Als Groete weg war, wandte sich Blacker wieder an Ruby. »Okay, ich erkläre es dir. Du weißt, dass vor einigen Tagen in die Wohnung von Mr und Mrs Okra im neunten Stockwerk eines Apartmenthauses eingebrochen wurde. Der Einbrecher ist allem Anschein nach durch das kleine Badezimmerfenster eingestiegen, und das bedeutet, dass er sehr zielstrebig vorging.«

»Es bedeutet auch, dass er ein guter Fassadenkletterer sein muss.«

»Und entweder sehr klein oder ein Verrenkungskünstler«, ergänzte Blacker. »Das fragliche Fenster ist so klein, dass nur die wenigsten Leute hindurchpassen würden.«

»Ich schon, oder?«

»Ja, du vermutlich schon«, sagte Blacker und musterte sie. »Um deine Frage zu beantworten: An diesem Fall gibt es zwei wirklich merkwürdige Umstände, für die Spektrum sich interessiert, und die offensichtlichste Frage lautet natürlich: Warum so große Anstrengungen unternehmen und ein so großes Risiko eingehen, nur um einen Gedichtband zu klauen?«

»Stimmt«, sagte Ruby. »Das Einzige, was *ich* herausgefunden habe, ist, dass der Dichter oft und gern in der Pagoda rumhing«, sagte Ruby.

»Ah, da hätten wir ja schon mal einen Zusammenhang mit den gelben Schuhen«, sagte Blacker. »Beide haben etwas mit der Scarlet Pagoda zu tun.«

»Und was ist der zweite Punkt?«, fragte Ruby.

»Mrs Okra behauptet, etwas gefunden zu haben, auf dem Nachttisch ihres Mannes. Anfangs dachte sie, jemand von der Spurensicherung hätte es liegen lassen, doch als sie die Leute darauf ansprach, wusste keiner davon.«

»Wovon?«, fragte Ruby gespannt.

»Nun, Mrs Okra führt ihren Haushalt offenbar sehr gewissenhaft und penibel, kein Staubkörnchen, nichts Überflüssiges, doch sie hat etwas gefunden, dessen Herkunft sie sich nicht erklären kann.«

»Etwas, das die Spurensicherung übersehen hat?«

»Es war leicht zu übersehen.«

»Was war es?«

»Eine Karte«, sagte Blacker.

»Sie meinen eine Postkarte?«

»Nein, eher eine Visitenkarte.«

»Und was steht darauf? Eine Telefonnummer?«, fragte Ruby.

»Nein«, sagte Blacker.

»Eine Adresse?«

»Auch nicht.«

»Ein Name?«

»Nein.«

»Also gar nichts?«

»Nein, es ist ein absolut leeres Kärtchen.«

»Und warum denkt Mrs Okra, es könnte irgendwie wichtig sein?«

»Weil es vorher nicht da lag.«

»Und das soll ein guter Grund sein?«

»O ja, wenn du Mrs Okra bist, schon. Mann, so eine mustergültige Ordnung hab ich noch nie gesehen.«

»Der Einbrecher hat also aus Versehen ein Beweisstück liegen lassen?«

»Glaube ich nicht. Dieses Kärtchen wurde ganz absichtlich auf einen Bücherstapel gelegt. Es ist ihm nicht zufällig aus der Hosentasche gerutscht und auf den Boden gefallen.«

»Eine absolut leere Karte?«, wiederholte Ruby.

»Ja, unbeschriftet, sprich: Es ist nichts darauf zu lesen«, bestätigte Blacker.

»Ich verstehe nicht ganz. Ist sie nun leer oder nicht?«

»Sie hat kleine Erhebungen.«

»Ähnlich wie die Blindenschrift?«

»Ja und auch nein.«

»Wenn nicht wie Braille, ist es dann vielleicht eine andere Form von Tastcode?«

»Kann sein.«
»Sie meinen, der Einbrecher könnte mit Absicht eine Art verschlüsselte Botschaft hinterlassen haben?«
»Genau das meine ich«, sagte Blacker. »Und hier kommt Spektrum nun auf den Plan. Das … zusammen mit der Tatsache, dass es im Verteidigungsministerium einen ganz ähnlichen Einbruch gab. Dort wurde ein Gegenstand aus einem Hochsicherheitsraum gestohlen, und niemand sah jemanden kommen oder gehen.«
»Es könnte also einen Zusammenhang geben?«, fragte Ruby.
»Nun«, antwortete Blacker, »durchaus möglich. Die Umstände ähneln sich zu sehr, als dass es nur ein Zufall ist, meinst du nicht auch? Und die gelben Schuhe – sie wurden auch aus einem abgeschlossenen und von zwei Mann bewachten Raum geklaut, und kein Mensch hat etwas gesehen.«
Sie dachten eine Minute lang beide nach, bis Blacker fragte: »Sollen wir uns einen Donut teilen?«
»Meinetwegen auch zwei«, sagte Ruby.
Eine kleine Pause war eine gute Idee und der Donut eine noch bessere.

»Junge, Junge, gibt es etwas Besseres als einen Donut mit Geleefüllung?«, seufzte Blacker.
»Nö, glaub ich nicht«, bestätigte Ruby.
»Und?«, fragte er nach einer Weile. »Hast du schon eine Idee?«
»Ich überlege noch. Wenn jemand etwas so Belangloses wie ein Buch klaut, aus irgendeinem Apartment, warum geht er

dann so umständlich vor? Muss man dafür wirklich an Hauswänden herumkraxeln? Okay, das Haus hat einen Portier, aber es ist nicht Fort Knox. Was will dieser Typ mit seinem Vorgehen beweisen?«

»Das, liebe Kollegin, ist auch mir ein Rätsel«, sagte Blacker. »Wir wissen nicht nur *nicht*, warum er das tut, wir wissen auch nicht, *wie* er es anstellt. Und warum ist er auf keiner einzigen der Überwachungskameras beim Verlassen des Apartments zu sehen?«

»Sie denken also, wir sollten in Richtung Gespenst ermitteln?«, fragte Ruby.

»Nein, so weit bin ich noch nicht, aber wer weiß, vielleicht kommen wir noch dahin«, sagte Blacker. Er zwinkerte ihr zu und wischte sich die Hände an seiner Jacke ab. Als er Rubys Blick bemerkte, sagte er achselzuckend: »Muss sowieso in die Wäsche.«

»Und dieser Zettel, den Mrs Okra gefunden hat, wurden darauf irgendwelche Fingerabdrücke entdeckt? Oder sonst irgendwo in der Wohnung?«, fragte Ruby.

»Nein, null«, antwortete Blacker. »Die Leute im Labor machen gerade ein paar Tests, UV-Licht und solche Sachen.«

»Und dieser blindenschriftähnliche Code«, fragte Ruby weiter, »lässt der sich eventuell knacken, oder ist er zu kurz?«

»Wir werden sehen, aber ich glaube eher nicht«, sagte Blacker. »Sieht nur nach ganz wenigen Zeichen aus. Nicht genug, um mit statistischen Analysen anfangen zu können. Wir brauchen noch mehr dieser Zettel, mehr von diesem Geheimcode.«

»Mit anderen Worten: Wir müssen warten, bis unser Mann erneut zuschlägt, richtig?«

»Und das wird er, darauf kannst du wetten«, sagte Blacker. »Im Moment bleibst du auf Stand-by. Ich sage der Laborantin, sie soll dir den Zettel geben, wenn sie damit fertig ist. Ich möchte hören, was du zu dem Code meinst.«

»Sie kennen mich«, sagte Ruby, »ich bin immer auf Stand-by.«

22. Kapitel

Etwas tritt zutage

Der Sommer verblasste zunehmend, und der Wind blies immer kräftiger durch die Bäume und rüttelte an den Ästen, um deren Blätter abzuschütteln. Wie immer die Einwohner von Twinford es auch fanden, die Behörden waren jedenfalls nicht traurig darüber, dass der Sommer vorbei war, doch dass der Wetterumschwung so heftig ausfallen würde, damit hatte niemand gerechnet.

Clancy und Ruby lümmelten auf den Sitzsäcken vor dem Panoramafenster in Rubys Zimmer, das so groß war wie ein Loft.

»Ist dir klar, dass vieles anders sein wird, wenn wir erwachsen sind? Bis dahin hat man sicher Anzüge erfunden, in denen man fliegen kann – so ähnlich wie Superman«, sinnierte Clancy.

»Kann sein«, sagte Ruby und dachte an die Gleitflügel. »Davon gehe ich auch aus.«

»Das wäre total cool. Also wenn *ich* Superkräfte haben könnte, dann würde ich gern fliegen können«, sagte Clancy. »Oder aber unsichtbar sein.«

»Sich unsichtbar machen können gehört nicht unbedingt zu den Superkräften«, sagte Ruby. »Man kann es trainieren. Man muss es sich nur ganz fest vorstellen.«

»Stimmt«, sagte Clancy. »Ich hab neulich diesen Typen im

Fernsehen gesehen, du weißt schon – ich hab dir von ihm erzählt, von diesem Zauberer.«
»Darnley Rex«, sagte Ruby.
»Genau, der. Ich glaube, ich probiere es auch mal aus.«
»Was?«
»Mir vorzustellen, ich sei unsichtbar«, sagte Clancy. »Mal sehen, ob es funktioniert.«
»Aber besser nicht mit diesen Socken«, sagte Ruby und deutete auf Clancys neongelbe Fußbekleidung.
»Nancy hat meine alle weggenommen. Ich muss jetzt die von Minny tragen.«
»Und vielleicht auch ohne diese Mütze?«, schlug Ruby vor.
»Hey, die ist total praktisch. Sie hat eine super Krempe und ist wasserdicht.«
»Sie ist erbsengrün«, konterte Ruby, »und leuchtet förmlich.«
»Nicht, wenn man im Gras liegt«, widersprach Clancy.
»Ich glaube nicht, dass du das Zeug dazu hast, dich unsichtbar zu machen, Clance.«
Da war was dran. Clancy war die Art von Junge, der eigentlich nicht auffallen wollte, es aber trotzdem ständig tat, und zwar meist aus den falschen Gründen. Der einzige Mensch, der ihn dauernd zu übersehen schien, war sein Vater.
»Also, wenn *ich* mir Superkräfte wünschen könnte«, sagte Ruby, »dann wäre es auch fliegen. Oder durch die Zeit reisen. Stell dir mal vor, wie toll es wäre, wenn man sich von einer Zeit und einem Ort in eine andere Zeit und an einen anderen Ort beamen könnte.«

»Ja, das wäre sicher ganz nützlich.« Clancy dachte an die Französischtests, die er noch mal machen könnte, sobald er in der Zukunft die Antworten auswendig gelernt haben würde.

»Sollen wir was essen?«, fragte Ruby und stemmte sich auf.

Clancy nickte. »Gern, immer.«

Auf Socken gingen sie nach unten in die Küche, wo Mrs Digby saß und das *Twinford Echo* las.

Ohne aufzublicken, sagte sie: »Falls ihr zwei Rotznasen glaubt, ich würde jetzt aufspringen und euch ein Sandwich mit Rinderzunge und Sardinen machen, dann habt ihr euch getäuscht!«

»Wie traurig«, sagte Ruby, »aber eigentlich hatte ich mehr an Käse und Schinken gedacht.«

»Oh, gut, das krieg ich hin«, sagte Mrs Digby und erhob sich. »Für mich gibt's nichts Schöneres, als andere zu bedienen.«

Clancy fuhr sich über die Stirn; er wusste nie so recht, wann die alte Lady scherzte und wann nicht. Sie hatte ihm schon so oft erzählt, was sie als kleines Mädchen alles essen musste, damals, zur Zeit der Weltwirtschaftskrise, dass er nie wusste, ob sie ihm vielleicht irgendwelche schrecklichen Einzelteile von grusligen Tieren vorsetzen würde.

»Und was habt ihr Kinder da oben wieder ausgeheckt?«, fragte Mrs Digby und schnalzte mit der Zunge. »Wahrscheinlich nur Unfug gemacht, richtig?«

»Wir haben uns überlegt, wie es wäre, Superkräfte zu haben«, erzählte Clancy wahrheitsgetreu. »Welche hätten Sie am liebsten, wenn Sie sich eine wünschen könnten?«

»Ich besitze bereits alle Superkräfte, die ein Mensch nur haben kann – sieh dir nur an, was ich in diesem Haus alles machen muss. Meinst du, *du* könntest das noch in meinem Alter?«

»Oh, so habe ich es noch nie gesehen«, sagte Clancy.

Mrs Digby warf Ruby einen vielsagenden Blick zu. »Dieser Quent hat wieder angerufen. Er wollte wissen, ob du nun zu seiner Superheldenparty kommst.«

»Auweia«, sagte Ruby. »Das wollte ich eigentlich verdrängen.«

»Hoffen wir, dass dein Vater es nie hört. Du weißt, wie sehr er es hasst, wenn jemand die Gefühle seiner Mitmenschen verletzt.«

Ruby seufzte, sie wusste es nur zu gut.

»Oje«, sagte Clancy, »musst du echt da hin?«

»Mir wird schon etwas einfallen«, sagte Ruby lässig.

Als sie wieder nach oben gehen und es sich vor dem Fernseher gemütlich machen wollten, hörten sie Mrs Digby rufen: »Ruby, hast du eben einen Toast in den Toaster gesteckt?«

Schweigen.

»Da hab ich dir gerade was zu essen gemacht, Kind, verflixt«, fuhr Mrs Digby fort. »Bald gibt es Abendessen, und du musst dir jetzt noch einen Toast machen. Sag mal, du hast doch hoffentlich keine Würmer, oder?«

»Aber nein, Mrs Digby, das ist Clancys Toast.«

»Hä?«, zischte Clancy.

»Ja, wissen Sie, er will unbedingt etwas zunehmen, deshalb isst er neuerdings immer doppelte Portionen.«

»Ich glaub, mich laust der Affe«, schimpfte Mrs Digby weiter. »Sieht fast aus, als stünde da was drauf!«

Ruby sauste wie ein geölter Blitz in die Küche zurück und riss der verdutzten Haushälterin die Toastscheibe aus der Hand. »Muss Ihr grauer Star sein, Mrs Digby. Ich kann nichts sehen.«
Die Nachricht lautete:

SOFORT INS HQ KOMMEN!

Keine halbe Stunde später stand Ruby im Spektrum-Labor und begutachtete das Beweisstück: ein kleines Kärtchen in einem Plastikbeutel mit Reißverschluss.
»Das ist es?«, fragte sie die junge Laborantin.
»Mhmm«, sagte SJ. »Wir machen nur noch einen weiteren Test, dann kannst du es haben.«
»Worauf testen Sie es noch?«, fragte Ruby.
»Toxische Substanzen«, sagte SJ.
»Was!? Meinen Sie, es könnte giftig sein?«, fragte Ruby.
»Nein, vermutlich nicht, aber man kann nie wissen.«
»Stimmt«, sagte Ruby. »Darf ich trotzdem einen kurzen Blick darauf werfen, bevor Sie Ihren letzten Test machen?«
»Klar«, sagte SJ.
Ruby nahm das Kärtchen aus der Plastikhülle. Auf der einen Seite war rein gar nichts zu sehen. Auf der anderen Seite gab es eine Art Tastcode, bestehend aus mehreren kleinen Kreisen oder Punkten. Einige ragten aus dem Papier, andere waren hineingedrückt.
»Irgendeine Idee?«, fragte SJ, als Ruby ihr das Kärtchen zurückgab.

»Nein, noch nicht«, sagte Ruby. Diese runden Dinger hatten definitiv etwas zu bedeuten, doch es waren zu wenige, als dass sie etwas damit hätte anfangen können.
»Okay«, sagte SJ. Sie schob das Kärtchen wieder in die Plastikhülle. »Mal sehen, ob ich etwas herausfinden kann.«
»Gut, ich geh dann schnell was trinken«, sagte Ruby. »Etwas mit viel Zucker.«

»Hast du gewusst, dass manche Leute Zucker für ein Gift halten?«, sagte die Laborantin.
»Ja, meine Mom zum Beispiel«, erklärte Ruby. »Aber ich *liebe* den Geschmack.«

Ruby war etwas abgeschlafft und hoffte, eine Cola könnte sie ein bisschen munterer machen. Unglücklicherweise stand Groete vor dem Getränkeautomaten, und sie gerieten sich einmal mehr in die Haare.
»Dieser Automat spuckt leider keine Milchfläschchen aus«, säuselte er.
»Komisch«, sagte Ruby, »denn wie ich sehe, zieht er Kindsköpfe ja geradezu an.«
»Ein Kindskopf bist höchstens *du*!«, fauchte Groete.
»*Sie* haben angefangen«, sagte Ruby.
»Ich?! Ich? Dass ich nicht lache! Seit du damals im März zu Spektrum gekommen bist, ist das Niveau massiv gesunken.«
»Echt? Hab ich es geschafft, Ihres noch zu unterbieten? Hätte ich nicht für möglich gehalten!«
»Fehlen dir deine kleinen Freunde aus der Kinderkrippe nicht?«, fragte Groete.
Da hörten sie Fingernägel auf Metall klopfen, verstummten schlagartig und drehten die Köpfe. LB stand direkt hinter ihnen und trommelte mit den Fingern seitlich an den Getränkeautomaten. Sie hatten sie gar nicht kommen hören, weil die große Chefin grundsätzlich barfuß und somit fast lautlos ging.
»Ich fürchte, ich bin aus Versehen in einen Kindergarten gera-

ten«, sagte sie und rümpfte die Nase. »Ich ging schon damals nicht gern in die Vorschule, zwingt mich nicht, das noch einmal ertragen zu müssen.« Das war sowohl eine Zurechtweisung als auch eine Warnung.

Groete lief knallrot an; er ließ sich nicht gern ertappen, am allerwenigsten von LB, die er doch immer zu beeindrucken versuchte. Ohne ein weiteres Wort drehte sich die Chefin von Spektrum 8 um und setzte ihren lautlosen Gang durch den Korridor fort.

Als Ruby ins Labor zurückkehrte, war sie schlechtgelaunt. Sie hatte volle zwanzig Minuten verplempert, und gleich würde sie ein Beweisstück untersuchen, das nicht viel zu taugen schien.

Die Laborantin war schon gegangen, doch sie hatte das kleine weiße Kärtchen auf den Tisch gelegt, direkt unter eine grelle

Schreibtischlampe. Daneben lag ein starkes Vergrößerungsglas, mit dem Ruby den Zettel genau untersuchen konnte. Doch das war überflüssig. Ruby sah auf den ersten Blick, dass das Kärtchen nicht mehr ganz weiß war. Auf einmal wurden dünne schwarze Linien sichtbar, die eine Art Gitter bildeten.

Ruby griff zum Telefon und wählte eine Nummer.

»Blacker«, meldete sich jemand am anderen Ende.

»Ich bin's, Ruby. Können Sie sofort ins Labor kommen? Hier ist etwas zutage getreten.«

23. Kapitel

Die »Whispering Weekly«

Keine zwei Minuten später stand Blacker neben ihr. Er sah noch zerzauster aus als sonst, vielleicht weil er vom oberen Stockwerk heruntergesaust war.

Er blickte über Rubys Schulter. »Da soll mich doch …«

»Es muss die Hitze gewesen sein«, sagte Ruby aufgeregt. »SJ ließ das Kärtchen unter der Lampe liegen, und ich glaube, deshalb ist es passiert. Mann, ich könnte Kröte um den Hals fallen!«

»Alles okay, Ruby?« Blacker wirkte besorgt. »Du klingst, als solltest du dich kurz hinlegen.«

»Ach was, war nur so dahergesagt, will ich natürlich nicht wirklich. Kann mich gerade noch beherrschen. Aber hätte ich mich nicht am Getränkeautomaten mit Kröte gezofft, hätte das Kärtchen nicht so lange unter der Lampe gelegen, und es wäre nicht zu dieser Reaktion gekommen …« Angestrengt starrte sie auf das Kärtchen. »Was sagen Sie dazu?«

Blacker schwieg für eine geraume Weile. Dann räusperte er sich und sagte: »Hmm, einerseits sieht es aus, als hätte jemand ein Fenster zeichnen wollen, du weißt schon, ein unterteiltes Rechteck mit sechs einzelnen Scheiben.«

»Und andererseits?«, fragte Ruby.

»Andererseits sieht es aus wie eine dieser Treuekarten von Geschäften.«

»Genau das war auch mein erster Gedanke«, sagte Ruby. »Was, wenn es beides ist? Das Fensterbild sagt uns, dass es die Visitenkarte eines Einbrechers ist, der durch ein Fenster einsteigt, und die sechs Felder sagen uns, wie viele Sachen er zu stehlen gedenkt.«

»Und warum sind die Felder alle leer?«

»Da bin ich überfragt«, seufzte Ruby.

»Moment mal.« Blacker ging zur Sprechanlage und piepste die Laborantin an.

Zwei Minuten später war SJ wieder da. »Was gibt's?«, fragte sie.

Blacker deutete auf das Kärtchen.

SJ drehte es zuerst hin und her, dann betrachtete sie es durch das Vergrößerungsglas.

»Sehr interessant«, sagte sie dann. »Es hat auf Hitze reagiert, und deshalb fragt ihr euch sicher, worauf es sonst noch reagieren könnte.«

»Korrekt«, sagte Blacker.

SJ verlor keine Zeit, sondern begann sofort mit mehreren Tests, wofür sie eine Menge verschiedener Flüssigkeiten verwendete – schwache Säuren, basische Flüssigkeiten und andere Chemikalien. Tropfen um Tropfen fielen auf das Kärtchen, doch es kam nichts weiter zum Vorschein.

Selbst Schwarzlicht brachte nichts an den Tag.

Und Röntgenstrahlen enthüllten nichts.

Es geschah auch nichts, als sie das Kärtchen in der Dunkelkammer wie Fotopapier in ein Entwicklerbad tauchten.
Schließlich nahm SJ ihre Schutzbrille ab, schälte ihre Finger aus den Handschuhen und setzte sich hin. »Mehr kann ich nicht tun«, sagte sie resigniert. »Ich weiß nicht, womit ich das Kärtchen sonst noch bearbeiten könnte.«
»Sieht aus, als wäre das alles gewesen, Leute«, sagte Blacker. »Ruby, du gehst jetzt nach Hause und legst dich ein paar Stunden aufs Ohr, wir machen morgen früh weiter.«
Es war eine große Enttäuschung, nach dem ersten Durchbruch mit dem Gittermuster nicht weiterzukommen, doch weil sie in einer Sackgasse steckten, war es vermutlich besser, erst mal Feierabend zu machen.
Als Ruby wieder im Cedarwood Drive war, schaute sie eine Weile fern, doch sie konnte sich nicht konzentrieren. Auch ihr Buch konnte sie nicht ablenken.
Schließlich gab sie auf und ging ins Bett. Doch – nicht zum ersten Mal – fiel ihr das Einschlafen schwer; sie konnte ihr Gedankenkarussell einfach nicht abschalten. Irgendwann holte sie ihr Notizbuch aus seinem Versteck neben dem Türpfosten und notierte sich zwei Fragen, auf die sie dringend eine Antwort brauchte.

Wenn unsere Theorie stimmt, dass der Einbrecher am Tatort seine Visitenkarte hinterlässt, warum ist das Kärtchen der Okras dann leer?

Wenn es einen Zusammenhang zwischen dem Einbruch bei den Okras und den gestohlenen Schuhen gibt, warum wurde dann in der Scarlet Pagoda kein Kärtchen gefunden?

Weil ihr übermüdetes Gehirn keine Antworten ausspuckte, ging Ruby in die Küche hinunter, um sich einen Patrami-Bagel zu machen, und während sie ihn aufaß, blätterte sie ein altes Exemplar der *Whispering Weekly* durch, das in einem Stapel alter Zeitungen gelegen hatte, mit denen Mrs Digby den Tisch abzudecken pflegte, wenn sie Silber polierte. Die *Whispering Weekly* war keine sehr interessante Zeitschrift.

In der Ausgabe, die Ruby sich nun anschaute, gab es einen Sonderbeitrag über berühmte Leute, die mit Haarteilen gesichtet worden waren – keine Haarteile, mit denen weibliche Stars ihre Frisuren aufmotzten, sondern Haarteile und Toupets von Männern, die damit ihre kahlen Stellen und Glatzen vertuschen wollten. Du meine Güte, dachte Ruby, wie kann man sich mit diesem Quatsch den Geist vergiften? Sie schob die Zeitschrift in den Stapel zurück und ging wieder in ihr Zimmer, um sich einen sinnvolleren Zeitvertreib zu suchen. Schließlich entschied sie sich für eines ihrer Bücher über Codes, in der vagen Hoffnung, einen Anhaltspunkt für das Rätsel zu finden, vor dem sie stand. Sie nahm Sherman Trees *Wie man sein geistiges Potential freisetzt* mit ins Bett und las, bis ihr die Augen zufielen.

Es war gegen vier Uhr morgens, als Ruby plötzlich die Augen aufschlug, sich aufsetzte und nach ihrer Brille tastete.
Wie aus heiterem Himmel verspürte sie den dringenden Wunsch, einen Blick in die neueste Ausgabe der *Whispering Weekly* zu werfen.

24. Kapitel

Hast du den Gorilla gesehen?

Ruby sprang aus dem Bett und schlüpfte in die Klamotten, die zufällig auf ihrem Stuhl lagen (ihre neue Jeans und ein T-Shirt mit dem Aufdruck: BITTE ABSTAND HALTEN).

Mit ihrer Umhängetasche über der Schulter schlich sie die Treppe hinunter, tapste auf Zehenspitzen in die Küche, ging zum Kühlschrank und trank ein paar Schluck Pfirsichsaft. Dann rief sie Floh und machte sich mit ihm zusammen auf den Weg zu Marty's Minimart.

Auf ihrem neuen Skateboard flitzte Ruby durch den Cedarwood Drive – Floh rannte neben ihr her –und die Pecan Road hinunter bis zu dem kleinen Supermarkt, der an der Kreuzung von zwei vielbefahrenen Straßen lag. Und tatsächlich, Marty's hatte, was sie suchte. Ruby kaufte sich gleich noch einen grünen Apfel, einen Blaubeershake und ein paar Leckerli für Floh, dann setzte sie sich auf die Bank vor dem Geschäft.

Sie betrachtete die Fotos der armen Jessica Riley und sah, dass die Kamera etwas enthüllte, was mit bloßem Auge nicht zu sehen war, und das bestätigte Rubys Theorie. Als sie ihren Shake gerade mal halbleer getrunken hatte, wurde sie von Müdigkeit übermannt – dass sie auch in der vorigen Nacht kaum geschlafen hatte, forderte jetzt seinen Preis. Ruby streckte sich auf der

Holzbank aus, legte sich die reißerische *Whispering Weekly* unter den Kopf und schloss die Augen. »Nur fünf Minuten«, sagte sie sich. Ihr Hund würde Wache halten und sie keine Sekunde aus den Augen lassen.

Ruby wachte jedoch erst vom Klappern von Mrs Beesmans Einkaufswagen auf. Heute war er voller Suppe – Dutzenden von Suppendosen – und zwei Katzen, die aussahen, als hätten sie schon etliche Straßenkämpfe hinter sich.

Flohs Fell sträubte sich. Er hatte großen Respekt vor einäugigen Katzen mit angeknabberten Ohren – sie konnten sehr unberechenbar sein, schließlich hatten sie nicht viel zu verlieren.

Ruby rieb sich die Augen und rückte ihre Brille gerade.

»Hallo, Mrs Beesman, wie geht es Ihnen heute Morgen?«

Die ungepflegte Frau musterte das Mädchen kurz und knurrte etwas.

Mrs Beesman hatte noch nie ein freundliches Wort zu ihr gesagt, doch das störte Ruby kein bisschen. An diesem Morgen kam ihr die alte Frau jedoch noch mürrischer vor als sonst, was möglicherweise etwas damit zu tun hatte, dass ihr geliebter Einkaufswagen mit gelber Farbe besprüht worden war. Sogar der Schwanz einer Katze hatte etwas von der Farbe abbekommen. Das hatte die alte Frau bestimmt nicht selbst getan, und Ruby nahm an, dass es Vandalen oder irgendwelche freche Lümmel gewesen waren. Mrs Beesman hatte in letzter Zeit offenbar häufiger mit solchen Leuten zu tun.

Es war der erste Tag des neuen Schuljahrs an der Twinford Junior High, doch Clancy fand es nicht allzu schlimm, obwohl er nicht behaupten konnte, dass er sich auf das erste Halbjahr besonders freute. Aber eigentlich war er ganz froh, etwas Abstand zwischen sich und die Ereignisse der Sommerferien zu bringen.

Nun, genau besehen war der Sommer eine bunte Mischung gewesen. Auf der Plusseite standen das tolle Wetter, die herrlichen Wochen ohne Schule und vor allem ohne Madame Loup, die Französischlehrerin. Es war auch sehr aufregend gewesen, bei der Aufklärung eines Verbrechens mitzuhelfen und ein wildes Tier, das als fast ausgestorben galt, vor seinem sicheren Ende zu retten.

Weniger lustig fand er, dass er von Psychopathen entführt und beinahe umgebracht worden war und um ein Haar bei einem gewaltigen Waldbrand ums Leben gekommen wäre – es waren also keine sehr idyllischen Sommerferien gewesen. Die Tatsache, dass er dem Tod gleich zweimal ins Auge geblickt hatte, trübte Clancys Erinnerungen doch beträchtlich.

Er kam – eigentlich wie immer – als einer der Ersten ins Klassenzimmer, setzte sich und schlug seinen neuesten Comic auf: *Snoozer*. Die Geschichten waren albern, aber dennoch ganz unterhaltsam, und Clancy konnte sich sehr gut mit der Hauptfigur identifizieren, die ein bisschen ein Außenseiter war.

Er wunderte sich nicht, dass seine beste Freundin noch nicht eingetroffen war, als die Schulglocke ertönte. Ruby stand mit Pünktlichkeit bekanntlich auf Kriegsfuß und würde nie für einen Pünktlichkeitswettbewerb angemeldet werden, so viel stand fest, und wenn doch, würde sie garantiert zu spät kommen.

Als Ruby endlich das Klassenzimmer betrat, ging Mrs Drisco bereits ihre Anwesenheitsliste durch. *»Redfort?«*

»Anwesend!«, rief Ruby und ließ sich auf ihren Platz fallen.

»Höchste Eisenbahn«, murmelte Mrs Drisco, deren Stift schon über dem Abwesend-Kästchen schwebte.

Mrs Drisco war zum Glück nicht in der Stimmung, sich auf eine langwierige und zweifellos anstrengende Diskussion mit Ruby Redfort einzulassen. Sie wollte nicht gleich am ersten Schultag den Kürzeren ziehen.

Als die Glocke das Ende der ersten Stunde verkündete, strömten die Schüler aus ihren Klassenzimmern auf die Korridore.

»Du siehst schrecklich müde aus«, sagte Clancy. »Hat dich letzte Nacht etwas wach gehalten?«

»Kannst du laut sagen«, antwortete Ruby und gähnte. »Ich bin auf der Spur von etwas, das mit dem Einbrecher zu tun hat, der durch Fenster einsteigt.«

»Gibt es schon Hinweise?«, fragte Clancy.

»Klar, die gibt es immer«, sagte Ruby, »man muss sie nur erkennen und richtig kombinieren. Und heute früh um vier ging mir ein Licht auf.«

»Heute Nacht?«, sagte Clancy verblüfft. »Vor der Schule?«

»Haut dich um, hmm?«

»In deinem Fall ja«, sagte Clancy. »Du bist sonst eher ein Morgenmuffel.«

»Deshalb bin ich auf der Bank vor Marty's auch eingepennt.«
»Echt?! Du hast im Freien übernachtet?«
»Clance, auf einer Bank einzuschlafen und zwei Stunden lang dort zu liegen, bedeutet nicht, dass man im Freien übernachtet hat!«
»Hast du nach der Schule schon was vor?«, fragte Clancy.
»Ja, ich muss zu Spektrum und an diesem Fall arbeiten.«
»Hast du einen bestimmten Verdacht?«
»Das sage ich dir, sobald ich weiß, ob ich richtig liege«, antwortete Ruby. »Sagen wir mal, es überkam mich wie ein Blitz. Oder wie ein Blitzlicht, besser gesagt.«

Clancy war den ganzen Morgen über ziemlich gut drauf – bisher hatte er in allen Fächern seine Lieblingslehrer bekommen und keine Madame Loup. Er hatte das sichere Gefühl, dass das neue Schuljahr ganz okay werden würde – besser als das letzte jedenfalls. In der Mittagspause stand er in der Schulcafeteria in der Schlange und konnte gerade noch das allerletzte Stück Pekan-Nusskuchen ergattern. Das war ein gutes Omen, und er spürte, dass es für ihn ein *gutes* Jahr werden würde.
Er ging mit seinem Tablett nach draußen, wo unter den Bäumen etliche Holztische standen.
»Hey!«, rief Del. »Dich hab ich ja 'ne ganze Weile nicht gesehen. Warst du weg?«
»Nö«, sagte Clancy, »hab mich nur etwas bedeckt gehalten.«
»*Musst* du dich bedeckt halten?«, fragte Red. »Hast du Probleme?«

»Nein, eigentlich nicht. Ich hab mich nur für einen neuen Lebensstil entschieden«, erklärte Clancy.
Mouse beäugte ihn skeptisch. »Ich dachte, dein Dad mag es nicht, wenn du dich bedeckt hältst?«
»Oder dass du eigene Entscheidungen triffst«, ergänzte Del.
»Stimmt, normalerweise nicht, aber er fand, dass mir eine kleine Auszeit zustand, nachdem ich in Französisch durchgekommen bin und die kleinen Wichitino-Pfadfinder vor dem Waldbrand gerettet habe.«
»Stimmt, du bist ein richtiger kleiner Held«, sagte Del. »Hast du eine Medaille gekriegt?«
»Nein, aber mein Dad hat mir eine neue Fahrradklingel geschenkt«, sagte Clancy und seufzte. »Er ließ sogar einen Spruch eingravieren.«
»Junge, Junge, er muss ja wirklich sehr stolz auf dich sein!«, sagte Del und grinste. »Was er dir wohl erst geschenkt hätte, wenn du außer den kleinen Pfadfindern noch ein paar Hundewelpen gerettet hättest?«
»Wahrscheinlich eines dieser kleinen Windmühlendinger, die man am Lenker befestigen kann«, sagte Clancy matt.
»Hey, du hast uns noch nicht verraten, warum du damals überhaupt im Wald warst!«, warf Mouse ein.
Diese Frage brachte Clancy für eine Sekunde aus dem Takt, doch dann fiel ihm zum Glück eine halbwegs überzeugende Antwort ein. »Ach, das war eigentlich mehr ein Zufall. Ich war sauer auf meinen Dad, und um mich abzureagieren, bin ich mit dem Rad in Richtung Little Bear Mountain gefahren. Ich

wollte dort zelten und für eine Weile meine Ruhe haben – braucht man ab und zu, wenn man fünf Schwestern hat. Und es war zufällig der Tag des Waldbrands.« Das war ein Teil der Wahrheit, wenn auch nicht die ganze Wahrheit, aber sie schienen es ihm abzunehmen, warum auch nicht?

Da kamen Ruby und Elliot an, und sie plauderten zu sechst über dieses und jenes: ihre Sommerferien, das heiße Wetter und so weiter.

»Was haltet ihr davon, wenn wir uns ein paar der Filme ansehen, die beim Filmfestival gezeigt werden?«, fragte Ruby in die Runde.

»Super Idee«, sagte Clancy. »Ich will unbedingt noch mal in *Die Klaue*. Ist schließlich ein echter Klassiker.«

»Nö, den finde ich lahm«, sagte Elliot. »Ich finde *Das Meer der Fischteufel* tausendmal besser.«

»Sag mal, spinnst du?«, fragte Del.

Gespräche dieser Art hatten sie schon mehrmals geführt, seit das Programm des Twinforder Filmfestivals bekanntgegeben worden war. Und sie griffen dieses Thema erneut auf, während sie nach dem Unterricht auf das Schultor zu schlenderten – als plötzlich etwas Unerwartetes geschah. Elliot sah, dass Clancy auf einen Schlag kreidebleich wurde: Eben war er noch fröhlich und entspannt gewesen, doch plötzlich verzerrte sich sein Gesicht zu einer Maske, als hätte er ein leibhaftiges Gespenst gesehen. Elliot folgte dem Blick seines Freundes und begriff sofort. Seine Augen schossen zu Clancy zurück. Keiner von beiden sagte ein Wort, und keiner außer ihnen beiden hatte

es gesehen, nicht einmal Ruby, die gerade in ihrem Rucksack herumwühlte.
»Wisst ihr was, Leute?«, stammelte Clancy. »Geht doch schon mal vor. Ich glaube, ich habe meinen Tischtennisschläger im Schließfach vergessen.«
»Quatsch, du hast ihn doch in der Hand, Doofie«, sagte Del.
»Ach so, nein, den meine ich nicht. Ich dachte, ich hätte meinen guten mitgenommen, aber der hier ist es nicht.« Clancy brach der kalte Schweiß aus. »Bis morgen!«, rief er seinen Freunden zu und rannte zum Schulgebäude zurück.
»Mannomann«, sagte Del kopfschüttelnd, »der Arme ist ganz schön durch den Wind.«
Ruby hatte nichts davon mitbekommen. Sie dachte nur daran, möglichst schnell ins Spektrum-Hauptquartier zu kommen, um ihre neue Theorie zu überprüfen.

25. Kapitel

Die Illusion von Unsichtbarkeit

Als Clancy sich endlich wieder aus dem Schulgebäude traute, waren die anderen längst weg. Er fuhr mit dem Bus nach Hause und ging sofort in sein Zimmer. Dort ließ er sich auf das Bett fallen und atmete mehrmals tief ein und aus.

Was machst du jetzt, Clance?

Er zuckte zusammen, als sein Telefon läutete, und meldete sich mit: »Hallo, Elliot.« Es konnte nur Elliot sein, der vermutlich schon fünfundzwanzigmal angerufen hatte.

»Woher weißt du, dass ich es bin?«

»Hohe Wahrscheinlichkeit.«

»Und, was machst du so?«, fragte Elliot. »Ich meine … das ist echt übel, Mann.«

»Sollen wir uns treffen?«, fragte Clancy. »Ich glaube, ich brauche frische Luft.«

Clancy und Elliot hatten sich im Donut Diner verabredet, hauptsächlich deshalb, weil Elliot sich hier sicher fühlte. Immerhin hatte Marla neulich den Gorilla fortgejagt. Elliot hatte eine Heidenangst davor, in eine Schlägerei zu geraten, die ihn eigentlich nichts anging, aber war er sehr daran interessiert, darüber zu reden.

Er beugte sich vor und fragte leise: »Hast du den Typen noch mal gesehen?«
»Sehe ich so aus als ob?« Clancy zeigte auf sein Gesicht.
»Das ist gut«, sagte Elliot. »Wie sah er überhaupt genau aus? Ich konnte ihn nicht richtig sehen.«
»Hässlich«, sagte Clancy. »Fiese Augen, du weißt schon, richtig böse.«
»Wahrscheinlich einer dieser Jungs, die keine Freunde haben.«
»Ach was, sogar die Pupswell hat Freunde«, widersprach Clancy.
»Ja, aber sie hat immerhin Charisma. Es klingt danach, als hätte dieser Typ keins«, sagte Elliot. »Ich wette, er ist der totale Loser.«
»Na ja«, sagte Clancy, »Charisma habe ich bei ihm nicht bemerkt, aber trotzdem sah es so aus, als hätte er massenhaft Freunde, die mit ihm abhängen.«
»Das ist schlecht; wenn er Freunde an der Junior High hat, wird er unweigerlich mal wieder dort rumstehen, oder?«, sagte Elliot.
Clancy sah ihn voller Verzweiflung an. »Kannst du bitte damit aufhören, so zu reden, als könntest du es kaum erwarten!«
»Entschuldige«, sagte Elliot. »Meinst du, er wird dich für den Rest deiner Schultage verfolgen?«
Clancy musste tief Luft holen, um ruhig zu bleiben. »Weißt du, ich glaube, er hat gar nicht mitgekriegt, dass ich an der Twinford Junior High bin, und da er zum Glück nicht auf unsere Schule geht, kann ich darauf hoffen, dass ich ihm bis zum Abi

gar nicht mehr auffalle. Schließlich haben wir uns ja nur eine Sekunde gesehen. Bestimmt erinnert er sich gar nicht mehr an mich.«

»Die Hoffnung stirbt zuletzt«, sagte Elliot. »Wenn dich ein Typ wie der erst mal auf dem Kieker hat, bist du erledigt.«

»Super Trost«, sagte Clancy. »Jetzt fühle ich mich schon viel besser, danke.«

»Hast du dir mal überlegt, wie du verhindern kannst, dass er dich grün und blau schlägt?«

»Klar, ich muss ihm aus dem Weg gehen«, sagte Clancy.

»Und wie willst du das hinkriegen?«, fragte Elliot.

»Ich probiere diese Technik aus – die, von der dieser Magier Dingsbums dauernd faselt.«

»Wie bitte?«

»Diese Sendung auf Channel Z, mit den Händen, die aussehen, als würden sie jemand anderem gehören.«

»Sprichst du vom großen Magier Darnley Rex?«

»Ja, genau, so heißt er«, sagte Clancy und nickte. »Er hat neulich was von Sich-unsichtbar-Machen erzählt und …«

»Hä? Du willst dich unsichtbar machen?«, fiel Elliot ihm ins Wort. »Mit Magie?«

Clancy verdrehte die Augen. »Spinnst du? Natürlich nicht mit Magie. Ich rede von der Illusion von Unsichtbarkeit.«

»Dann viel Spaß damit.« Elliot lachte.

Wieder rollte Clancy die Augen. »Ich habe nicht den Eindruck, dass du mir viel zutraust!«

»O doch.« Elliot lachte noch immer. »Es ist nur so, dass …« Er

war drauf und dran, einen seiner Lachanfälle zu kriegen. »Ich meine, ich will ja kein Spielverderber sein und dir in die Suppe spucken, aber was ist, wenn dieser Typ deine brillante Illusion durchschaut?«
»Er wird mich vermutlich grün und blau schlagen«, sagte Clancy trocken.
Elliot nickte. »Dann hätten wir das ja geklärt.« Und weil er nicht aufhören konnte zu lachen, bis sein ganzer Körper bebte und er schließlich vom Stuhl fiel, kam Marla herbeigeeilt.
»Würdet ihr zwei Bengels euch wie normale Menschen verhalten, solange ihr in meinem Diner seid? Sonst könnt ihr euch ein anderes Lokal suchen.«
Clancy und Elliot rissen sich sofort zusammen.
»Aber hör mal«, sagte Clancy leise, »erzähl es keinem, ja?«
»Warum nicht?«, fragte Elliot. »Was wäre so schlimm daran?«
»Es ist mein Problem«, sagte Clancy, »ganz allein meins, und ich werde auf meine Weise damit fertigwerden. Außerdem«, fügte er hinzu und versuchte, an Elliots Feigheit zu appellieren, »möchte ich nicht, dass noch jemand ins Visier dieses Fieslings gerät. Er hat es auf *mich* abgesehen, und es ist *meine* Sache, wie ich damit fertig werde.«
»Und was ist mit Ruby? *Ihr* wirst du es doch wohl erzählen, oder?«
»Nein, ihr am allerwenigsten. Du kennst sie ja. Sie würde sofort losrennen und den Typen zur Rede stellen, und ich glaube nicht, dass das eine gute Idee wäre. Ihr Arm ist noch nicht kräftig genug nach dem Bruch, um dem Kerl eins auf die Nase

zu geben. Also versprich mir, dass du Ruby kein Sterbenswörtchen sagst, okay?«

»Wie du meinst, Clance«, sagte Elliot. »Aber sag mir Bescheid, wenn du einen Beschützer brauchst. Ich werde versuchen, einen passenden Kandidaten zu finden – hey, vielleicht ist Cassius Clay an dem Job interessiert!«

Er war zurück.
Der Geruch von Lederpolitur,
die nicht ganz stille Stille
füllten das Apartment aus …

Sie wappnete sich für die Begegnung, bevor sie den schwachbeleuchteten Raum betrat. Er blickte auf.

»Nun, wer sind wir denn heute, meine Liebe?« Er lächelte, und seine Augen musterten sie, als würde ihn das ernsthaft interessieren. »Es scheint Ihnen viel Spaß zu machen; Sie sehen eine Zukunft in all dem. Ich erinnere mich auch an solche Tage – vage.« Sein Lächeln verblasste, und Trauer machte sich auf seinem Gesicht breit. »Ich bemühe mich, einen Sinn in meinem Tun zu erkennen, doch nach einer Weile ist es so …« Er wedelte mit der Hand. »… es ist immer dasselbe, nur in Grün.«

Sie verspürte fast so etwas wie Mitleid mit ihm; er wirkte richtig enttäuscht.

»Mord, Entführung, Raub? Was bringt es einem wirklich, außer ein bisschen Nervenkitzel?«

»Die Weltherrschaft?«, schlug sie vorsichtig vor.

»Ein Hirngespinst«, sagte er. »Ich meine: Könnte ein Mensch jemals die Weltherrschaft an sich reißen? Ist das überhaupt möglich?«

»Nun …« Sie zögerte.

Er fixierte sie so eindringlich mit seinen kalten, schwarzen Augen, dass sie es nicht schaffte, seinem Blick auszuweichen.

»Ich kann nur hoffen, dass Sie mich nicht aufs Kreuz legen wollen, meine Liebe. Ich sähe es nur ungern, wenn unsere Freundschaft zerbräche.«

»Das würde ich nie tun«, sagte sie. »Niemals.«

»Dann beweisen Sie es. Bringen Sie mir den 8er-Schlüssel und die andere Petitesse, sonst muss ich das Schlimmste annehmen.«

26. Kapitel

Tap, Tap, Tap

Auf ihrem Weg zu Spektrum nahm Ruby die 4th Avenue, die unweit der Radio Street verlief. Ihren Namen hatte Letztere schon vor vielen Jahren erhalten, als der große Technologieboom einsetzte und ein Geschäft nach dem anderen auf Radios, Kameras, Fernseher, Stereogeräte und Ähnliches umstellte. Ruby kam hierher, weil sie sich heute für Kameras interessierte. Bei Photo Cam angekommen, einem Laden, der sich auf Sofortbildkameras spezialisiert hatte, sprang Ruby von ihrem Board. Die Qualität war ihr eigentlich nicht so wichtig, doch es war vermutlich trotzdem besser, eine gute zu kaufen. Sie ließ sich von dem Mann hinter dem Tresen beraten – er schien sich auszukennen. Sie kaufte auch etliche Päckchen Polaroid-Filme und packte alles in ihren Rucksack. Dann setzte sie ihren Weg zum Hauptquartier fort.

Ruby ging sofort ins Labor und fragte SJ, ob sie das Kärtchen noch mal sehen könnte. Als es vor ihr auf dem Tisch lag, legte Ruby den ersten Film in ihre brandneue Polaroid-Kamera ein, richtete sie auf das Kärtchen und drückte auf den Auslöser. Die Kamera blitzte auf und spuckte gleich darauf ein kleines Papierquadrat aus. Ruby wartete die erforderlichen drei Minuten, bevor sie die Folie abzog. Sie hatte nicht wirklich erwartet, dass ihr Experiment etwas bringen würde, denn es war eigentlich nur ein Versuch, doch sie konnte tatsächlich etwas sehen: Dort, wo bisher nichts zu sehen gewesen war, wurde plötzlich etwas sichtbar.

Auf dem vermeintlich leeren Kärtchen standen auf einmal drei Wörter – beziehungsweise dreimal dasselbe Wort.

TAP

TAP

TAP

Zudem natürlich das Gittermuster, das am Vortag unter der Hitze der Lampe zutage getreten war, und das Braille-ähnliche Punktemuster. Also: 1 Kärtchen, 7 schwarze Linien, 3 mal TAP und die kleinen Kreise.

»Der Typ scheint Zugang zu hochentwickelten Materialien zu haben«, sagte Ruby. »Ich meine … diese Tinte, die auf Hitze und Blitzlicht reagiert. Wo kriegt man so was her?«

»Keine Ahnung«, sagte SJ. »Ich habe so etwas noch nie zuvor gesehen, der Betreffende ist entweder ein Genie, der sie selbst entwickelt hat …«

»Unwahrscheinlich«, fiel Ruby ihr ins Wort.

»Höchst unwahrscheinlich«, bestätigte SJ, »*oder* aber er hat Zugang zu einem Ort, an dem so etwas hergestellt wird.«

»Und wohin führt uns das?«, fragte Ruby.

SJ zuckte mit den Schultern. »Keine Ahnung. Ich werde es aber Spektrum 1 melden, vielleicht können die einen Zusammenhang erkennen – eine erste Spur führt immer irgendwie weiter.«

TAP
TAP
TAP

Die TAPs hatten etwas zu bedeuten, so viel stand fest, doch was – das wusste Ruby nicht. Die kleinen Kreise: Deren Bedeutung kannte sie auch nicht. Sie erinnerten entfernt an die Pünktchen der Blindenschrift, die Ruby mal studiert hatte, doch so, wie sie angeordnet waren, ergaben sie keinen Sinn. Komischerweise geisterte Ruby dauernd ein bestimmtes Bild im Kopf herum: ein Korridor. Aber nicht ein steriler, kühler wie die Korridore bei Spektrum, sondern ein eher verwahrloster Flur mit bröckelndem Putz an den Wänden und beschädigten Steinfliesen. Dieses Bild war mal schärfer, mal unschärfer. Und plötzlich musste Ruby auch an Schuhe denken. Schuhe?, dachte sie. Warum Schuhe? Okay, da waren die kleinen gelben von Margo Bardem, doch die waren es nicht. Die Schuhe, die sie vor ihrem geistigen Auge sah, waren schwarz, schwarze Männerschuhe, Arbeitsschuhe. Nicht schick, aber auch nicht schmuddelig. Und da war noch etwas: eine Hand, ein Stück Papier. Ein kleiner weißer Zettel. Leer.

Ruby riss die Augen wieder auf. Sie starrte vor sich hin, leeren Blickes und ohne zu blinzeln, und als sie aus ihrer Erstarrung erwachte, aktivierte sie den Transmitter ihrer Armbanduhr und rief Hitch an. Er antwortete gleich beim zweiten Läuten.

»Ruby, was gibt's?«

»Wir müssen mit dem Mann vom Sicherheitsdienst reden«, sagte Ruby.

Es dauerte gerade mal zehn Minuten, bis sie die Antwort auf ihre Frage hatte.

»Du hattest offenbar den richtigen Riecher«, sagte Hitch. »Der

TAP TAP
TAP TAP TAP

Wachmann hat in der Scarlet Pagoda tatsächlich ein weißes Kärtchen vom Boden aufgehoben, das genauso aussah wie das Kärtchen, das wir im Apartment der Okras gefunden haben. Er hatte es seit dem Abend der Kostümgala noch in der Hosentasche, weil er sich nichts dabei dachte – warum auch?«

»Also haben wir jetzt zwei Kärtchen«, sagte Ruby. »Sind sie identisch?«

»Das müssen wir uns noch genauer ansehen«, sagte Hitch. »Ich hole es bei dem Mann ab und bringe es zu euch ins Labor. Dauert höchstens zwanzig Minuten.«

Er hielt Wort, und so kam es, dass Blacker, Hitch und Ruby eine halbe Stunde später zuschauten, wie SJ das neue Kärtchen etlichen Tests unterzog.

»Dieselben Ergebnisse wie bei dem anderen Kärtchen«, sagte sie. »Wir haben das gleiche Gittermuster mit den sechs Kästchen, und hier, auf dem Polaroid-Bild haben wir auch die TAPs – diesmal allerdings nur zwei.« Sie legte das Kärtchen aus der Pagoda neben das andere, und zu viert betrachteten sie nun die beiden Kärtchen. Beide hatten diese Punkte, beide dasselbe Gittermuster. Neben den beiden Kärtchen lagen die Polaroid-Bilder. Auf einem waren drei Wörter zu sehen, auf dem anderen nur zwei. Aber es war immer dasselbe Wort: TAP.

Hitch und Ruby wechselten einen triumphierenden Blick. Dies war ein echter Durchbruch!

RUBY: »Warum sind auf der Karte aus der Scarlet Pagoda nur zwei TAPs?«

HITCH: »Die Schuhe waren vermutlich der zweite Gegenstand, den der Dieb gestohlen hat. Das Buch war der dritte, und deshalb haben wir hier drei TAPs.«

BLACKER: »Würde ich auch sagen.«

RUBY: »Da stellt sich aber natürlich die Frage …«

HITCH: »… was er beim ersten Einbruch gestohlen hat.«

BLACKER: »Korrekt.« Kurze Pause. »Wenn unsere Theorie zutrifft, und davon gehe ich eigentlich aus, müssen wir mit drei weiteren dieser mysteriösen Einbrüche rechnen.«

HITCH: »Folglich hätten wir es mit einem Serientäter zu tun, und einem sehr organisierten zudem.«

BLACKER: »Ja, mit einem, der es offenbar darauf anlegt, geschnappt zu werden.«

»Oder vielleicht«, sagte Ruby, »will er nur Aufmerksamkeit erregen.«

27. Kapitel

Auf der Suche nach den kleinen gelben Schuhen

Ruby, Hitch und Blacker waren einhellig der Meinung, dass sie das Hauptaugenmerk darauf richten mussten, was wohl als Nächstes auf der Liste des Einbrechers stand – um ihm möglichst einen Schritt voraus zu sein.

Irgendwo musste Ruby anfangen, und da die Lektüre des Gedichtbands so gut wie nichts ergeben hatte, beschloss sie, mehr über die kleinen gelben Schuhe in Erfahrung zu bringen. Sie studierte das Programm des Filmfestivals in der Zeitung und notierte sich die Aufführungstage und Uhrzeiten.

Heute war sie ausnahmsweise mal etwas zu früh in der Schule und wartete auf Clancy. Dieser kam erstens nicht überpünktlich wie sonst, und er war zweitens auch noch sehr untypisch gekleidet – er sah irgendwie *normal* aus. Ruby hatte sich bereits hingesetzt, als er endlich eintraf.

»Wo warst du so lange, und was hast du da an?«

»Was meinst du? Ich bin pünktlich und sehe aus wie jeder andere«, sagte Clancy.

»Richtig«, bestätigte Ruby. »Also, was ist los?«

»Nichts«, antwortete Clancy. »Ich versuche nur, nicht aufzufallen.«

»Warum das?«

»Ist ein Experiment.« Clancy hatte geahnt, dass Ruby ihn in die Mangel nehmen würde, und sich bereits ein paar Antworten zurechtgelegt. »Weißt du noch? Wir haben doch neulich darüber geredet, und da wollte ich einfach mal ausprobieren, ob es auch funktioniert.«
»Ob *was* funktioniert?«
»Sich unsichtbar zu machen.«
»Ach, das!«, sagte Ruby. »Aber ehrlich: Ich hab dich sofort gesehen, als du zur Tür hereingekommen bist.«
»Ja, aber das ist was anderes, du hast mich schließlich erwartet.«
»Kann sein«, sagte Ruby achselzuckend. »Egal. Ich wollte dich fragen, ob du nicht Lust hast, den Unterricht zu schwänzen.«
»Hey, ich bin doch gerade erst angekommen!«
»Nicht jetzt gleich, erst ab der Mittagspause.«
»Sind wir bis zur Geschichtsstunde wieder zurück?«, fragte Clancy.
»Nein, du Dödel, ich meinte den *ganzen* Nachmittag.«
»Ruby, das kannst du nicht von mir verlangen. Ich kann es mir nicht leisten, schon wieder Ärger zu kriegen.«
»Kriegst du nicht. Ich habe einen Plan.«
»Du sagst immer, dass du einen Plan hast, und im Endeffekt kriege ich genau wegen dem, was du geplant hast, damit ich keinen Ärger kriege, umso mehr Ärger.«
Ruby sah ihn an. »Ich kann dir irgendwie nicht folgen. Machst du mit oder nicht?«
»Nicht.«

»Ach, Clance, sag das nicht! Es wird lustig werden, du *musst* mitkommen.« Sie fixierte ihn mit ihrem typischen durchdringenden Ruby-Redfort-Blick. »Dafür mache ich eine Woche lang deine Spanisch-Hausaufgaben.«

»Ich bin gut in Spanisch.«

»Okay, dann Bio.«

»Da bin ich auch gut.«

»Dann such dir halt was aus.«

»Fein. Zwei Wochen Französisch *und* Mathe. Dafür schwänze ich heute Nachmittag.«

»Du bist ganz schön hart im Verhandeln, mein Freund.«

»Akzeptier es oder vergiss es!«

»Wir treffen uns gleich zu Beginn der Mittagspause am Fahrradständer«, sagte Ruby, drehte sich um und marschierte davon.

»Wo gehen wir überhaupt hin?«

»Wir nehmen meinen Plan in Angriff.«

»Oh.«

»Aber nichts ausplaudern, ja?«

»Hab ich jemals etwas ausgeplaudert?«, rief Clancy ihr empört nach.

»Nein, nie«, rief Ruby zurück.

In diesem Moment kamen Red und Del zur Tür herein.

»Wow, die hat es aber eilig«, kommentierte Del.

»Ja, sie muss noch was erledigen«, sagte Clancy.

»Und was?«, fragte Del.

»Woher soll ich das wissen?«, fragte Clancy.

»Du siehst irgendwie anders aus«, stellte Red fest und beäugte Clancy von Kopf bis Fuß. »Sehr anders.«
»Ich habe mir einen neuen Look zugelegt.«
»Du hast *was*?«, fragte Del.
»Mit Absicht«, erklärte Clancy. »Ganz neuer Style.«
»Nichts an deinem Stil ist beabsichtigt, wie kannst du ihn dann absichtlich ändern?«
»Ich interessiere mich neuerdings mehr dafür«, erwiderte Clancy. »Das hier ist beabsichtigt.«
»Du hast deinen Look so geändert, dass du *absichtlich fad* aussiehst?«
»Ja, das ist mein neuer Style.«
»Ist fad eine Stilrichtung?«, fragte Red.

Nachdem Clancy sich eine Stunde lang mit Mathe abgequält hatte, fand er Rubys Plan immer besser – er würde mit ihr den Nachmittagsunterricht schwänzen und sie dann zwei Wochen lang seine Mathehausaufgaben machen lassen. Grandios!
Sie trafen sich zur verabredeten Zeit, ohne von Del und dem Rest ihrer Clique gesehen zu werden, und so mussten sie zum Glück auch keine Erklärungen abgeben.
»Und, wohin gehen wir genau?«, fragte Clancy, während er sein Fahrrad aufschloss.
»Ins Kino«, erklärte Ruby. »Es gibt eine Frühvorstellung im Midtown Village, und die würde ich mir gern ansehen.«
»Und warum gehen wir nicht *nach* der Schule hin?«
»Weil der Film nur um eins kommt und nur dieses eine Mal.«

Clancy schwang sich in den Sattel.
»Und wie kommst *du* hin?«, fragte er.
»Ich setz mich bei dir hinten drauf«, sagte Ruby.
»Mann, Ruby! Willst du mich umbringen? Du bist schwerer, als du denkst, weißt du das?«
»Hör auf zu jammern, Clance. Du klingst ja fast wie deine Mutter.«
»Hey, das war jetzt mehr als gemein«, sagte Clancy.
Ruby setzte sich auf den Gepäckträger, und Clancy trat in die Pedale. Er war kräftiger und sportlicher, als er aussah, und obwohl er gemotzt hatte, fand er es gar nicht so anstrengend, Ruby zu transportieren.
»Und was ist so toll an diesem Film?«, rief Clancy, während sie die Avenue Hill hinuntersausten.
»Darin kommen die kleinen gelben Schuhe vor, du weißt schon, die, die neulich abends spurlos verschwunden sind.«
»Ach ja, wie hieß er noch gleich? Irgendwas mit 'ner Katze, nicht wahr?«
»*Die Katze, die den Singvogel fing.* Er wurde irgendwann in den fünfziger Jahren gedreht. Ich kapiere nicht, warum jemand diese Schuhe geklaut hat, es sei denn, der Dieb wäre ein gestörter Fan.«
»Okay«, sagte Clancy, »es ist also wegen deines Jobs. Ich meine, dass wir den Unterricht schwänzen.«
»Ja genau, wegen meines Jobs«, bestätigte Ruby. Clancy regte sich sofort ab – er war eher bereit, ein Risiko einzugehen, wenn es um eine sinnvolle Sache ging.

Bei dem jungen Mann an der Kasse kauften sie ihre Tickets. Er war jung, trug eine dieser überdimensionalen Brillen, die gerade in Mode waren, und auf seinem Namensschild stand Horace. Ruby und Clancy setzten sich in den fast leeren Zuschauerraum.

Der Film war ganz unterhaltsam. Es war ein altmodischer Streifen, eine Mischung aus Liebesfilm und Thriller, nicht sehr spannend, aber insgesamt nett. Im Vordergrund standen die Dialoge, und die bestanden aus einem frechen, cleveren Schlagabtausch. Und Margo Bardem war bravourös.

Es ging um eine Tänzerin namens Celeste, die eines Tages von einem charmanten und attraktiven Mann zum Abendessen eingeladen wird. Doch dieser Mann ist in Wirklichkeit ein skrupelloser Verbrecher, dem ein paar brutale Killer auf den Fersen sind. Sie jagen hinter einem Edelstein her und vermuten zu Recht, dass dieser Mann ihn gestohlen hat. Der Verbrecher schafft es, den Edelstein in der Handtasche der Tänzerin zu verstecken, bevor er durch das Klofenster flüchtet und die Tänzerin mit der Restaurantrechnung sitzen lässt. Zu seinem Pech wird er aber von den Killern aufgespürt, und nachdem er ihnen das Versteck verraten hat, legen sie ihn um.

»Damit hätte er rechnen müssen«, zischte Clancy.

»Tun Verbrecher *nie*«, murmelte Ruby.

Nun sind die Killer natürlich hinter der Tänzerin her, und die muss um ihr Leben rennen, immer noch in ihren glitzernden gelben Tanzschuhen. Sie rennt über Dächer und Kabel der

Straßenbahnen und so weiter. Doch wegen ihrer Schuhe, die klacken und glitzern, ist sie von unten gut sichtbar.

Als Zuschauer fragte man sich, warum die Frau nicht schnell in einen Laden rennt und sich ein anständiges Paar Turnschuhe kauft. Es hätte ihr viel Ärger erspart, aber andererseits hätte das den ganzen Film ruiniert.

»Mann, die kann vielleicht laut schreien«, sagte Clancy, dem die Ohren noch klangen, als sie den Kinosaal verließen.

»Es soll der lauteste Schrei sein, den es in Hollywood je gab«, sagte der junge Mann im Kassenhäuschen.

»Ein total unrealistischer Film«, kommentierte Clancy, »aber alles in allem fand ich ihn nicht schlecht.«

»Ich fand die Bardem sehr viel besser in *Sag nicht meinen Namen*, aber das war insgesamt ein viel besserer Film«, sagte der junge Mann. »Einer der ganz großen Klassiker.«

»War ganz okay«, sagte Ruby.

»Der *Singvogel* ist nur deshalb so bekannt«, fuhr der junge Mann fort, »weil die Bardem mit diesem Film berühmt wurde, und das auch nur, weil sie diese total coolen Stunts machte – ehrlich, ich glaube nicht, dass sie ohne die überhaupt jemals berühmt geworden wäre.«

»Da bin ich anderer Meinung, Horace«, sagte Ruby. »Margo hat Charisma, das spielt eine große Rolle. Sie macht auch in Komödien eine ausgezeichnete Figur, und das ist nicht so einfach, wie es aussieht.«

Horace zuckte mit den Schultern. »Kann ja sein, aber ohne diese Stunts wäre der *Singvogel* ein Flop geworden.«

Ruby und Clancy traten hinaus in den Sonnenschein.
»Und? Hast du jetzt eine Idee, wer diese Schuhe geklaut haben könnte?«
»Nö, leider nicht«, sagte Ruby.
»Ich auch nicht«, sagte Clancy.
Sie fuhren nach West Twinford zurück und dann weiter in den Cedarwood Drive.
»Was hast du dir ausgedacht?«, fragte Clancy. »Ich meine, du sagtest doch etwas von einem Plan, damit ich fürs Schwänzen nicht schon wieder Nachsitzen kriege?«
»Du machst gerade deine Trompetenprüfung«, sagte Ruby.
»Aber ich spiele doch gar nicht Trompete!«, sagte Clancy.
»Deshalb kannst du auch nicht durchfallen«, sagte Ruby.
»Himmel«, wimmerte Clancy. »Ein toller Plan! Idiotensicher.«
»Was hast du nur? Kein Mensch wird von dir verlangen, dass du ihm plötzlich etwas auf der Trompete vorspielst«, sagte Ruby.
»Denkst *du* vielleicht!«, maulte Clancy. »Wenn es sich herumspricht, dass ich angeblich Trompete spiele, muss ich ruck, zuck beim Schulkonzert mitspielen!«
»Dann sagst du eben, du hättest einen Finger gebrochen oder über Nacht Gedächtnisschwund bekommen«, sagte Ruby. »Ist doch kein Ding.«
»Ich fürchte, du hast bei deinem Sturz nicht nur einen *körperlichen* Schaden davongetragen«, sagte Clancy. »Und wie ist *deine* Entschuldigung?«
»Ich war bei der Physiotherapie«, sagte Ruby und hielt ihren

Arm hoch. »Ein gebrochener Arm kann auch hinterher noch ganz nützlich sein.«

»Na klasse«, maulte Clancy. »Du hast ein wasserdichtes Alibi und ich nur ein total bescheuertes.« Doch Ruby hörte ihm gar nicht mehr zu.

»Weißt du was, Clance? Setz mich hier an der Ecke zur Lime Street ab. Ich muss mir noch Kaugummi kaufen. Wir sehen uns morgen.«

Ruby sprang vom Gepäckträger, und Clancy radelte nach Hause, wobei er sich immer wieder ängstlich umblickte. Er hatte es langsam satt! Diese ständige Angst, eine Stimme hinter sich zu hören, oder noch Schlimmeres. Als bräuchte er einen weiteren bescheuerten Neandertaler, der durch die Straßen rund um die Schule patrouillierte und ihn belästigte! Schlägertypen traten immer in Rudeln auf und hatten es grundsätzlich auf die Schwächsten abgesehen. Clancy passte bestens in ihr Beuteschema, das wusste er und hatte es schon immer gewusst. Er hatte es schon als Kleinkind, vom ersten Kindergeburtstag und seinem ersten Tag im Kindergarten an gemerkt.

Es gab genügend andere Kids, die kleiner waren als er, dünner, hässlicher. (Clancy sah ganz gut aus, doch das nützte ihm nichts, angesichts der vielen anderen Punkte, die ihn zum geborenen Opfer machten.) Er entsprach dem Profil, das die Aufmerksamkeit von brutalen Typen auf sich zog, und dass er der beste Freund von Ruby Redfort war, machte seine Lage eher schlimmer. Das war für die Kerle nur ein Grund mehr, ihn zu hassen. Zwar hatte er seine Clique von coolen Kids, mit denen er oft zusammen war, darunter auch das taffste, populärste Mädchen von allen, doch er selbst war ein Loser. Was sah Ruby nur in ihm, warum hatte sie sich ausgerechnet *ihn* ausgesucht, wo sie doch mit sehr viel besseren Leuten abhängen könnte? *So* sahen es die Typen.

Er seufzte. *Clancy Crew, du bist so ein Opfer!*

Als Ruby sich dem Cedarwood Drive näherte, hörte sie über sich plötzlich eine Stimme, die ihr vage bekannt vorkam. »Hey, du!«

Sie hob den Kopf und sah den hübschen Jungen von neulich, der an einer Straßenlaterne hing und sich nur mit den Händen festhielt.

»Oh, du bist's, der Junge, der den Leuten gern persönliche Fragen stellt.«

»Hallo«, sagte der Junge. Er schwang hin und her, bis er die Beine um die Laterne schlingen konnte, und rutschte dann an der Stange auf den Bürgersteig herunter.

»Was hast du da oben gemacht?«, fragte Ruby.

»Och, ich wollte nur testen, wie lange ich die Nerven behalte und mich festhalten kann.«

»Klingt nach einem intelligenten Zeitvertreib«, sagte Ruby.

»Du solltest es mal an einem Kran versuchen«, sagte der Junge und pfiff durch die Zähne. »Das jagt dir Adrenalin durch die Adern, und außerdem ist es tatsächlich ein netter Zeitvertreib.«

»Ist *das* deine Motivation?« Sie sah ihm so durchdringend in die Augen, dass er verlegen wegschaute. »Und«, fragte sie weiter, »wie lautet er nun?«

»Wer?«

»Na, dein Name, Kumpel.«

»Meine Freunde nennen mich Beetle«, sagte der Junge. »Beetle wie Käfer.«

»Na schön«, sagte Ruby achselzuckend. »Wenn du gern so genannt werden willst, soll es mir recht sein.«

»Und du bist Ruby, richtig?«

»Ah, hat es sich herumgesprochen?«

»Als ich dich das letzte Mal gesehen habe, hattest du einen Gips am Arm.«

»Stimmt, aber jetzt nicht mehr«, sagte Ruby.

»Wurde er abgesägt?«

»Sieht ganz so aus«, sagte sie und blickte auf ihren gipslosen Arm.

»Hat es weh getan? Als sie ihn abmachten, meine ich.«

»Nur als die Säge ausgerutscht ist und sie meinen Arm angesägt haben.«

Im ersten Moment schien er erschrocken, doch dann nickte er. »Schon kapiert, du machst gern Witze.« Er lachte etwas zu schrill, als müsste er beweisen, dass er ihren kleinen Scherz durchschaut hatte. »Willst du vielleicht was trinken … oder essen gehen?«, fragte er.

»Ja«, antwortete Ruby, »deshalb gehe ich auch gerade nach Hause.«

»Wir könnten auch woanders hingehen.«

»Nein«, sagte Ruby resolut. »Ich lasse mich nicht gern umstimmen. Wenn ich erst mal beschlossen habe, wo und was ich essen will, bleibe ich auch dabei.«
»Dann vielleicht ein andermal?«, fragte der Junge.
»Vielleicht«, sagte Ruby. »Aber im Moment kann ich mich nicht festlegen, weil ich ziemlich viel um die Ohren habe.«
»Klar«, sagte der Junge. »Ach übrigens, was hat der Spruch auf deinem T-Shirt zu bedeuten?«
Ruby blickte an sich hinunter, sie hatte ganz vergessen, welches sie am Morgen angezogen hatte. Darauf stand: HAST DU DEN GORILLA GESEHEN?
»Ach, es soll mich an etwas erinnern«, sagte sie und verschwand hinter der nächsten Ecke.

28. Kapitel

Zu viel des Zufalls

Ruby war Beetle gegenüber nicht ganz ehrlich gewesen – sie war nicht auf dem Weg nach Hause, sondern zu Spektrum, um sich zu erkundigen, wie weit die Ermittlungen inzwischen gediehen waren. Aber sie hatte tatsächlich Hunger und auf etwas Bestimmtes Appetit, das sie hoffentlich in der Spektrum-Kantine bekommen würde.

Nachdem sie wenig später einen Burger verschlungen hatte, machte sie sich auf den Weg in die violette Zone. Groete saß wie üblich in Raum 324 (im Krötenteich, wie Ruby ihn insgeheim nannte). Hier saß er die meiste Zeit, um sämtliche verfügbaren Daten in die Spektrum-Computer einzuspeisen; alles Interessante aus Zeitungen, Kriminalreportagen, Polizeiakten und so weiter.

Jetzt war Groete dabei, sämtliche Einbrüche zu untersuchen, die in den letzten Jahren in Twinford City begangen worden waren; er sollte herausfiltern, ob darunter auch welche waren, die Ähnlichkeit mit den Fällen aufwiesen, in denen Spektrum nun ermittelte. Wenn sie herausfänden, wann und wo der geheimnisvolle Einbrecher zuerst zugeschlagen hatte, bekämen sie auch das erste Kärtchen in die Finger und könnten den Code dann hoffentlich knacken.

Groete reagierte nicht, als Ruby eintrat, doch Blacker lächelte erfreut.
»Hey, Ruby! Da kommt ja die Richtige, die wir jetzt brauchen.«
»Habt ihr etwas gefunden?«, fragte sie.
»Ja, Groete«, erwiderte Blacker. »Sei so nett, Miles, und setz uns ins Bild.«
Groete räusperte sich, bevor er begann:
»Also, ich habe alle Einbrüche aufgerufen und die nicht aufgeklärten und ungelösten Fälle aussortiert. Unter denen, die ich ausgedruckt habe, gibt es nur einen Einbruch, der eine Parallele zu den gelben Schuhen und dem Gedichtband aufweist, und der fand bei einem gewissen Mr Baradi statt – im Lakeridge Building im sechsundzwanzigsten Stockwerk. Allerdings wurde bei ihm angeblich nichts gestohlen.«
Ruby fiel ein, dass sie es neulich im Radio gehört hatte, als sie wegen ihres Gipses mit dem Taxi ins Krankenhaus fuhr. »Davon hab ich gehört«, sagte sie.
»Die Umstände dieses Einbruchs waren identisch mit dem bei den Okras«, fuhr Groete fort.
Blacker schaute auf den Bericht. »Ich war heute Morgen schon vor Ort. Der Einbruch fand tatsächlich auf genau dieselbe Weise statt, was darauf schließen lässt, dass es einen Zusammenhang gibt. Aber warum hat der Einbrecher dort nichts mitgenommen? Hat er es sich in letzter Minute anders überlegt?«
»Nicht unbedingt«, sagte Ruby. »Vielleicht hat er *doch* etwas mitgehen lassen, und Mr Baradi hat es nur noch nicht gemerkt.«

»Oder …«, sagte Blacker gedehnt, »vielleicht hat sich der Einbrecher in der Wohnung geirrt. Stellt euch mal vor, man hängt sechzig, siebzig Meter hoch in der Luft, nur an einem Seil … Ich meine, da kann man schon mal die Orientierung verlieren und aus Versehen ans falsche Fenster kommen und ins falsche Stockwerk einsteigen, oder? Das Lakeridge Building ist riesig. Vielleicht hatte unser Einbrecher eine ganz andere Wohnung im Visier, sagen wir die im siebenundzwanzigsten oder die im fünfundzwanzigsten Stock, und hat sich einfach verzählt.«

»Sie meinen, er könnte aus Versehen bei Mr Baradi eingestiegen sein?«

»Korrekt.«

»Und das würde bedeuten …?«

»Dass er seinen Irrtum bemerkt hat und wieder abgehauen ist«, fuhr Blacker fort. »Er ist wieder aus dem Fenster und zum *richtigen* Stockwerk geklettert – vielleicht in den fünfundzwanzigsten oder siebenundzwanzigsten Stock –, ist auch dort wieder durch ein Fenster eingestiegen, hat sich geholt, was er haben wollte, und ist dann seelenruhig ins Erdgeschoss marschiert und zur Eingangstür hinausgegangen.«

»Mit dem ersten Gegenstand, der gestohlen wurde …«, sagte Ruby nachdenklich.

»Genau.«

»Und wieso hat der Bewohner dieser anderen Wohnung nicht Anzeige erstattet?«, fragte Ruby.

»Wer weiß«, sagte Blacker achselzuckend. »Vielleicht ist er für längere Zeit verreist, oder, falls er ein Typ ist wie ich, hat er noch gar nicht gemerkt, dass ihm etwas abhandengekommen ist – in meiner Wohnung sieht es immer aus, als hätte gerade eine Bombe eingeschlagen.«

»Das überrascht mich aber«, sagte Groete spöttisch. »Ich hätte dich für Mister Saubermann persönlich gehalten!«

»Nein, Miles, bei mir sieht es eher aus wie bei Hempels unterm Sofa.«

»Und wie sicher sind wir uns, dass der Einbrecher immer durch ein Fenster einsteigt und zur Wohnungstür hinausgeht?«, fragte Ruby.

»Ziemlich sicher.« Blacker nickte. »Bei den Okras gibt es Spuren an der Außenseite des Fensterrahmens, als hätte jemand eine Weile gebraucht, um das Fenster aufzudrücken – das ging offenbar nur mit Gewalt –, und hinterher war die Wohnungstür von innen nicht mehr abgeschlossen. Mr Baradis Fenster stand offen, obwohl er Stein und Bein schwört, dass er es nie öffnet, weil bei ihm Tag und Nacht die Klimaanlage läuft.«

»Meinen Sie nicht, dass er es vielleicht doch selbst aufgemacht hat«, fragte Ruby, »und hinterher vergaß, es wieder zu schließen?«

»Ich neige dazu, ihm zu glauben; es roch ziemlich muffig bei ihm.« Blacker verzog bei der Erinnerung das Gesicht. Da läutete Groetes Telefon, und er gab ihnen zu verstehen, dass er sich kurz ausklinkte.

»Und die Tür?«, fragte Ruby weiter.

»Die Tür war tatsächlich von innen nicht zugeschlossen«, sagte Blacker, »aber das kann auch Mr Baradi selbst gewesen sein.«

»Sie meinen, er will sich vielleicht nur interessant machen?«, fragte Ruby. »Und hat das Ganze erfunden?«
»Nein, den Eindruck hat er auf mich nicht gemacht«, sagte Blacker. »Er kam mir eher nüchtern und realistisch vor. Ich kann mich natürlich auch irren, doch mein Instinkt sagt nein.«
»Und das Verschwinden der gelben Schuhe?«
»Falls es mit dem Einbruch bei den Okras zusammenhängt, ist es umso rätselhafter, wie der Einbrecher in das Gebäude gelangen konnte«, sagte Blacker.
»Könnte er nicht ebenfalls durchs Fenster gekommen sein?«
Blacker legte die Stirn in Falten. »Im Tresorraum der Scarlet Pagoda gibt es zwar ein Fenster, und es lässt sich auch ganz leicht öffnen, aber es ist so klein, dass ein Erwachsener gar nicht durchpassen würde – da müsste es sich schon um einen Schlangenmenschen handeln.«
Sie schwiegen eine Minute lang, bis Blacker hinzufügte: »Wir können eigentlich nur mit Sicherheit sagen, dass sich dieser Einbrecher sehr viel Mühe gibt, um *in* die Wohnungen zu gelangen, doch den Abgang macht er sich immer relativ leicht.«
»Klar. Warum sollte er an der Hauswand hinunterklettern, wenn er auch durch die Tür gehen kann«, sagte Ruby.
»Stimmt«, antwortete Blacker. »Doch dieser Typ muss sich ziemlich sicher sein, dass ihn keiner sieht, wenn er sich vom Acker macht.«
»Und was ist mit dem Portier? Die Okras wohnen doch in einem recht luxuriösen Gebäude, in dem es rund um die Uhr einen Portier gibt, oder?«

»O ja«, bestätigte Blacker. »Außerdem gibt es Überwachungskameras, auch an der Hintertreppe.«
»Und was ist mit dem Gebäude, in dem Mr Baradi wohnt?«
»Das ist nicht ganz so luxuriös«, sagte Blacker. »Aber dafür hat er neugierige Wohnungsnachbarn. Mr Grint vom Erdgeschoss lungert die ganze Zeit in der Lobby herum und sieht jeden, der kommt oder geht.«
»Und was hat dieser Mr Grint ausgesagt?«, fragte Ruby.
»Er hat am fraglichen Abend keinen Unbekannten gesehen, nicht einen einzigen.«
»Und wie lautet Ihre Theorie?«
»Die Ermittler vermuten, dass sich der Einbrecher eventuell noch eine Weile in dem Gebäude aufhält, in einem Geräteraum oder sonstwo. Und am nächsten Morgen, wenn viel Betrieb ist, verlässt er das Gebäude, getarnt zum Beispiel als Postbote oder Handwerker.«
»Und was machen wir als Nächstes?«, fragte Ruby.
»Groete ruft gerade bei der Polizei an und fragt, ob wir auch die Wohnung direkt über und unter der von Mr Baradi überprüfen können.«
»Sie meinen also, Ihre Theorie könnte stimmen – dass sich der Einbrecher beim ersten Versuch im Stockwerk getäuscht und es dann erneut versucht hat?«
»Hundert Punkte, Ruby.«

Als Ruby endlich wieder zu Hause war, schwirrten ihr tausend Gedanken durch den Kopf. Sie fläzte sich auf ihren Sitzsack, starrte an die Decke und versuchte, ihre Gedanken zusammenzufassen, zu stapeln und dann zu ordnen.

Objekt 1: Unbekannt, aber höchstwahrscheinlich aus einer Wohnung im 26./27./25. Stockwerk des Lakeridge Buildings gestohlen.

Objekt 2: Die kleinen gelben Schuhe, die Margo Bardem in dem Film »Die Katze, die den Singvogel fing« trug. Wurde zum Teil in der Scarlet Pagoda gedreht. Gestohlen aus dem bewachten Tresorraum im Dachgeschoss der Scarlet Pagoda.

Objekt 3: Gedichtband: »Eine Zeile durch meine Mitte« *von* JJ Calkin; ein Mann, der häufig in der Scarlet Pagoda rumhing, offenbar um seine »Muse« zu sehen. Frage: Wer war diese Muse?
Den Gedichtband hatte Mr Okra in einem Flugzeug gefunden, als er von Los Angeles nach Twinford zurückflog. Früherer Besitzer unbekannt. Gestohlen von Mr Okras Nachttisch aus der Wohnung Nr. 914 im 9. Stock des Fountain Heights Buildings. Handgeschriebene Widmung: »Für meinen Schatz Cat von deiner Celeste«.

Es klang wie eine Anspielung auf die Charaktere in dem Film – da gab es einen Cat und eine Celeste –, zwei Rollen, verkörpert von Hugo Gérard und Margo Bardem.

Und eins stand fest: Die Scarlet Pagoda war das Bindeglied zwischen den beiden bekannten Objekten.

Ruby holte den Gedichtband aus ihrer Schublade. Das Layout der Gedichte war an sich schon interessant. Es waren nicht einfach Zeilen und Verse: Manche der Zeilen erstreckten sich über die ganze Seite, die Wörter änderten ihre Größe, als wollten sie damit ihre Aussage unterstreichen, den verborgenen Sinn, das eigentlich Gemeinte. Es waren Gedichte ohne Reim, und keines hatte eine klare Aussage.

Das Gedicht, das offenbar fehlte, Gedicht 14, hieß *Du bist ein Gedicht, Celeste,* und deshalb war es wohl kaum ein Zufall, dass die handgeschriebene Widmung ebenfalls von jemandem namens Celeste war. Aber war es ein Zufall, dass die Hauptfigur in *Die Katze, die den Singvogel fing* ebenfalls Celeste hieß? Ruby ging nicht davon aus.

Sie schlug das Buch zu und betrachtete erneut das Cover.

JJ Calkin. *Eine Zeile durch meine Mitte.*

Klick, klick, klick machte es in Rubys Kopf.

Eine Zeile durch meine Mitte.

Und sie begann mit der Suche nach Gedicht 14.

Diesmal war es nicht schwierig einzubrechen …

Genau genommen musste er gar nicht einbrechen. Er musste kein Fenster aufstemmen und sich auch nicht durch einen Lüftungsschacht zwängen – er ging einfach durch die Tür, folgte ihr ins Innere.

Es gab einen Moment, in dem er dachte, sie hätte seine Anwesenheit gespürt, aber wie auch? Woher hätte sie wissen sollen, dass er da war? Er hatte beobachtet, wie sie den 8er-Schlüssel in den Safe legte, hatte sich die Kombination gemerkt, und als sie den Tresorraum wieder verließ, hatte er ihn sich geholt, ganz einfach.

Ein Kinderspiel.

29. Kapitel

Ein Tatort

»Unsere Theorie trifft zu«, sagte Blacker, »unser Einbrecher ist tatsächlich aus Versehen in Mr Baradis Wohnung eingestiegen. Und anschließend hat er sich dann die richtige Wohnung vorgenommen.«

»Huch«, sagte Ruby. Sie hatte ganz vergessen, den Transmitter an ihrer Fluchtuhr auszuschalten, und Blackers Stimme hatte ihr Unterbewusstsein durchdrungen und sie aus ihren Träumen gerissen.

»Unsere Theorie war also richtig, sprich: Es war der Fensterdieb.«

»*Ihre* Theorie«, sagte Ruby. »Ich habe nichts dazu beigetragen.« Sie rannte zum Schreibtisch und holte einen Bleistift. »In welche Wohnung wurde denn nun eingebrochen?«

»25C«, sagte Blacker. »Ich vermute, er ist zuerst durch das Fenster von 26C eingestiegen, fand nicht, was er suchte, und ging kurz vor die Wohnungstür, um zu sehen, ob es die richtige Nummer war. Und als er sah, dass er sich geirrt hatte, ist er wieder durchs Fenster hinausgeklettert.«

»Warum ist er nicht einfach die Treppe hinuntergegangen?« Ruby notierte sich alles, was Blacker sagte.

»Ist nicht sein Stil – und vielleicht ist er auch kein Schlosser.

Vielleicht fällt es ihm leichter, durch ein Fenster einzusteigen, als ein Schloss zu knacken, wer weiß?«, sagte Blacker. »Oder vielleicht geht es ihm ums Prinzip.«

Ruby streckte sich und gähnte. »Wie spät ist es eigentlich, Mann?«

»Du bist noch nicht auf? Musst du dich nicht für die Schule fertig machen?«, fragte Blacker.

Sie griff nach ihrer Brille und starrte auf ihren Wecker mit dem Vogelstimmenalarm.

»Doch.« Wieder gähnte sie. »Was haben Sie gerade gesagt? Er ist ein Stockwerk tiefer in die Wohnung 25C geklettert? Richtig?«

»Ja, und der Besitzer dieser Wohnung, ein gewisser Mr Norgaard, ist gerade verreist. Einem Nachbarn ist jedoch aufgefallen, dass neulich die Tür nicht mehr abgeschlossen war. Er kommt einmal die Woche vorbei, um die Blumen zu gießen und nach dem Rechten zu sehen, solange der Besitzer unterwegs ist.«

»Sehr freundlich von ihm«, sagte Ruby.

»Stimmt«, sagte Blacker. »Also ruft der Nachbar gestern Abend zufällig die Polizei an, nachdem er bei seinem Besuch gemerkt hat, dass etwas nicht stimmt. Eines der Fenster stand offen, und er schwört, dass er es nicht aufgemacht hatte.«

»Fehlt etwas?«

»Er sagt, ihm sei nichts aufgefallen.«

»Lag ein Kärtchen da?«, fragte Ruby.

»Nicht dass ich wüsste. Ich habe mit den Polizisten gesprochen, doch sie haben nichts erwähnt. Das müssen wir als Nächstes überprüfen.« Blacker machte eine kurze Pause, bevor er hinzufügte: »Und in welche Stunde wolltest du heute zu spät kommen?«

»Oh, soll ich etwa die Schule schwänzen?«, fragte Ruby.

»Ruby, du weißt, dass ich die Schulpflicht einer Minderjährigen nie torpedieren würde.«

»Okay, wir treffen uns dort«, sagte sie. »Ich sage nur noch schnell Hitch Bescheid, vielleicht will er ja mitkommen.«

»Er ist schon hier, bei LB«, sagte Blacker. »Er ist die halbe Nacht schon hier.«

»Was ist passiert?«, fragte Ruby.

»Keine Ahnung«, sagte Blacker, »aber irgendwas ist am Brodeln.«

Ruby fuhr mit dem Skateboard ins Stadtzentrum, hängte sich zuerst an ein gelbes Taxi und dann an einen Müllwagen (der nicht allzu gut roch).

Blacker erwartete sie bereits vor dem Apartmentgebäude.

»Himmel, Redfort, hast du das Parfüm gewechselt oder warst du in einer Kläranlage schwimmen?«

»Hab mich ans falsche Gefährt gehängt«, sagte Ruby.

»Hä?«

»Ach, nicht so wichtig.«

Mr Grint – sie hätte gewettet, dass es Mr Grint war – saß im Eingangsbereich und beobachtete mit Argusaugen, wer kam und ging. Er beobachtete, wie sie und Blacker zum Aufzug gingen und auf den Knopf zur fünfundzwanzigsten Etage drückten. Der Aufzug war nicht mehr der Jüngste und ächzte beängstigend, als er sich in Gang setzte. Im fünfundzwanzigsten Stock angekommen, gingen sie zur Tür von Mr Norgaards Apartment. Blacker überreichte Ruby Handschuhe und Schuhüberzieher. Die sahen zwar albern aus, aber es war wichtig, dass es am Tatort nicht zu einer Vermischung der Spuren kam.

Die beiden Agenten sahen sich zuerst nur um. Es war keine unordentliche Wohnung, und sie war auch recht sauber. Auf dem Fußboden lagen zwar etliche Bücherstapel und Manuskripte, aber sie wirkten irgendwie geordnet. Man sah, dass Norgaard nicht häufig Besuch hatte, denn die meisten Stühle waren mit Büchern, Notizheften und Papierstapeln belegt – sie waren eindeutig eher zum Ablegen da als zum Sitzen.

Unter dem Schreibtisch lagen auch einige Blätter, doch Blacker nahm an, dass sie vom Luftzug dorthin geweht worden waren, nachdem der Einbrecher das Fenster aufgestemmt hatte. Abgesehen davon war alles sehr ordentlich. Man konnte nicht erkennen, ob aus der Wohnung etwas mitgenommen worden war, doch es war anzunehmen, denn auf dem Schreibtisch lag ein kleines weißes Kärtchen.

»Bingo!«, sagte Blacker.

»Die Frage ist nur, was fehlt«, sagte Ruby, während sie den Schreibtisch begutachtete.

Blacker tat es ihr gleich. Auf dem Tisch standen eine Grünlilie, ein Kaktus, ein Stiftebecher, ein Klammergerät, ein Locher, ein Abroller mit Tesafilm sowie fünf Briefbeschwerer auf fünf verschiedenen Papierstapeln. Ein paar Umschläge, Scheckvordrucke und maschinengeschriebene DIN-A4-Blätter lagen auch da. Außerdem waren da noch ein Döschen Lippenpomade, ein Radiergummi, ein Brillenetui und ein Briefmarkenheftchen.

»Wo ist das Telefon?«, fragte Blacker.

»Ich kann mir nicht vorstellen, dass ein Einbrecher einen Telefonapparat mitnehmen würde«, sagte Ruby.

»Und ich hätte mir nicht vorstellen können, dass ein Einbrecher ein wertloses Buch mitnimmt«, sagte Blacker.

»Stimmt, aber trotzdem – ein Telefon?«, sagte Ruby.

»Du hast recht, es ist sehr unwahrscheinlich«, sagte Blacker. Er drückte auf den Funkknopf seiner Armbanduhr. Keine Antwort. Er versuchte es erneut, und diesmal bekam er eine Verbindung und sagte in das kleine Mikrophon: »Hallo, Summ! Ich versuche gerade, Groete zu erreichen – können Sie ihn für mich an den Apparat holen? Danke, sehr freundlich.« Eine Pause. »Groete, können wir den Nachbarn fragen, ob es im Arbeitszimmer mal ein Telefon gab? Nur um auf Nummer sicher zu gehen. Ob es jemals eines gab und wenn ja, wo es stand.«

Sie warteten. Nach ein paar Minuten kam die Antwort.

»Mr Norgaards Nachbar sagt, Norgaard hätte nie ein Telefon im Arbeitszimmer gehabt«, gab Blacker weiter. »Er will beim Schreiben nicht gestört werden.«

»Ach. Was schreibt er denn?«, fragte Ruby.

»Er ist Drehbuchautor«, sagte Blacker.

»Ja, aber was schreibt er? Fürs Fernsehen? Fürs Kino? Irgendwas, das man vielleicht kennt?«

»Nee, nichts, wovon ich je gehört hätte«, sagte Blacker. »Ich weiß nicht genau, wie erfolgreich er ist, aber vermutlich nicht so erfolgreich wie sein Vater.«

»Sein Vater ist auch Drehbuchautor?«

»*War*«, sagte Blacker mit Nachdruck. »Er hat die Drehbücher von *Der Sturmräuber* und *Der stumme Schrei* geschrieben.«

»Ah, zwei von Mrs Digbys Lieblingsfilmen«, sagte Ruby beeindruckt. Sie schaute wieder auf den Schreibtisch. »Und die Briefbeschwerer?«, fragte sie. »Mr Norgaard hat wirklich eine Menge davon.«

Es waren die Blätter unter dem Schreibtisch, die sie darauf gebracht hatten. Alles in Norgaards Arbeitszimmer wirkte geordnet, trotz der vielen Papierstapel und Manuskripte, aber hinter allem steckte Methode, nur die Blätter unter dem Schreibtisch passten nicht dazu. Warum lagen sie da unten?

»Was hat die Polizei zu dem Fenster gesagt?«, fragte Ruby.

»Wie meinst du das?«

»Ich meine … haben sie überhaupt etwas dazu gesagt?«

»Ach ja, das war ganz interessant«, sagte Blacker. »Es ist ein Schiebefenster, und sie haben gesagt, dass der Eindringling es ganz leicht öffnen konnte, da es regelmäßig aufgemacht wird und sich problemlos schieben lässt. Im Gegensatz zu dem Fenster unseres Freundes Baradi. Der Herr hier ist offenbar Frischluftfanatiker, er hat nicht mal eine Klimaanlage.«

»Das würde erklären, warum er Briefbeschwerer braucht.

Nicht als Deko, sondern damit seine Blätter nicht durch die Gegend fliegen.«

»Klingt logisch«, stimmte ihr Blacker zu.

»Also ... die Blätter unter dem Schreibtisch passen nicht so recht ins Bild«, sagte Ruby. »Sie passen nicht zum Rest. Schauen Sie mal da!« Blacker schaute. Auf jedem Papierstapel lag ein Briefbeschwerer.

Blacker grinste. »Man könnte grad meinen, einer seiner Briefbeschwerer würde fehlen.«

»Richtig«, sagte Ruby. »Aber welcher?«

»Das können wir im Moment nicht sagen«, erklärte Blacker, »das kann uns nur Norgaard selbst verraten, und wer weiß, wann er wieder auftaucht.«

»Zu schade«, sagte Ruby. Sie holte die Polaroid-Kamera aus ihrem Rucksack und begann, den Schreibtisch zu fotografieren.

»Du weißt schon, dass die Polizei uns ein komplettes Set von Fotos geben wird, sie haben sicher eine Million Fotos von der Wohnung hier geschossen«, sagte Blacker.

»Ich weiß«, sagte Ruby. »Aber ich interessiere mich nur für den Schreibtisch, und wenn ich meine eigenen Fotos habe, kann ich sie mir so lange anschauen, bis ich die Antwort habe. Vermutlich springt sie mir direkt ins Gesicht.«

Damit hatte sie in gewisser Weise recht, doch sie sah nicht das große Ganze, und ohne das Gesamtbild würde sie nie sehen, was sie sehen musste ...

»So, so, wie ich
in der Morgenzeitung las,
warst du wieder mal
auf Einkaufstour ...«

»... in einem hübschen Hochhaus am Avenue Walk.«
»Na und?«
»Niemand hat dich gesehen.«
»Die Leute sehen nur, was sie zu sehen erwarten.«
»Die Leute sehen nur, was sie sehen *können*; und du schummelst.«
»Sie irren.«
»Halte mich nicht zum Narren, Birdboy – wir wissen beide, dass du ihn hast, und ich werde ihn dir abjagen.«
»Wollen Sie mich einschüchtern?«
»Nein, ich warne dich nur. Ich hatte gehofft, du hättest schon genügend Angst, ich bin immerhin eine Untote.«
»Ich habe keine Angst. Ich habe nichts zu verlieren.«
»Außer vielleicht dein Leben, oder?«
»Das hab ich schon vor langer Zeit verloren.«

30. Kapitel

Frühstücksgespräch

Es war früh am Morgen, und Mrs Digby informierte sich gerade in der Zeitung darüber, was es Neues gab. Sie hatte eine Tasse starken Tee und ein Rosinenbrötchen vor sich – wie es sich für ein anständiges englisches Frühstück gehörte – und die neueste Ausgabe der *Twinford Lark*.

Ruby war sehr früh aufgewacht, vielleicht weil ihre innere Uhr wegen der ständigen Überstunden, die sie machte, völlig aus dem Takt war. Und da ihr Magen knurrte, ging sie in die Küche, um zu frühstücken.

»Hallo, guten Morgen, Mrs Digby.«

»Ich glaub, mich trifft gleich der Schlag, Kind, was rennst du so früh am Morgen schon herum?«

»Das wüsste ich auch gern«, sagte Ruby. »Was gibt es Neues in der großen weiten Welt?«

»Schon wieder ein Einbruch«, antwortete die alte Haushälterin. »Diesmal in einer Wohnung im 37. Stock der Warrington Apartments am Avenue Walk.«

»Wirklich? Meinen Sie, es war wieder derselbe Kerl?«

»Sieht ganz so aus«, sagte Mrs Digby und nahm einen Schluck von ihrem Tee. »Wieder zum Fenster hinein und zur Wohnungstür heraus.«

»Was wurde diesmal gestohlen?« Ruby wunderte sich, dass Blacker sich noch nicht bei ihr gemeldet hatte; der Zusammenhang war doch eindeutig.

»Ist doch egal, was er mitgehen ließ; diese Leute können froh sein, dass sie noch leben. Sie könnten genauso gut tot in ihren Betten liegen.«

»Das ist nicht sein Stil«, sagte Ruby. »Er ist kein Mörder.«

»*Noch* nicht«, sagte Mrs Digby, »aber warte ab, was dem noch alles einfällt! Bei solchen Typen kann man nie wissen …«

»Mrs Digby, Sie haben eine allzu lebhafte Phantasie.«

»Ich bin jedenfalls froh, dass wir nicht in einem Hochhaus wohnen, mehr habe ich dazu nicht zu sagen.«

Ein Klingeln an der Tür setzte ihrer Diskussion ein Ende, Ruby ging zur Haustür.

»Hey, Clance, was führt dich zu mir?«

»Hey, du bist schon so früh auf!«, sagte Clancy.

»Wundert mich auch«, sagte Ruby. »Aber warum bist du gekommen?«

»Oh, ich hatte einfach keine Lust, Olive in den Kindergarten zu bringen, deshalb habe ich zu meiner Mom gesagt, ich müsse früher weg, um noch etwas bei dir abzuholen.«

»Und warum hast du dich nicht einfach gemütlich ins Diner gesetzt, um die Zeit zu überbrücken?«, fragte Ruby.

»Geht nicht. Ich mache jede Wette, dass meine Mutter in einer Minute hier anruft, um zu überprüfen, ob es stimmt.«

Und tatsächlich läutete in diesem Moment das Telefon. Ruby nahm ab.

»Hallo, Mrs Crew, ja, er ist hier … Okay, mach ich, tschüss.«

»Was hat sie gesagt?«, wollte Clancy wissen.

»Ich soll dir sagen, dass du nach der Schule gleich nach Hause kommen sollst. Olive will, dass du mit ihr Himmel und Hölle spielst.«

»O Mann!«

»Komm doch rein. Mrs Digby und ich haben gerade über den neuesten Wohnungseinbruch geredet.«

Clancy folgte Ruby in die Küche.

»Wer wohnt in der Wohnung, in die eingebrochen wurde?«, fragte er.

»Mal sehen …« Ruby überflog den Artikel im *Echo*. »Ah, hier. Ein Ehepaar, Pamela und Fabian Thompson, und ihr fünfzehn Monate alter Sohn Nileston.«

»Nileston?«, wiederholte Clancy naserümpfend. »Nileston? Mein Gott, wie kann man sein Kind Nileston nennen?«

»Ist angeblich ein Nachname«, sagte Ruby. Das *Echo* war die Art von Zeitung, die gern derart nutzlose Informationen brachte.

»Wie dem auch sei«, fuhr sie fort, »Pamela Thompson sagt, das Einzige, was sie bisher vermissen, sei die Krawattennadel ihres Mannes.«

»Passt das zu irgendeiner deiner Theorien?«, fragte Clancy.

»Mrs Digby hält den Einbrecher für einen potentiellen Mörder, aber ich habe noch keine Meinung dazu. Zumindest keine, was den mutmaßlichen Täter betrifft. Klar, wir wissen alle, dass er offensichtlich gut klettern kann. Er kann außerdem Fenster aufbrechen und sich ganz klein machen, um sich hindurchzuzwängen – aber *wer* er ist, weiß kein Mensch.«

»Gefährlich ist er auf jeden Fall«, sagte Mrs Digby, hüpfte vom Küchenhocker und wusch ihre Teetasse aus. »Falls jemand einen Keks möchte, es sind ganz frische in der Keksdose. Ich muss mich jetzt wieder an meine Arbeit machen.« Sie ließ die beiden allein.

Ruby nahm einen Bleistift und notierte sich die Gegenstände, die bisher gestohlen worden waren.

»Also, die Schuhe, gut, die sind sehr wertvoll. Vielleicht nicht an sich, aber sie haben Sammlerwert bei Leuten, die auf Filmrequisiten stehen.«

»Oder für einen glühenden Verehrer von Margo Bardem«, sagte Clancy. »Wer weiß, vielleicht ist es ein Typ, der Erinnerungsstücke von berühmten Stars sammelt.«

»Könnte sein, Clance«, sagte Ruby. »Halte ich auch für möglich.«

»Ja«, sagte Clancy, der sich immer mehr für diese Idee erwärmte. »Im Radio haben sie gesagt, dass die Krawattennadel früher dem König von Großbritannien gehört hat.«

»England«, korrigierte ihn Ruby. »Die Könige von Großbritannien werden im Allgemeinen als Könige von England bezeichnet.«

»Dann muss sie ziemlich wertvoll sein, nicht wahr?«, sagte Clancy. »Sie haben gesagt, dass die Initialen eingraviert sind. Dieser Einbrecher könnte ja ein Fan vom König von England sein.«

Ruby schmunzelte über seinen Eifer. Clancy war manchmal wirklich lustig. »Stimmt, sie hat früher mal dem König gehört, und seine Initialen sind eingraviert. Schau – hier ist sogar ein altes Foto, auf dem er diese Krawattennadel trägt.«

Clancy überlegte. »Da stellt sich die Frage, ob dieser König von England sie verloren hat oder was. Denn wie käme sie sonst zu einem Autohändler nach Twinford?«

»Werbefachmann, steht hier«, korrigierte ihn Ruby.

»Meinetwegen Werbefachmann für die Autobranche«, sagte Clancy. »Warum liegt diese Krawattennadel nicht im Tower von London, wo sie hingehört?« Als er Rubys Gesicht sah, fügte er schnell noch hinzu: »Oder wo immer die Royals ihr Zeug heutzutage aufbewahren.«

»Du stellst die richtigen Fragen, mein Freund. Du denkst wie ein Detektiv.« Ruby kniff Clancy in die Wange.

»Lass das, Ruby!«

»Ich denke, wir müssen davon ausgehen, dass der König sie verschenkt hat, das tun Könige oft, aber natürlich wird sie durch mehrere Hände gegangen sein, bevor sie bei Mr Thompson gelandet ist. Vielleicht hat er sie von einer Auktion oder aus einem Antiquitätenladen, aber dann müssen wir uns fragen, wem sie davor gehört hat und warum sie verkauft wurde.«

»Vielleicht hat der frühere Besitzer Geld gebraucht, für solche Sammlerstücke zahlen manche Leute ja ziemlich viel – also ich würde es tun, wenn ich reich wäre«, sagte Clancy. »Ich finde, sie sieht ziemlich stylish aus, aber ich würde sie nicht an eine Krawatte stecken – vielleicht an einen Hut, aber nicht an eine Krawatte.«

»Was haben wir sonst noch?« Ruby tippte mit ihrem Stift auf ihre Liste. »Ach ja, der Gedichtband. Der widerlegt deine Theorie, dass der Einbrecher hinter Sachen von berühmten Leuten her ist, denn der Dichter JJ Calkin ist keineswegs berühmt, und sein Buch ist nicht wertvoll – jedenfalls nicht so wertvoll, dass man dafür einen Einbruch begeht und das Risiko eingeht, erwischt zu werden.«

»Oder abzustürzen«, ergänzte Clancy und dachte an die neun Stockwerke, die der Einbrecher hinaufklettern musste, um an das Buch zu kommen. »Aber vielleicht hat es einen sentimentalen Grund. Ich meine, das Buch hat vielleicht jemandem viel bedeutet.«

Für ein, zwei Minuten schwiegen sie beide, dann sagte Clancy: »Es könnte aber auch sein, dass der Einbrecher im Auftrag von jemandem handelt. Er klaut diese Sachen für einen Auftraggeber, von dem er so gut bezahlt wird, dass es ihm dieses Risiko wert ist.«

»Möglich«, sagte Ruby. »Vielleicht ist das Klauen für ihn nur ein Job, oder aber …« Sie verstummte.

»Was?«, hakte Clancy nach.

»Oder aber er will die Sachen doch für sich behalten.«

»Als eine Art Trophäen für das Risiko, das er eingegangen ist? Als wollte er sagen: ›Hey, schaut her, was für ein toller Hecht ich bin!‹ Also wie einer dieser reichen Gentleman-Gangster, die nur klauen, um sich einen Kick zu verschaffen?«

»Raffles!«, sagte da Mrs Digby, die gerade wieder in die Küche gekommen war.
»Wer ist Raffles?«, fragte Clancy und zog die Nase kraus.
»Ein Gentleman-Gangster, der nur wegen des Nervenkitzels hochriskante Einbrüche macht«, erklärte Ruby.
Sie klopfte mit ihrem Bleistift auf den Tisch. Tap, tap, tap, tap – das ließ sie an die Kärtchen denken. Warum ließ Blacker nichts von sich hören?
»Nein«, sagte sie. »Dieser Typ will nicht angeben, er klopft uns quasi auf die Schulter, weil er will, dass wir uns umdrehen und hinsehen.«

Das Funkgerät summte erneut.
Er ging zu dem Gerät,
ließ sich aber noch etwas Zeit,
bevor er sich meldete ...

»Hallo«, sagte er dann.

»Lass dieses Hallo, als wären wir dicke Freunde.« Die Frau spuckte die Worte so wütend in sein Ohr, dass er den Empfänger instinktiv ein Stück weghielt, als könnte sie die Hand ausstrecken und ihn packen. »Wie lange willst du mich noch warten lassen?«

»Nicht mehr sehr lange.«

»Und das bedeutet im Klartext?«, fauchte sie.

»Ich hab ihn«, sagte er gelassen.

»Du hast den 8er-Schlüssel?« Sie atmete erleichtert aus. »Endlich! Wann kann ich ihn haben?«

»Noch etwas Geduld. Ich muss noch zwei kleinere Sachen erledigen, dann können Sie beides haben.«

»Geduld? Du sagst mir, ich müsse Geduld haben? Du *wagst* es, mir zu sagen, ich müsse noch länger warten, Birdboy? Fang lieber an, die Stunden zu zählen, denn das Ende ist nah ...!«

Grinsend schaltete er das Gerät aus. Er fühlte sich in Sicherheit, außerhalb der Reichweite dieser Frau: Sie konnte ihm drohen, so viel sie wollte, aber sie würde ihn nicht finden. Sie konnte ihn zwar anrufen, drohen und bitten und betteln, aber nur, weil er so nett war und ihr erlaubte, mit ihm Kontakt zu halten. Wenn er wollte, könnte er von der Bildfläche verschwinden, und genau das hatte er auch vor, sobald er alles erledigt haben würde.

»Abwarten, bis alles erledigt ist«, sagte er sich, »auf das Geld und das große Finale warten, und dann bin ich weg!«

31. Kapitel

Das kleine Männchen im Gehirn

Nach der Schule nahm Ruby ihr Skateboard, ließ sich zum Schroeder Building ziehen und fuhr dann mit dem Aufzug nach unten zu Spektrum.

Blacker saß in seinem Büro und sah ein paar Aktenordner durch.

»Und? Haben Sie das Kärtchen vom letzten Tatort schon abgeholt?«, fragte sie. »Von dort, wo die Krawattennadel geklaut wurde? Warum haben Sie mich nicht gleich verständigt?«

»Da war kein Kärtchen«, sagte Blacker irritiert.

Ruby sah ihn an. »Da *muss* eins sein!«

»Ruby, glaub mir, da war keins, okay? Unsere Jungs haben alles auf den Kopf gestellt und nichts gefunden. Deshalb nehme ich an, dass es diesmal nicht unser Mann war.«

»Ich mache jede Wette, dass es da ein Kärtchen gab! Und zwar direkt an der Stelle im Schrank, wo Mr Thompson seine Krawatte hängen hatte.«

»Auf dem Fußboden, willst du sagen?«, sagte Blacker. »Mrs Thompson war sehr klar in diesem Punkt, und es kam sogar zu einem kleinen Ehestreit.« Blacker zog die Augenbrauen hoch. »Die Gattin ist gar nicht zufrieden mit ihrem Gemahl, er räumt seine Sachen nie auf, sagt sie. Wenn er nach Hause kommt, pfeffert er die Schuhe in die nächstbeste Ecke, lässt die Jacke fallen, reißt sich die Krawatte vom Hals – und wo immer sie hinfällt, bleibt sie liegen.«

»O-oh, dann hat Mrs Thompson ja einiges auszusetzen an ihrem Mann«, sagte Ruby.

Blacker nickte. »Das kannst du laut sagen.«

»Und wo hat Mr Thompson seine Krawatte am Vorabend fallen lassen?«

»In den Hundenapf, wie Mrs Thompson sagt. Darüber hat sie sich sehr geärgert.«

»Der Hund vermutlich auch«, sagte Ruby trocken.

»Mr Thompson kann sich nicht daran erinnern; er schwört Stein und Bein, dass er gar nicht in der Nähe des Fressnapfs war. Denn als er nach Hause kam, hätte das Baby geschrien und er sei gleich ins Kinderzimmer geeilt. Mrs T hat in der Zeit das Kindermädchen beaufsichtigt, das gerade ein Fläschchen für den Kleinen zubereitete.«

»Und als die Thompsons am nächsten Morgen aufgewacht sind, haben sie festgestellt, dass die Krawattennadel verschwunden ist?«

»Nicht ganz. Das Kindermädchen und der kleine Nileston waren schon wach, sie ließ ihn in der Küche herumkrabbeln, und dabei ist ihr aufgefallen, dass die Krawatte im Hundenapf lag.«

»Ohne die Krawattennadel.«

»Ohne die Krawattennadel.«

»Sie denken aber nicht, dass der Kleine sie verschluckt hat, oder?«

»Das halte ich für ausgeschlossen«, antwortete Blacker. »Dann läge er längst in der Notaufnahme, und wenn der Hund sie verschluckt hätte, wäre der Hund in der Notaufnahme, würde ich sagen. Doch es erklärt nicht, warum ein Fenster offen stand und die Wohnungstür nicht abgeschlossen war.«

»Es könnte sich aber auch um Versicherungsbetrug handeln«, sagte Groete, der gerade aus seinem Krötenteich gekommen war, mit einem Aktenordner, den er Blacker übergab. »Vielleicht haben sie den Einbruch nur vorgetäuscht, weil sie Geld brauchen.«

»Sie wohnen im Avenue Walk in den Warrington Apartments, wie sollten sie da kein Geld haben?«, fragte Ruby.

»Der äußere Schein kann trügen«, sagte Blacker. »Wir sollten vorsichtshalber ihre Kontoauszüge überprüfen.«

»Gut, ich werde es veranlassen«, sagte Groete. »Dann wissen wir, ob die Thompsons Schulden haben.«

»Wenn sie Schulden hätten, würden sie wohl kaum nur einen *einzigen* Gegenstand als gestohlen melden«, gab Ruby zu bedenken.

»Richtig. Und deshalb überprüfen wir auch die mehr als wahrscheinliche Möglichkeit, dass Mr Thompson die Krawattennadel einfach nur verlegt hat, das Fenster offen stehen ließ und vergessen hat, die Wohnungstür abzuschließen, als er nach Hause kam«, sagte Blacker. »Die Polizei ist allerdings davon überzeugt, dass es sich um einen Nachahmungstäter handelt. Doch wie dem auch sei – ohne ein Kärtchen am Tatort können wir nicht viel machen.«

»Was machen die Thompsons, während die Ermittlungen andauern?«, fragte Ruby.
»Sie sind für ein paar Tage verreist«, sagte Blacker. »Mrs Thompson fühlt sich in ihrer Wohnung nicht mehr wohl, seit sie weiß, dass jemand mir nichts dir nichts zum Fenster hereinklettern kann.«

Als Ruby nach Hause kam, klingelte der Hauptapparat im Haus. Sie nahm ab und sagte fröhlich: »Facharztpraxis für künstliche Gebisse, und falls Sie Karies haben – wir haben auch Zangen!«
»Wie bitte?«, stammelte eine verdutzte Elaine Lemon. »Eigentlich wollte ich Ruby Redfort sprechen.«
»Bedaure, Lady, damit kann ich nicht dienen.«
»Sind Sie sich ganz sicher? Ich wollte sie fragen, ob sie bei seiner Geburtstagsparty auf meinen kleinen Archie aufpassen möchte, sie ist ganz vernarrt in den Kleinen.«
»Klingt höchst unwahrscheinlich.«
»Wie bitte?«
»Damit will ich sagen, dass Sie sich offenbar verwählt haben.«
»Das kann nicht sein, ich habe die Nummer der Redforts in meinem Kurzwahlspeicher.«
»Hören Sie, meine Liebe, falls Sie kein zahnärztlicher Notfall sind, muss ich Sie bitten, die Leitung freizumachen.«
Mrs Lemon legte auf, und Ruby stellte den Anrufbeantworter so ein, dass er gleich beim ersten Läuten ansprang.
Mrs Digby streckte ihren Kopf aus der Küche. »Kind«, sagte sie, »von dir könnte der größte Spitzbub noch etwas lernen.«

Als Ruby am Abend ihren Pyjama anzog, genauer genommen ein überdimensionales T-Shirt mit dem Aufdruck SUPER-HERO, musste sie plötzlich an den kleinen Archie denken. Warum?, fragte sie sich. Was willst du mir damit sagen, Verstand?

Irgendwo tief im Inneren ihrer Gehirnwindungen versuchte sich ein Gedanke mit einem anderen zu verknüpfen. Als Ruby noch sehr klein gewesen war, hatte sie sich manchmal vorgestellt, dass in ihrem Kopf ein winziges Männchen säße, das alles ordnete: Es legte Akten an, prüfte Ideen, fasste einzelne ungeordnete Gedanken zusammen. Und wenn ihr etwas nicht auf Anhieb einfallen wollte, stellte sie sich vor, wie dieses kleine Männchen sich auf die Suche machte und die vielen Schubladen in ihrem Kopf durchstöberte.

Ruby hoffte, dass das kleine Männchen ihr auch jetzt ein brauchbares Ergebnis präsentieren würde.

Sie ging ins Bad, um sich die Zähne zu putzen. Dann wusch sie sich das Gesicht, untersuchte ihren frisch verheilten Arm und ihren Knöchel, der ebenfalls verletzt gewesen war – davon war fast nichts mehr zu sehen. Doch sie massierte die Narbe vorsichtshalber noch mit dem Babyöl ein, das Mrs Digby ihr eigens dafür gekauft hatte, und dann machte es plötzlich *Klick*: Das kleine Männchen in ihrem Kopf hatte die Verbindung hergestellt, nach der sie gesucht hatte: die Verbindung zwischen Archie Lemon und Nileston Thompson.

Beides Babys – Krabbelkinder, die alles angrapschten, was ihnen in die Finger kam.

Die Krawatte hatte im Fressnapf des Hundes gelegen, weil *Nileston* sie dorthin geschleppt hatte. Die Krawatte hätte dort liegen sollen, wo Mr Thompson sie hingeworfen hatte, denn vermutlich hatte er sie nicht in den Schrank geräumt, wie er behauptet hatte. Er hatte sie in Nilestons Zimmer fallen lassen. Und das Kärtchen hatte höchstwahrscheinlich auf der Krawatte gelegen, die ihrerseits auf dem Boden lag.

Nileston musste sich das Kärtchen geschnappt haben, als er die Krawatte fand, und wo es abgeblieben war, wusste keiner. Es war natürlich nur eine Theorie, die Ruby nicht beweisen konnte ... es sei denn, sie würde sich in der Wohnung der Thompsons umschauen. Natürlich konnte sie warten, bis es Tag war, sie konnte auch sofort bei Spektrum anrufen und von ihrer Vermutung erzählen, doch irgendwie wollte sie sich lieber selbst auf die Suche machen. Es war schließlich *ihre* Theorie, oder?

Sie fragte sich kurz, was Hitch wohl dazu sagen würde, beschloss dann aber, diesen Gedanken lieber zu verdrängen.

Kurzentschlossen schlüpfte Ruby in ihre Klettermontur: schwarze Klamotten, ihre Freeclimbing-Schuhe und die Kletterhandschuhe. Dann band sie sich noch den Beutel mit der Kreide um den Bauch. Sie tauschte ihre Brille gegen Kontaktlinsen aus, band ihre Haare zurück und steckte sie zusätzlich mit ihrer neuen Haarspange fest. Zum Schluss stülpte sie sich eine warme Wollmütze über den Kopf – und fertig. Sie war bereit für eine zweifellos kühle, kleine Kletterpartie, siebenunddreißig Stockwerke hoch. Sie wollte denselben Weg nehmen

wie der Einbrecher, aber den musste sie natürlich erst noch herausfinden. Auf diesem Weg würde sie auch den Sicherheitsmann umgehen, der höchstwahrscheinlich vor der Wohnung postiert worden war – und der hoffentlich nicht die Erlaubnis hatte, das Klo der Thompsons zu benutzen.
Ruby holte tief Luft. Wow! Gleich würde sie an einem Hochhaus hinaufklettern.
Ein leises Stimmchen in ihrem Hinterkopf sagte: »Das ist genau die Art von gefährlichem Stunt, vor der Hitch dich gewarnt hat! Wenn er es erfährt, wirft Spektrum dich hochkant raus.«
Ach, halt die Klappe, Stimmchen, dachte Ruby.

32. Kapitel

Mister Potatohead

Ruby brauchte ungefähr dreiundzwanzig Minuten bis zu den Warrington Apartments am Avenue Walk. Dort versteckte sie ihr Skateboard hinter einem niedrigen Mäuerchen und blickte dann an dem Gebäude hinauf. Wo konnte sie am besten hinaufklettern, ohne gesehen zu werden?

Es war nicht direkt ein *leichter* Aufstieg, und während Ruby sich an dem Gebäude nach oben arbeitete, versuchte sie, nicht an das zu denken, was ihr eventuell bevorstand – zum Beispiel, was sie tun würde, falls der Sicherheitsmann überraschend in die Wohnung platzte, um die Lage zu checken. Der Wind pfiff um das Warrington Building, riss ihr fast die Mütze vom Kopf und machte ihr den Aufstieg nicht gerade leicht, doch der Vorteil war, dass alle ihre Rollläden unten hatten und niemand sie hörte.

Im siebenunddreißigsten Stockwerk angekommen, warf sie einen Blick auf die winzigen Autos und ein paar wenige Passanten weit unter ihr. Es war ein ziemlich kühler Abend, und Ruby musste sich eingestehen, dass sie sich nicht sehr wohl fühlte; Angst hatte sie keine. Sie fühlte sich irgendwie in ihrem Element, als sie nun auf dem Fenstersims kniete. Hoffentlich war es das Fenster zum Kinderzimmer, in das sie gerade spähte! »Los, finde es heraus!«, sagte sie zu sich und machte sich ans Werk. Mit dem Laserschneidegerät an ihrer Fluchtuhr hatte sie das Fenster innerhalb kürzester Zeit geöffnet, sprang in das Zimmer und landete auf einem weichen Teppichboden. Zweifellos war sie in Nilestons Zimmer gelandet – es roch nach Babylotion und Babypuder und all dem anderen Zeug, mit dem die Leute ihre Babys pflegen. Als Erstes inspizierte Ruby das Gitterbettchen, sah unter die Bettdecke, das Kissen und sogar unter die Matratze. Dann suchte sie den Fußboden ab, schaute unter den Möbeln und an allen anderen Stellen nach, die in Reichweite eines Krabbelkindes waren, denn weiter oben brauchte sie bestimmt nicht zu suchen. Nach zweiunddreißig Minuten hatte sie endlich Glück, und zwar in der Spielzeugkiste neben dem Fenster.

Das Kärtchen lag unter Mr Potatohead – einem dieser Spielzeugmännchen, die wie eine Kartoffel aussehen.

»Bingo!«, flüsterte sie, als sie das leicht angekaute weiße Kärtchen herauszog.

Danach sah Ruby zu, dass sie schnell nach unten auf die Straße kam, wo sie völlig unversehrt landete. Sie holte ihr Skateboard aus dem Versteck und machte sich auf den Heimweg. Selbst zu dieser späten Stunde war zum Glück noch relativ viel los auf den Straßen. Einmal machte sie kurz halt, um sich neu zu orientieren, und als sie sich dann umsah und auf das nächste Fahrzeug wartete, erblickte sie ihn, hoch oben und in nördlicher Richtung.

Eine winzige Gestalt spazierte am Himmel entlang.

Der Skywalker!
Als der Taxifahrer, der sie neulich zum Krankenhaus fahren sollte, ihr von ihm erzählte, hatte Ruby nur mit halbem Ohr zugehört; die Geschichte klang für sie wie das Produkt einer überschäumenden Phantasie oder wie ein Stunt im Rahmen des Filmfestivals. Jetzt aber kam ihr plötzlich der Gedanke: Was, wenn der Einbrecher und der Skywalker identisch sind? Was, wenn er nicht nur klettern kann, sondern auch ein begnadeter Seiltänzer ist?
Sie beobachtete die kleine Gestalt am Himmel, die auf eine weniger noble Gegend im Zentrum von Twinford zuspazierte, weg von dem teuren Viertel.
Wo willst du hin?
Das musste sie unbedingt herausfinden. Anfangs war er nicht sehr weit weg, doch als sie sich dem dichter bebauten Teil der Stadt näherte, in dem es hauptsächlich Bürohäuser gab und die Gebäude allesamt höher waren, verlor sie ihn nach und nach aus den Augen. Sie war sich nicht ganz sicher, doch sie hatte den Eindruck, dass er sich gerade vom Luper Building auf die Carrington Apartments zubewegte – oder war es der Berman Block? Ruby steuerte das Luper Building an und schaffte es, ungesehen durch den Haupteingang zu kommen. Sie fuhr mit dem Aufzug so hoch, wie es ging, und nahm dann die Treppe, die bis ganz nach oben aufs Dach führte. Von hier aus konnte sie ihn deutlich sehen: Der Skywalker ging nicht auf das Carrington oder das Berman zu – nein, es war eindeutig das Bürohaus Hauser Ink Offices.

Sie konnte auch das Drahtseil sehen, das er gespannt hatte, und theoretisch hätte sie ihm folgen können, doch zwischen ihrem Dach und dem Dach, auf das er sich zubewegte, lagen etliche hundert Meter … und darunter gähnte ein Abgrund. Sie konnte zwar gut balancieren und hatte keine Höhenangst, aber sie kannte ihre körperlichen Grenzen. Auf einem Drahtseil so weit zu balancieren war für Ruby ein Ding der Unmöglichkeit.

Sie beobachtete die winzige Gestalt, die sich über den kaum sichtbaren Draht bewegte. Es war ein faszinierender Anblick. Es war fast so, als würde man einem Tänzer zusehen, so präzise und so sicher waren seine Schritte, und für einen Moment stand Ruby nur da und war derart versunken in das spannende Schauspiel, dass sie ganz vergaß, warum sie überhaupt hier oben war. Doch dann rief sie sich zur Ordnung. *Reiß dich zusammen, Ruby.* Die Gestalt war inzwischen fast auf dem anderen Dach angelangt. *Soll ich ihm folgen?* So nah war sie dem mysteriösen Einbrecher noch nie gewesen – vorausgesetzt, dass er und der Skywalker tatsächlich ein und dieselbe Person waren.

Dem Skywalker so nahe zu sein war ein prickelnder Gedanke – andere hatten ihn in den Wolken und durch die Luft gehen sehen, doch hatte bisher niemand sein Gesicht zu sehen bekommen. Das war ihre große Chance! Wenn sie ihm folgte, könnte sie sehen, wer er war. Und falls er irgendwo durch ein Fenster einstieg, würde sie das Spektrum-Team informieren, denn natürlich hatte sie nicht vor, sich mit ihm auf einen Zweikampf einzulassen.

Sie ging auf das Drahtseil zu. Er weiß nicht, dass ich hier bin, und solange er nichts merkt, bin ich auch nicht in Gefahr, dachte sie. Sie überlegte kurz, ob das wirklich stimmte. Solange ich nicht falle, ergänzte sie dann im Geiste. Sie dachte an Beetle, der sich wegen des Nervenkitzels so gern an Kräne und Laternenmasten hängte – er würde sicher keine Sekunde zögern. Warum sollte *sie* zögern?

Ist doch kein Ding, sagte sie sich.

Sie wusste auch schon, wie sie es anstellen würde. Der Gedanke, dass sie fallen könnte, kam ihr gar nicht in den Sinn, denn sie wusste, dass sie viel Kraft in den Fingern hatte und sich gut festhalten konnte. Sie musste nur ruhig und konzentriert bleiben, wenn sie immer eine Hand vor die andere setzte und sich an dem Drahtseil bis zum anderen Dach hangelte. Mit anderen Worten: Sie würde sich wie ein Äffchen an dem Drahtseil entlanghangeln, denn das war sicherer, als wenn sie sich als Seiltänzerin versucht hätte. Sie mochte zwar furchtlos sein, aber verrückt war sie nicht.

Ruby wartete, bis der Skywalker das gegenüberliegende Dach erreicht hatte, bevor sie auf die Brüstungsmauer stieg, an der das Hochseil befestigt war. Sie bestäubte sich die Hände mit Kreide, ergriff das Seil mit beiden Händen und ließ sich dann langsam tiefer sinken, bis sie mit ihrem ganzen Gewicht an dem Seil hing. Eine Hand vor die andere setzend, bewegte sie sich über dem gähnenden Abgrund vorwärts. Bald schon hing sie gute hundert Meter über den dunklen Straßen. Es fühlte sich ganz okay an. Sie war zuversichtlich. Sie würde nicht runterfallen. Die Sirenen dort unten heulten nicht ihretwegen oder wegen ihres waghalsigen Unternehmens, sie bildeten lediglich die übliche disharmonische Melodie der Straßen dieser Stadt.

Ruby richtete ihre ganze Aufmerksamkeit auf das Seil vor ihr – genau wie sie es bei Trainer Norov im Sportunterricht gelernt hatte. Ruby hatte Nerven aus Stahl und ein unerschütterliches Selbstvertrauen.

Sie hatte schon gut die Hälfte der Strecke zurückgelegt, als sich plötzlich alles veränderte. Ein Ruck ging durch das Drahtseil.

Was war los?

Aber war das jetzt wichtig? Nicht in diesem Moment. Sie wusste nur, dass sie so schnell wie möglich auf das andere Dach kommen musste. *Nicht in Panik geraten, aber etwas mehr Tempo vorlegen!* Ihre Hände bewegten sich schneller und schneller vorwärts. Doch als der Draht immer stärker vibrierte, begriff sie, dass etwas nicht stimmte. Ganz und gar nicht. Gleich würde das Drahtseil reißen. Sie musste es aufgeben, bevor es *sie* aufgeben würde.

Sonst wirst du wie eine Abrisskugel an die Hauswand knallen.

Sie wappnete sich für das, was gleich kommen würde, wenn das Seil seinen Geist aufgab und sie in vollem Karacho auf das Hauser Ink Building zusausen würde. Es kam nur noch auf das richtige Timing an: Sie musste in der exakt richtigen Sekunde handeln, das war ihr klar. Wenn nicht, würde sie an die Hauswand donnern oder in der nächsten Sekunde zerschmettert unten auf dem Asphalt liegen. Das hieß: Alles oder nichts. Sie hatte keine zweite Chance: Entweder sie schaffte es, oder sie war tot.

Ritsch!

Das Seil riss, und Ruby sauste mit erschreckender Geschwindigkeit auf das Hauser Ink Building zu. Jetzt konnte sie sich nur noch mit einem Sprung auf den breiten Sims oberhalb des großen Zentralfensters retten. Aber das Timing musste hundertprozentig stimmen.

Der Wind rauschte an ihr vorbei. Das Gebäude kam erschreckend schnell näher.

Noch nicht …

Noch nicht …

Jetzt!

Sie ließ das Seil los.

Auweia, das ging gründlich schief!

33. Kapitel

Knapp vorbei ist auch daneben

Rubys Sprung war sehr tollkühn – die Art von Stunt, für den man lange üben muss.

Und Ruby hatte *sehr* wenig Übung darin, in luftiger Höhe an einem Drahtseil zwischen zwei Hochhäusern zu hängen und auf eines davon zuzusausen.

Und wo landete sie? Wie in einer Slapstickkomödie (Ruby war allerdings gar nicht nach Lachen zumute) wurde ihr Sturzflug von einer Fahnenstange gebremst, oder genauer gesagt: Als sie in rasantem Tempo erdwärts sauste, hatte sie das unglaubliche Glück, eine Fahne zu fassen zu bekommen, die an einer Fahnenstange flatterte. Mit nur einer Hand – aber immerhin. Unter sich sah sie die roten und weißen Lichter der Autos in der Ink Street. Ähnliche Szenen hatte sie in mehr Filmen gesehen, als ihr auf die Schnelle eingefallen wären. Sie klammerte sich an das rettende Stück Stoff, als ginge es um ihr Leben (was es ja auch tat!), und zog sich daran langsam, aber sicher nach oben zu der Fahnenstange, an der selbige Fahne hing.

Puh, geschafft! Ruby dankte dem Himmel (beziehungsweise dem Redfort'schen Glücksstern), dass ihr Salto mortale vom Fenstersims des Sandwich Buildings sie in gewisser Weise auf diese Situation vorbereitet hatte.

Leicht war es nicht, sich auf diese Art zum Gebäude vorzuarbeiten, denn die Fahne mit den vielen Sternen und Streifen bauschte sich ständig und flatterte ihr um die Ohren. Doch Ruby ließ sich nicht beirren und schob sich zentimeterweise näher ans Gebäude, wo sie hoffentlich ein offenes Fenster vorfinden würde.

Da hörte sie eine Stimme.

»Kind, wo genau bist du? Mein Radar behauptet, du befändest dich hundert Meter über der Straße. Bitte sag jetzt nicht, dass du dich auf irgendeinem Dach herumtreibst!«

»Aber nein ...« Rubys Stimme klang so gequetscht wie die Stimme von jemandem, der nur an den Händen über einem hundert Meter tiefen Abgrund hängt. Sie hätte nicht überraschter sein können, Hitchs Stimme so unvermittelt aus ihrer Haarspange zu hören – und auch nicht erleichterter.

»Dir geht es im Moment nicht allzu gut, stimmt's?«, fragte Hitch.

»Ähm ...«, stammelte Ruby, »ja und nein. Kommt drauf an.«

»Worauf?«

»Ob es im fünfzigsten Stock des Hauser Ink Buildings irgendwo ein offenes Fenster gibt.«

»Himmel Herrgott nochmal, Redfort, hältst du dich denn nie an Befehle? Ich komme – bleib, wo du bist!«

»Ich versuch's«, keuchte Ruby, und ihre erstickte Stimme verriet den Ernst ihrer Lage.

Als sie sich endlich bis zum Gebäude durchgehangelt hatte, waren ihre Finger fast taub. Sie stellte sich vorsichtig auf die

Brüstung und war heilfroh, dass sie die Fahnenstange endlich loslassen konnte. Doch ein Fenster gab es hier nicht. Deshalb konnte sie sich nur ganz fest ans Hauser Building drücken und beten, dass der Wind nicht die Richtung ändern würde, während sie auf Hitch wartete. Dann endlich hörte sie ihn ihren Namen rufen und hob den Kopf.

»Hier, halt dich daran fest, ich ziehe dich hoch!«

Er klang so sauer, dass Ruby sein Angebot im ersten Moment am liebsten ausgeschlagen hätte. Lieber die ganze Nacht hier ausharren und sich einen anderen Ausweg aus dem Dilemma überlegen.

Doch dann fiel ihr ein, dass er ihr so oder so mordsmäßig den Kopf waschen würde – also konnte sie es genauso gut schnellstmöglich hinter sich bringen. Außerdem war es ziemlich kalt hier oben. Deshalb griff sie nach dem Seil, stellte ihren Fuß in die Schlaufe und ließ sich schicksalsergeben nach oben ziehen.

Dort wurde sie von einem sehr wütenden Hitch empfangen, und sie beschloss spontan, dass Angriff vermutlich die beste Verteidigung war. »Und wieso haben Sie mich beschattet, wenn ich fragen darf?«

»Hab ich nicht«, fauchte Hitch. »Ich wollte nur die Übermittlerfunktion meiner Uhr überprüfen, und rate mal, wer da plötzlich auf meinem Radar auftaucht?«

Mann, Redfort, sagte sie sich, *hättest du die blöde Haarspange nicht zu Hause lassen können?*

»Ich kann es Ihnen erklären …«

»Kannst du immer!«

»Ich glaube, vorhin hat jemand versucht, mich umzubringen«, sagte Ruby.

»Ich bin auch kurz davor«, fauchte Hitch. »Stell dir vor: Ich saß gerade zwei Blocks weiter mit einer sehr charmanten Politesse beim Abendessen, und da …«

»Hören Sie, die Sache ist die …«

»Weißt du was, Redfort? Ich würde dir dringend raten, die Klappe zu halten, okay?«

Ruby nickte.

Hitch rollte das Seil wieder zusammen. Sie wartete schweigend, bis er seinen Notfallkoffer wieder zugemacht hatte, und folgte ihm dann, weiterhin schweigend, durch die Dachluke ins Innere und bis hinunter auf die Straße.

Ruby schwieg weiterhin verbissen, nicht etwa, weil Hitch kein bisschen so aussah, als wollte er ihr Redeverbot aufheben, sondern auch, weil ihr beim besten Willen nicht einfiel, was sie hätte sagen können.

Sie holte ihr Skateboard aus dem Versteck unweit des Luper Buildings, doch da hatte Hitch bereits ein Taxi angehalten und winkte Ruby zu sich.

»Ab nach Hause mit dir!«, bellte er. Dann knallte er die Wagentür hinter ihr zu, wandte sich ab und marschierte zu dem Restaurant zurück, wo ihn sein sicher längst kalt gewordenes Abendessen erwartete.

Die Stimme kam säuselnd
durch die Leitung …

»Ich habe dich verfolgt.«
Schweigen.
»Es stimmt, und damit meine ich nicht nur das, was in den Zeitungen steht.«
»Sie wissen doch gar nicht, wie ich aussehe.«
»Was spielt das für eine Rolle? Du ziehst ja eine richtige Show ab, das muss man dir lassen. Du inszenierst dich echt gut.«
Schweigen.
»Ich habe dich auf dem Seil gesehen, hoch oben in der Luft. Und ich habe gesehen, wie und wo du verschwunden bist, doch ich bin dir auf den Fersen, und ich komme näher und näher.«
»Ich sagte doch schon, Sie kriegen, was Sie wollen, sobald ich *meine* Angelegenheit erledigt habe.«
»Zu spät, Birdboy. Ich hasse es zu warten, und du lässt mich schon viel zu lange warten.« Gelächter kam durch die Leitung. »Aber weißt du was? Unser kleines Spielchen gefällt mir immer besser. Es ist fast wie früher, als ich mit meinen kleinen Freunden Verstecken gespielt habe. Ich *werde* dich finden, mein Freund, darauf kannst du Gift nehmen!«

34. Kapitel

Vom Regen in die Traufe

Clancy war erstaunlich guter Dinge, als er am nächsten Morgen in die Schule kam. Er hatte sich die ganze Woche darauf konzentriert, sich unsichtbar zu machen, und es schien zu funktionieren – er war mit Sicherheit weniger sichtbar als noch am Vortag oder am Tag davor. Er hatte sein äußeres Erscheinungsbild »runtergefahren« und war nun weder extrem auffällig noch extrem unauffällig.

Red und Elliot gingen an der Bushaltestelle einfach an ihm vorbei, und Del stand in der Schlange der Schulcafeteria zwei Mann vor ihm, ohne dass sie ihn bemerkt hätte. Vapona Pupswell warf ihm während des ganzen Basketballspiels keine einzige Beleidigung an den Kopf, obwohl sie sich die Gelegenheit, ihn zu schikanieren, normalerweise *nie* entgehen ließ. Clancys Zuversicht wuchs, er wurde zunehmend entspannter und fühlte sich mit sich und der Welt im Reinen.

Ruby dagegen war an diesem Morgen ziemlich mies drauf. Sie hatte kaum ein Wort gesagt, bevor sie das Haus verließ, und war ohne Frühstück zur Schule gegangen. Es kam nur höchst selten vor, dass Ruby mal keinen Appetit hatte oder nicht in Quassellaune war. Der einfühlsame Clancy spürte es auf Anhieb und beschloss, sie fürs Erste in Ruhe zu lassen. Er nahm es nicht persönlich. Es ging ihm ganz gut, und er hatte den Gorilla seit dem ersten Schultag nicht mehr gesehen. Okay, *gesehen* schon, denn der Typ lungerte öfter mit seiner Clique vor der Schule herum, doch der Gorilla hatte *ihn* nie gesehen. Doch leider sollte es mit Clancys Zuversicht bald vorbei sein, denn schon am Nachmittag trat eine Wende zum Schlechteren ein, und Clancy geriet vom Regen in die Traufe.

Clancy kam mit etwas Verspätung in die Geschichtsstunde, da er mit dem Zahlenschloss seines Schließfachs ein kleines Problem gehabt hatte. Alle Tische am Fenster und im hinteren Teil des Raums waren bereits belegt. Nur zwei Plätze waren noch frei, beide dort, wo er am wenigsten gern saß: vorne in der Mitte. Wohl oder übel setzte Clancy sich dorthin und packte seine Bücher aus. Als er gerade seine Stifte aus der Schultasche holte, ging die Tür erneut auf.

»Na, wen haben wir denn da?«, fragte die Geschichtslehrerin.

»Bailey Roach«, sagte eine Jungenstimme.

»Nun, Bailey, da du neu bist, drücke ich ein Auge zu und lasse dir dein Zuspätkommen durchgehen. Aber du weißt schon, dass das neue Schuljahr am Montag angefangen hat, nicht wahr?«

»Hatte Probleme mit der Anmeldung«, sagte Bailey Roach.

»Nun gut«, fuhr die Geschichtslehrerin fort, »jetzt bist du ja hier. Da vorn neben Clancy Crew ist noch ein Platz frei.«

Clancy blickte auf, und schlagartig wurde ihm klar, dass ihm sein Unsichtbarkeitstrick nun nichts mehr bringen würde. Der Gorilla kam auf ihn zu und setzte sich neben ihn. Als er Clancys Blick auffing, grinste er süffisant und machte eine Handbewegung, als wollte er sagen: Mach dich auf was gefasst! Ich schlag dich demnächst windelweich!, und anschließend widmete er sich ganz dem Unterricht.

Ruby hatte an diesem Tag ihre eigenen Probleme: Weder hatte sie Lust, nach Hause zu gehen, noch hatte sie Lust, draußen rumzuhängen. Ihr war nicht danach, mit ihren Freunden zu reden, und in ihrer eigenen Gesellschaft fühlte sie sich erst recht nicht wohl.

Am allerwenigsten jedoch wollte sie nach Hause gehen, denn ihre Mutter würde sicher wieder nur endlos von diesem Ada-Borland-Porträt schwärmen und was für eine einmalige Gelegenheit es für Ruby sei, von dieser genialen Fotografin verewigt zu werden. Noch schlimmer war, dass Hitch stinkesauer auf sie war, und am allerschlimmsten daran war, dass sie ihn sogar verstehen konnte.

Sie hatte den Skywalker an seinem Hochseil verfolgen wollen, über eine Häuserschlucht hinweg, hoch über dem Erdboden, und dabei war sie *abgestürzt*.

Genauer gesagt: Jemand hatte versucht, sie umzubringen. Sie war überzeugt, dass dieser Jemand das Drahtseil durchtrennt hatte. Dass ihr jemand nach dem Leben trachtete – schon wieder –, war nun wirklich kein schönes Gefühl.

Angesichts dieser Umstände war es sicher die bessere Option, allein zu bleiben, und so kam es, dass Ruby gleich nach der Schule beschloss, sich ihr Skateboard zu schnappen und in eine Gegend von Twinford zu fahren, in der sie sich gern aufhielt, obwohl sie nur selten dort war.

Clancy schlug die Haustür zu und rannte nach oben ins Zimmer seiner großen Schwester Lulu.

»Was ist?«, fragte sie.

»Kennst du Vapona Begwell?«

»Ähm … du meinst die Zicke von der Junior High? Die du mir mal gezeigt hast?«

»Ja«, sagte Clancy.

Lulu nickte. »Klar, ich weiß, wen du meinst.«

»Jetzt ist es noch schlimmer gekommen.« Mutlos ließ er sich auf eines von Lulus vielen Kissen auf dem Fußboden fallen.

»Sag bloß nicht, dass du neuerdings noch von jemand anderem gemobbt wirst!«, sagte Lulu.

»Doch«, seufzte Clancy. »Aber diesmal kann ich wirklich nichts dafür. Ich habe ihn nur aus Versehen im Diner angerempelt, und da …«

»Ihn?«, fragte Lulu.

»Ja, es ist ein Er, der offenbar nichts lieber tut, als Schwächere zu verprügeln.«

Lulus Gesichtszüge entgleisten – eine Art optischer Code für: Auweia, das klingt übel, du Armer.

»Anfangs dachte ich, damit sei die Sache erledigt.« Clancy schluckte, und Lulu wartete geduldig, bis er weiterreden konnte. »Doch jetzt ist er plötzlich an meiner Schule aufgetaucht … und seit heute sitzt er in meiner Klasse.«

»Der Typ aus dem Diner? Der, der dir Prügel angedroht hat?« Lulus Fragen waren nur rhetorisch gemeint. Sie fasste einfach zusammen, was Clancy ihr erzählt hatte, um ihm zu zeigen, dass sie die Hoffnungslosigkeit seiner Lage begriffen hatte, und dafür war Clancy ihr dankbar. Jeder Erwachsene hätte die Sache heruntergespielt, nicht aber Lulu.

»Und in Geschichte sitzt er sogar *neben* mir.«

Lulu formte mit dem Mund ein entsetztes »Oh«.

»Au Mann, da sitzt du ja echt total in der Sch-«

Bevor sie ihren zweifellos zutreffenden Vergleich zu Ende führen konnte, klopfte es leise an der Tür.

»Zisch ab!«, riefen beide wie aus einem Munde. Sie wussten, dass es nur Olive sein konnte.

»Mom sagt, ihr müsst nett zu mir sein«, ertönte Olives Singsangstimmchen.

»Wir *sind* nett«, rief Lulu, »aber wir warnen dich: Wenn du reinkommst, wird deine Buttercup gekidnappt!« (Buttercup war Olives neue Puppe.)

Olive verzog sich, und sie konnten sich weiter über Clancys Überlebenschancen unterhalten. Doch da klopfte es erneut, diesmal energischer und lauter.

»Herein!«, rief Lulu, und Minny stolperte herein, Clancys älteste Schwester. Sie stolperte nicht nur, weil sie Schuhe mit sehr hohen Keilabsätzen trug, sondern auch, weil sie ein sehr volles Tablett mit Snacks und Gläsern vor sich hertrug. Mit einem Fuß schlug sie die Tür hinter sich zu und stellte das Tablett dann auf den Boden.

»Das ist echt gemein«, wimmerte ein Stimmchen auf der anderen Seite der Tür. Olive war also doch noch da. »Warum darf *sie* rein und ich nicht?«

»Hau ab!«, rief Minny. »Sonst landet Buttercup im Mixer.« Minny war zu allem fähig, das wusste jeder im Hause Crew – auch Olive, die sie danach prompt die Treppe hinunterrennen hörten.

»Also, was ist los?«, fragte Minny und blickte von ihrem Bruder zu ihrer Schwester. »Gibt's ein Problem?«

Clancy wiederholte seine Geschichte, und Minny schlug ihm alle möglichen Lösungen vor. Diese bestanden im Wesentlichen darin, entweder einen Bodyguard zu engagieren, die Schule zu wechseln oder Karate zu lernen – doch keine dieser Optionen klang wirklich überzeugend.

»Was sagt Ruby dazu?«, fragte Minny.

»Sie weiß von nichts«, sagte Clancy.

»Wie bitte?«, sagte Minny verdutzt.

»Ich will es ihr nicht erzählen«, sagte Clancy, »nach allem, was sie diesen Sommer mitgemacht hat.«

»Verstehe«, sagte Lulu. »Wo sie beinahe ins Gras gebissen hätte.«

»Ja, und seither ist sie irgendwie ganz komisch«, sagte Clancy und begann, mit den Armen zu rudern.

»Na, schau *dich* mal an!«, sagte Minny.

»Das ist etwas anderes. Ich versuche nur, mich bedeckt zu halten und um keinen Preis aufzufallen, aber Ruby … Ruby hält sich für unverwüstlich. Das ist gefährlich, ich sag's euch.«

»Ist es nicht auch gefährlich, wenn man einen Gorilla am Hals hat?«, gab Minny zu bedenken.

»Andererseits …«, sagte Lulu gedehnt, »kannst du Ruby doch um Hilfe bitten, wenn sie sowieso einen auf Kung-Fu-Kämpferin macht!«

»Ich weiß nicht«, sagte Minny, »ich glaube, Clancy hat recht. Er muss zusehen, wie er allein aus der Nummer wieder rauskommt, denn selbst wenn Ruby vor nichts zurückschreckt und notfalls ihr Leben für ihn riskieren würde, kann sie nicht rund um die Uhr bei Clancy sein, richtig?«

»Was schlagt ihr also vor?«, fragte Clancy.

»Hör auf wegzulaufen«, sagte Minny. »Hau dem Kerl eins in die Fresse!«

»Nein, geh lieber zum Rektor«, schlug Lulu vor. »Für mich klingt dieser Typ gefährlich.«

»Tolle Idee! Dann stehe ich als das größte Weichei aller Zeiten da!«

»Besser ein Weichei sein als halbtot im Krankenhaus liegen«, sagte Lulu.

»Melde dich vorsichtshalber schon mal in einem Fitnessstudio an«, riet Minny.

Und was tat Clancy nach dieser Unterredung? Er setzte sich auf sein Rad und fuhr durch die Gegend, um sich abzureagieren. Frische Luft tat immer gut, doch am allerliebsten wäre er natürlich zu Ruby gefahren. Er hätte sich um Längen besser gefühlt, wenn er ihr sein Herz hätte ausschütten können.

35. Kapitel

Ein Schlag in den Magen

Ruby hatte ungefähr vierzig Minuten lang gelesen, als sie gestört wurde.

»Hey«, sagte eine Jungenstimme.

Ruby hob den Kopf von ihrem Comic und blickte in das Gesicht des Jungen mit der gestylt-ungestylten Frisur.

Sie saß im Sunny's, einem Diner, in dem sie eher selten war, hauptsächlich deshalb, weil es nicht in ihrer Gegend lag, aber auch, weil man hier keine Pfannkuchen bekam. Doch nachdem sie an diesem Nachmittag für sich sein wollte und gedacht hatte, im Sunny's würde sie keine Bekannten treffen, war sie umso überraschter, Beetle hier zu sehen.

»Hey«, grüßte sie zurück.

»Kann ich dir was zu trinken bestellen?«, fragte er.

»Nö, hab schon was, danke«, sagte Ruby.

»Dann vielleicht noch was anderes?«

»Danke, wirklich nicht. Ich trinke zurzeit nicht mehr als drei Milchshakes pro Tag.«

»Oh, du achtest auf deine Figur?«

Ruby sah ihn an, als sei bei ihm eine Schraube locker. »Warum sollte ich auf meine Figur achten?«

Beetle zuckte mit den Schultern. »Stimmt, blöde Frage.«

»Ich versuche nur, mich ausgewogen zu ernähren, du weißt schon, Mineralien, Vitamine, Ballaststoffe und so weiter.«
Er nickte so verlegen, als hätte er nicht die leiseste Ahnung, wovon sie da redete.
»Und, was ist?«, fragte Ruby.
»Wie … was meinst du?«, stammelte Beetle.
»Ich habe den Eindruck, du willst mir etwas sagen.«
»Oh, ach … ja, stimmt. Ich hab dein Buch, das Buch, das du neulich auf der Bank liegen lassen hast.«
Ruby sah ihn verständnislos an, aber nur, bis er ein schmuddeliges Taschenbuch aus seiner Jackentasche zog und auf den Tisch legte. Der Titel sah aus wie mit Blut geschrieben: *Keine Zeit zum Schreien*.
»Ach das, danke, Mann«, sagte Ruby. »Hatte ich schon total vergessen. Ich dachte, ich würde nie erfahren, was mit dem armen alten Philippo passiert. Hat er es ins Camp zurück geschafft oder …« Sie fuhr sich mit dem Zeigefinger quer über den Hals. »… oder hat ihn der Verrückte mit der Axt in tausend Stücke zerlegt?«
»Er kam durch.«
»Danke für die Info, Kumpel«, sagte Ruby und knallte das Buch auf den Nebentisch.
»Entschuldige«, stammelte Beetle, »ich dachte, du wolltest es wissen. Ich hab nur die letzten paar Seiten gelesen.«
»Halb so wild, es gibt ja massenhaft andere Krimis.«
Der Junge grinste. »Du liest wohl gern blutrünstige Sachen, was?«

»Und du? Magst lieber Bücher über kleine Häschen und so?«, fragte Ruby.
»Nein! Natürlich nicht, aber ich bin ja auch kein Mädchen.«
»Sag mal, in welchem Jahrhundert lebst du eigentlich?«, schnaubte Ruby.
»Ich meinte ja bloß. Die meisten Mädchen, die ich kenne, lesen lieber Modezeitschriften und solche Sachen.«
»Ich fürchte, du hast den falschen Umgang, mein Junge.« Da fiel ihr plötzlich etwas ein. »Hey, wie spät ist es eigentlich?« Wo war ihre Uhr?
»Keine Ahnung, vielleicht sechs oder so«, sagte Beetle achselzuckend.
Ruby sprang auf. »Ach, du liebe Zeit, ich muss los«, sagte sie, überlegte kurz und fügte dann hinzu: »Nichts für ungut, Beetle, aber ich habe den Eindruck, dass du etwas altmodische Ansichten hast. Vielleicht solltest du mal ein paar Bücher lesen, die deinen Horizont erweitern. Weißt du, was ich meine? Also, bis zum nächsten Mal.«
Er blickte ihr nach, als sie davoneilte, und hoffte, sie würde sich noch mal umdrehen und ihm vielleicht zuwinken.
Tat sie aber nicht.

Als Clancy Crew nach seinem kleinen Fahrradausflug auf dem Heimweg war, hatte er auf einmal das Gefühl, als hätte ihm jemand in den Magen geboxt.
Ihm wurde so übel, dass er sich an die nächste Hauswand lehnen und nach Luft ringen musste. Er war nicht wirklich ge-

schlagen worden, genau genommen war niemand außer ihm auf dem Gehsteig. Der Wind hatte aufgefrischt, und es war kein Abend, an dem man sich freiwillig lange im Freien aufhielt. Es dämmerte bereits, die Geschäfte und Lokale hatten die Beleuchtung eingeschaltet, und hinter jedem Fenster war eine andere Szene zu sehen. Hinter einem dieser Fenster hatte Clancy etwas gesehen, das ihm den Boden unter den Füßen wegriss – etwas, wofür ihm beim besten Willen keine Erklärung einfiel. Jetzt fühlte er sich wirklich allein, einsam und verlassen.

36. Kapitel

Furchtlos

Auch Ruby machte sich auf den Nachhauseweg. Zuerst fuhr sie langsam und lustlos mit ihrem Skateboard auf dem Gehweg entlang, doch dann fiel ihr ein, dass sie sich bei ihrer Mutter ein paar Bonuspunkte verdienen könnte: Wenn sie superfrüh nach Hause kam, könnte ihre Mom ihr wieder endlos von Ada Borland vorschwärmen. Sabina hatte schon genaue Vorstellungen, was Ruby für den Fototermin anziehen sollte, und sie schärfte ihrer Tochter auch immer wieder ein, was sie zu Ada sagen sollte; dass sie sehr höflich sein müsse und was für ein unglaubliches Glück sie habe, von dieser großartigen Künstlerin fotografiert zu werden und so weiter und so fort.
Ruby beschloss also, sich zu beeilen. Nicht lange, und ein brauchbares Fahrzeug kam vorbei, an dem sie sich festhalten konnte. Der Fahrer war etwas leichtsinnig und überfuhr etliche rote Ampeln, doch das war ganz in Rubys Sinn. Sie mochte diesen Nervenkitzel.

Clancy war richtig übel. Sein Mund war trocken, und sein Herz hämmerte zum Zerspringen.
»Beruhige dich wieder, Clance«, sagte er sich ein ums andere Mal.

Er brauchte dringend eine Limo oder etwas Ähnliches. Sonst hätte er nicht die nötige Kraft für den Nachhauseweg.

Der Fahrer des Autos, an dem Ruby sich festhielt, trat urplötzlich auf die Bremse, und Ruby raste in vollem Karacho in den Gegenverkehr. Ihr Versuch, in die Midtown Avenue abzubiegen, schlug total fehl, sie kam schlichtweg nicht durch, und so sauste sie nun die abschüssigen Fountain Park Slopes hinunter und wurde dabei immer schneller und schneller.

Ach, du Schande!

Sie flitzte an einer roten Ampel vorbei und verursachte eine kleinere Karambolage, konnte aber in letzter Sekunde einen Schlenker um eine Gruppe betagter Theaterbesucher herum machen, die sich gerade über einen Zebrastreifen wagten. Vermutlich hätte sie es unverletzt bis zum Ende der Straße geschafft, wäre da nicht ein Polizeiauto gewesen, das nach links abbog. Sie flog im hohen Bogen über das Polizeiauto hinweg, während ihr Skateboard untendurch rollte – und das Schicksal wollte es, dass Mädchen und Board sich nie wieder treffen sollten. Denn Ruby landete höchst unsanft auf dem Asphalt der Fountain Park Slopes, während ihr Skateboard seine Fahrt geradeaus fortsetzte.

Abgesehen von einer Schürfwunde am Arm, einem Auge, das mit jeder Sekunde mehr anschwoll, und einem schrecklich aussehenden blutigen Knie, das durch die zerrissene Jeans lugte, hatte Ruby den Aufprall erstaunlich gut verkraftet. Sprich: Sie war nicht tot.

Die beiden Polizisten standen über sie gebeugt, als wäre sie eine Außerirdische, die aus ihrem Raumschiff gefallen war.
»Hallo, Officer«, sagte Ruby etwas kleinlaut.
»Warum ist dieses Kind nicht tot?«, sagte der eine Polizist verblüfft zu seinem Kollegen.
»Ist mir auch ein Rätsel«, sagte der Kollege. »Muss einen verdammt guten Schutzengel haben.«
»So ähnlich«, murmelte Ruby vor sich hin und blickte an sich hinunter. Mannomann, hab ich ein Glück, dachte sie.

Clancy hatte die Jungs vor dem Minimart nicht gesehen. Er war noch immer damit beschäftigt, seine Atmung wieder in den Griff zu bekommen, und mühte sich nebenbei mit dem Dosenverschluss ab. Die Limo schmeckte lecker, wie er fand, als er in durstigen Schlucken trank, sie war schön kalt und süß und prickelnd. Er war okay, alles war okay, wirklich. Er bückte sich, um sein Fahrrad aufzuschließen, und als er sich wieder aufrichtete, hatten sie ihn umringt.
»Hübsches Rad«, sagte der Gorilla, »aber ich finde, es würde besser zu dir passen, wenn es gelb wäre, zum Beispiel kükengelb.« Er lachte, und seine Gorillafreunde fielen mit ein, obwohl es ein ziemlich lahmer Gag war, wie Clancy fand.
Er betrachtete die vier Monster mit ihren anzüglich grinsenden Visagen. Was für ein dämlicher Kommentar. Warum ließ er sich von diesen Vollpfosten Angst einjagen? Und plötzlich nahm er allen Mut zusammen, obwohl er mutterseelenallein in einer kleinen Seitengasse von Marty's Minimart stand.

Nachdem Ruby in der Notaufnahme des Krankenhauses von einem Arzt untersucht worden war, wurde sie von den beiden Polizisten – Officer Nadal und Officer Polpo – in den Cedarwood Drive gefahren.

Sabina Redfort fiel fast in Ohnmacht, als sie die beiden Polizisten vor ihrer Haustür erblickte, und als sie sich gerade wieder beruhigen wollte, schob sich ihre Tochter an den beiden Männern vorbei. Allerdings hätte sie ihre über alles geliebte Ruby kaum erkannt, deren Gesicht so gar nicht dem Gesicht ähnelte, dem sie noch an diesem Morgen einen Abschiedskuss gegeben hatte. Das Gesicht hier sah grässlich aus: Es hatte eine komische Färbung und war völlig verquollen.

»Oh, du meine Güte, was ist mit *dir* passiert?«, stammelte Sabina.

»Sie war skitchen, Ma'am«, erklärte Polpo.

»Wie bitte?! Im Kittchen?« Sabina fiel aus allen Wolken.

»Nein, skitchen! Sie hat sich an ein fremdes Fahrzeug gehängt, Ma'am«, erklärte Polpo.

»Was verboten ist«, ergänzte Nadal.

»Wie bitte?« Sabina verstand nur Bahnhof.

»Jawohl!«, bekräftigte Nadal mit Nachdruck. »Sie hat sich mit ihrem Skateboard an ein fahrendes Auto gehängt und sich ziehen lassen. Das geht auch mit Rollerskates oder mit dem Fahrrad, aber verboten ist es allemal!«

»Was?«, stammelte Sabina.

»Ja, bedauerlicherweise muss ich Ihnen mitteilen, Ma'am, dass Ihre Tochter auf die schwachsinnige Idee kam, sich auf diese Weise durch die Stadt zu bewegen. Und das ist verboten.«

»Wer behauptet, dass es verboten ist?«, fuhr Ruby aufbrausend dazwischen. »Vielleicht nicht ganz legal, aber verboten? Nein, das glaub ich nicht.«

Sabina starrte sie entgeistert an. »Wie konntest du nur, Kind? Jetzt haben wir echt ein Riesenproblem. Morgen ist dein Fototermin, verflixt nochmal, und ich *kann* Ada Borland nicht absagen – kein Mensch sagt Ada Borland ab! Die Frau ist ein Genie!«

»Wie bitte, Ma'am?« Jetzt war es Officer Nadal, der nichts mehr begriff.

»Kann ich etwas für Sie tun, meine Herren?«, fragte Hitch, der plötzlich wie aus dem Nichts aufgetaucht war. »Mrs Redfort, ich würde vorschlagen, dass Sie Ruby in ihr Zimmer bringen, sie möchte sich sicher etwas hinlegen. Und sagen Sie Mrs Digby, sie solle ein Süppchen für sie kochen, während ich mich mit den beiden Herren hier unterhalte.«

Was dann geschah, bekam Ruby leider nicht mit, doch zehn Minuten später stand Hitch in der Küche und kochte einen Kräutertee für ihre Mutter, telefonierte mit einer gefragten Masseurin und hörte gleichzeitig Sabina zu, die fassungslos sagte: »Was ist zurzeit nur mit Ruby los? Man könnte meinen, sie habe es darauf angelegt, sich umzubringen! Habe ich als Mutter versagt? War ich nicht genug für sie da? Ist es ein Hilfeschrei? Und dann frage ich mich eins ... was wird nun aus diesem Fototermin? Haben Sie gesehen, wie blau und verquollen ihr Gesicht ist? Haben Sie die Lippe gesehen? Himmel, das Kind könnte bei der Addams Family mitspielen – als das hässlichste Familienmitglied.«

Clancy hörte ihre Schritte in der Ferne verhallen, ihr grölendes Gelächter, als sie um die Ecke bogen. Er griff sich an die Stirn und spürte warmes, klebriges Blut über seiner Augenbraue. Er versuchte aufzustehen, doch die Rippen schmerzten noch zu sehr von den Schlägen. Sein Arm war wie tot. Seine Haare fühlten sich komisch an und rochen auch komisch, sicher wegen der Sprayfarbe – wie sollte er das seiner Mutter erklären? Sie würde kein Verständnis dafür haben, dass er plötzlich kanariengelbe Haare hatte, und wenn er ihr erzählte, was passiert war, würde sie garantiert bei der Polizei anrufen, in der Schule und bei Bailey Roachs Mutter, doch das wollte Clancy auf gar keinen Fall.

Er schleppte sich zu seinem Rad. Das vordere Schutzblech war total verbogen, und das herrliche Windrush-Metallicblau war mit gelben Streifen aus der Farbsprühdose verunstaltet.

Niedergeschlagen hob er sein Fahrrad auf und radelte langsam nach Hause. Er musste die Farbe abwaschen, bevor sie trocknete.

Ruby durfte es auf keinen Fall so sehen.

37. Kapitel

Magie eines Films

Am nächsten Morgen wachte Ruby mit einem ziemlich dicken Kopf auf.

Sie schleppte sich ins Bad und schaute in den Spiegel. »Ruby, du siehst schlimm aus«, sagte sie zu sich. Sie zog sich an und ging dann nach unten in die Küche, wo sie sich ein Schälchen Cheerios mit Milch machte und sich damit an den Küchentisch setzte.

Sie blickte auf, als Hitch hereinkam, aß aber weiter.

Hitch sagte nichts.

»Das mit dem Skitchen …«, begann sie dann endlich.

»Interessiert mich nicht«, fiel Hitch ihr brüsk ins Wort. »Wenn du dich auf diese Weise umbringen willst, so ist das deine Sache.«

Ruby widmete sich wieder ihren Cheerios.

»Aber ich möchte dich etwas fragen, obwohl ich mir ziemlich sicher bin, dass mir die Antwort nicht gefallen wird.«

Ruby blickte ganz kurz auf.

»Bevor ich kam und dich von der Fahnenstange holte, wo warst du da?«

»Och, irgendwo in der Nähe«, antwortete Ruby.

»In der Nähe?«, wiederholte Hitch. »Könnte das ›in der Nähe

der Warrington Apartments‹ bedeuten?«, fragte Hitch spöttisch.
»Falls die Warrington Apartments in der Nähe sind, dann ja«, sagte Ruby.
»Witzig«, sagte Hitch und sah sie prüfend an. »Die Polizei hat in der Wohnung der Thompsons Kreidespuren gefunden. Und Schuhabdrücke der Größe 35.«
Ruby schob sich einen Löffel Cheerios in den Mund. »Stammen sicher vom Wachmann.«
»Klar doch. Nur … welcher Wachmann hat so kleine Füße?«
»Ein ziemlich kleiner?«, schlug Ruby vor.
»Und welcher Wachmann benutzt Kletterkreide?«
»Ein abenteuerlustiger?«
»Ruby, wir wissen beide, dass die Chancen, dass sie vom Wachmann stammen, eins zu einer Million stehen. Aber wenn sie nicht vom Wachmann stammen, von wem dann? Und was zum Teufel hatte die fragliche Person gestern Abend in der Wohnung der Thompsons zu suchen? Da kam mir ein Gedanke …« Er tippte sich an die Schläfe. »… Ruby hat Schuhgröße 35. Ruby war in der Nähe. Nur Ruby wäre so bescheuert, siebenunddreißig Stockwerke an einem Hochhaus hochzuklettern und in eine fremde Wohnung einzusteigen – trotz des strikten Verbots, sich als Agentin im Einsatz zu betätigen.«
Ruby blickte von ihrem Frühstück auf. Ihr Gesichtsausdruck besagte: Okay, Sie haben mich ertappt.
»Was ich allerdings nicht begreife und gern wissen würde, ist, *warum*. Könntest du mich vielleicht aufklären?«

Ruby legte ihren Löffel weg.

»Ich bin noch mal hingegangen, weil ich etwas gesucht habe: das Kärtchen. Blacker und Groete waren sich nämlich nicht ganz sicher, ob bei den Thompsons *wirklich* etwas geklaut worden war, beziehungsweise ob es *wirklich* unser Fensterdieb war, und die Polizei ging von einem Nachahmungstäter aus. Aber wie viele Einbrecher können an einem so hohen Gebäude hochklettern und sich durch ein so enges Fenster zwängen?«

»Du zum Beispiel«, sagte Hitch spontan.

»Richtig, aber Sie begreifen doch, was ich meine, Mann. Wir müssen herausfinden, worin der Zusammenhang besteht.«

»Da gebe ich dir zufälligerweise mal recht. Ein Problem habe ich nur mit deinen Methoden.« Er sah sie prüfend an. »Und? Hast du gefunden, wonach du gesucht hast?«

»Ja.« Ruby zog das Kärtchen aus der Tasche ihres Sweatshirts und legte es auf den Tisch. Eine Ecke des Kärtchens hatte Bissspuren – von winzig kleinen Zähnchen.

»Ach? Nileston hat es gehabt?«, sagte Hitch nach einem kurzen Blick darauf.

»Genauer gesagt, Mr Potatohead. Der Kleine muss es schon in die Finger bekommen haben, bevor die Polizei kam, denn es lag in seiner Spielzeugkiste. Ich nehme an, dass seine Eltern das Kärtchen in der Aufregung gar nicht bemerkt haben.«

»Okay«, sagte Hitch. »Ich bringe es Blacker, mal sehen, was er dazu sagt. Doch seine Abteilung hat derzeit alle Hände voll zu tun; es gibt ein neues Sicherheitsleck.«

»Bei Spektrum?«, fragte Ruby.

»Nein«, erwiderte Hitch, »aber ein Teil von Spektrums Hardware ist verschwunden, und folglich müssen sämtliche Sicherheitscodes neu konfiguriert werden.«

Er wandte sich zum Gehen.

»Oh, noch was …«, sagte Ruby. »Falls jemand Zeit hat, würde ich vorschlagen, dass er sich das hier mal ansieht.« Sie riss die letzte Seite aus dem Roman, den sie gerade las. Darauf standen vier Zahlengruppen.

3	**14**	**1**	**14**	**14**	**12**
20	**14**	**18**	**21**	**14**	**19**

»Was ist das?«, fragte Hitch.

»Der Code von den Kärtchen«, erklärte Ruby. »Er basiert auf den Punkten, die ins Papier gedrückt oder erhöht sind – es sind offenbar doch keine Wörter.«

»Du hast ihn geknackt?«

»Ja.«

»*Wann?*«, fragte Hitch.

»Oh, um drei Uhr früh war mir etwas langweilig, weil mein zermatschtes Gesicht so weh tat, dass ich nicht schlafen konnte.«

»Wie?«, wollte Hitch wissen.

»Drehen Sie das Blatt mal um«, sagte Ruby.

Karte 1

	●		3
●	●	○	14
		●	1

Karte 2

●	●	○	14
●	●	○	14
●	●		12

Karte 3

○		○	20
●	●	○	14
○			18

Karte 4

○	●		21
●	●	○	14
○		●	19

Eingedrückt ● Erhöht ○

»Und was haben diese Zahlen zu bedeuten?«, fragte Hitch.

»Wüsste ich auch gern«, sagte Ruby und widmete sich wieder ihren Cheerios. »Das ist die große Frage. Ich habe herausbekommen, dass sich der Code in diese Zahlen zerlegen lässt. Aber was sie bedeuten, weiß ich nicht.«

»Gut, soll ich sie Blacker geben?«

Ruby nickte. »Super Idee. Mit meinem kaputten Kopf kann ich sowieso nicht klar denken. Sagen Sie ihm, es handle sich um ein ternäres Zahlensystem*. Er wird es verstehen.«

* Auf Seite 494 erfährst du, wie Ruby den Tastcode geknackt hat.

Hitch wandte sich wieder zur Tür und sah dabei auf seine Uhr. Er runzelte die Stirn.

»Was ist?«, fragte Ruby.

»Eine Nachricht«, sagte er.

»Von wem?«

»Ähm, von dir …«

Ruby stutzte. »Von mir?«

»Ja«, bestätigte Hitch. »Sag mal, hast du bei deinem … kleinen Abenteuer vielleicht deine Fluchtuhr verloren?«

Ruby blickte auf ihr Handgelenk. »Oje … sieht ganz so aus.«

Hitch seufzte. »Tja, dann hat sie wohl ein Fremder in die Finger bekommen.«

»Wer könnte das sein?«, fragte Ruby.

»Keine Ahnung.«

»Und was will er?«, fragte Ruby.

»Woher soll ich das wissen?«, knurrte Hitch. »Die Nachricht ist leider verschlüsselt.«

Ruby sah ihn an. »Meinen Sie, es könnte der Skywalker sein?«

»Dieser Gedanke kam mir auch spontan«, sagte Hitch.

»Und was machen wir jetzt?« Ruby verspürte nun doch einen Anflug von Panik.

»Abwarten!«, sagte er. »Ist eine der Spektrum-Regeln. Den richtigen Augenblick abwarten, bis die Sache etwas klarer ist. Gilt übrigens auch für dich.«

Und nach diesen Worten verschwand er.

Mrs Digby war strikt dagegen, dass Ruby in die Schule ging. Ruby hatte eine leichte Gehirnerschütterung, und Mrs Digby sagte sehr bestimmt: »Mit einer Gehirnerschütterung ist nicht zu spaßen, Kind.«

In diesem Moment läutete Rubys Donut-Telefon.

»Hallo, ich bin's«, sagte Clancy. »Wollen wir uns nachher im Diner treffen?« Er gab sich betont lässig, viel lässiger, als ihm zumute war; er musste sie unbedingt sehen.

»Heute geht es leider nicht«, sagte Ruby. »Ich hatte gestern Abend einen kleinen Unfall, mein Gesicht ist total entstellt, und weil ich mir auch den Kopf anschlug, sagt Mrs Digby, ich müsse im Bett bleiben.«

»Oje, so schlimm ist es?« Clancy klang richtig erschrocken. Ruby konnte hören, dass er vor Aufregung mit den Armen ruderte.

»Halb so wild, Clance. Mir geht es gut. Okay, nicht wirklich gut, aber ich bin noch ganz.«

»Stimmt das auch, Ruby?«

»Ja klar«, sagte sie. »Ich rufe dich an, wenn's ans Sterben geht.«

»Okay, versprich es mir!«

»Großes Indianerehrenwort.«

Nach diesem Anruf ging Ruby wieder ins Bad. Ihr Auge war violett und geschwollen, und ihre Lippe war dick geschwollen. Die Schürfwunde am Arm sah nicht allzu schlimm aus, doch ihr Knie schon. Ruby sah wirklich mitgenommen aus. Zu blöd, dass ihre Mutter diesen Fototermin bei Ada Borland schon fest gebucht hatte – heute war keinesfalls der ideale Tag dafür.

»O Gott, ich muss diesen Termin absagen!«, stöhnte Sabina, als sie hereinkam.

»Warum?«

»Na, schau dich doch an, Ruby. Hast du heute schon in den Spiegel geschaut?«

Ruby sah noch einmal in den Spiegel. »Mich stört es nicht, mich so fotografieren zu lassen.«

»Aber du siehst dir doch gar nicht ähnlich«, sagte ihre Mutter.

»Natürlich sehe ich mir ähnlich«, widersprach Ruby. »Wem sonst?«

»Ja, du siehst so aus, als hättest du einen Zusammenstoß mit einem Polizeiauto gehabt«, sagte Sabina spitz.

»Mal ehrlich: Wie viele Mütter können das über eine Porträtaufnahme ihrer Tochter sagen? Sieht hinterher sicher interessanter aus als der übliche Schnappschuss.«

»Schnappschuss? *Schnappschuss?!*« Sabina stützte die Hände auf die Hüften, und ihre Stimme klang ungewöhnlich schrill. Oje, dachte Ruby, Mom braucht dringend wieder einen von Hitchs beruhigenden Kräutertees.

»Ist dir eigentlich klar, was für ein Privileg es ist, von Ada Borland fotografiert zu werden? Ich war vor Freude ganz aus dem Häuschen, als ich hörte, dass ich bei der Tombola gewonnen habe, aber *du*, du musstest mir ja mit aller Gewalt einen Strich durch die Rechnung machen! Es geht immer nur um dich und was *du* willst! Hätte mir meine Tochter nicht diesen klitzekleinen Gefallen tun können? Ich schwöre, dann wäre ich bis Weihnachten glücklich und zufrieden gewesen!«

Sabina drehte sich um und stürmte aus dem Bad. Dabei knallte sie die Tür so wütend und empört hinter sich zu, dass die Seife aus der Seifenschale fiel. Ruby hörte ihre Mutter zum Telefon gehen und sagen, es tue ihr sehr leid, aber ihre Tochter hätte einen Unfall gehabt und deshalb müsse sie den Fototermin nun absagen. Ruby bekam ein richtig schlechtes Gewissen. Obwohl sie wirklich nicht scharf darauf war, sich fotografieren zu lassen, nicht mal von der berühmten Ada Borland, war ihr klar, wie viel es für ihre Mutter bedeutet hätte. Aber jetzt war nichts mehr zu ändern. Oder?

Sie versuchte, dieses unangenehme Gefühl zu verdrängen, indem sie den Fernseher einschaltete und das Morgenprogramm anschaute. Und mitten im Film *Aufstand der Zombies* hatte sie eine Idee.

Genau, das war die Lösung!

38. Kapitel

Kein bisschen nett

Ruby griff zum Telefon und wählte Reds Nummer. Sie hatte Glück – Mrs Monroe nahm ab. »Hallo, Sadie, ich bin's, Ruby. Ich habe ein kleines Problem, aber vielleicht können Sie mir helfen.«

»Ich werde es versuchen«, antwortete Reds Mutter. »Worum geht's?«

»Es klingt vielleicht komisch, doch ich wollte fragen, ob Sie Ihren Bekannten Frederik Lutz vielleicht bitten könnten, mir einen Gefallen zu tun. Wissen Sie, als ich mich neulich bei der Kostümgala in der Scarlet Pagoda mit ihm unterhalten habe, sagte er, falls ich jemals ein spezielles Make-up für einen besonderen Anlass bräuchte, solle ich mich an ihn wenden.«

»Wenn Frederik das gesagt hat, dann hat er es auch so gemeint«, sagte Sadie. »Er ist ein Mann, der sein Wort hält.«

»Die Sache ist die«, fuhr Ruby fort, »dass es ziemlich eilig ist.«

»Wie eilig?«, fragte Sadie.

»Brandeilig. Am besten *sofort*«, sagte Ruby.

»Ah«, sagte Sadie, »kein Puffer?«

»Nein, null«, sagte Ruby. »Ich bin relativ verzweifelt.«

»Auweia, so schlimm? Warte kurz, Ruby, ich rufe dich gleich zurück.«

Ruby musste nicht lange warten. Nach nur sieben Minuten war Sadie wieder am Apparat.
»Frederik freut sich, dich zu sehen. Er erwartet dich.« Sie gab Ruby die Adresse und wünschte ihr viel Glück, ohne weiterzufragen. Das gehörte zu den Dingen, die Ruby an Reds Mutter liebte – sie stellte nie zu viele Fragen.
Als Ruby an der Telefonzelle unten am Cedarwood Drive vorbeikam, rief sie mit verstellter Stimme in Ada Borlands Studio an.
»Hallo, hier ist noch einmal Sabina Redfort. Entschuldigen Sie meinen Anruf von vorhin, ich habe eingesehen, dass ich … nun ja, dass ich wieder mal zu sehr auf überbesorgte Glocke gemacht habe …« Pause für ein verlegenes Lachen. »Ach, es heißt Glucke? Also gut, ich bin eine überbesorgte *Glucke*, aber wie dem auch sei, meine Tochter will nun doch kommen, sie ist ja so was von taff – ein Vorbild für uns alle.«
Dann eilte Ruby in den Derilla Drive 119, wo Frederik Lutz auf seiner Veranda in einem Liegestuhl saß, einen Dackel auf dem Schoß. Grüßend hob er die Hand und machte dann Anstalten aufzustehen. »Immer hereinspaziert, junge Dame«, sagte er. »Das ist übrigens Paullie«, fügte er mit einem Blick auf seinen Dackel hinzu.
Der Dackel hob den Kopf und blinzelte Ruby verschlafen an.
»Hallo, Paullie«, sagte Ruby.
Frederik erhob sich und stellte die Dackeldame behutsam auf den Boden. Paullie stand auf ihren kurzen Beinen und wartete ab, was als Nächstes passieren würde.

»Komm mit!«, sagte Frederik.
Er führte Ruby in sein Atelier, einen großen Raum, den er in eine Art Salon verwandelt hatte und der über und über mit Film-Souvenirs vollgestellt war. Er bat sie, sich auf den Drehstuhl vor dem hell erleuchteten großen Spiegel zu setzen, und studierte ihr lädiertes Gesicht, das in jeden Horrorfilm gepasst hätte.
»Okay, ich denke, wir fangen bei Halloween an und gehen von da aus rückwärts. Sehr ungewohnt für mich: Normalerweise arbeite ich in die andere Richtung.«
»Ja, ich weiß, sieht schlimm aus, aber meinen Sie, Sie können mich wieder einigermaßen vorzeigbar machen?«
»Ob ich das kann? *Ob ich das kann?!* Kind, du redest mit Frederik Lutz!! Klar kann ich es! Keine Angst, du wirst im Handumdrehen so niedlich aussehen wie Shirley Temple in ihren besten Tagen. Dieser Look schwebt dir doch vor, nicht wahr?« Er zwinkerte ihr zu.
Ruby grinste. »Ja, so in etwa.«
Hollywoods angesagtester Promi-Visagist machte sich nun mehrere Stunden an Rubys Gesicht zu schaffen, und dabei redete er wie ein Buch – ohne Punkt und Komma. Hauptsächlich von den guten alten Tagen, als noch Superstars wie Erica Grey, Bette Davis und Lauren Bacall am Filmhimmel leuchteten.
»Das waren wunderbare Frauen, richtige Göttinnen, das kann ich dir sagen«, sagte Frederik. »Weltklassestars wie sie gibt es heutzutage nicht mehr.«
An den Wänden des Ateliers hingen unzählige gerahmte Fotos

von Schauspielern, mit denen er gearbeitet hatte, Plakate von Filmen, bei denen er mitgewirkt hatte, und anderer Nippes, die er im Laufe vieler Jahre gesammelt hatte. Es wimmelte nur so von berühmten Namen. Rubys Blick blieb an einem dieser Plakate hängen: *Die Katze, die den Singvogel fing*. Darauf waren die kleinen gelben Schuhe abgebildet, von Margo selbst sah man nur die Waden. Am unteren rechten Bildrand stolzierte gerade eine schwarze Katze davon, mit einer gelben Feder im Maul. Es war ein sehr interessantes Filmplakat, von der Hauptdarstellerin signiert.

»Kennen Sie Margo persönlich?«, fragte Ruby und zeigte auf das Plakat.

»Aber ja, ich habe sie schon mehrmals getroffen«, sagte Frederik. »Eine phantastische Frau. Ein Jammer, dass sie George Katsel geheiratet hat.«

»Wieso? Kein netter Mann?«, fragte Ruby.

Frederik verzog das Gesicht. »Nett? Kein bisschen. Ein Typ, der sich nur für sich selbst interessiert. Es ging immer nur um *ihn* und was *er* wollte; die anderen haben ihn nicht interessiert.«

Ruby zuckte zusammen – die Worte ihrer Mutter vom Morgen lagen ihr noch schwer im Magen.

»Aber dafür hatte er eine magnetische Anziehungskraft, man konnte ihm kaum widerstehen, wenn er einen mit seinen babyblauen Augen ansah.«

»Das klingt schwer nach einem Egomanen«, sagte Ruby.

»Kannst du laut sagen.« Frederik schüttelte den Kopf. »Er wurde ›The Cat‹ genannt, weil er immer auf die Füße fiel und so verdammt viel Glück hatte. Katsel bekam immer, was er wollte; er war die Katze, die immer den Rahm von der Milch leckt.« Frederik machte eine kurze Pause, um Rubys Grundierung zu korrigieren. »Margo habe ich erst später kennengelernt, als sie sich von George getrennt hatte und schon berühmt war. Und ich kann wirklich kein schlechtes Wort über sie sagen, außer vielleicht, dass sie leider so verdammt groß war.«

»Komisch ...«, sagte Ruby verblüfft, »ich dachte immer, sie sei eher klein, eher so wie ich, oder vielleicht ein *bisschen* größer.«

»Machst du Witze?«, sagte Frederik.

»In dem Film *Die Katze, die den Singvogel fing* sieht sie doch eher klein aus«, entgegnete Ruby.

»Ach, alles nur Blendwerk«, sagte Frederik und legte erneut eine kurze Pause ein, um sein bisheriges Tun zu begutachten. »Wenn ich am Set ihr Make-up nachbessern musste, musste ich mich immer auf einen Hocker stellen.« Er lachte. »Ich weiß, ich bin nicht der Größte, aber Margo muss an die eins achtundsiebzig groß gewesen sein. Dass sie klein *wirkte*, liegt nur an der Magie von Filmen.« Frederik Lutz kicherte in sich hinein und pinselte Selbstbräuner in Rubys Gesicht. »Genau wie *du* jetzt dank der Magie von Make-up aussiehst, als wärst du niemals über den Asphalt geschlittert.«

Als Ruby den Kopf drehte, um sich im Spiegel zu betrachten, sah sie, dass Frederik die Wahrheit sagte: Sie sah aus, wie sie normalerweise aussah; ihr Gesicht war makellos – nicht der kleinste Kratzer oder blaue Fleck.

39. Kapitel

Einfach bildschön

Nachdem Ruby sich mindestens zwanzigmal bei Frederik bedankt hatte, ging sie schnurstracks zu Ada Borlands Fotostudio, das – wie sich herausstellte – gar nicht weit weg von der Scarlet Pagoda lag. Auf ihr Läuten hin öffnete ihr eine streng aussehende Frau, von Kopf bis Fuß in Grau gekleidet. Diese Frau (mit dem Namen Abigail) entpuppte sich jedoch als sehr freundlich, und sie war so nett, Ruby durch die Galerie zu führen, während sie auf die Fotografin wartete.
Es war nicht zu übersehen, dass die Scarlet Pagoda einen großen Einfluss auf Ada gehabt hatte, denn es gab viele gerahmte Fotos des alten Lichtspielhauses aus den unterschiedlichsten Jahrzehnten. Es war faszinierend, die Veränderungen zu sehen, die das Gebäude im Laufe der Zeit erlebt hatte, wie es seine Blütezeit erlebte und dann allmählich dem Verfall anheimfiel. Es gab natürlich auch Fotografien von vielen der Prominenten, die hier aufgetreten waren – Schauspieler, Akrobaten, Schlangenmenschen, Tänzer und Sänger. Filmstars und -sternchen in exzentrischen Roben, Zirkusdarsteller in märchenhaften Kostümen. Ruby war noch ganz in die Betrachtung dieser interessanten Aufnahmen versunken, als sie auf einmal eine tiefe, sonore Stimme hinter sich hörte.

»Miss Redfort?«
Ruby drehte sich um und sah eine kleine, ältere Frau mit einer schwarzgefärbten Bobfrisur. Eine riesige orangefarbene Brille verdeckte den Großteil des Gesichts; der Lippenstift war ebenfalls orange und perfekt auf das Brillengestell abgestimmt.
»Ich bin Ada«, stellte die Frau sich vor. »Wollen wir gleich anfangen?«
Wer Adas Bilder kannte, wusste, dass sie sich für sehr viel mehr als nur für das äußere Erscheinungsbild ihrer Motive interessierte. Sie schien durch die Fassade der Menschen hindurchzublicken und vor allem das Nicht-Einfangbare einzufangen. Ihre Porträts erzählten eine Geschichte, unterlegt von Stimmungen und Bedeutung. Je länger man hinsah, desto mehr konnte man erkennen und umso mehr erzählten einem die Aufnahmen von den Menschen – und alles, was auf den ersten Blick rein zufällig mit auf dem Bild war, war Bestandteil der Geschichte.
Ruby war neugierig auf all die Menschen, die sich von Ada hatten porträtieren lassen: wichtige Persönlichkeiten, aber auch ganz gewöhnliche Menschen; Alt und Jung. Es waren eigenartige Gesichter, hässliche und bildschöne. Und ob es nun gestellte Aufnahmen oder Schnappschüsse waren, sie alle spiegelten auch etwas von der Fotografin und ihrer Sichtweise wider.
Beim Betrachten der Fotos fragte sich Ruby: Wie war Erica Grey eigentlich, wie war der Präsident, wie war der Händler, und jedes Mal antwortete Ada nur: »Sag *du* es mir! Die Fotografie verrät alles, du musst nur genau hinsehen.«

Für Ruby war es eine interessante Erfahrung, und obwohl der Fototermin länger dauerte, als sie gedacht hatte, war es eine seltene Gelegenheit, mit Ada zu plaudern. Ruby war froh darüber.

»Es hat mich sehr gefreut, dich kennenzulernen, Ruby Redfort«, sagte Ada zum Abschied. »Du kannst jederzeit gern wiederkommen.«

Als Ruby sich anschließend wieder ins Haus und in ihr Zimmer schleichen wollte, lief sie Mrs Digby in die Arme, die bei ihrem Anblick fast an die Decke sprang.

»Zum Kreuzdonnerwetter nochmal, Kind, was ist mit deinem Gesicht passiert?«

»Wieso? Sehe ich schlimm aus?«

»Nein, das kann man nicht behaupten«, erwiderte Mrs Digby. »Ich würde sagen, dein Gesicht sieht aus, wie es aussehen sollte, aber wo sind dein blaues Auge und die geschwollene Lippe geblieben?«

Ruby beschloss, der alten Haushälterin zu erzählen, wo sie herkam. Mrs Digby konnte man nichts vormachen. REGEL 47: LÜG KEINEN AN, DER DICH SOWIESO DURCHSCHAUT. Manchmal lohnte es sich, die Wahrheit zu sagen, und so war es auch jetzt. Mrs Digby drückte Ruby ein Küsschen auf die Stirn und sagte: »Ruby Redfort, ich *wusste*, dass bei dir noch nicht Hopfen und Malz verloren ist. Du *bist* ein liebes Mädchen, auch wenn du gern so tust, als wärst du es nicht.«

Eine halbe Stunde später war Ruby oben in ihrem Zimmer und

sah fern. Es ging um eine Schlangenfrau, die sich unglaublich verbiegen und verrenken konnte. Sie schaffte es auch, sich ganz klein oder ganz, ganz dünn zu machen, und dabei zwängte sie sich durch immer kleinere und kleinere Reifen.

Plötzlich klopfte es an der Tür, und Clancy Crew streckte den Kopf herein. Er trug eine karierte Kappe, die er so tief ins Gesicht gezogen hatte, dass man nur die eine Gesichtshälfte sah. Er sah damit etwas komisch aus, aber irgendwie wieder mehr wie er selbst.

»Hübsche Kappe«, sagte Ruby zur Begrüßung.

»Hallo, Ruby, Mrs Digby hat mich gleich hochgeschickt. Wie geht es d…?« Er verstummte mitten im Satz.

»Was ist?«, fragte Ruby.

»Dein Gesicht«, sagte Clancy verblüfft. »Ich dachte, es sei total lädiert.«

»Ach so, ja, ist alles Make-up, Clance.«

»Das sehe ich!«, sagte er unwirsch und starrte sie finster an. »Wo warst du? Hast du neuerdings einen anderen Freund, oder gehst du vielleicht zu einer Party, um wegzukommen von dem Langweiler, den du früher mal als deinen besten Freund bezeichnet hast?«

»Clance, was redest du da für einen Unsinn? Ich war nirgends, beziehungsweise doch, ich war natürlich irgendwo, aber nur, weil ich etwas Gutes tun wollte, ausnahmsweise mal etwas Nettes …«

»Brich dir keinen ab!«, fauchte Clancy. »Ist nicht deine Art.« Mit diesen Worten drehte er sich um, stürmte aus Rubys Zimmer und polterte mit lauten, wütenden Schritten die Treppe hinunter.

»Clance!«, rief sie ihm nach. »Mannomann, was ist nur in dich gefahren? Hast du's mit den Nerven oder was?« Sie hatte nun wirklich keine Lust, ihm bis auf die Straße nachzulaufen; ihr Kopf pochte, und sie befürchtete, sich übergeben zu müssen, wenn sie sich zu hektisch bewegte.

Stattdessen beschloss sie, sich ein schönes, heißes Wannenbad zu gönnen und das Make-up abzuwaschen. Das mit dem kleinen Ausflug zu Ada würde sie Clancy erklären, wenn er sich wieder beruhigt hatte. Herrje, erstaunlich, was ein bisschen Make-up bewirken konnte! Unter anderem ließ es einen sonst ganz normalen Jungen fast durchdrehen.

40. Kapitel

Die Risiko-Angst-Gleichung

Ruby hatte den größten Teil der Nacht damit zugebracht, über einen Satz von Ada nachzudenken: »Die Fotografie verrät alles, du musst nur genau hinsehen.«

Und so hatte Ruby sehr viel über das große Ganze, das Gesamtbild nachgedacht, aber auch versucht, das zu sehen, was sich am Rand befand. Sie dachte über den Skywalker nach, den Fassadenkletterer und Einbrecher, die Wohnungseinbrüche und ganz besonders über Mr Norgaard und seine Sammlung von Briefbeschwerern.

Am Morgen fuhr Ruby mit der U-Bahn zu Spektrum und ging sofort in Blackers Büro. Dort pinnte sie sämtliche Fotos aus Norgaards Wohnung an die Wand, nicht nur die, die sie selbst geschossen hatte, sondern auch die Fotos von der Polizei. Nachdem sie damit fertig war und so das Arbeitszimmer des Drehbuchautors virtuell nachgebildet hatte, trat sie einen Schritt zurück und begutachtete ihr Werk. Gab es irgendwelche Hinweise?

»Wonach suchst du?«, fragte Blacker.

»Keine Ahnung«, gestand Ruby. »Nach etwas, das ich übersehen habe.«

Sie schaute und schaute, als hätte sie alle Zeit der Welt. Ihre

Augen tasteten jeden Millimeter jedes Fotos ab – die Möbel, die Vorhänge, die Deko-Artikel, die Bücher, Lampen und Teppiche. Etwa eine Stunde später konzentrierte sie sich auf eine Reihe alter Fotos über der Couch der Norgaards; sie waren eindeutig schon älteren Datums. Das Foto, das sie am meisten interessierte, zeigte zwei Männer – der eine saß an einem großen Schreibtisch und blickte auf ein Manuskript, der zweite Mann stand hinter ihm. Es war ein gestelltes Foto, und man konnte die Überschrift des Manuskripts nicht lesen, doch es handelte sich höchstwahrscheinlich um ein Drehbuch.

Der sitzende Mann trug Anzug und Krawatte, und Ruby erkannte ihn als den Filmproduzenten und Regisseur George Katsel, alias »The Cat«, wie Frederik ihn genannt hatte. *Die Katze, die den Singvogel fing* war nur einer von vielen Kassenschlagern, die Katsel gedreht hatte.

Der Mann, der hinter ihm stand, musste Mr Norgaard senior sein, wie Ruby annahm, der Vater des Drehbuchautors, bei dem eingebrochen worden war. Doch was Ruby am meisten ins Auge stach, war die gläserne Kugel auf Katsels Schreibtisch. Es war ein Briefbeschwerer, in dem sich eine einzelne gelbe Feder befand. Ruby sah sich alle anderen Fotos noch einmal an und entdeckte eines, auf dem dieser Briefbeschwerer ebenfalls zu sehen war, diesmal allerdings auf dem Schreibtisch von Norgaard senior. Auf diesem Foto sah Mr Norgaard bereits wesentlich älter aus. Aha, George Katsel muss ihm den Briefbeschwerer irgendwann geschenkt haben, dachte Ruby.

Nun suchte sie den fraglichen Briefbeschwerer auf den Fotos, die die Polizei und sie selbst in Norgaards Wohnung gemacht hatten, doch er war auf keinem zu sehen. Natürlich hätte sie nicht ihre Hand dafür ins Feuer gelegt, doch sie hatte das sichere Gefühl, dass er bei dem Einbruch gestohlen wurde: Objekt Nummer eins.

»Und? Irgendwelche Erkenntnisse?«, fragte Blacker.

»Ehrlich gesagt ja, eine. Aber hundertprozentig sicher bin ich mir nicht.«

»Okay, dann sag mir Bescheid, wenn du dir sicher bist«, sagte Blacker. Seine Armbanduhr summte. Er sah auf das Ziffernblatt. »Komisch, komisch …«

Ruby blickte auf. »Was ist?«, fragte sie.

Blacker hielt ihr seine Uhr unter die Nase. »Schau! Eine Nachricht von dir.«

Ruby riss die Augen auf. Die Nachricht lautete:

Xb7fnghsmKKshgg

»Soll das eine Art Test sein?«, fragte Blacker.

»Nein, das ist nicht von mir«, sagte Ruby. »Ich … ähm … habe meine Uhr verloren. Jemand muss sie gefunden haben.«

Blacker stutzte.

»Okay«, sagte Ruby, »offenbar hat sie wirklich jemand gefunden, aber ich habe keinen Schimmer, wer das sein könnte.«

»Und *wo* hast du sie verloren?«

»Oh, irgendwo hundert Meter über der Erde«, sagte Ruby kleinlaut.

»Klingt nach einer längeren Geschichte«, sagte Blacker.
»Wohl wahr«, sagte Ruby. »Hören Sie, wenn ich jetzt gleich damit anfange, diese Nachricht zu entschlüsseln ...« Sie machte eine kurze Pause und sah Blacker an. »... könnten Sie dann vielleicht ein Auge zudrücken und mir etwas Zeit geben? Bevor Sie ... Sie wissen schon.«
»... ich das mit der eingegangenen Nachricht melde?«
Ruby nickte.
»Na schön, dann weiß ich vorläufig von nichts«, sagte Blacker. »Aber allzu lange darf es nicht dauern.«
Ruby schmunzelte. Einen cooleren Kollegen als Blacker konnte man sich echt nicht wünschen, und sie fand, dass sie ziemliches Glück mit ihm hatte.
»Aber jetzt gehst du besser nach Hause«, sagte Blacker und winkte sie zur Tür hinaus. »Bis später!«

Ruby war fast schon am Fahrstuhl, als Summ sie noch mal zurückrief und ihr einen Zettel reichte, auf dem stand:

`Ich erwarte Dich im Charles Burger, Hitch`

Ruby kannte das Charles Burger, ein nobles Fastfood-Restaurant mit grünen Lederbänken und polierten Holztischen. Passte irgendwie zu Hitch, fand Ruby. Sie drückte die Tür aus Messing und Glas auf und entdeckte Hitch an einem der hinteren Tische unter einer Lampe.
»Ich habe Ihre Nachricht erhalten«, sagte Ruby. »Wollen Sie

mir immer noch den Hals umdrehen? Falls ja, dann bleibe ich lieber auf Abstand.«

»Ich hab schon genug Probleme am Hals, Kleine«, seufzte Hitch. »Nein, ich habe mir noch einmal durch den Kopf gehen lassen, was du gesagt hast. Dass jemand versucht hat, dich umzubringen.«

»Sie meinen auf dem Hauser Ink Building?«

»Ja, als du an diesem Hochseil rumgeturnt bist.«

»Und?«

»Es konnte nicht der Typ sein, hinter dem du her warst, denn das Seil wurde ja auf der anderen Seite durchtrennt, wie du gesagt hast. Es kann aber auch kein Zufall gewesen sein – einer von unseren Leuten hat es sich angesehen und festgestellt, dass es so aussieht, als wäre es mit einer Drahtschere durchtrennt worden. Muss den Betreffenden einige Zeit gekostet haben, denn das Seil war sehr dick – ein Glück für dich –, doch es bedeutet, dass er genau wusste, was er tat.«

»Sie meinen, jemand hat mich verfolgt?«

»Ich denke eher, dass dieser Jemand hinter dem Skywalker her war, genau wie du, und auf demselben Dach gelandet ist. Ich glaube nicht, dass er es auf dich abgesehen hatte, zumindest nicht am Anfang. Vermutlich hatte er den Skywalker im Visier, und dann bist *du* plötzlich aufgetaucht.«

»Trotzdem kann es kein netter Mensch sein«, sagte Ruby, »wenn er eine Dreizehnjährige um die Ecke bringen will, die an nichts Böses denkt.«

Hitchs Blick und seine hochgezogene Augenbraue besagten

überdeutlich: *Selten so gelacht*. Doch dann sagte er, sehr ernst: »Du musst damit rechnen, Redfort, dass die Leute, die hinter diesem Skywalker her sind und ihn notfalls auch umbringen würden, mit einer naseweisen Schülerin kurzen Prozess machen würden.«

»Könnte sein«, sagte Ruby nachdenklich.

»Deine Vorgehensweise gefällt mir in der Regel nicht, aber ich muss zugeben, dass du als Detektivin große Klasse bist«, sagte Hitch und trank einen Schluck Kaffee. »Deshalb möchte ich dir einen Vorschlag machen.«

»Ich höre.«

»Die Sache ist die, dass du eine Agentin sein sollst, aber nicht irgendeine, sondern eine Spektrum-Agentin. Zwar noch in der Ausbildung, aber trotzdem schon eine Agentin. Das bedeutet, dass du dich auch so verhalten solltest, wie es von einer Agentin erwartet wird. Agenten machen keinen Kopfsprung in ein Gewässer, bevor sie nicht wissen, wie tief es ist, sie springen nicht, bevor sie nicht wissen, wo sie landen, sie treffen keine Entscheidungen, ohne alles gründlich durchgedacht zu haben. Agenten denken immer auch an die Konsequenzen – das *müssen* wir tun, denn genau darum geht es.«

Ruby widersprach ihm nicht.

»Du jedoch benimmst dich wie die Agenten in Spionagefilmen, als gäbe es in der realen Welt einen Drehbuchautor, der ein Buch über dich und dein Riesen-Ego geschrieben hat. Doch du musst deinen eigenen Kopf benutzen und dich über das Drehbuch hinwegsetzen. Entscheide dich: Bist du ein Mädchen, das auf dem Schulhof die Superheldin spielen will, oder eine richtig gute Geheimagentin, die etwas bewirken will? Was ich damit sagen will, Redfort: Ist es dir ernst oder nicht?«

Ruby war nun wirklich nicht auf den Mund gefallen, doch diesmal fiel ihr spontan keine taffe Antwort ein. Eine Unmenge von Fragen schwirrten ihr durch den Kopf – zu viele, um sie zu stellen.

»Hör mal, Kind, ich will ganz offen zu dir sein. Spektrum kann kein impulsives, furchtloses Teenie-Girl brauchen, das hirnrissige Risiken auf sich nimmt und dadurch nicht nur sich selbst, sondern auch die Kollegen unnötig in Gefahr bringt, die ihm zu Hilfe eilen.«

»Soll das heißen, ich darf keine Risiken mehr eingehen?«, fragte Ruby etwas pampig.

»Es soll heißen: Es gibt Risiken und Risiken.«

»Sie meinen große und kleine?«, fragte Ruby. »Nun …«

»Nein, das ist es nicht. Damit liegst du einhundert Prozent daneben. Ich rede von schwachsinnigen Risiken und nicht schwachsinnigen Risiken. Kalkulierten Risiken und unbesonnenen Risiken. Risiken, die sich nicht vermeiden lassen, und Risiken, die nur ein Verrückter eingehen würde. Verstehst du, was ich meine?«

Ruby schwieg.

»Okay. Was ich bisher gesehen habe, ist eine Schülerin, die eine Menge dummer Dinge tut, ohne auch nur einmal ihr Gehirn einzuschalten – und Redfort, nur zu deiner Information: Spektrum hat dich wegen deines Gehirns rekrutiert, nicht wegen deines aufgeblasenen Egos.«

Ruby schwieg noch immer.

»Kommst du kurz mit nach draußen?«

41. Kapitel

Zwei waagrecht

Sie verließen das Charles Burger, und Hitch ging voraus und bog um eine Ecke in eine schmuddelig aussehende, schmale Gasse voller Mülltonnen und Feuerleitern, wo auf beiden Seiten hohe Backsteinmauern emporragten.

»Kleine, ich muss dir etwas erklären, deshalb hör ausnahmsweise mal gut zu. Streng genommen ist es gegen die Regeln, deshalb sei bitte kooperativ.«

Sie zuckte die Schultern und war gespannt auf das, was gleich kommen würde.

»Es könnte falsch sein, aber mein Bauchgefühl ist anderer Meinung«, sagte Hitch.

Sie sah ihn an.

»Ich werde das Gefühl nicht los, dass du dich von einer brenzligen Situation in die nächste manövrierst – stimmt's oder hab ich recht?«

Ruby zuckte leicht zusammen.

»Können wir uns also darauf einigen, dass du vermutlich auch weiterhin wie eine durchgeknallte Action-Heldin durch die Gegend rennen wirst?«

Ruby versuchte, ein Grinsen zu unterdrücken.

»Deshalb mein Vorschlag«, fuhr Hitch fort. »Wenn du mir entgegenkommst, bin ich bereit, deine selbstmörderische Heldentat von neulich für mich zu behalten.«

»Bin ganz Ohr.«

»Okay, ich muss es natürlich mit der Ärztin absprechen und auch Agent Gill überzeugen – ganz zu schweigen vom ganzen Team von Spektrum 8 –, aber ich habe da eine Idee.«

Ruby fragte nicht, worum es ging, doch sie hoffte, dass es eine gute Idee war. »Und was ist mit LB?«, war alles, was sie sagte.

»Sie wird einverstanden sein, wenn alle anderen es auch sind«, sagte Hitch.

Ruby nickte bedächtig. »Dann lassen Sie hören!«

»Warst du schon mal auf einem Hindernisparcours?«, fragte Hitch und deutete die Gasse hinunter auf den kleinen Parkplatz und auf die Mülltonnen und Feuerleitern.

»Ja«, sagte sie vorsichtig.

»Gut, das hier ist auch ein Hindernisparcours, nur etwas kniffliger.«

Ruby blickte sich um. »Ich sehe keinen Parcours, nur Gebäude und Mauern und so weiter.«

»Schon mal von Parkour gehört, Kleine? Parkour mit K?«

Ruby sah ihn fragend an.

»Dann pass auf!« Ohne Vorwarnung rannte Hitch los. Er flitzte über den Parkplatz und direkt auf eine hohe Betonmauer zu – doch er blieb nicht davor stehen und wurde auch nicht langsamer, er rannte auf die Mauer zu und dann an ihr *hinauf*, und als er oben war, blieb er noch immer nicht stehen. Er sprang über eine schmale Lücke, hielt sich am nächstbesten Mauervorsprung fest, zog sich scheinbar mühelos auf einen schmalen Giebel hoch, sprang von dort aus auf ein schräges Dach, lief über die Firstziegel, sprang auf die nächste Mauer und rannte auf ihr entlang, und als sie zu Ende war, katapultierte er sich mit einem Handstandüberschlag auf den Boden, rollte über die Schulter ab und stand wieder auf den Füßen.

»Cool«, sagte Ruby. »Der Abgang war etwas angeberisch, aber alles in allem war's echt cool.«

Hitch verdrehte die Augen. »Immer eine große Klappe, aber du hast recht. Es geht nicht um Flickflacks und Akrobatik. Es geht auch nicht um Adrenalinstöße oder einen Wettkampf, das überlassen wir den Freerunnern. Es ist eine eigene Disziplin. Man muss sie trainieren und begreifen, welche Denkweise dahintersteckt.«

»Und Sie wollen mir weismachen, es sei nicht gefährlich?«, fragte Ruby spöttisch.

»Klar gibt es Risiken, aber man geht sie nur ein, wenn man sie abschätzen kann, und das kann man lernen. Man ist sich seiner körperlichen Fähigkeiten bewusst und respektiert die durch den Körper und die Umwelt gesetzten Grenzen. Angst kann natürlich auch auftreten, doch sie darf einen nicht beherrschen. Das sind einige der Prinzipien von Parkour.«

»Aha«, sagte Ruby.

»Man muss es spüren – dieses Gefühl, wenn man sich mit fließenden Bewegungen über Hindernisse bewegt, Körper und Geist im Einklang. Es ist fast wie Meditation und etwas ganz anderes, als wenn man sich an einen Kran hängt oder andere halsbrecherische Dinge ausprobiert. Man passt sich den Gegebenheiten der Stadt an, entscheidet selbst über seine Route. Man nutzt seine Angst dazu, um körperliche und mentale Herausforderungen durch Training zu meistern. Je mehr man trainiert, desto stärker wird man – physisch und psychisch. Wenn Angst aufkommt, nimmt man sie ernst. Es geht nicht darum, die Angst zu verlieren, sondern sie nach und nach abzubauen – die Angst ist dein Freund.«

»O-okay«, sagte Ruby.

»Willst du wissen, wie man eine Wand hochläuft?«, fragte Hitch, doch noch bevor Ruby darauf antworten konnte, ertönte auf einmal ein leiser Summton. Hitch sah zuerst auf seine Uhr, dann auf Ruby.

»Eine Nachricht von mir?«, fragte sie.

»Nun, zumindest von deiner *Uhr*«, sagte Hitch.

Ruby verzog das Gesicht. »Der Skywalker, was meinen Sie?«

»Es könnte jeder sein«, sagte Hitch.

»Dieser ›Jeder‹ muss aber eine Nachricht verschlüsseln können«, stellte Ruby richtig.

»Das engt den Kreis der Verdächtigen, die uns bekannt sind, nicht unbedingt ein«, gab Hitch zu bedenken. »Wer weiß, vielleicht steckt sogar der Graf höchstpersönlich dahinter.«

Ruby schauderte. Sie wollte nicht mal an den bösen Grafen *denken* und seinen Namen erst recht nicht *hören*. »Und was machen Sie jetzt?«

Hitch schüttelte den Kopf. »Wer immer es auch ist, er will uns offenbar auf sich aufmerksam machen. Aber den Gefallen tun wir ihm vorläufig nicht.« Er blickte wieder auf. »Wo waren wir?«

»Sie sind an der glatten Wand hochgerannt«, sagte Ruby.

»Richtig«, sagte Hitch. »Noch Fragen?«

»Ja, werden Sie es mir beibringen?«

»Versprichst du mir, dass du dich wenigstens ab und zu nicht wie eine Idiotin benimmst?«, fragte Hitch.

»Durchaus möglich«, antwortete Ruby.

»Okay, dann muss ich mich wohl damit zufriedengeben«, sagte Hitch und verdrehte die Augen. »Legen wir los!«

Am Montag ging Ruby nicht zur Schule und auch nicht am Dienstag oder Mittwoch. Hitch hatte ihr eine sehr überzeugende Entschuldigung geschrieben, in der stand, sie hätte einen Verkehrsunfall gehabt (was nicht direkt gelogen war) und dadurch bedingt nun ein psychisches Trauma (was ein klitzekleines bisschen stimmen konnte). Statt brav in der Twinford Junior High zu sitzen, war Ruby nun auf Parkplätzen, in Einkaufszentren, auf Mauern und Dächern unterwegs und trainierte Parkour. Laufen, Rennen, Klettern, Springen, Balancieren – das alles mit fließenden Bewegungen und vor allem ständig hochkonzentriert –, und dabei war Angst tatsächlich ganz hilfreich. Aber es erforderte enorm viel Kraft und Geschicklichkeit.

Ruby begriff, warum Hitch sie zuerst mit den Grundideen von Parkour bekanntgemacht hatte, denn das Wichtigste war es, die Hindernisse möglichst effizient zu überwinden und keine unnötigen Risiken einzugehen.

Der DROP

1. Springen
Den Landepunkt anvisieren; auf das richtige Timing achten. Beine anwinkeln und Oberkörper gerade halten.

2. Fallen lassen
Beine leicht angewinkelt lassen, Fußspitzen nach unten. Nicht auf den Fersen landen. Beim Aufkommen abfedern!

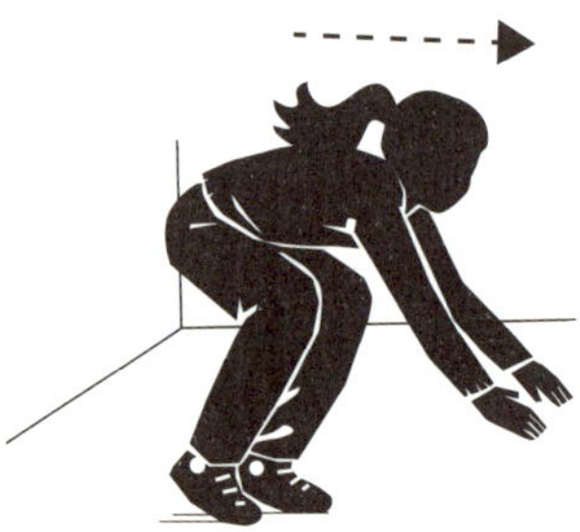

3. Aufkommen
Auf den Fußballen aufkommen, in die Knie gehen. Deine Muskeln federn den Aufprall ab.

4. Weiterrennen
Gleichzeitig mit den Händen abstützen, entlastet die Knie. Abstoßen und weiterrennen.

Der TIC-TAC

1. Anlaufen
Mauer schräg anlaufen. Etwa einen Laufschritt vor der Mauer das vordere Bein in Hüfthöhe heben.

2. Hochlaufen
Den Punkt anvisieren, wo der Fuß hingesetzt werden soll, Fußspitze nach oben. Fußballen aufsetzen.

3. Abstoßen
Sofort wieder abstoßen, Aufwärtsschwung ausnutzen und neues Ziel gegenüber anvisieren. Oberkörper leicht gebeugt.

4. Richtung ändern
Kopf und Oberkörper drehen, neues Ziel fokussieren, das äußere Knie hochnehmen, um auf/über das gegenüberliegende Hindernis zu springen oder wieder zu landen.

Die ROLLE

1. Haltung
Hier wird die Fallenergie in eine Vorwärtsbewegung umgeleitet. Aus der Hocke oder aus dem Stand rollt man diagonal über Schulter und Hüfte ab.

2. Runterspringen und abrollen
Nach dem Sprung auf den Händen aufkommen und über die Schulter auf die gegenüberliegende Hüfte abrollen. Kinn und Knie an die Brust drücken.

3. Aufkommen
Aus der Rolle gleich auf den Oberschenkel weiterrollen; bleib so klein wie ein Ball und behalte die Gliedmaßen unter Kontrolle.

4. Weiterrennen
Über ein Bein und eine Schulter aus der Rolle hochkommen, genau wie am Anfang. Aufspringen und weiterlaufen.

Bald stellte Ruby fest, dass sie von sehr viel höheren Hindernissen hinunterspringen konnte, als sie für möglich gehalten hätte – vor allem seit sie einen Move namens »Rolle« beherrschte und die Fallenergie in eine Vorwärtsbewegung umleitete. Sie lernte, wie wichtig es war, die körpereigene Energie auszunutzen, um immer schwierigere Sprünge und Drops zu meistern. Ohne Training und vorheriges Aufwärmen konnte man sich schlimme – im Extremfall sogar dauerhafte – Verletzungen zuziehen, und dann hätte Ruby ihren Traum von einer Karriere als Agentin im Einsatz für immer begraben müssen. Deshalb beherzigte sie alles, was Hitch ihr erklärte; sie wollte sich keinesfalls ihre Zukunft verbauen.

Bald schon sprang sie wie ein Eichhörnchen von Dach zu Dach, rollte bei der Landung ab, rannte Mauern und Hauswände hinauf und schwang sich über Geländer, wobei sie alle Bewegungsimpulse gekonnt ausnutzte, um sich durch die Stadt zu bewegen. Zu ihrem Wortschatz gehörten nun Begriffe wie Mauerüberwindung, Laché, Durchbruch, Präzisionssprung und Tic-Tac.

Je mehr sie sich darauf konzentrierte, immer ganz bei sich und der jeweiligen Bewegung zu bleiben, desto besser gelang es ihr, sich dem Rhythmus der Stadt anzupassen und die Gebäude und Parks als Orte zu sehen, mit denen sie interagieren konnte. Die Umgebung war nicht mehr von ihr getrennt, sie war ihr Aktionsfeld, eine urbane Landschaft, die sie immer klarer sah. Einzelteile wuchsen zusammen; Ruby begann, die Stadt als Einheit zu erleben.

AMSTER ST
0
S. D
0
Double
Donut

So sieht für dich
eine Großstadt aus?

Blättere um,
und du siehst
sie mit Rubys Augen …

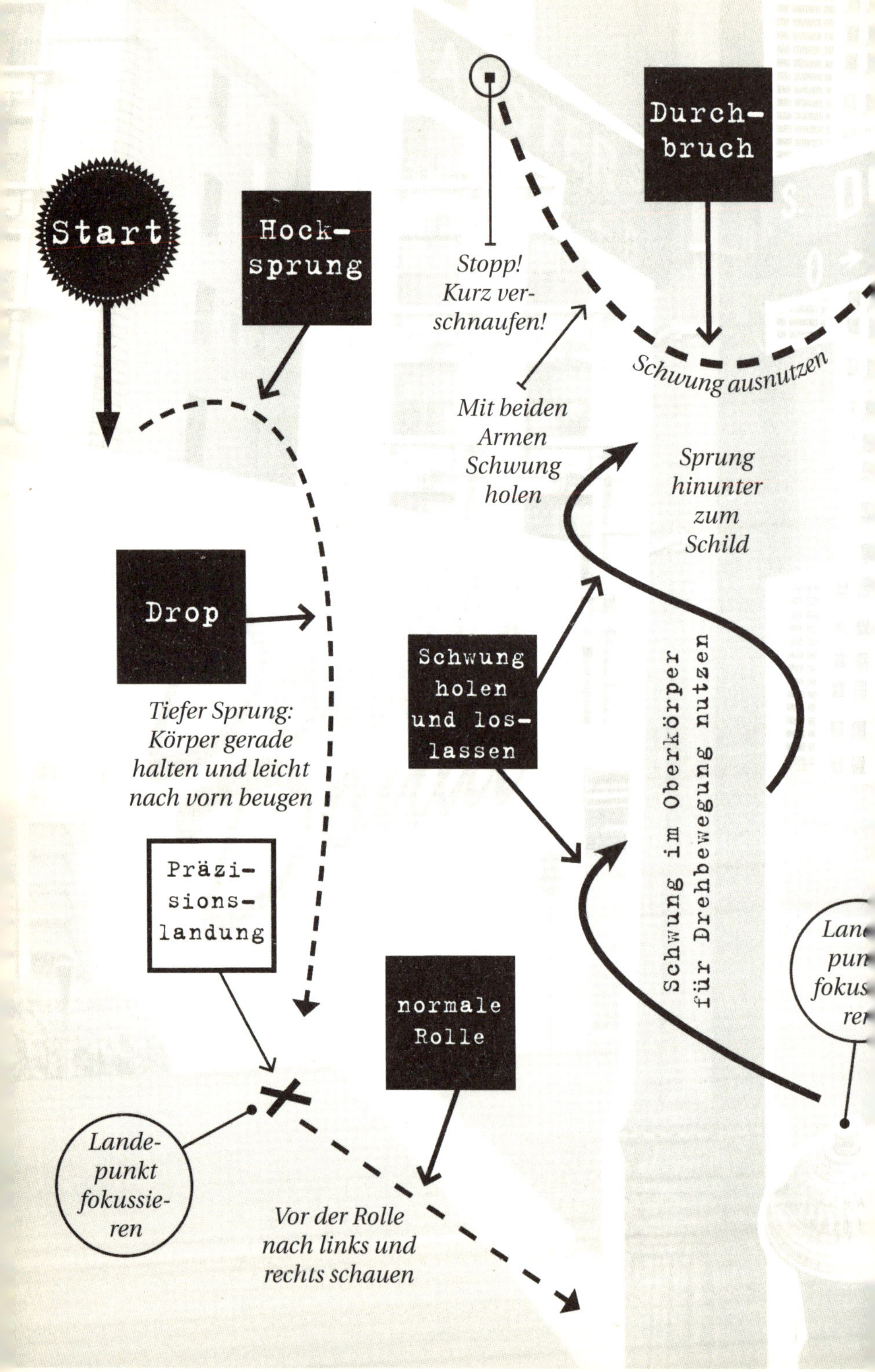

Start
Hock-
sprung
Stopp!
Kurz ver-
schnaufen!
Durch-
bruch
Schwung ausnutzen
Mit beiden
Armen
Schwung
holen
Sprung
hinunter
zum
Schild
Drop
Tiefer Sprung:
Körper gerade
halten und leicht
nach vorn beugen
Schwung
holen
und los-
lassen
Schwung im Oberkörper
für Drehbewegung nutzen
Präzi-
sions-
landung
normale
Rolle
Lande-
punkt
fokussie-
ren
Vor der Rolle
nach links und
rechts schauen

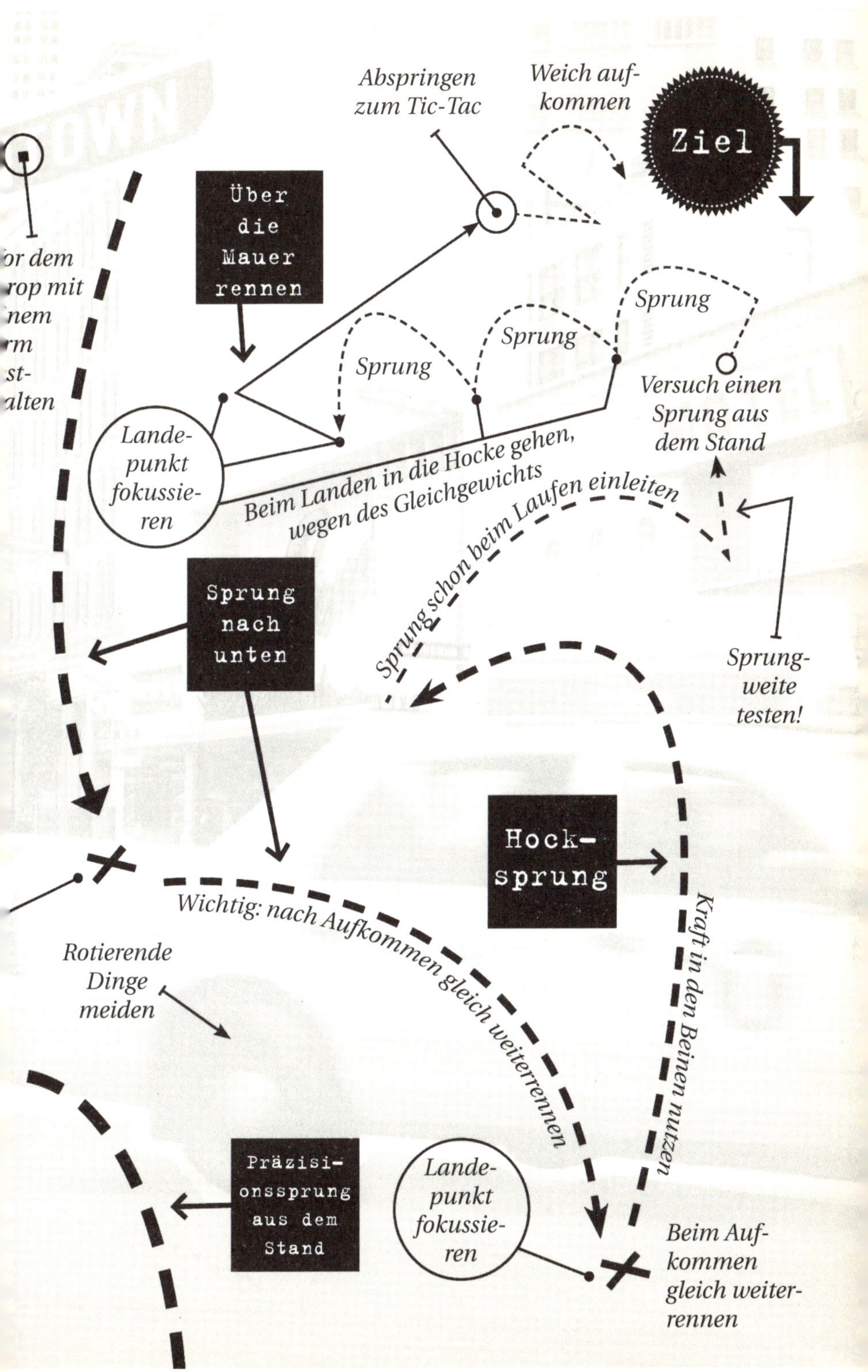

Abspringen zum Tic-Tac
Weich aufkommen
Ziel
Über die Mauer rennen
or dem
rop mit
nem
rm
st-
alten
Sprung
Sprung
Sprung
Versuch einen Sprung aus dem Stand
Landepunkt fokussieren
Beim Landen in die Hocke gehen, wegen des Gleichgewichts
Sprung schon beim Laufen einleiten
Sprung nach unten
Sprungweite testen!
Hocksprung
Wichtig: nach Aufkommen gleich weiterrennen
Kraft in den Beinen nutzen
Rotierende Dinge meiden
Präzisionssprung aus dem Stand
Landepunkt fokussieren
Beim Aufkommen gleich weiterrennen

Ruby sprang vom Beyer Building und landete sauber auf einem der diversen Fahnenmasten, ließ sich dann auf die horizontale Fahnenstange direkt darunter fallen, schwang sich einmal um die Stange herum wie eine Turnerin am Stufenbarren und nutzte ihren Schwung, um sich abzustoßen und mit einem Salto auf den Gehsteig zu springen, wo sie graziös landete. Dann blickte sie nach oben und sah es.

Es war ein altmodisches, verblasstes Schild an einer Seitenwand des Gebäudes, ein geisterhaftes Schild, auf dem eine Adresse und darunter eine Telefonnummer standen. Doch das war es nicht, was Rubys Interesse weckte, sondern der Text darüber. Dieser lautete:

Zwei waagrecht.
Der originelle Kreuzworträtselclub in unserer Stadt.
Jeden Dienstagabend im »Tie and Anchor«.

Plötzlich ging ihr ein Licht auf: Es betraf die Zahlen, die sie Hitch übergeben hatte – die Zahlen auf den Kärtchen.

Der Gedichtband war der Schlüssel zu allem.

42. Kapitel

Klick, klick, klick

Als Ruby ins Spektrum-Hauptquartier kam, hatte sich der Nebel in ihrem Kopf gelichtet. Sie holte sich in der Kantine eine Bananenmilch und setzte sich damit an ihren Schreibtisch. Sie legte die vier Zahlenfolgen und den Gedichtband vor sich hin und machte sich dann an die Arbeit.
Wieder sah sie sich alle vier Kärtchen an:

3 14 1   14 14 12   20 14 18   21 14 19

Endlich hatte sie eine heiße Spur.
Der Briefbeschwerer, die Schuhe, der Gedichtband, die Krawattennadel. Am mysteriösesten war der Gedichtband. Die Gedichte waren geschrieben worden, um Geheimnisse darin zu verstecken, nichts anderes hatte der Dichter beabsichtigt. Das sah man auch an dem fehlenden Gedicht 14, dem verborgenen Gedicht, das Ruby erst entdeckt hatte, nachdem sie verstanden hatte, dass der Titel des Buches ein wertvoller Hinweis war.
Als sie sich das dünne Büchlein nun ansah, hatte sie das sichere Gefühl, dass genau dieses verborgene Gedicht der Schlüssel zum Entziffern der Codes auf den Kärtchen war.

Fünf Stunden später, als Blacker ins Zimmer kam, saß Ruby noch immer unbeweglich da und starrte in den Gedichtband. Sie war so ins Nachdenken vertieft, dass sie ihn nicht mal hereinkommen hörte. Vor ihr und um sie herum und sogar unter ihr lag eine Vielzahl von Zetteln, die sie mit schwarzer Tinte vollgeschrieben hatte: Linien, Zahlen, Wörter.

Er ließ eine braune Papiertüte auf den Schreibtisch fallen, und an jedem anderen Tag hätte der köstliche Duft frischer Donuts auf Ruby dieselbe Wirkung gehabt wie eine Prise Riechsalz.

»Na, hast du was herausgefunden?«, fragte Blacker.

Erst da hob Ruby den Kopf. Sie war wie benommen, und ihre Antwort klang, als wären sie mitten in einer längeren Unterhaltung und als stünde er schon seit Stunden da.

»Sehen Sie, da ist noch ein Gedicht«, sagte Ruby. »Es steht zwar im Inhaltsverzeichnis, aber ich konnte es zuerst nicht finden. Laut Inhaltsverzeichnis müssten siebenundzwanzig Gedichte in dem Buch drinstehen, doch es sind nur sechsundzwanzig. Zuerst dachte ich, dass das Gedicht 14 fehlt.« Sie machte eine kurze Pause. »Aber es ist doch da, ich habe es gefunden. Der Dichter hat es versteckt.« Sie sah Blacker prüfend an, um zu sehen, ob er ihr folgen konnte. »Es heißt: *Du bist ein Gedicht, Celeste,* und es ist zwischen den Zeilen der anderen Gedichte verborgen, jeweils genau mitten auf jeder Seite – es steht immer in der vierzehnten Zeile.«

»Wie bist du *darauf* gekommen?«, fragte Blacker.

»Ganz einfach: der Buchtitel.«

Blacker schmunzelte. *Eine Zeile durch meine Mitte.* Natürlich!

Ruby schlug das Buch auf Seite drei auf, wo das erste Gedicht stand. Sie schrieb das *erste* Wort der vierzehnten Zeile (das war genau die Mitte des Gedichts) auf einen Zettel, blätterte weiter und schrieb das *zweite* Wort der vierzehnten Zeile auf ihren Zettel, blätterte weiter und schrieb das *dritte* Wort in der vierzehnten Zeile heraus und so weiter, bis sie eine zusammenhängende Gedichtzeile hatte, die sich über das ganze Blatt erstreckte.

Du bist ein Gedicht, Celeste, wie ein Engel schwebst du dahin, gehst auf einer fast unsichtbaren Linie, gestohlene Schritte winziger Füße, bar dem Ruhm jeder Realität.

»Das Gedicht geht aber noch weiter. Die letzte Zeile fällt am Rand von Seite 30 runter. Das ist eigentlich die Seite mit den Danksagungen, doch das letzte Wort in jeder Zeile liest sich wie ein senkrechter Satz. Sehen Sie …« Ruby schrieb es für ihn heraus, damit er sehen konnte, was sie meinte.

Was
ist
nur
dran
an
ihrem
Tap

Tap
Tap
das
mich
wünschen
lässt
zu
fallen?

»Tap Tap Tap?«, wiederholte Blacker. »Das muss etwas mit unseren Kärtchen zu tun haben.«

»Richtig«, sagte Ruby. »Und vielleicht auch mit Steppschuhen, *Tap Shoes* genannt.«

»Aha, die kleinen gelben Schuhe«, sagte Blacker und nickte.

»Mhmm.« Ruby nickte ebenfalls. »Die Hauptperson in *Die Katze, die den Singvogel fing*, Celeste, ist eine supergute Stepptänzerin, und dann kommt ja auch diese Sache mit der ›fast unsichtbaren Linie‹, und das lässt mich an eine Seiltänzerin denken, und das wiederum an den Skywalker.«

Blacker pfiff durch die Zähne – jetzt war die Sache klar. »Aber was hat es mit den Zahlen auf den Kärtchen zu tun? Du hast doch gesagt, du hättest sie entschlüsselt.«

»Richtig«, sagte Ruby. »Nachdem ich herausgefunden hatte, dass der Gedichtband ein verborgenes Gedicht enthält, kam mir der Gedanke, dass das Buch vielleicht auch der Schlüssel zu diesen codierten Nachrichten ist: Die Gegenstände wurden nicht rein willkürlich geklaut, richtig? Deshalb hab ich etwas

ganz Einfaches ausprobiert.« Ruby legte die Liste mit den decodierten Zahlen auf den Tisch.
»Sehen Sie«, sagte sie, »das sind unsere Zahlen, drei auf jedem der vier Kärtchen.«

3	**14**	**1**
14	**14**	**12**
20	**14**	**18**
21	**14**	**19**

»Zuerst dachte ich, es sei irgendein komplizierter Code, doch das stimmt nicht – es ist kinderleicht. Dieser Typ ist garantiert kein Code-Freak. Der Gedanke kam mir, als ich ein altes Werbeschild für einen Kreuzworträtselklub sah: ›Zwei waagrecht‹ hieß der Schuppen. Da sagte ich mir, was, wenn diese Zahlen nur auf bestimmte Wörter auf einer bestimmten Seite hinweisen?«
»Ah, verstehe …«, sagte Blacker.
»Genau, es ist eine der einfachsten Formen von Codes. Die erste Reihe weist auf die Seitenzahl hin, die zweite auf die Zeile und die dritte auf das Wort.«
Sie griff nach einem gelben Textmarker und strich das erste Wort in dem Buch an:

Seite 3, Zeile 14, Wort 1:
Du
Dann Seite 14, Zeile 14, Wort 12:

gehst

Seite 20, Zeile 14, Wort 18:

gestohlene

Schließlich Seite 21, Zeile 14, Wort 19:

Schritte

»Du gehst gestohlene Schritte«, las Blacker vor. »Klingt ja fast wie eine Drohung.«

»Dachte ich auch spontan«, sagte Ruby, »aber wer wird hier bedroht?«

Ruby betrachtete erneut das Foto von George Katsel und Norgaard senior – dieser Katsel tauchte erstaunlich oft auf.

»Ich denke, es hat mit George Katsel zu tun«, sagte Ruby. »Er war der Regisseur von *Die Katze, die den Singvogel fing*. Er hatte Kontakt zu Norgaard, dem aktuellen Besitzer des Briefbeschwerers mit der gelben Feder; und in Mr Okras Exemplar des Gedichtbands stand wiederum die Widmung: *Für meinen Schatz Cat von deiner Celeste*. Frederik Lutz hat mir erzählt, dass George Katsel den Spitznamen ›The Cat‹ trug. Margo Bardem hat in Katsels Film die Rolle der Celeste gespielt, und ich gehe davon aus, dass sie ihm diesen Gedichtband geschenkt hat, in der Zeit, als sie ein Liebespaar waren oder als sie geheiratet haben.«

»Okay«, sagte Blacker, »bis jetzt klingt alles ganz schlüssig.«

George Katsel!, dachte Ruby.

Wieder studierte sie das Foto, auf dem er mit Norgaard zu sehen war. Was für Schlüsse konnte sie daraus ziehen? Sein eleganter Anzug, die exotische Blume im Knopfloch, die todschicke Krawatte mit der Krawattennadel …

»Haben Sie eine Lupe?«, fragte Ruby.

»Hey, machst du jetzt einen auf Sherlock Holmes?«, fragte Blacker und durchwühlte seine Schreibtischschublade. »Hier.« Er reichte ihr ein Vergrößerungsglas, und Ruby hielt es über die Fotografie.

»Auf seiner Krawattennadel ist das königliche Wappen«, sagte sie dann bedächtig. »Sieht haargenau gleich aus wie die Krawattennadel von Mr Thompson.«

»Was sagt man dazu?!«, sagte Blacker verblüfft und nahm ihr die Lupe aus der Hand, um sich mit eigenen Augen davon zu überzeugen.

Ruby begann, ein Spinnennetz aus Linien zu zeichnen, die allesamt zu George Katsel führten.

DER BRIEFBESCHWERER

die gelbe Feder darin stammt aus dem Film DKDDSF, aufgenommen in der Scarlet P. von …

DIE GELBEN SCHUHE

getragen von Margo Bardem in dem Film DKDDSF, gefilmt in der Scarlet P. von …

DER GEDICHTBAND

geschrieben von einem Dichter, der sich viel in der Scarlet P. aufhielt. Widmete das Buch seiner Muse, die dort arbeitete, könnte durchaus Margo gewe- sen sein, die Ehefrau von …

MR OKRAS EXEMPLAR DES GEDICHTBANDS

mit der Widmung »Für mei- nen Schatz Cat von deiner Celeste«, vermutlich ein Geschenk von Margo Bardem an …

DIE KRAWATTENNADEL

gehörte einst dem König von England und war eine Zeitlang im Besitz von …

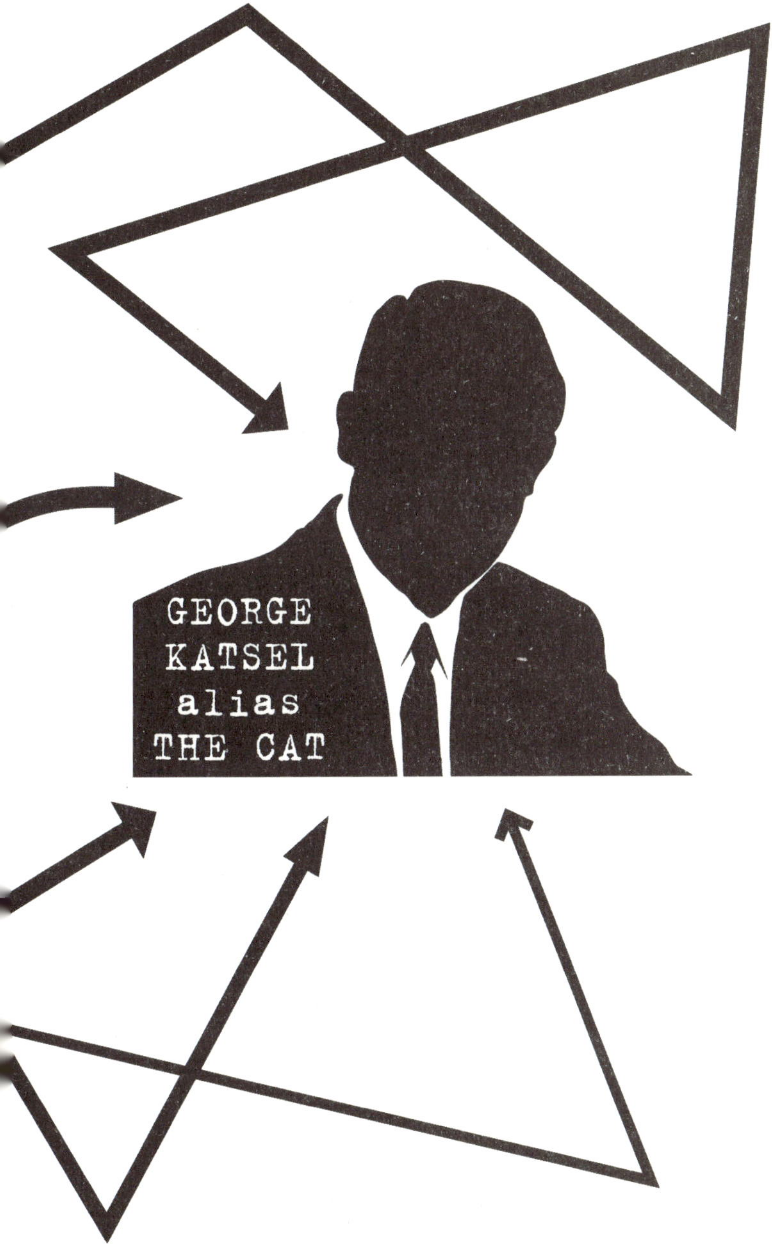
GEORGE
KATSEL
alias
THE CAT

43. Kapitel

Die Celeste

Blacker erhob sich. »Ich gehe zu Groete. Er soll uns alles ausdrucken, was es über George Katsel gibt – Presseartikel, biographisches Zeug und was auch immer.«

Er verließ das Zimmer, und Ruby dachte, er würde eine ganze Weile weg sein, doch da hatte sie das stumme E unterschätzt. Miles Groete mochte zwar ein schwieriger Zeitgenosse sein, doch als Agent war er sehr effizient, und er recherchierte immer sehr gründlich. Nach kürzester Zeit hatte Ruby einen Stapel Papiere vor sich liegen, die alle mit Katsel zu tun hatten. Ruby und Blacker überflogen sämtliche Geschichten und Berichte über das Leben und die Karriere des erfolgreichen Regisseurs. Er war fünfmal verheiratet gewesen, hatte sieben Kinder, mehr als dreißig erfolgreiche Filme gedreht und eine ganze Reihe weitere, weniger bekannte. Er war erst vor zwei Jahren verstorben, nach einem langen und – wie es schien – glücklichen Leben.

In vielen Zeitungs- und Zeitschriftenartikeln war George auch auf Fotos zu sehen, mit seinen diversen Ehefrauen, Kindern, Mitarbeitern und ebenfalls berühmten Freunden. Er war immer ausgesprochen elegant gekleidet, ob nun auf einer Yacht oder auf dem roten Teppich. Wenn er eine Krawatte trug, dann

immer mit Krawattennadel, und wenn er ein Sakko trug, dann immer mit einer Blume im Knopfloch.
Ruby setzte sich wieder hin und studierte die Fotos, die den ganzen Schreibtisch bedeckten.
»Tja«, sagte Blacker, »da der gute Mann tot ist, kommt er definitiv nicht als Täter in Frage, und der Einbrecher hat es keinesfalls darauf angelegt, *Katsels* Aufmerksamkeit zu erregen. Die Frage ist nur: Wen will er dann auf sich aufmerksam machen?«
Ruby dachte an die Kärtchen und die TAP TAP TAP TAP, die verborgenen Botschaften. »Stimmt«, sagte sie. »Die Botschaften sind nicht für Katsel bestimmt, aber ich glaube, dass uns der Skywalker etwas über ihn sagen will. Nur *was*?«
Blacker starrte auf die Blätter und Fotos. »Wenn ich das wüsste!«
»Eines fällt mir am alten George auf«, sagte Ruby. »Er hatte offenbar eine Vorliebe für gelb-pink gestreifte Blumen. Auf jedem einzelnen Foto ist er mit einer Orchidee im Knopfloch zu sehen.«
»Exklusiver Geschmack, muss ich schon sagen«, steuerte Blacker bei. »Es handelt sich um eine sehr, sehr seltene Orchideenart.«
»Was? Woher wollen Sie das wissen?«
»Oh, ich hab früher mal verdeckt bei einer Orchideen-Schmugglerbande gearbeitet. Da hab ich 'ne Menge über diese Materie gelernt – und es gibt ein paar schweineteure Exemplare, das kannst du mir glauben. Die Sorte hier ist mehr als nur ein paar lumpige Dollar wert.«

»Im Ernst?«, sagte Ruby.
»Die Orchideen auf den Fotos«, erklärte Blacker weiter, »diese kleinen gelben mit den auffälligen pinkfarbenen Streifen heißen Celeste.«
»*Wie* bitte?!« Ruby fiel fast von ihrem Stuhl. Sie hatte natürlich genau verstanden, was Blacker gesagt hatte, aber sie wollte es unbedingt noch einmal hören.

Blacker sah Ruby an, und Ruby sah Blacker an, und als Ruby grinste, grinste Blacker zurück.
Celeste war ein Name, der in diesem Ermittlungsfall fast so häufig vorkam wie George Katsel.
»Diese Celeste-Orchidee, könnte sie nicht das Nächste sein, was der Skywalker auf seiner Liste hat?«, sagte Ruby.
»Durchaus«, bestätigte Blacker.
Groete brauchte nicht lange, bis er sämtliche Orchideenzüchter und -händler der Stadt angerufen hatte – es gab lediglich fünf, die Celeste-Orchideen im Angebot hatten, und nach nur einer halben Stunde standen sie alle unter Bewachung durch die Polizei von Twinford City.
»Vielleicht können wir diesen Clown ja nun endlich schnappen«, sagte Blacker und schickte sich an, das Hauptquartier zu verlassen, um zu den Polizeikräften zu stoßen.
»Könnte ich vielleicht ... Sie wissen schon ... mitkommen?«, fragte Ruby.
»Ich persönlich hätte nichts dagegen«, sagte Blacker. »Aber du weißt, was los ist. Du bist fürs Erste aus dem Verkehr gezogen.

Wenn ich dich mitnähme, würden sie mich zur Strafe wahrscheinlich wieder zum Büroboten degradieren.« Mit einem bedauernden Schulterzucken fügte er hinzu: »Du weißt, wenn es nach mir ginge ...«

Sie lächelte verständnisvoll.

»Weißt du, Ruby, du bist ein supercleveres Mädchen«, sagte Blacker und schüttelte ihr kurz die Hand, bevor er sich umdrehte und zur Tür hinausging.

Als Ruby allein war, nahm sie sich die mysteriösen Botschaften vor, die über ihre Fluchtuhr geschickt worden waren. Wie passten sie in das ganze Schema? Aufmerksam studierte sie die drei verschlüsselten Nachrichten und suchte nach einem Muster, das einigermaßen einen Sinn ergäbe, doch sie kam einfach nicht dahinter. Ihre Gedanken schweiften wieder zu Katsel. Sie ließ ihre Augen über den Schreibtisch wandern, der immer noch mit Fotos und Zeitungsartikeln übersät war.

Es gab da etwas, das sie irritierte, doch sie kam nicht dahinter, was es war. Erneut überflog sie den Stapel mit den Interviews und Artikeln. Zwei davon fand sie besonders interessant, und beide hatten mit Katsel und seinem Gärtner zu tun. Auf dem einen Bild stand Katsel lächelnd da, mit einer Celeste-Orchidee in der Hand, auf dem anderen sah man ihn in einem recht kunstvoll aussehenden Gewächshaus. Ruby steckte die beiden Artikel in ihre Tasche; sie konnte sich ja noch einmal damit beschäftigen, wenn sie gleich mit dem Bus nach Hause fuhr.

Als Ruby im Bus saß, der quer durch die Stadt in Richtung Westen fuhr, machte es plötzlich *Klick* in ihrem Kopf, und auf einmal fügte sich eins zum anderen.
Sie las gerade den Artikel, der erst vor kurzem in einer Ausgabe von *Gardens & Pavilions* erschienen war und in dem es hauptsächlich um das bedauerliche Ableben von Enrico Fernandez ging; er hatte früher George Katsels Gewächshaus betreut und war ein Spezialist für Schnittblumen gewesen. Der Artikel enthielt Fotos seiner berühmtesten Orchideen, und es wurden auch Zitate aus verschiedenen Interviews aufgeführt, die er im Laufe der Jahre gegeben hatte.

> *»Jede einzelne Blüte, die Mr Katsel jemals im Knopfloch trug, stammte aus meiner Züchtung«, sagte Mr Fernandez voller Stolz. »Die berühmte und seltene Celeste-Orchidee, von der ich so viele Ableger gezüchtet habe, ist bis heute in meinem Besitz.«*

Rubys Herz setzte einen Schlag lang aus. Jetzt, nach Enricos Tod, würden sämtliche Blumen aus der Sammlung des alten Orchideenzüchters versteigert werden. Sein wunderbares Gewächshaus war ebenfalls abgebildet – es befand sich in recht spektakulärer Lage auf dem Dach des Acer Street Buildings.
Am Ende des Artikels stand das Datum, an dem die wertvollsten Pflanzen versteigert werden sollten – und das war morgen! Ruby zog die Notbremse, und der Bus hielt mit quietschenden Reifen an. Sie drückte sich durch die Türen und rannte los, ohne auf

die wütenden Rufe des Fahrers und etlicher Fahrgäste zu achten. Sie rannte, bis sie zu einem Telefonhäuschen kam, fischte ein paar Münzen aus ihrer Tasche und wählte eine bestimmte Nummer. Es läutete und läutete, und keiner nahm ab.

Sie wählte noch einmal. »Geh endlich dran!«, murmelte sie.

»Hitch«, sagte da eine Stimme.

RUBY: »Mann, wo waren Sie denn?«

HITCH: »Hey, darf ein Butler nicht mal duschen?«

RUBY: »Sie sind kein Butler, und ich muss Ihnen dringend etwas sagen.«

HITCH: »Schieß los!«

RUBY: »Können wir uns sehen?«

HITCH: »Auweia, steckst du wieder in der Tinte?«

RUBY: »Noch nicht.«

HITCH: »Okay, in zehn Minuten.«

RUBY: »Muss ich Ihnen sagen, wo ich bin?«

HITCH: »Ich weiß, wo du bist.«

Und tatsächlich – knappe zehn Minuten später hielt das silberfarbene Cabrio neben ihr an, die Tür öffnete sich, und Ruby stieg ein. Kaum war die Tür zu, fädelte sich der Wagen wieder in den Verkehr ein.

»Nach Osten«, sagte Ruby. »Wir müssen zur Ecke 72nd und Acer Street.«

Hitch nahm die nächste Straße nach rechts und fuhr dann in Richtung Old Twinford.

»Willst du mir verraten, worum es geht?«, fragte Hitch. »Blacker hat mir vor einer halben Stunde den neuesten Stand der

Dinge durchgegeben und gesagt, die Polizei observiere alle in Frage kommenden Angriffsziele.«

»Darum geht es ja«, sagte Ruby. »Als ich den Zeitungsartikel über Katsels Orchideenzüchter las, ging mir ein Licht auf: Unser Skywalker wird nicht *irgendeine* Celeste-Orchidee klauen, sondern genau die, die am engsten mit Katsel verbunden ist.«

»Aha«, sagte Hitch und machte einen Schlenker, um einen Mann auf Krücken zu umfahren.

»Überlegen Sie mal«, fuhr Ruby fort. »Bei allen Einbrüchen ging es um sehr, sehr persönliche Gegenstände, und allesamt waren sie mal in Katsels Besitz: der Briefbeschwerer, der früher auf seinem Schreibtisch stand und den er irgendwann dem Drehbuchautor schenkte; die Schuhe aus seinem berühmtesten Film; der Gedichtband – das war nicht irgendein Exemplar, sondern eine Ausgabe mit persönlicher Widmung; dann die Krawattennadel, die er oft trug … Über den Orchideenzüchter, von dem Katsel seine Knopflochblumen bezog, gibt es einen langen Artikel in einer Gartenzeitschrift. Ich habe jetzt keine Zeit, Ihnen Einzelheiten zu erzählen. Das wichtigste Detail ist, dass er bis zu seinem Tod die ursprüngliche Celeste-Orchidee besaß, von der er Katsels Blüten gezüchtet hatte. Begreifen Sie? Beim nächsten Einbruch wird er sich genau diese Orchidee holen wollen.«

»Diese Orchidee gibt es wirklich noch?«

»Bei sachgerechter Pflege«, erklärte Ruby, »lebt eine Orchidee ewig.«

Er starrte sie verdutzt an.

»Hab ich in dieser Zeitschrift gelesen«, gab sie zu, »und ja, ich glaube auch, dass er mehr als eine besaß in seinem Leben, doch unser Einbrecher wird genau in das Treibhaus einbrechen, in dem Katsels Celeste-Orchidee steht.«

»Hast du diesen Züchter schon angerufen?«, fragte Hitch.

»Er ist tot, vor zwei Monaten eines natürlichen Todes gestorben, doch die Orchidee ist noch da. Die Versteigerung ist erst morgen – und diese Celeste-Orchidee wird auch dabei sein, falls sie inzwischen nicht schon gestohlen wurde.«

Hitch sagte nichts dazu. Er drückte das Gaspedal durch und jagte sein silberfarbiges Cabrio durch die Stadt.

44. Kapitel

Ein Geist am Werk?

Beim Old Acer Building angekommen, verloren sie keine Zeit und kletterten sofort an der äußeren Feuerleiter hoch, die im Zickzack am Gebäude hinaufführte.

Außer Atem kamen sie schließlich auf dem Dach an, wo das Gewächshaus stand. Es war eine längliche, gewölbte Glaskonstruktion mit feinen Laubsägeornamenten, und – ganz wichtig – noch immer voller Pflanzen und Bäumchen und natürlich Orchideen. Schon von außen konnte Ruby den schweren Duft von Erde und Blütenstaub riechen.

Leise schlichen sie näher. Die Tür war nicht abgeschlossen, wie sie vermutet hatten, und auch die Alarmanlage war nicht in Betrieb – jemand musste sie deaktiviert haben.

»Du bleibst hier, Kleine«, sagte Hitch, als er leise die Tür öffnete. »Wir wissen nicht, wer dieser Kerl ist, also versteck dich lieber, okay?«

Ruby nickte.

Sie tat genau das, was Hitch ihr befohlen hatte, und kauerte sich neben dem Gewächshaus auf den Boden, bis sie einen mordsmäßigen Krach hörte, der daher rührte, dass etliche Blumentöpfe von den Holzregalen fielen. Gleich darauf hörte sie Hitch rufen: »Kleine, gib acht!«

Sie duckte sich gerade noch rechtzeitig, als etwas – oder jemand – durch die Glasscheibe sprang, direkt über sie hinweg, und dann über das Flachdach sprintete – eine kurze Stille –, dann Schritte, etwas weiter weg bereits, die sich entfernten.

»Er ist vom Dach gesprungen!«, rief Ruby.

»Wahrscheinlich will er zum Pineapple Building!«, rief Hitch. »Woandershin kommt er über die Dächer nicht. Ich rufe Verstärkung und hefte mich an seine Fersen, und du, Ruby, flitzt runter und versuchst, ihn abzufangen, falls er das Gebäude ebenerdig verlässt.«

Ruby sauste sofort los. Sie benutzte die Feuerleiter als Klettergerüst und schwang sich über das Geländer von Stockwerk zu Stockwerk, bis sie unten auf der Straße war. Dort blickte sie sich nach einem möglichen Fluchtweg um, doch sämtliche Türen waren mit Vorhängeschlössern gesichert, die Fenster waren vergittert, nirgends ein Ausgang. Ruby rannte zu dem hohen Gitterzaun, der das Gebäude vor Einbrechern schützen sollte. Doch der war für Ruby dank ihres Parkour-Trainings kein Hindernis. In null Komma nichts war sie oben und sprang auf der anderen Seite in die schmale Lücke zwischen Zaun und Gebäude. Sie zwängte sich durch ein zerbrochenes Fenster neben der Tür. Das war sogar für ein so kleines Persönchen wie sie nicht ganz einfach.

Doch dann war sie drin.

Das Gebäude stand leer. Offiziell hatte es früher einmal Pineapple Building geheißen, denn hier waren die pompösen

Büroräume eines reichen Unternehmens untergebracht, das mit dem Ananas-Handel viel Geld gemacht hatte. Es war ein wenig einladendes, altes Gebäude mit hässlichen Schnitzereien, schweren dunklen Holztüren, angelaufenen Messingteilen, gesprungenen Marmorplatten und einem Denkmal für den Mann, der einst die erste Ananas nach Twinford gebracht hatte. Von M. R. Jonsons Imperium war nur noch ein verfallendes Gemäuer aus Stein und Mörtel übrig, in einer Stadt, die dringend Bauland brauchte. Ruby bewegte sich tiefer ins Innere des düsteren Gebäudes. Alles war total heruntergekommen und verwahrlost. Manche hätten es hier gespenstisch gefunden, nicht aber Ruby. Gespenstisch hatte für sie etwas mit der Geisterwelt zu tun, mit übernatürlichen Dingen, während das hier nur ein verlassenes Gebäude war; logisch, dass es ein einsamer Ort war. Man durfte seiner Phantasie nur keinen freien Lauf lassen, dann kamen auch keine Angstgefühle auf. Wie oft hatte sie das Clancy schon erklärt.

Probleme bekam man höchstens, wenn man auf Teufel komm raus Zusammenhänge herzustellen versuchte, die es einfach nicht gab – selbst ansonsten einfallslose Menschen kamen dann auf die verrücktesten Ideen. Und dann gerieten sie in Panik – das hatte Ruby in Filmen schon tausendmal gesehen. Ein einzelner Mensch (das spätere Opfer) betritt ein leeres Haus, hört ein Knacken, sieht einen Schatten und bekommt immer mehr Angst. Bald schon dreht er sich immer wieder ängstlich um, stolpert gegen irgendwelche Rüstungen oder über eine herumlaufende Katze und fällt Kellerstufen hinunter, obwohl

er besser einfach kehrtgemacht hätte und zum Ausgang gerannt wäre. So einfach war das!
Es gab auch zwei Fahrstühle, doch selbst wenn sie funktioniert hätten, was Ruby eher nicht annahm, wollte sie keinen nehmen – der Skywalker würde es vermutlich hören, und er durfte auf gar keinen Fall merken, dass sie da war.
Nein, sie würde die Treppen nehmen. Ein guter Plan, aber nur, bis sie in den zweiten Stock kam. Ab hier gab es keine Stufen mehr, aber das Geländer war noch intakt. Ruby rüttelte daran: noch stabil genug. Also kletterte sie an dem Geländer nach oben.
Auf jedem Treppenabsatz machte sie eine kurze Pause und spitzte die Ohren. Nichts zu hören. Erst im siebenundzwanzigsten Stockwerk waren unverkennbar leise Schritte zu hören. Ruby machte sich ganz klein, hielt die Luft an und folgte, an die Wand gedrückt, diesen Geräuschen. Sie wurden lauter, aber sehen konnte Ruby nichts – nichts und niemanden. Was seltsam war, da die Schritte nun ganz nah waren; Ruby hätte geschworen, dass jemand hier in diesem langen Korridor war.
Das wird ja immer mysteriöser, dachte Ruby.
Und plötzlich verspürte sie einen leichten Luftzug, ganz leicht nur, dabei gab es weit und breit kein offenes Fenster. Sie fröstelte: ein Reflex.
Reiß dich zusammen, Ruby.
REGEL 8: LASS DEINE PHANTASIE NICHT MIT DIR DURCHGEHEN, SONST VERLIERST DU LEICHT DIE ORIENTIERUNG.

Sie schüttelte sich, um jeden Gedanken an Geister und andere Spukgestalten zu verscheuchen.
Nein, hier war nichts.
Leise tapste sie den Korridor entlang und hielt Augen und Ohren offen. Gab es Schuhabdrücke im Staub, irgendwelche Glasscherben, die noch relativ neu aussahen, oder sonst irgendwelche Hinweise? Plötzlich schlug ganz in der Nähe eine Tür zu. Ruby zuckte zusammen, hielt die Luft an und wartete eine Weile, bevor sie sich auf die Suche nach dieser Tür machte. Ah, es musste diese hier sein, man konnte vage Fußspuren im Staub erkennen. Und unter der Tür kam ein schwacher Luftzug durch … im Raum dahinter musste ein Fenster offen stehen.
Nicht reingehen, Ruby!
Ihre Erfahrung riet Ruby davon ab und ihr Wissen ebenfalls, doch das kümmerte sie nicht. Sie hatte keine Angst, ihr konnte nichts passieren. Langsam drehte sie den Türknauf und schob die Tür dann einen Spaltbreit auf – das Quietschen hätte in jeden Horrorfilm gepasst. Doch Ruby hatte noch immer keine Angst. Es war so dunkel, dass man kaum etwas sah, aber sie wollte ihre Taschenlampe nicht anmachen; lieber im Dunkeln weitersuchen, sagte sie sich. Ihre Augen gewöhnten sich nach und nach an die Finsternis, und nun sah sie, warum die kaputten Rollos schepperten und hin und her schwangen: Ein Fenster stand offen.
Sie tastete sich an der Wand entlang durch den düsteren Raum bis zu dem Fenster vor, um hinauszuschauen. Kein Wunder,

dass niemand hier oben war: Unter dem Fenster ging es gute hundert Meter in die Tiefe, und obwohl es eine Brüstung gab, kauerte niemand darauf. Doch dann hörte Ruby etwas hinter sich – es klang, als würde jemand leise Luft holen, und sie spürte nun ganz deutlich, dass sie nicht allein war. Wer war hier? Das Gespenst, von dem Red gesprochen hatte? Aber Gespenster hielten sich doch immer nur an einem bestimmten Ort auf, oder? Und hier war sie ziemlich weit weg von der Scarlet Pagoda. Doch egal: Ruby ließ sich nicht einschüchtern. Ruby Redfort glaubte – bisher jedenfalls – nicht an Gespenster, Monster, Kobolde oder andere Ungeheuer, die nachts herumpoltern.
Noch nicht!
Ein Klirren, ganz unverkennbar so, als wäre jemand gegen etwas gestoßen. »Hitch?«, rief Ruby leise.
Keine Antwort.
Wer ist hier bei mir im Raum?
Sie wirbelte herum, knipste ihre Taschenlampe an, und da sah sie, eine Sekunde zu spät, dass vor ihr ein großer Abgrund gähnte – hier, in der Mitte des Raums war der Fußboden eingebrochen, und das Brett, auf dem Ruby stand, gab unter ihren Füßen nach. Hektisch ruderte sie mit den Armen und versuchte, sich irgendwo festzuhalten, und dabei fiel ihr die Taschenlampe aus den Händen und verschwand in der Öffnung im Boden, und auch Ruby verlor ihren Halt und drohte ebenfalls zu fallen …
Aber nur beinahe.
Denn genau in dem Moment, als das Brett endgültig nachgab,

wurde sie am Arm gepackt und rückwärts gerissen. Etwas, das unverkennbar menschliche Arme waren, trug sie aus dem Raum.
Und plötzlich – PENG – war alles weg. Ruby hatte das Bewusstsein verloren.

Sie wusste nicht, wie viel Zeit vergangen war, vermutlich nur Sekunden, doch als sie wieder zu Bewusstsein kam, befand sie sich in völliger Dunkelheit und hörte eine Stimme. Diese Stimme – es war die einer Frau – kam von der anderen Seite der Wand. Ruby spitzte die Ohren, um zu verstehen, was die Frau sagte, und tastete sich an der Wand entlang, um ihr so nah wie möglich zu kommen.
»Deine Zeit ist abgelaufen, Birdboy. Du kannst zwar wegrennen, aber du kannst dich nicht ewig verstecken.«
Sie sprach mit texanischem Akzent. Die Lautstärke ihrer Worte veränderte sich, als würde sie im Kreis gehen, als würde sie etwas suchen …
»Du denkst wohl, dieser Umhang würde dich schützen, aber sei dir da nicht *zu* sicher. Ich werde dich finden, darauf kannst du dich verlassen. Und ich lasse mich auch nicht länger hinhalten. Ich lasse mich von einem Zirkusclown wie dir doch nicht an der Nase herumführen. Wir hatten einen Deal, doch du hast dich nicht daran gehalten. Deshalb habe ich jetzt Ärger mit jemandem, der sehr, sehr wütend ist, und ich sehe wirklich nicht ein, warum *ich* dafür büßen soll, dass du ein doppeltes Spiel spielst. Es ist zu spät für dich, Birdboy, du wirst

in die Tiefe stürzen, genau wie deine arme Mama mit ihrem gelben Gefieder.«

Die Frau lachte bitter. »Selbst mehrere Armeen könnten dich jetzt nicht mehr retten!«

Ruby hielt die Luft an, um zu hören, was die andere Person darauf antworten würde, doch an ihr Ohr drangen nur leise, sich entfernende Schritte.

»Ja, ja, lauf nur weg!«, rief die Frau. »Lauf, so schnell du kannst. Aber ich *werde* dich finden, und dann zeige ich dir, wie man fliegt!«

Die Frau entfernte sich ebenfalls, denn im Korridor hallten ihre betont langsamen Schritte nach. Hin und wieder lachte sie leise vor sich hin. Es war ein Lachen, das Ruby irgendwie bekannt vorkam.

Schließlich verklangen die Schritte, und Ruby war allein in einem kleinen Raum, umgeben von Totenstille und undurchdringlicher Dunkelheit.

Wieder tastete sie mit beiden Händen an der Wand entlang, bis sie den schmalen Spalt zwischen Wand und Tür fand. Verflixt, wo war der Türgriff? Es gab keinen. Sie fasste sich in die Haare, um die Haarklemme mit der Fliege herauszuholen, doch die war leider verschwunden. Ruby ging auf alle viere und tastete den verstaubten, mit Geröll übersäten Boden ab.

»Sie muss hier irgendwo sein«, murmelte sie vor sich hin. Ruby suchte und suchte, doch irgendwann gab sie auf.

Okay, sagte sie sich. Vielleicht besteht jetzt doch Grund zu Panik.

Aber das war zum Glück nicht nötig, denn nun hörte sie ein leises Scharren, ein Lichtstrahl fiel durch die geöffnete Tür und blendete Ruby so sehr, dass sie mehrmals blinzeln musste. Als sie dann endlich etwas erkennen konnte, sah sie, dass Hitch im Türrahmen stand. Fragend zog er eine Augenbraue hoch.

»Wie kommt es, dass du in diesem Abstellraum eingeschlossen bist?«, fragte er.

»Wüsste ich auch gern«, sagte Ruby wahrheitsgetreu. »Und wie haben Sie mich gefunden?«

»Deine Haarspange«, sagte Hitch.

»Die hab ich verloren«, sagte Ruby.

»Ach was, sie liegt direkt vor deinen Füßen«, sagte Hitch. Ruby blickte nach unten, und da lag sie tatsächlich.

»Ich glaube, sie ist etwas defekt«, fuhr Hitch fort. »Der Sender muss einen Wackelkontakt haben, deshalb habe ich so lange gebraucht, um dich zu finden. Was ist passiert?«

»Was passiert ist? Ähm … wie wär's mit einem Geist?« Sie musste ihre bisherigen Ansichten über Geister neu überdenken – die merkwürdigen Ereignisse der letzten Zeit ließen sich vielleicht doch nur als übersinnliche Phänomene erklären. Welche andere Erklärung gab es sonst?

Hitch starrte sie an. »Sag mal, bist du schon wieder auf den Kopf gefallen, Kleine?«

»Moment, hören Sie gut zu!«, sagte sie. Und sie erzählte ihm von Schritten, obwohl niemand da war, von der Hand, die sie festgehalten hatte, als der Fußboden nachgab. »Ich konnte nichts sehen, aber ich schwöre, da war etwas«, sagte Ruby und wiederholte damit, was auch Red Monroe damals in der Scarlet Pagoda gesagt hatte. Und dann erzählte sie Hitch von der geheimnisvollen Frau mit texanischem Akzent, die auf der anderen Seite der Wand gewesen war. »Es hörte sich an, als würde sie nach jemandem suchen, einem Jemand, mit dem sie redete, doch wer war dieser Jemand? Aber vielleicht führt sie auch nur gern Selbstgespräche.« Ruby seufzte. »Wie Sie sehen, habe ich keine Ahnung. Ich verstehe das alles nicht. Es ist mir ein einziges Rätsel.«

Hitch hatte ihr genau zugehört, doch auch er konnte sich keinen Reim darauf machen. »Also, soweit du dich erinnerst, bist du beinahe durch eine Öffnung im Fußboden gefallen, wurdest von einem Niemand gepackt, durch den Korridor getragen und in einen leeren Abstellraum gesperrt, richtig? Und danach hast du auf der anderen Seite der Wand eine Frau mit texanischem Akzent reden hören.«

»Ja, so war es.«

»Aber *gesehen* hast du niemanden?«

»Nein.«

»Aber du hast Schritte gehört, bevor du beinahe durch den Fußboden gesaust wärst?«

»Ja.«

»Sonst noch etwas?«

»Diese Frauenstimme, sie hat mich an jemanden erinnert.«

»An wen?«

»Das sag ich Ihnen nur, wenn Sie mir versprechen, nicht zu lachen, ja? An Valerie Capaldi, die Katze.«

»Das ist jetzt nicht dein Ernst, oder?«

»Okay, ich weiß, dass sie tot ist, aber ich könnte wetten, dass sie es war.«

»Willst du damit sagen, dass wir nach einer Juwelendiebin suchen, die seit fünf Monaten tot ist?«

»Nein, ich sage nur, dass die Frau wie die Capaldi klang und diesen Jemand, der nicht da war, Birdboy nannte. Sie war ziemlich sauer auf ihn und sagte, er hätte ihr etwas versprochen und sein Versprechen nicht gehalten.«

»Was hatte er ihr versprochen?«

»Das hat sie nicht gesagt, doch sie drohte, sie würde ihn finden, und dann hätte sein letztes Stündchen geschlagen.«

Hitch und Ruby gingen in den großen leeren Lagerraum und sahen sich um.

»Und dieser Typ, wo hatte er sich versteckt?«, fragte Hitch. »Ich wüsste nicht, wo man sich hier verstecken kann.«

»Stimmt«, sagte Ruby.

»Willst du etwa andeuten, es sei ein *Gespenst* gewesen?«

»Keine Ahnung, Mann. Vielleicht waren ja beide Gespenster.«

»Zwei *Gespenster* sollen einen Briefbeschwerer, ein Paar Schuhe, einen Gedichtband, eine Krawattennadel und eine seltene Orchidee geklaut haben?«

»Ich weiß«, sagte Ruby. »Klingt irgendwie krass, nicht wahr?«

»Na ja, ich hab schon merkwürdigere Dinge erlebt«, sagte Hitch.

Ruby sah ihn an. »Da wäre ich mir nicht so sicher«, sagte sie.

45. Kapitel

Tap, tap, tap, tap, tap

Das Kärtchen, das man in dem Gewächshaus fand, aus dem die Orchidee gestohlen worden war, trug die Zahlen:

24 14 22

Blacker schlug den Gedichtband auf und suchte nach dem 22. Wort in der 14. Zeile auf Seite 24.

»Heißt das Wort auf der fünften Karte also … **bar**?«, fragte er.

»Mhmm«, sagte Ruby.

»Die Nachricht würde lauten: **Du gehst gestohlene Schritte bar** … Bist du dir da sicher? Ergibt für mich irgendwie keinen Sinn.«

»Doch, aber nur, wenn man das letzte Wort um eine Silbe ergänzt«, sagte Ruby. »Wie wär's mit einem kleinen Wörtchen gleich auf der nächsten Seite in der 14. Zeile?«

Blacker sah sie an. »Du meinst, du weißt, wie das Wort lautet?«

»Ich habe zumindest eine Vermutung.« Ruby fuhr mit dem Finger über die Seite. »Ich kann nur ein Wort in dem versteckten Gedicht sehen, das einen Sinn ergäbe.«

Blacker: »Echt, welches?«

Ruby sah ihn so eindringlich an, dass er noch einmal genauer hinsah. »Denken Sie an einen Namen«, sagte sie. Sie schrieb das Gedicht heraus, um es einfacher für ihn zu machen.

Du bist ein Gedicht, Celeste,
wie ein Engel schwebst du dahin,
gehst auf einer fast unsichtbaren Linie,
gestohlene Schritte winziger Füße
bar dem Ruhm in der Realität.
Was ist nur dran an dem Tap, Tap, Tap,
das mich wünschen lässt zu fallen?

Blacker schwieg verblüfft, bevor ihm ein Licht aufging. Ein Schmunzeln huschte über sein Gesicht, doch es war kein zufriedenes Schmunzeln, sondern das eines Mannes, der endlich begriffen hatte.

»**Dem**«, flüsterte er.

Ruby schrieb es für ihn auf: **Du gehst gestohlene Schritte, Bardem.**

»Denkst du auch, was ich denke?«, fragte Blacker.

»Ich glaub schon«, sagte Ruby. »Denn dieses DEM passt sowieso nicht so recht. Es hätte ›bar des‹ heißen müssen, aber der Dichter wollte das Wörtchen offenbar mit Gewalt reinbringen.« Was immer es auch zu bedeuten hatte, es klang definitiv wie eine Drohung. Eine Drohung, die nicht dem längst verstorbenen George Katsel galt, sondern der durchaus noch lebenden Margo Bardem.

Alles sprach dafür, dass der letzte Punkt auf der Liste der Dinge, die gestohlen werden sollten … eine Schauspielerin war.

Blacker hängte sich ans Telefon und sprach mit dem Sicherheitschef. »Wir müssen davon ausgehen, dass der Typ Margo Bardem kidnappen will.« Innerhalb kürzester Zeit war ein Plan ausgearbeitet: Der geplante Auftritt der Schauspielerin in der Scarlet Pagoda musste gestrichen werden. Das Finale des Filmfestivals – die Aufführung von *Dunkler als die Nacht* – konnte trotzdem stattfinden, nur eben ohne die Schauspielerin.

»Meinen Sie, sie ist damit einverstanden?«, fragte der Sicherheitschef.

»Warum auch nicht?«, sagte Blacker.

Blacker hatte dem Sicherheitsteam erklärt, dass Margo offenbar das letzte Teilchen eines Puzzles war, der letzte »Gegenstand«, der gestohlen werden sollte, doch niemand konnte sich den Grund erklären.

»Was hat sie getan?«, sagte Ruby kopfschüttelnd, während sie die vielen Fotos an der Wand studierte. »George Katsel, das hätte ich ja eingesehen, er war kein sympathischer Typ, wie man hört, aber warum Margo?«

»Vielleicht war sie zu schön, zu nett, zu beliebt«, mutmaßte Blacker. »Du weißt ja, wie manche Leute sind. Die gönnen netten Zeitgenossen nichts.«

Sie beschlossen, Margo Bardem über das große Sicherheitsrisiko zu unterrichten; sie mussten ihr die Chance geben, ihr

Erscheinen beim Finale des Filmfestivals abzusagen und die Stadt zu verlassen. Hoffentlich würde sie einsehen, dass es die beste Lösung war.

Das Sicherheitsteam sprach noch am selben Tag mit der Schauspielerin. »Es ist alles kein Problem, Miss Bardem, Sie müssen das mit dem Finale nicht durchziehen, falls Sie Angst um Ihre Sicherheit haben. Uns wäre es ehrlich gesagt sogar lieber, wenn Sie gar nicht hingingen.«

Margo Bardem hörte sich den Rat der Experten an, musste aber nicht lange überlegen.

»Nein, ich möchte wie geplant anwesend sein«, sagte sie dann. »Meine Fans freuen sich schon darauf, mich zu sehen, und nehmen zum Teil lange Anfahrtszeiten in Kauf. Ich will mein Publikum nicht enttäuschen. Außerdem ist es ein bedeutsames Ereignis. *Dunkler als die Nacht* wird zum ersten Mal gezeigt, so viele Jahre nach den Dreharbeiten, und ich habe endlich die Chance, mich als die seriöse Schauspielerin zu präsentieren, die ich schon immer sein wollte.«

»Sind Sie sich wirklich ganz sicher, Miss Bardem?«, fragte der Sicherheitschef. »Ihre Sicherheit steht auf dem Spiel. Niemand würde es Ihnen verübeln, wenn Sie einen Rückzieher machten.«

»Kommt nicht in Frage«, sagte Margo Bardem entschlossen. »Wenn ich mich von diesem Verrückten einschüchtern ließe, könnte ich morgens nicht mehr in den Spiegel schauen.« Sie lächelte. »Die Show muss weitergehen, wie wir im Showbiz gern sagen. Es mag vielleicht nur eine Floskel sein, doch ich habe mich stets daran gehalten.«

Der Sicherheitschef nickte. Ihm gefiel diese Entscheidung zwar nicht, doch er musste sie akzeptieren.

»Okay, Jungs«, sagte er zu seinem Team. »Ihr habt gehört, was die Lady gesagt hat. Machen wir uns an die Arbeit.«

Die Schauspielerin würde gut bewacht werden, das verstand sich von selbst. Man würde eine Presseerklärung herausgeben, dass Miss Bardem im Hotel Circus Grande residierte, ihrem Lieblingshotel, das als *das* Promi-Hotel von Twinford galt. Der Presse gegenüber ließe man durchblicken, dass die Schauspielerin sich nicht in der Theatergarderobe für ihren großen Auftritt fertigmachen würde, sondern lieber in ihrem Hotel. Mit dieser Meldung sollte der Skywalker auf eine falsche Fährte gelockt werden.

In Wirklichkeit würde Margo aber heimlich in die Scarlet Pagoda geschmuggelt werden, wo sie sich in der Künstlergarderobe im Dachgeschoss für ihren Auftritt fertigmachen konnte. Zu diesem Raum führte nur eine einzige Treppe, und die Fenster dort oben ließen sich nicht öffnen, nicht einmal mit einer Brechstange, denn sie bestanden aus Sicherheitsglas und waren zusätzlich mit Eisenstäben versehen worden. Der Raum war mehrfach gründlich durchsucht worden, es gab keinen Zugang außer durch die Tür, und vor dieser würden die ganze Zeit zwei erfahrene Wachmänner stehen.

Allerdings würde Miss Bardem nicht wie geplant über einen roten Teppich bis nach vorn zur Bühne schreiten, das war zu riskant. Dafür würde eine Doppelgängerin vom Balkon ihres vermeintlichen Hotelzimmers winken, das Hotel Circus Grande dann durch den Haupteingang verlassen und in eine Limousine steigen. Das Double (eine bestens ausgebildete Agentin der Sondereinsatztruppe) würde unter großem Trara in die Scarlet Pagoda geführt werden. Niemand würde etwas merken, und jeder hätte das Gefühl, das Leinwandidol mit eigenen Augen gesehen zu haben. Diese Notlösung gefiel Miss Bardem zwar nicht, doch der Sicherheitschef ließ in diesem Punkt nicht mit sich reden.

»Miss Bardem, Sie müssen uns so weit entgegenkommen«, sagte er. »Wir sehen zu, dass wir mit den Menschenmassen vor dem Theater klarkommen, und Sie können Ihren Auftritt auf der Bühne haben. Das Theater können wir notfalls abriegeln, doch die Menschenmenge davor – das ist etwas ganz anderes.«

»Na schön«, sagte Margo Bardem, »einverstanden.« Sie schüttelte seine Hand. Der Plan war perfekt.

46. Kapitel

Gelb

Es war Donnerstag, und Ruby kam wieder mal zu spät. Dabei war sie extra früh zur Schule gekommen, weil sie vor dem Unterricht noch schnell mit Clancy reden wollte. Sie wartete bei den Fahrradständern und dachte, ihr bester Freund würde jeden Moment um die Ecke biegen, doch nach zwanzig Minuten war er noch immer nicht da. Andere Schüler kamen und gingen, aber Clancy ließ sich nicht blicken, und je länger Ruby wartete, desto mehr war sie davon überzeugt, dass sie ihn irgendwie übersehen haben musste.

Wieder suchte sie prüfend die Reihen von Fahrradständern ab, diesmal etwas methodischer, und da entdeckte sie es: das Fahrrad, das früher mal ihr grünes Rad gewesen war, bis sie es blaumetallic gestrichen und Clancy geschenkt hatte. Komischerweise war es jetzt gelb. Nicht komplett gelb, sondern mit hässlichen gelben Streifen versehen – es waren genau dieselben kanariengelben Streifen, die eindeutig aus einer Spraydose stammten und wie Ruby sie auch an Mrs Beesmans Einkaufswagen gesehen hatte.

Als Ruby dann endlich ins Klassenzimmer kam, wurde sie von Mrs Drisco zu Nachsitzen verdonnert, doch das interessierte Ruby nicht sonderlich; sie starrte Clancy Crew an, der ein gro-

ßes Pflaster auf der Stirn und einen gelben Farbstreifen in den Haaren hatte.
Ruby saß ihre Strafe gleich in der Mittagspause ab, zusammen mit ein paar anderen Pechvögeln. Beetle, der neuerdings auch an ihre Schule ging, saß vor ihr und schrieb eifrig an seinen zwei DIN-A4-Seiten zum Thema »Respektvoller Umgang mit schulischem Eigentum«, während Ruby einen Aufsatz zu dem unglaublich langweiligen Thema »Warum ist Pünktlichkeit im Leben so wichtig?« schreiben musste. Während sie sich mit Gewalt ein paar Argumente aus den Fingern saugte, fiel ihr Blick plötzlich auf Beetles Schuhe. Klar, dass er Sneakers einer coolen Marke trug – ein Typ wie er würde im Leben nicht ohne angesagtes Schuhwerk herumlaufen. Je länger sie hinschaute, umso mehr sah sie – genau wie bei Fotos –, und was sie sah, waren gelbe Farbspuren an den Schuhsohlen.
Es war Kanariengelb, und Ruby hätte gewettet, dass diese Farbe aus einer Spraydose stammte.
Als die Glocke läutete und sie den stickigen Raum endlich verlassen konnten, holte Beetle Ruby im Korridor ein.
»Na«, sagte er. »Was hast *du* verbrochen, dass du nachsitzen musstest?«
Sie ging nicht auf seine Frage ein, sondern sagte: »Du hast gelbe Farbe an den Schuhen.«
Beetle sah an sich hinunter. »Ach ja? Kann sein …«
Ruby sah ihm ins Gesicht – es war ein verunsichernder Blick, und der Junge wurde sichtlich nervös.
Ihre Stimme klang verdächtig ruhig, als sie mit unbewegter

Miene eine sehr direkte Frage stellte: »Warum hast du dich an meinem Rad vergriffen?«

»An *deinem* Rad?«, fragte Beetle verdutzt. »Ich würde doch im Leben nicht … ähm, warum sollte ich? Du weißt doch, dass ich dich mag.«

»Dieses Rad ist etwas ganz Besonderes für mich. Es hat mir einmal sogar das Leben gerettet. Clancy Crew ist der einzige Mensch auf diesem Planeten, der dieses Rad verdient hat. Deshalb habe ich es ihm geschenkt, und du hast es jetzt ruiniert!«, sagte Ruby und sah Beetle vorwurfsvoll an.

Als der Junge begriff, was sie da sagte, entgleisten seine Gesichtszüge.

»Ich konnte doch nicht wissen, dass es dein Rad ist«, versuchte er, sich zu rechtfertigen.

Clancy, der auf dem Weg zur nächsten Stunde zufälligerweise in ihre Richtung kam, konzentrierte sich darauf, mit niemandem zusammenzustoßen. Deshalb hatte er noch nicht gesehen, dass seine beste Freundin gerade mit dem Gorilla-Jungen redete. Erst als er eine tiefe Stimme hörte, die er bedauerlicherweise kannte, blickte er auf.

»Dieser Crew – ein Freund von dir? Du machst wohl Witze, oder?«, sagte Beetle gerade.

»Warum sollte ich Witze machen?«, sagte Ruby spitz. »Hört es sich so an, als würde ich Witze machen?«

»Ich meine doch nur, weil … na ja, weil du cool bist.«

»Bin ich«, bestätigte Ruby trocken.

»Aber er ist voll der Loser.«

»Dieser *Loser* ist zufällig kein Loser, sondern ein sehr guter Freund von mir, mein bester Freund, um ganz genau zu sein.«
»Aber … hör mal, woher hätte ich das wissen sollen? Er ist doch das geborene Opfer.«
»Unsinn! Ich weiß zufällig ganz genau, wie ein geborenes Opfer aussieht.« Dabei sah sie ihn so durchdringend an, dass ihm schlagartig klar wurde, wen sie damit meinte. »Du findest es also in Ordnung, mit deinen anderen Loser-Freunden auf einen Einzelnen loszugehen, auf einen ›Loser‹? Echt, du hast die richtige Farbe gewählt, Mann – gelb! Passt wunderbar zu einer Horde von Feiglingen wie euch!«

Später, im Diner, wusste Clancy noch immer nicht, was er von dem Gespräch halten sollte, das er zufällig mit angehört hatte.
»Danke, dass du mich verteidigt hast und alles, aber musstest du mich unbedingt einen Loser nennen?«
»Ich habe dich nicht Loser genannt, ich habe nur den Ausdruck wiederholt, den er für *dich* verwendet hatte.«
»Okay, stimmt, aber musste das sein? Ich meine, du hättest doch einfach sagen können: ›Er ist kein Loser, verstanden, du Blödmann?‹, oder noch besser: ›Wenn jemand hier *kein* Loser ist, dann Clancy Crew‹.«
Ruby dachte kurz über diesen Einwand nach und nickte dann. »Stimmt, diese beiden Sätze wären definitiv besser gewesen, aber mir ist auf die Schnelle nichts Besseres eingefallen, okay? Was ist? Wollen wir endlich bestellen? Ich bin am Verhungern.«
»Ich hätte Appetit auf Pfannkuchen«, sagte Clancy.

»Ausgezeichnete Entscheidung, mein Freund«, sagte Ruby. »Ich glaube, da mache ich mit. Wir bestellen also zwei Portionen!« Sie schlug die Speisekarte zu. Dann blickte sie über den Tisch auf Clancy.

»Erzähl! Seit wann wirst du von diesem Kerl gemobbt, Clancy?«

»Von welchem Kerl?«, sagte Clancy, zog ängstlich den Kopf ein und sah sich um, als könnte jemand im Lokal sein, der ihm eins auf die Nase geben wollte. Dann grinste er. Es war wirklich eine großartige schauspielerische Leistung.

»Den guten alten Clancy-Crew-Humor hast du dir zum Glück noch bewahrt, wie ich sehe!« Ruby boxte ihn spielerisch an den Arm.

»Autsch!«, winselte Clancy.

»Ja, toller Gag«, sagte Ruby. »Wie kriegst du dieses Winseln hin?« Sie boxte ihn gleich noch einmal.

»Au, Ruby, das tut echt weh!«

»Heiliger Bimbam, entschuldige, Clance. Hab ich nicht gewusst.«

»Schon gut, Ruby. Aber würdest du mir bitte verraten, warum du diesen Typen neulich so angehimmelt hast?«

»Wie bitte?!«, zischte Ruby.

»Ich habe dich mit ihm in Sunny's Diner gesehen«, sagte Clancy. »Und es sah aus, als wärt ihr die besten Freunde.«

»Hey, ich war nicht *mit ihm* dort, er war nur zufällig *auch* dort.«

»Okay, du musst mir nichts erklären. Ich hätte nur nicht gedacht, dass er dein Typ ist. Auf mich wirkt er eher wie der totale Angeber.«

»Mein Typ? *Mein Typ?!* Was redest du da für einen Unsinn?«

»Na ja, er mag ja ganz gut aussehen und alles, aber ist er nicht etwas langweilig? Seine Frisur ist echt cool, das gebe ich ja zu. Vielleicht schmiert er etwas zu viel Gel rein, aber das kannst du ihm ja ausreden.«

Ruby war so baff, dass sie kein Wort herausbekam.

»Ich weiß, dass viele Mädchen auf hohle Windbeutel wie ihn stehen, also trag's mit Fassung.«

Rubys Gesichtszüge entspannten sich wieder, und sie verdrehte die Augen.

»Echt lustig, Clancy. Ich lach mich tot – sobald ich Zeit hab. Hast du dir schon mal überlegt, später Comedy zu machen?«

»Ha, ich hab ins Schwarze getroffen, stimmt's? Gib es zu!«

»Jetzt sag bloß nicht, dass du gedacht hast, ich könnte auch nur eine Sekunde auf diesen Blödmann stehen?«

»Doch, eine Stunde lang hab ich das geglaubt ... okay, vielleicht sogar fünf Tage lang. Aber jetzt ist mir klar geworden, dass du lieber mit einem pfannkuchenessenden Loser in einem Diner rumhängst, als deine wertvolle Freizeit mit einem Gorilla zu verbringen.«

»Loser essen keine Pfannkuchen!«, sagte Ruby mit Nachdruck.

»Gut, dann können wir ja endlich bestellen«, sagte Clancy.

47. Kapitel

Sooo kleine Füße

Als Ruby nach Hause kam und die Küche betrat, entdeckte sie einen Zettel am Kühlschrank.

Ruby, bin in der Pagoda, um die Bilder für die Margo-Bardem-Ausstellung aufzuhängen. Sei so gut und komm um vier Uhr dorthin – ich möchte mit Dir Schuhe kaufen gehen. Die, mit denen Du dauernd herumläufst, sind eine Schande, und Du BRAUCHST für das Finale des Filmfestivals morgen Abend ein anständiges Paar.

Bitte keine Widerrede,

DEINE MUTTER

Ruby blickte zur Küchenuhr – herrje, sie war bereits eine halbe Stunde zu spät dran. Sie spielte kurz mit dem Gedanken, sich erneut bei Britney O'Leary zu bedienen und sich einen Gegenstand auszuleihen, der seit mindestens einem Monat unbenutzt in deren Garage herumstand: ein brandneues Mofa, das bisher höchstens fünfmal ausgefahren worden war. Es war wohl kaum ein Verbrechen, sich etwas auszuleihen, was diese verwöhnte Tussi weder zu schätzen wusste noch jemals

benutzte, oder? Wahrscheinlich würde sie es nicht mal vermissen …
Aber dann kam Ruby zu dem Schluss, dass es vermutlich doch illegal wäre, und sie besann sich eines Besseren. Und letzten Endes entschied sie sich für den Bus.
Handle dir keinen neuen Ärger ein, Ruby, sagte sie sich.

Als Ruby in der Scarlet Pagoda ankam, war ihre Mutter noch damit beschäftigt, ein Team von Bediensteten herumzuscheuchen, die auf Leitern standen und mit Hämmern hantierten. Die Vorbereitungen für die Ausstellung dauerten länger als erwartet, und an allen Wänden lehnten noch gerahmte Fotos von Margo Bardem. Margo im Badeanzug, Margo, wie sie sich nach den Dreharbeiten am Set ausruht. Margo, die mit dem Drehteam lacht und scherzt – und man sah, dass sie wirklich ungewöhnlich groß war, genau wie Frederik Lutz gesagt hatte. Es gab auch eine Aufnahme von Margo mit George Katsel während der Dreharbeiten zu *Die Katze, die den Singvogel fing* – Margo hing förmlich an seinen Lippen. Im Hintergrund waren etliche Leute zu sehen, die Kulissen herumschoben oder Scheinwerfer aufbauten. Ganz oben auf diesem Foto war jemand auf einem Hochseil zu erkennen. Von der Person waren jedoch nur die Waden und Füße zu sehen, doch interessanterweise steckten diese Füße in kleinen gelben Stepptanzschuhen.
Klick, klick, klick machte es in Rubys Kopf, und sie drehte sich abrupt um und rannte aus der Pagoda. Sie rannte den Walk of

Fame entlang und suchte so lange, bis sie Margo Bardems Fußabdrücke in der Betonplatte entdeckt hatte. Ruby stellte ihren eigenen Fuß hinein, und da wurde ihr schlagartig klar, was die Nachricht bedeutete, die der Einbrecher an den Tatorten hinterlassen hatte: »Du gehst gestohlene Schritte, Bardem.«

Margo Bardem hatte große Füße und mindestens Schuhgröße 40!

Nie im Leben hätte Margo Bardem die berühmten kleinen gelben Schuhe tragen können – sie waren ihr ungefähr fünf Nummern zu klein! Deshalb konnte sie die Stunts in *Die Katze, die den Singvogel fing* unmöglich selbst gemacht haben. Sie hatte nie auf einem Hochseil oder auf den Dächern Stepp getanzt. Doch wer war dann die Frau, die auf diesem Bild im Hintergrund zu sehen war – die Akrobatin? Wer immer sie auch war, ihre Seiltanzkünste und ihr Stepptanzen hatten Margo zu einem Star gemacht. Die Bardem hatte einer anderen ihren Platz im Rampenlicht weggenommen – *das* war ihr Verbrechen!

Ruby dachte konzentriert nach, und während sie nachdachte, ging und ging sie, bis sie vor der Tür von Ada Borlands Atelier stand.

Sie läutete, und wieder öffnete ihr die Frau in Grau die Tür.

»Tut mir leid, Ada ist nicht da«, sagte Abigail. »Aber falls du etwas Bestimmtes sehen willst, bin ich dir gern behilflich.«

»Danke. Ich würde gern wissen, ob in der Scarlet Pagoda während der Dreharbeiten zu dem Film *Die Katze, die den Singvogel fing* noch mehr Fotos gemacht wurden«, sagte Ruby.

»Aber sicher«, sagte Abigail. »Wir haben Unmengen von Aufnahmen aus jener Zeit. Suchst du nach Fotos von Margo?«

»Ähm«, begann Ruby so lässig wie möglich, »ich suche ehrlich gesagt nach Fotos von ihrer Stuntfrau, der Frau, die die Hochseilakte für sie gedoubelt hat.«

Abigail dachte kurz nach. »Von der Akrobatin, meinst du?«

»Ich glaube schon«, sagte Ruby. »Falls sie es war, die auf dem Hochseil getanzt hat und über die Dächer gerannt ist.«

»Ah, Little Canary – der kleine Kanarienvogel«, sagte Abigail und nickte.

»Sie wussten, dass Margo die Stunts gar nicht selbst gemacht hat?«, fragte Ruby verdutzt.

»Aber ja«, antwortete Abigail, »das sollte allerdings geheim bleiben. Nur die Leute, die bei den Dreharbeiten dabei waren, wussten davon, und ich habe damals für das Filmstudio gearbeitet.«

»Gibt es Fotos von Little Canary?«, bohrte Ruby weiter.

»Nein, keine, die während des Drehs gemacht wurden«, erklärte Abigail. »Wie es hieß, ließ George Katsel damals keine Fotografen am Set zu, und wenn doch jemand Fotos machte, musste er sie sofort wieder vernichten. Ich glaube, The Cat wollte Margo zu einem Mythos machen – er wollte, dass alle Welt sie für eine begnadete Seiltänzerin hielt, die sogar auf einem Hochseil steppen kann.«

»Konnte sie wenigstens über ein Hochseil *gehen*?«, fragte Ruby.

»Steppen konnte sie zumindest damals nicht, nicht mal, wenn sie festen Boden unter den Füßen hatte. Sie war ursprünglich

Friseurin am Theater – aber natürlich hat sie später tanzen gelernt.«

»Und wer war diese Little Canary?«, fragte Ruby.

»Komm mit!«, sagte Abigail. Sie ging voraus in den hinteren Teil des Ateliers, wo eine Wendeltreppe ins Archiv hinaufführte. Hier wurden Hunderte, wenn nicht gar Tausende Fotografien in großen, flachen Schubladen aufbewahrt. Abigail musste nicht lange überlegen. Sie zog die richtige Schublade auf und nahm eine Mappe heraus, die mit zwei Stoffbändern zusammengebunden war.

Sie legte die Mappe auf den weißen Tisch, überprüfte kurz, ob ihre Hände auch sauber waren (sie sahen aus wie Hände, die immer sauber waren!), und schlug die Mappe auf. Vorsichtig blätterte sie das Seidenpapier um, damit Ruby das Foto darunter sehen konnte.

»Das ist sie?« Ruby beugte sich noch tiefer über die alte Fotografie. »Die Akrobatin?«

»Das ist sie«, bestätigte Abigail. »Little Canary.« Die Füße waren so unscharf wie die Lichter hinter ihr, doch man sah eine kleine Person auf einem fast unsichtbaren Hochseil. »Diese Aufnahme wurde gemacht, als sie beim Zirkus arbeitete, lange vor den Dreharbeiten.«

»Sie ist sehr klein und zierlich«, konstatierte Ruby.

Abigail betrachtete das Foto mit einem Vergrößerungsglas. »Stimmt, ungefähr so groß wie du.«

»Also klein«, sagte Ruby.

»Zur Zeit, als dieses Foto gemacht wurde, war sie fast noch ein

Kind«, fuhr Abigail fort, »aber ich glaube, sie ist danach nicht mehr viel gewachsen.«

Es handelte sich in allen Fällen um Schwarzweißbilder, die Anfang der dreißiger Jahre gemacht worden waren. Auf den Gesichtern der Zuschauer spiegelte sich die Atmosphäre im Zirkuszelt wider, ihre Aufregung und ihr Staunen, doch es war trotzdem schwer, ein Gefühl dafür zu bekommen, wie beeindruckend das Schauspiel wirklich war.

»Gibt es keine Farbbilder?«, fragte Ruby.

»Doch, zufällig ja. Sie wurden ein paar Jahre später gemacht, irgendwann nach 1936. Davor gab es noch keine Farbfilme.«

Die Farben waren wunderschön, beinahe super-realistisch. Die Schuhe hatten einen kleinen Absatz und feine Riemchen und sahen tatsächlich fast wie Stepptanzschuhe aus, obwohl es ja in Wirklichkeit Seiltanzschuhe waren.

»Angeblich war sie schrecklich kurzsichtig«, fuhr Abigail fort. »Ich weiß nicht, ob es stimmt, doch man hat gemunkelt, sie hätte eine eigene Art von Schrift erfunden, ähnlich wie die Blindenschrift Braille – eine Art Zahlencode, damit sie die Stepptanzschritte lernen konnte.«

Ruby starrte Abigail so verdutzt an, dass Abigail sie fragte, ob alles in Ordnung sei.

»Ja«, sagte Ruby hastig, »ich finde es nur so unglaublich interessant.«

»Weißt du, auf diese Weise konnte sie die Zahlen mit den Fingern ertasten und die Tanzschritte lernen, wo immer sie auch war. Ob das stimmte oder nicht, kann ich dir nicht sagen, vielleicht war es auch nur ein Mythos, doch ich weiß mit Sicherheit, dass sie ihre Umwelt nur verschwommen sehen konnte. Allerdings glaube ich, dass sie der Tatsache, dass sie fast blind war, ihr enormes Talent zu verdanken hatte: Sie konnte sich besser über das Hochseil bewegen als jede oder jeder andere, den ich seither gesehen oder von denen ich gehört habe.«

»Wie kommt es, dass genau *diese* Schuhe schließlich in dem Film vorkamen? Waren ihre Seiltanzkünste die Inspiration zu diesem Film?«

»Nicht direkt. Die Inspiration war sie selbst – Little Canary.«

»Und warum hat sie dann nicht die Hauptrolle gespielt?«

»Ursprünglich war sie dafür vorgesehen«, erklärte Abigail. »Es hieß, dass der Regisseur George Katsel eines Abends mit ein paar Freunden in den Zirkus gegangen sei – das war damals große Mode, denn alle wollten die berühmte Akrobatentruppe des Cirque de Paradiso sehen. Und an jenem Abend sah Katsel etwas, das ihn über alle Maßen entzückte.« Abigail unterstrich ihre Aussagen mit beiden Händen und begann fast zu tanzen, als sie weitersprach.

»Im Scheinwerferlicht war plötzlich ein kleines Etwas mit gelben Federn zu sehen, hoch oben auf einem Trapez. Und dann begann das Trapez zu schaukeln, es bewegte sich auf und ab, so dass die Federn anfingen, herunterzuflattern und durch die Luft zu schweben, bis schließlich eine kleine, zierliche Gestalt zum Vorschein kam, deren gelbes Paillettentrikot die Zuschauer wie ein menschlicher Spiegelball blendete. Das Trapez schwang immer schneller und schneller, bis die Musik abrupt verstummte und die Lichter erloschen, es wurde eine Sekunde lang stockdunkel im Zirkuszelt … dann ein Trommelwirbel, und als der Scheinwerfer wieder anging, begann die kleine Person in ihrem Glitzertrikot hoch oben auf dem Hochseil einen Stepptanz zu machen. Dem Publikum verschlug es den Atem.«

»Wie hat sie das gemacht?«, fragte Ruby.

»Die Stepptanzgeräusche, also die Tap-Taps, wurden durch Tongeräusche vorgetäuscht – das war leicht nachvollziehbar, doch Schuhe mit Absätzen auf einem Hochseil? Wie sie das machte, hat keiner je begriffen. Wahrscheinlich waren die Schuhe in Wirklichkeit flach, sahen aber so aus, als hätten sie einen Absatz. Niemand hat sie jemals aus der Nähe gesehen. Wenn Little Canary auf den Boden zurückkam, trug sie ganz normale Schuhe mit flachen Absätzen, doch kein Mensch hat je gesehen, dass sie sie gewechselt hätte – ein cleverer Schachzug.« Abigail machte eine kurze Pause, um Luft zu holen. »Wie dem auch sei: der fesche George Katsel, schon damals eine Berühmtheit im Filmgeschäft, war hin und weg von der kleinen Akrobatin, ihrem tänzerischen Können und ihrer Schönheit, und er wollte den Irrwisch unbedingt kennenlernen. So kam es, dass sie die Rolle der Little Canary spielen sollte, und obwohl sie als Akrobatin sehr berühmt war, kannte außerhalb der Zirkuswelt niemand ihre wahre Identität, was angeblich ganz in ihrem Sinne war.«

»Sie wollte also nicht um jeden Preis berühmt werden?«, fragte Ruby.

Abigail schüttelte den Kopf. »Nein, diese junge Frau führte gern ein Schattendasein. Sie wollte nicht im Rampenlicht stehen und sich zeigen, sie wollte ihrem Publikum seine Illusionen lassen. Doch Katsel war nicht umsonst ein berühmter Regisseur, er war der Inbegriff von Glamour und Charme, und gleich bei der ersten Begegnung verliebten sie sich ineinander. Es war auf beiden Seiten Liebe auf den ersten Blick, was bei ihm häufiger vorkam, nicht aber bei *ihr*. Sie war, soweit ich weiß, ein sehr ernsthafter Mensch und nahm das Leben nicht auf die leichte Schulter. Aber sie war ihm voll und ganz verfallen. Als der Zirkus weiterzog, blieb sie hier in Twinford, hypnotisiert wie ein Kaninchen im Scheinwerferlicht, und blickte bewundernd zu diesem Mann hoch, der permanent im Rampenlicht stand.«

»Und wie ging es weiter?«, fragte Ruby. Abigail hatte ein Talent fürs Geschichtenerzählen – Ruby hing förmlich an ihren Lippen.

»Keine Ahnung«, sagte Abigail. »Katsel wollte sie heiraten und ihr die Hauptrolle in einem Film geben, für den er eigens für sie ein Drehbuch in Auftrag gegeben hatte: *Die Katze, die den Singvogel fing*. Doch dann, als es ernst wurde, stellte Little Canary fest, dass sie es nicht konnte – sie war Akrobatin, keine Schauspielerin –, und deshalb wurde sie durch Margo Bardem ersetzt. Die Tanzeinlagen und Seiltanznummern konnte allerdings nur Little Canary übernehmen. Hinterher wurde der Film so geschnitten, dass man ihr Gesicht nie sah. Und ihr Name wurde natürlich auch nicht genannt.«

»Wie unfair«, sagte Ruby.
»Und dann wurde auch noch die Hochzeit abgesagt.«
»Warum das?«, fragte Ruby.
»Weil Katsel sich während der Dreharbeiten in Margo Bardem verliebt hatte.«
»Noch unfairer«, kommentierte Ruby.
»Tja, so ist das Showbiz«, sagte Abigail achselzuckend. »Heute so, morgen so. Die arme Celeste.«
»*Wie* haben Sie sie eben genannt?«, fragte Ruby entgeistert.
»Ich sagte: Arme Celeste.«
»Little Canary hieß in Wirklichkeit *Celeste*?«
»Ja, warum?«
Da läutete es unten an der Tür. »Oh, das ist ein Kunde«, sagte Abigail. »Du musst mich jetzt leider entschuldigen.« Ruby verabschiedete sich, und Abigail ließ den Kunden herein. Tief in Gedanken versunken trat Ruby auf die Straße.
Die Muse des Dichters war also Celeste, die Akrobatin, alias Little Canary, und *sie* hatte den Gedichtband George Katsel geschenkt!
Auf dem ganzen Heimweg dachte Ruby angestrengt nach. Das Gesamtbild wurde allmählich deutlicher, nur die Ränder waren noch etwas unscharf.

48. Kapitel

Noch eine gute Tat

Am nächsten Tag sollte in der Scarlet Pagoda die Premiere von Margo Bardems lange zurückgehaltenem Film stattfinden, und die berühmte Schauspielerin würde als Hauptattraktion ihren großen Auftritt haben – falls es dem Sicherheitsteam gelang, ihre Entführung zu verhindern.

Als Ruby an diesem Morgen erwachte, hing ein interessantes Kleidungsstück über ihrem Stuhl. Schlaftrunken taumelte sie aus dem Bett, tastete nach ihrer Brille und sah es sich genauer an. Es war ein schwarz-roter Overall, der ziemlich cool aussah.

Ein Zettel lag darauf.

`Bitte anprobieren! Stimmt die Größe? Falls Du weiterhin mit Deinem Leben spielen willst, solltest Du dabei wenigstens gut aussehen. Hitch`

Der Overall passte wie angegossen, und Ruby sah darin auch echt cool aus, aber sie hatte nicht die leiseste Ahnung, warum Hitch der Meinung war, sie sollte so herumrennen.

Sie ging nach unten in die Küche, wo sie von Mrs Digby begrüßt wurde, die sie von Kopf bis Fuß beäugte und dann sagte: »Ich glaub, mich laust der Affe. Trägt man so was neuerdings?«

»Ich weiß nicht, ob das ein Kompliment war, Mrs Digby, aber glauben Sie mir, das Ding ist superbequem. Sie sollten sich vielleicht auch so was zulegen.«

»Ich werde es mir überlegen, aber ich frage mich, wo man so etwas kauft«, sagte Mrs Digby. »Bei ShopSmart?«

»Ich glaube nicht, dass Hitch bei ShopSmart einkauft.«

»Na schön, er weiß vermutlich besser, wo man modische Sachen bekommt. Ich definitiv *nicht.*«

Ruby holte eine Bananenmilch aus dem Kühlschrank und setzte sich damit auf einen der Barhocker am Küchentresen.

»Denk ja daran, genug zu essen, bevor du heute Abend zum Filmfestival gehst«, sagte Mrs Digby warnend. »Bei solchen Anlässen wird heutzutage ja höchstens noch Fingerfood und heiße Luft serviert.«

»Warum kommen Sie nicht auch mit, Mrs Digby? Es wird bestimmt ein interessanter Abend.«

»Wie oft muss ich es dir noch sagen? Mich kriegen keine zehn Pferde in diese Scarlet Pagoda! Da geh ich nicht rein, nicht für alles Getreide von Idaho.«

»Glauben Sie nach wie vor, dass es dort spukt?«, fragte Ruby und saugte an ihrem Strohhalm.

»O ja!«, sagte Mrs Digby mit Nachdruck. »Eine arme Zirkusartistin ist dort ums Leben gekommen, meine Cousine Emily hat es mit eigenen Augen gesehen.«

»Klingt ja schaurig«, sagte Ruby. »Wie ist es passiert? Wurde sie ermordet?«
»Gütiger Himmel, Kind, nein!«
»War sie vielleicht nicht gut genug?«, fragte Ruby.
»O doch, sie war die Beste, die arme Little Canary«, sagte Mrs Digby.
Ruby verschluckte sich fast an ihrer Bananenmilch. »Wie bitte?!«, prustete sie.
Mrs Digby stützte die Fäuste auf die Hüften. »Himmel, was ist plötzlich in dich gefahren, Kind?«
»Komisch, aber die Frau im Fotoatelier hat mir auch von ihr erzählt. Was für ein Zufall.«
»Es gibt keine Zufälle!«, erklärte Mrs Digby resolut. Sie sagte gern Dinge wie »Es gibt keine Zufälle« – sie glaubte an die Macht des Schicksals.
»Und außerdem konnte keiner es so richtig glauben, als sie herunterfiel«, fuhr sie fort.
»Sie ist heruntergefallen?«
»Es war eine Tragödie«, sagte Mrs Digby und setzte sich auf ihren Hocker. »Sie und Katsel hatten sich verlobt und wollten heiraten – oh, wie sie in diesen Mann vernarrt war! Sie gab ihm alles, was sie hatte, und das war eine ganze Menge, denn sie hatte im Laufe ihrer Karriere massenhaft Geschenke erhalten, angefangen vom Kaiser von China bis hin zum König von England, von Dichtern bis zu Politikern. Ein Botaniker hat sogar eine Orchidee nach ihr benannt – Celeste hat er sie getauft –, aber die schenkte sie natürlich auch diesem Katsel.«

Ruby fragte sich, warum sie Mrs Digby nicht gleich nach dem Geist in der Scarlet Pagoda gefragt hatte – es hätte ihr eine Menge Ärger und Arbeit erspart. REGEL 62: DIE ANTWORTEN, DIE MAN SUCHT, LIEGEN MANCHMAL DIREKT VOR DER EIGENEN NASE.

»Und als dieser Katsel ihr wegen Margo Bardem den Laufpass gab«, fuhr Mrs Digby fort, die inzwischen richtig in Fahrt gekommen war, »schien es, als hätte sie alle Lebenskraft und all ihre Energie verloren. Und da fiel das verletzte Vögelchen einfach von seiner Stange … fast so, als hätte sie es gewollt.«

»Sie glauben nicht, dass es ein Unfall war?«, fragte Ruby.

»Meine Cousine Emily glaubte das nicht. Sie musste die ganze Sache mit ansehen, die Arme. Die kleine Canary war zu ihrem Cirque de Paradiso zurückgekehrt, und wenig später trat die ganze Truppe erneut in der Scarlet Pagoda auf – wie immer vor vollem Haus. Emily sagte, Little Canary sei noch großartiger als früher gewesen, wie sie auf ihrem Hochseil wieder hin und her spaziert ist, wunderschön wie eh und je, und plötzlich winkte sie ihrem Publikum zu, fast so, als wollte sie ihm Lebewohl sagen. Die Lichter gingen aus …« Die alte Haushälterin schniefte. »… ein Trommelwirbel, und als die Scheinwerfer wieder angingen, strahlten sie ein leeres Seil an.«

Ruby bekam eine Gänsehaut.

»Ja«, fuhr Mrs Digby fort. »Sie war nicht mehr da. Die Menge schnappte nach Luft und wagte nicht, sich vorzustellen, was passiert sein könnte. Als die Scheinwerfer suchend durch die Scarlet Pagoda glitten, fielen sie auf ein grausam drapiertes

Bündel aus Pailletten und Federn und verrenkten Gliedern in den Sägespänen am Boden. Mir kommen die Tränen, wenn ich nur daran denke«, sagte Mrs Digby und betupfte sich die Augen. »Die große Frage, die sich alle gestellt haben, lautete: War es ein Unfall, oder hat ihr gebrochenes Herz sie in den Tod gestürzt? Das werden wir nie erfahren. Alles, was ich dazu sagen kann, ist, dass dieser George Katsel allerhand auf dem Gewissen hat.«

»Sie geben *ihm* die Schuld?«, sagte Ruby.

»Aber sicher! Es war dumm von Margo Bardem, ihn zu heiraten, aber es gab viele Närrinnen vor ihr und auch nach ihr. Immerhin kam die Bardem irgendwann wieder zur Vernunft und hat den Kerl verlassen.« Mrs Digby sah Ruby an. »Little Canary hatte Pech. Sie wurde auf dem Zirkusfriedhof unter einem Stern begraben, doch ihr Geist findet keine Ruhe. Sie spukt bis heute in der Pagoda herum, das steht fest.« Die Haushälterin erhob sich und strich ihre Schürze glatt. »Jedenfalls setze ich aus diesem Grund keinen Fuß mehr in das alte Gemäuer, und jetzt hab ich zu tun.«

Ruby verließ die Küche und machte sich auf die Suche nach ihrer Mutter – sie würde ihr erklären müssen, warum sie nicht gewartet hatte, damit sie zusammen Schuhe kaufen konnten. Bis jetzt hatte sie keine Gelegenheit dazu gehabt. Doch ihre Mutter fragte nicht mal nach.

Der Herbststurm, den die Zeitungen vorhergesagt hatten, war endlich eingetroffen und wurde von Stunde zu Stunde heftiger und ungestümer. Er bog die Bäume in alle Richtungen, als wollte er mit ihnen spielen, und rüttelte an ihren Ästen, wie Kinder einander an den Haaren ziehen. Nach Meinung der Meteorologen würde der Sturm noch zunehmen und im Laufe der kommenden Tage die Küste von Twinford erreichen. Sabina Redfort stand am großen Fenster des Wohnzimmers.

»Junge, Junge, was für ein windiger Tag.« Sie nippte an ihrem Kräutertee und hatte ihren freien Arm um die Taille geschlungen, als müsste sie sich festhalten. »Wo um alles in der Welt kommt dieser Sturm nur her?«, fragte sie den großen grauen Himmel.

»Im Radio reden sie seit Tagen von nichts anderem, Mom, hast du denn nie die Wetterberichte gehört?« Ruby staunte immer wieder von neuem über ihre Eltern, die offenbar kaum mitbekamen, was um sie herum vor sich ging. Dinge, die selbst Otto Normalbürger auf der Straße wusste, schienen den Horizont von Mr und Mrs Redfort zu übersteigen.

»Meinst du, wir sollten die Terrassenmöbel hereinholen?«, fragte Sabina.

»Klar«, antwortete Ruby, »es sei denn, du willst sehen, wie sie fünf Häuser weiter in Mrs Frenchs Garten aussehen.«

Sabina sah ihre Tochter erschrocken an. »Glaubst du wirklich, dass das passieren könnte?«

»Glaube schon. Und vielleicht solltest du auch dein Auto besser in die Garage stellen. Sie haben sogar einen möglichen Wirbelsturm vorausgesagt.«

»Ach herrje«, sagte Sabina, »dann kann ich meine Garderobe

für das Finale in der Scarlet Pagoda heute Abend vergessen. Ich wollte mein dünnes pinkfarbenes Kleid anziehen.«

»Damit wirbelt dich der Wind bis nach Kansas. Wenn du meinen Rat hören willst: Setz dir einen Südwester auf, der schützt vor Regen.«

»Oh, das klingt aber gar nicht gut«, sagte Sabina. »Dann muss ich komplett umplanen. Vielleicht ziehe ich besser mein schweres Brokatkleid an oder das warme Samtkleid.«

»Mom, glaub mir: Du solltest besser über einen Regenmantel und einen Schutzbunker nachdenken.«

Sabina begriff nicht, was Ruby meinte, doch zum Glück blieb Ruby die Fortsetzung dieses nutzlosen Gesprächs erspart, weil Rubys Vater ins Wohnzimmer kam.

Brant stellte sich zu seiner Frau ans Fenster und schaute mit ihr zusammen in den Garten, wo zwei leere Plastiktüten zwischen den Bäumen durch die Luft gewirbelt wurden.

»Was hast du, Schatz?«, fragte er seine Frau, da sie etwas bedrückt wirkte.

»Ich weiß beim besten Willen nicht, was ich heute Abend anziehen soll, falls es wirklich einen Wirbelsturm gibt.«

»Ach was, Schatz, du wirst dich doch von einem kleinen Sturm nicht ins Bockshorn jagen lassen. Zieh an, was dir gefällt.«

»Danke, mein Liebster, du bist so klug! Ich werde deinem Rat folgen und mein luftiges Sommerkleid anziehen.«

»Gute Entscheidung«, sagte er und reichte ihr einen großen Umschlag. »Der war im Briefkasten. Ist an dich adressiert.« Er küsste seine Frau auf die Wange und ging wieder hinaus.

Sabina wunderte sich. »Was kann das sein? Ich erwarte keine Post.« Sie riss den Umschlag auf und zog ein in Seidenpapier eingeschlagenes Foto heraus. Vor Staunen bekam sie den Mund nicht mehr zu und musste sich augenblicklich setzen. Es war eine Fotografie von Ruby, die ganz zweifellos die Handschrift der großen Ada Borland trug.

»Wie das?«, stammelte sie und sah ihre Tochter ungläubig an.

»Ich war bei ihr«, sagte Ruby.

»Aber ich meine … dein Gesicht …«

»Nur ein bisschen Make-up«, sagte Ruby.

»Weißt du was, Ruby Redfort? Du bist großartig!«, rief Sabina schwärmerisch.

»Ach, Mom«, wehrte Ruby ab, »es gibt bessere Kinder als mich da draußen. Das weißt *du*, und ich weiß es auch.«

»Ich weiß nur eines: dass ich eine Porträtaufnahme meiner wunderschönen Tochter von der berühmten Ada Borland besitze, und keine andere Mutter, die ich kenne, kann das von sich behaupten – meinetwegen können sie ihre besseren Kinder gern behalten.«

»Danke, lieb von dir«, sagte Ruby.

Sabina verließ das Wohnzimmer, um ihre Freundin Marjorie anzurufen; das konnte stundenlang dauern.

Ruby beschloss, eine zweite gute Tat in dieser Woche zu tun, und Sabina strahlte vor Stolz, als sie ihre Tochter später an diesem Tag in dem leichten pfirsichfarbenen Kleid die Treppe herunterkommen sah, das sie ihr gekauft hatte. Ruby versuchte tapfer, sich nicht anmerken zu lassen, wie unwohl sie sich darin fühlte: Pfirsichfarben war nicht ihre Farbe, und luftige Kleidchen waren nicht ihr Stil.

»Du siehst entzückend aus!«, rief Sabina und versuchte, diesen denkwürdigen Moment nicht durch den Hinweis zu verderben, dass die Sneakers, die Ruby dazu trug, nun wirklich nicht dazu passten.

Ihre Mutter ahnte natürlich auch nicht, dass Ruby unter dem pfirsichfarbenen Seidenkleid den schwarz-roten Overall trug, den Hitch ihr ins Zimmer gelegt hatte. Genau wie Superman wollte sie für alle Eventualitäten gerüstet sein – und ehrlich gesagt hoffte sie sogar, dass irgendeine Eventualität möglichst bald eintreten würde und sie das doofe Kleid ausziehen konnte, noch bevor das Finale überhaupt begonnen hatte.

»Dein Vater und ich fahren schon etwas früher los, damit wir die anderen Gäste beim Empfang im Hotel Circus Grande begrüßen können. Bob holt dich dann etwas später ab, Ruby, um dich zu uns ins Hotel zu bringen. Sieh bitte zu, dass du pünktlich fertig bist. So ein Fiasko wie am Abend des Jadebuddhas will ich nicht noch mal erleben.«

Clancy würde auch kommen, mit seiner ganzen Familie. Eine Menge Stars und andere Prominente wurden erwartet, und auf der Liste der Geladenen stand jedes bekannte Gesicht von Twinford – solche Abende ließ sich Botschafter Crew nur ungern entgehen.

Bob, der Chauffeur von Mr Redfort, kam superpünktlich vorgefahren, und Ruby stieg unverzüglich ein. Sie hatte sich vorgenommen, ein ganz braves Mädchen zu sein und sich mustergültig zu benehmen. Also war sie pünktlich und tat das, was richtig war. Weder Verspätungen noch Ablenkungen, sie würde niemandem auflauern und sich auch keine Schwierigkeiten einhandeln.

Es war nur so, dass ihr die Geschichte, die Mrs Digby erzählt hatte, nicht mehr aus dem Kopf ging …

49. Kapitel

Der Stern

Es herrschte viel Verkehr. Man hätte fast meinen können, ganz Twinford sei auf dem Weg zur Scarlet Pagoda, und angesichts der strengen Sicherheitsvorkehrungen hatte Bob Bedenken, ob er seinen Fahrgast rechtzeitig vor dem Hotel absetzen konnte.

»Ich mache lieber einen kleinen Umweg«, sagte er zu Ruby. »Wir fahren von hinten ans Hotel heran, auf den Nebenstraßen ist sicher nicht so viel Verkehr.«

Doch das erwies sich als eine falsche Entscheidung, denn die schmale Straße hinter dem Hotel Circus Grande war für alle nichtamtlichen Fahrzeuge gesperrt.

Ein Polizist stand mitten auf der Straße. »Hier können Sie nicht durch, Sir. Eine Sicherheitsmaßnahme im Rahmen des Filmfestivals.«

»Das macht gar nichts, Bob«, versicherte ihm Ruby. »Ich steige hier aus und gehe den Rest zu Fuß.«

Das war Bob überhaupt nicht recht, denn Mrs Redfort hatte ihm strikte Order gegeben, Ruby direkt vor dem Hoteleingang abzusetzen. Doch unter diesen Umständen schien es das einzig Vernünftige zu sein, Ruby aussteigen zu lassen.

Ruby sprang aus dem Wagen und ging dann die Straße hinauf. Es war eine Straße, in der sie noch nie gewesen war. Auf einer

Seite gab es eine hohe Steinmauer, hinter der sie nur ein paar hohe Bäume sehen konnte. Sie fragte sich, was wohl hinter der Mauer war.

Nach einigen Metern gelangte sie zu einem schmiedeeisernen Tor. Ein Friedhof, vermutete sie. Und tatsächlich – da war eine gemeißelte Tafel, auf der stand: *Friedhof für Zirkusartisten und Performancekünstler.*

Es konnte nur der Friedhof sein, den Mrs Digby erwähnt hatte, und nun stand Ruby direkt davor.

Schicksal oder Zufall?, fragte sie sich.

Ruby hatte zwar gewusst, dass dieser Friedhof im Herzen des Twinforder Theaterviertels lag, doch dass er sich direkt hinter dem Hotel Circus Grande befand, war ihr neu.

»Sie wurde auf dem Zirkus-Friedhof beerdigt, unter einem Stern.« Mrs Digbys Worte klangen ihr noch im Ohr, und Ruby beschloss spontan, sich schnell mal hier umzusehen. Auf zehn Minuten mehr oder weniger kam es schließlich nicht an, oder? Ihre Mutter würde es sicher gar nicht merken.

Das eiserne Gittertor war abgeschlossen, doch das war kein Problem: Ruby kletterte wieselflink daran hoch – ein zufälliger Beobachter hätte nur blinzeln müssen –, und schon war sie verschwunden.

Hinter der hohen Mauer war es absolut still und friedlich; selbst der Wind vermochte die Ruhe dieser grünen Oase offenbar nicht zu stören. Alte Laubbäume säumten die verschlungenen Wege, und jenseits der Mauern blickten hohe Gebäude auf die stummen Steine herab.

Oje, wie soll ich hier Celestes Grab finden, fragte sich Ruby. Wenn der Grabstein ein Stern war, könnte ich ihn von oben sicher leichter sehen.

Sie blickte an dem hohen Baum hinauf, der in der Mitte des Friedhofs stand und unter dem alle Wege zusammenliefen. Von dort oben hätte sie sicher einen guten Überblick. Sie raffte den Rockteil ihres Kleides zusammen und verknotete ihn. Dann sprang sie an den untersten Ast und zog sich daran hoch. Der Rest war ein Kinderspiel, und Ruby war im Nu gute acht Meter weit oben. Sie konnte die Fahnen des Filmfestivals sehen, auch die Scarlet Pagoda und das Hotel Circus Grande. Ruby bewegte sich rund um den Stamm, um alle Gräber sehen zu können. Wo war Celestes Stern? Plötzlich erblickte sie eine schwarzgekleidete Person. Sie war wie aus dem Nichts aufgetaucht. War sie auch über das Tor geklettert?

Ruby sah die schmale Gestalt, vermutlich ein Mann, zielgerichtet zu einem bestimmten Grab gehen. Dort bückte er sich und legte einen gelben Blumenstrauß hin. Es war ein Grab ohne Grabstein, aber dafür mit einer Steinplatte im Boden.

Die schwarzgekleidete Gestalt stand eine Minute lang reglos da, ehe sie sich umdrehte und sehr, sehr langsam zum Tor zurückging. Ruby wartete, bis der Mann weit genug weg war, ehe sie lautlos auf den Boden zurückkletterte und zu der Stelle rannte, wo die gelben Blumen lagen. Es war ein sehr gut gepflegtes Grab, kein Hälmchen Unkraut wuchs hier, und der Grabstein war eine fünfzackige Marmorplatte, inmitten von akkurat geschnittenem Gras. Die in die Marmorplatte eingemeißelten Worte waren leicht zu lesen.

HIER RUHT LITTLE CANARY,
EINE BEZAUBERNDE AKROBATIN,
DIE VOM HIMMEL FIEL
UND SO DIESER WELT ENTSCHWAND.

Ruby bückte sich und ließ ihre Finger über den kühlen Marmor mit den eingravierten Buchstaben gleiten. Am Rand des Sterns entdeckte sie eine weitere Inschrift, die in die Marmorplatte eingeritzt war und nur ertastet werden konnte. Sie war in Braille verfasst.

Ruby schloss die Augen, während sie sie entzifferte, indem sie mit den Fingerspitzen die Erhöhungen abtastete, die folgendermaßen aussahen:

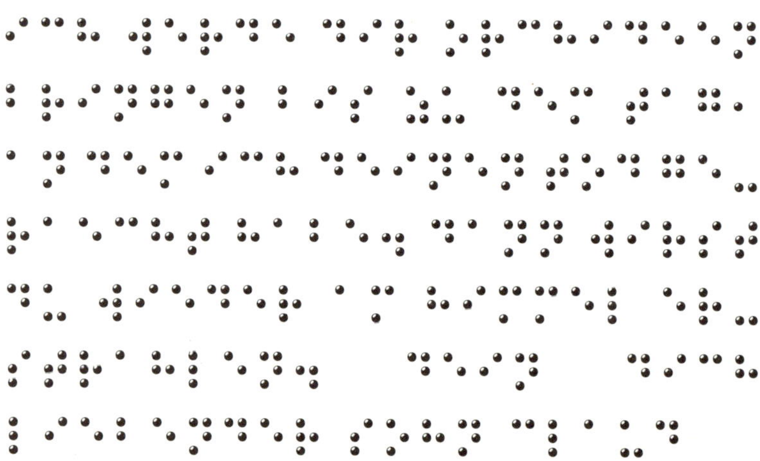

Ich werde dir Orchideen bringen bis zu dem Tag, an dem ich deinen Tod gerächt habe. Dann wirst du wieder am Himmel erstrahlen. Dein dich liebender Sohn Claude

»Du hattest einen Sohn, Celeste?«, murmelte Ruby. »Also ist er es, in dessen Kopf du herumspukst?«
Sie blickte sich um – wo war Celestes Besucher inzwischen? Als sie sich wieder aufrichtete, sah sie sich die Blumen an, die der Mann hinterlegt hatte; das intensive Gelb der Blütenblätter war mit wunderschönen pinkfarbenen Linien geädert – schmal, zierlich und fast überirdisch schön.
Es waren unverkennbar Celeste-Orchideen, die Claude seiner toten Mutter gebracht hatte.
Ruby wollte ihre Fliegen-Haarspange berühren, doch die war nicht da. *Verflixt, Ruby!* Sie rannte über den gewundenen, mit Blättern übersäten Weg über den halben Friedhof, vorbei an kunstvollen Urnen und betenden Steinengeln, und da sah sie ihn wieder: Er war bereits am Eisentor. Er kletterte aber nicht etwa darüber, wie sie es getan hatte – er zwängte sich wie ein Schlangenmensch durch die Eisenstäbe.
Ruby entschied sich für einen anderen Weg – über die Mauer. Leider blieb ihr Kleid dabei an einem spitzen Stein hängen und gab ein unschönes *Ritsch!* von sich. »Mist!«, zischte sie. Nachdem sie sich vergewissert hatte, dass die Luft rein war, sprang sie lautlos auf den Gehsteig hinunter. Der Mann hatte sie nicht gesehen, er ging sehr schnell, bewegte sich grazil und elastisch wie ein Tänzer oder Berufsturner, sehr aufrecht, die

Fußspitzen leicht nach außen gerichtet. Vor dem Hotel Circus Grande blieb er stehen und blickte an der Fassade hinauf, als überlegte er sich, wie er hinaufklettern sollte. Ein Lächeln huschte über sein Gesicht, und dann passierte etwas äußerst Seltsames: Ruby glaubte zu sehen, wie er etwas aus seiner Jackentasche holte, doch seine Hand war leer, dann machte er eine Bewegung über dem Kopf, als wollte er sich einen Schal oder eine Decke umlegen … und plötzlich war er weg. Spurlos verschwunden.

Hey, was war das!?

Er hatte sich in Luft aufgelöst. Ein toller Trick! Ruby war beeindruckt, und sie wusste, dass der junge Mann noch da war – *er* war der Skywalker, der Sohn von Little Canary, wie seine Mutter ein großartiger Artist und Seiltänzer, und im Moment hatte er vermutlich nur ein Ziel: Margo Bardem zu entführen.

Ruby rannte, was ihre Beine hergaben, schob sich durch die versammelte Menschenmenge, zeigte dem Empfangspersonal mit den Klemmbrettern hastig ihre Einladung und lief dann auf die schweren Eingangstüren des Hotels zu. Sie hörte das Lachen ihrer Mutter im Ballsaal und Botschafter Crews laute, sonore Stimme. Hitch dagegen war nirgends zu sehen.

Ruby kämpfte sich zu ihren Eltern durch, die sich gerade mit den Humberts und mit Dora Shoering unterhielten.

»Habt ihr Hitch gesehen?«, keuchte Ruby.

Kein Mensch beachtete sie.

»Ich bin total gespannt auf diesen Film«, sagte Sabina gerade. »Ich kann mir einfach nicht erklären, warum *Dunkler als die*

Nacht bisher nie gezeigt wurde. Schließlich hat Margo Bardem doch eine riesige Fangemeinde!«

»Das stimmt«, sagte Marjorie Humbert.

»Mom!«, sagte Ruby etwas lauter.

»Oh, hallo, Ruby«, sagte Quent und strahlte sie an. »Kommst du morgen zu meiner Superheldenparty?«

»Ich arbeite daran, Quent«, sagte Ruby und wandte sich wieder an ihre Mutter. »Mom!«, sagte sie, noch etwas lauter.

»Ja, das ist ein großes Geheimnis«, sagte Dora Shoering. »Man stelle sich vor: Dieser Film lagerte all die Jahre ganz hinten in den Archiven des Filmstudios. Aber kein Mensch ist je auf die Idee gekommen, ihn aufzuführen.«

»Ja, warum?«, wunderte sich Sabina laut.

»Mom!«, sagte Ruby, nun richtig quengelig. Doch Sabina war ganz auf Dora Shoering konzentriert.

»Weil der Film bei der Vorabaufführung durchgefallen ist. Und aus Angst, er könnte der Karriere der Bardem schaden, wurde er zurückgezogen.«

Da wurde sogar Ruby hellhörig.

»Wie das?«, fragte Sabina. »Margo ist so ein großer Star. Daran kann doch ein einzelner Film nichts ändern, oder?«

»Nun ja …« Dora Shoering genoss es sichtlich, dass alle gebannt an ihren Lippen hingen. »… der Grund dafür ist, dass Margo Bardem, die große Leinwandheldin, in diesem Film ermordet wird. Es ist keine Kriminalkomödie, sondern ein sehr dramatischer Film, und sie wird vom Hochseil gestoßen – eine Art Anlehnung an Bardems Debütfilm *Die Katze, die den Sing-*

vogel fing, doch diesmal geht es böse aus. Mal ehrlich, kein Fan will sehen, wie die Bardem in den Tod stürzt.«

»Und deshalb ist der Film in einer Schublade gelandet?«, fragte Sabina.

»Richtig«, bestätigte Dora Shoering.

Ruby starrte Dora Shoering ungläubig an. Gleichzeitig dachte sie an die Inschrift auf dem Grab. *Bis zu dem Tag, an dem ich deinen Tod gerächt habe.* Und plötzlich dämmerte ihr die grausame Wahrheit: Margo Bardem würde nicht gekidnappt werden, sie sollte *ermordet* werden! Im richtigen Leben würde dasselbe passieren wie auf der Leinwand, und Margos Premiere wäre zugleich ihr Finale – da sie in den Tod stürzen würde.

»Er will sie umbringen«, flüsterte Ruby vor sich hin. »Er will sie in die Tiefe stoßen ...«

»Was ist?«, fragte ihre Mutter.

»Wo ist Hitch?«, fragte Ruby.

»Keine Ahnung«, sagte ihre Mutter lächelnd, doch der Gesichtsausdruck ihrer Tochter gefiel ihr gar nicht. »Alles in Ordnung, Schatz?«, fragte sie besorgt. Aber Ruby hatte sich bereits umgedreht und kämpfte sich durch die Anwesenden zum Hauptaufgang durch. Sie hörte ihre Mutter noch rufen: »Bleib nicht zu lange weg, Ruby-Schatz! Es geht bald los.«

Die prunkvolle Treppe war mit goldenen Seilen abgesperrt, und als Ruby unter einem dieser Seile durchschlüpfen wollte, wurde sie von einem Sicherheitsmann am Arm gepackt. »Tut mir leid, kleines Fräulein, aber hier darf niemand mehr durch.«

Augenblicklich setzte Ruby ihren hilflosen Kleinmädchenblick auf. »Ich wohne doch hier im Hotel, ich habe nur mein Autogrammheft im Zimmer vergessen«, sagte sie mit leicht bebender Stimme. »Zimmer 255, fragen Sie am Empfang, falls Sie mir nicht glauben.«

Die Miene des Mannes entspannte sich. »Okay, Süße, aber beeil dich. Ich darf eigentlich keinen durchlassen.«

Ruby flitzte die Treppen hinauf, und im zweiten Stockwerk rannte sie durch den Korridor und schlüpfte durch den Notausgang zum hinteren Treppenhaus. Flugs entledigte sie sich ihres pfirsichfarbenen Kleidchens und stopfte es in den Wäschekorb, den das Reinigungspersonal hier hatte stehen lassen. In ihrem wesentlich praktischeren und sehr viel cooleren Outfit setzte Ruby ihren Weg fort.

Sie war fast schon oben, als sich ihr ein stämmiger Wachmann in den Weg stellte, in einem schwarzen Anzug und mit einem Funkgerät.

»Kein Zugang zum Dach«, sagte er kategorisch. »Alle Ausgänge sind abgesperrt. Hier oben sind nur Leute mit Sondererlaubnis zugelassen.«

»Aber ich suche nach …«

»Kein Zugang und fertig! Hey, Moment mal. Bist du ein Kind?« Er musterte sie von Kopf bis Fuß. »Du dürftest nicht mal *hier* sein. Ich rufe jemanden, der dich wieder nach unten bringt.«

So lange wollte Ruby nicht warten. »Schon gut, Sir. Ich geh ja schon.« Sie drehte sich um und flitzte wieder die Treppe hinunter. Aber gleich ein Stockwerk tiefer suchte sie nach einem

Fenster, das sich öffnen ließ. Was blieb ihr anderes übrig, als außen an der Fassade bis aufs Dach zu klettern? Sie war noch auf der Suche nach einem geeigneten Ausstieg, als an ihrem Rücken plötzlich etwas vibrierte. Und gleichzeitig glaubte sie, ein leises, aber eindringliches »Ruby!?« zu hören.

Verdutzt blieb sie stehen und griff nach hinten, unter ihren Overall. Und was bekam sie dort zu fassen? Ihre Fliegen-Haarspange!

»Wie zum Kuckuck bist du dahin gekommen?«, fragte sie das kleine Ding.

»Was?«, rief Hitch, und seine Stimme knisterte und klang sehr weit weg.

»Wo stecken Sie? Ich hab Sie überall gesucht«, zischte Ruby in den Fliegen-Transmitter.

»Was stellst du wieder an, Kleine? Du solltest im Ballsaal des Circus Grande sein, aber wie mir scheint, bist du auf dem Weg zum Dach.«

»Er ist hier«, sagte sie leise.

»Wer ist hier?«

»Claude.«

»Wer ist Claude?«

»Der Sohn von Little Canary.«

»Wer zum Teufel ist Little Canary?«

»Celeste, die Akrobatin, die früher Margos Stunts machte«, erklärte Ruby. »Hören Sie, das spielt jetzt keine Rolle. Sie müssen nur wissen, dass ich weiß, was gleich passiert. Claude ist der Skywalker, und er ist hier im Hotel, um den Tod seiner Mutter zu rächen. Und er leidet unter der Wahnvorstellung, dass Margo Bardem das Leben seiner Mutter zerstört hat.«

Die ganze Zeit hatte Ruby sich mit einem verschlossenen Fenster abgemüht. Verflixt, es klemmte! Wo zum Teufel war ihre Fluchtuhr, wenn sie sie schon mal brauchte?

»Kleine, was machst du gerade?« Hitch klang alarmiert. »Ich höre so komische Störgeräusche.«

Ruby machte sich gerade mit der Haarspange an dem Fensterschloss zu schaffen. »Claude hat bei den Einbrüchen Sachen geholt, die früher mal seiner Mutter gehörten – den Briefbeschwerer, die Schuhe, die Gedichte, die Krawattennadel, die Orchidee. Celeste hat sie alle George Katsel geschenkt, als sie verlobt waren – doch er, nicht gerade ein netter Mann, hat sie entweder verloren oder weiterverschenkt.«

HITCH: »Was höre ich da? Ist das der Wind? Versuchst du etwa gerade, ein Fenster zu öffnen?«

RUBY: »Ich versuche nur, einen Mord zu verhindern.«

HITCH: »Wir sind an der Sache dran, Redfort!«

RUBY: »Seid ihr nicht! Ihr habt nichts kapiert.«

HITCH: »Was genau habe ich nicht kapiert? Es ist völlig ausgeschlossen, dass dieser Skywalker, oder Claude, wie du ihn nennst, Margo entführen kann.«

RUBY: »Er will sie nicht entführen, er will sie umbringen!«

HITCH: »Sie umbringen?! Wie um alles in der Welt kommst du *darauf*?«

RUBY: »In dem Film, der nachher in der Pagoda gezeigt wird, spielt die Bardem eine Artistin, die vom Hochseil in den Tod stürzt. Und Claude will dafür sorgen, dass im Leben dasselbe passiert wie im Film.«

HITCH: »Warum das?«

RUBY: »Er will aller Welt das Schicksal seiner Mutter vor Augen führen. *Darum* geht es bei allem, begreifen Sie nicht? Zuerst sammelt er Celestes Sachen ein und klopft uns damit quasi auf die Schulter, um uns auf sie aufmerksam zu machen. Die Bardem ist das letzte TAP auf seinem Kärtchen, denn *sie* hat Celestes Ruhm eingeheimst und sie aus dem Rampenlicht verdrängt. Und Claude will seine Mutter nun endlich ins Scheinwerferlicht holen. Alle sollen sich an Celeste, den kleinen Kanarienvogel erinnern: *bis zu dem Tag, an dem ich deinen Tod gerächt habe* – das steht auf Celestes Grabplatte, und damit kann er nur Margo meinen.«

HITCH: »Er kommt nicht mal in ihre Nähe, Kleine, keine Bange! Er kommt nicht in die Scarlet Pagoda und auch nicht ins Hotel. Wir haben alles hermetisch abgeriegelt.«

»Au Mann, Sie haben nichts kapiert«, sagte Ruby und seufzte. »Er ist bereits hier.«

50. Kapitel

Auf geht's!

»Miss Bardem?«

Die Schauspielerin drehte sich um.

»Ja? Oh ... Wo kommen *Sie* so plötzlich her?« Sie betrachtete den schwarzgekleideten jungen Mann von Kopf bis Fuß. »Gehören Sie zum Sicherheitsdienst?«, fragte sie dann. »Ich habe die Tür nur geöffnet, um mir einen Tee zu bestellen, aber ich sah Sie nicht hereinkommen.«

»Nein, wie auch?«

»Ich verstehe nicht ...«

»Ist nicht wichtig.«

»Sie dürften nicht hier sein«, sagte die Schauspielerin.

»Sie auch nicht«, sagte die Gestalt in Schwarz.

Margo Bardem krauste die Stirn. »Kann ich etwas für Sie tun?«

»Kommt darauf an. Verstehen Sie sich darauf, Tote wieder zum Leben zu erwecken?«

»Wie bitte?«, flüsterte sie. »Ich verstehe nicht. Tut mir leid.«

»Nein, es tut Ihnen nicht leid, weshalb auch? Sie haben meiner Mutter alles geraubt, alles, was sie geliebt hat. Zuerst den Applaus des Publikums, dann den Mann, den sie vergöttert hat, und schließlich haben Sie mir, und das ist das Schlimmste ...« Seine Stimme überschlug sich fast. »... meine Mutter geraubt.«

»Sie müssen mich verwechseln. Ich habe Ihre Mutter nicht gekannt. Ich habe keine Ahnung, wovon Sie reden.« Die Rolle der Naiven hatte sie im Film schon so oft gespielt, dass sie ihr zur zweiten Natur geworden war. Ganz ruhig bleiben, sagte sie sich, ja nicht zeigen, dass du Angst hast.

»Tja, dann muss ich Ihrem Gedächtnis auf die Sprünge helfen«, sagte der junge Mann. »Die gelben Schuhe, waren das wirklich Ihre? Wurde jemals von Ihnen verlangt, sie zu tragen?«

Margo Bardem wurde kreidebleich. Sie tastete hinter ihrem Rücken nach dem Telefon; es musste irgendwo unter all den Blumensträußen und Gratulationskarten sein. »Sie sind nicht ganz bei Trost. Ich möchte, dass Sie jetzt gehen, junger Mann.«

»Das weiß ich, Miss Bardem, aber es geht nicht immer nach Ihrem Kopf. Irgendwann reißt die Glückssträhne ab.«

»Mein Publikum erwartet mich, ich muss gleich auf die Bühne.«

»So schnell nun auch wieder nicht, erst in knapp einer Stunde.«

»Aber gleich wird jemand kommen, um mich zu frisieren und zu schminken, und es kann jede Sekunde an der Tür klopfen …«

»Ich habe Ihre Biographie gelesen, Miss Bardem. Sie wollen vor jedem Auftritt eine Stunde für sich sein, und frisieren Sie sich nicht auch immer selbst? Selbstverständlich – Sie waren schließlich Friseurin, bevor Sie ein großer Star wurden, wissen Sie noch?«

Margo Bardem biss sich auf die Unterlippe und spielte nervös mit dem Ring am Ringfinger ihrer linken Hand, einem Ring, der wie ein Vogel aussah.

»Dieser Ring da zum Beispiel, war er nicht ursprünglich für eine andere Frau bestimmt gewesen?«

»George Katsel hat ihn mir geschenkt – für meine Rolle in dem Film *Die Katze, die den Singvogel fing.*«

»Und Sie haben den Singvogel tatsächlich gefangen, nicht wahr? Den kleinen Kanarienvogel. Und als Sie ihn hatten, haben Sie ihn getötet.«

»Ich weiß wirklich nicht, wovon Sie reden.«

»Sie haben Little Canary getötet.«

»Was reden Sie da?!«

»Den kleinen Kanarienvogel, Little Canary, Celeste – wie auch immer, Sie haben meine Mutter getötet.«

»Aber ich habe sie doch kaum gekannt. Sie hat mich bei den Tanzszenen gedoubelt, das stimmt, bei den Stunts auf dem Hochseil, aber …«

»Man muss jemanden nicht kennen, um ihn zu zerstören.«

»Aber wie könnte ich sie zerstört haben? Ich meine, warum sollte ich? Und wie?«

»Sie haben ihr die Rolle gestohlen und später vorgegeben, dass Sie die Seiltänzerin waren, und *Sie* haben dafür gesorgt, dass sie starb.«

»Das stimmt nicht«, sagte Margo entsetzt. »Sie müssen wissen, dass ich bei diesem Film kein Mitspracherecht hatte.« Sie sah ihn flehentlich an. »Verstehen Sie nicht? So ist das Filmgeschäft. Es ist eine Scheinwelt, man will dem Publikum seine

Illusionen lassen. Die Produzenten sagten, meine Karriere wäre zu Ende, wenn bekannt würde, dass nicht *ich* oben auf dem Hochseil stand. Sie drohten sogar damit, mich zu feuern. Es ist doch nur Schauspielerei, nur ein Job.«

»Nur ein Job!?«, fauchte der Mann. »Nur ein Job, sagen Sie? *Sie* arbeiten vielleicht für Geld, doch meine Mutter war eine Artistin, eine Künstlerin, das Seiltanzen war ihr Leben!«

»Was wollen Sie denn von mir?«, fragte Margo verzweifelt.

»Ich will, dass Sie sie zurückbringen, sie ins Rampenlicht stellen.«

»Aber wie?«

»Sie sagen heute Abend allen die Wahrheit. Statt eine Einführung zu dem Film zu geben, sagen Sie allen, dass meine Mutter auf dem Hochseil getanzt hat und nicht Sie. Sie hatte das Talent, während Sie nur das Gesicht waren, eine rückgratlose Marionette.«

»Und dann? Lassen Sie mich dann gehen?«

»Oh«, sagte er. »Ich lasse Sie gehen, keine Bange. Und ob ich Sie gehen lasse …«

Ihre Augen weiteten sich vor Schreck, als ihr schwante, was der junge Mann meinte. »Ich kann schreien«, sagte sie warnend.

»Lauter als jede andere im Showbiz, Miss Bardem«, sagte Claude.

Margo Bardem nickte, ganz bedächtig, sie begriff, was er damit sagen wollte. »Sie meinen, dass die Leute dann annehmen, ich würde für meinen Auftritt heute Abend proben … und niemand käme?«

Claude nickte ebenfalls. »Warum sollte jemand kommen? Alle wissen, dass Sie hier oben ganz sicher sind.«

Sie legte ihre gelben Handschuhe zur Seite; sie würde sie wohl doch nicht brauchen.

»Wir machen jetzt einen kleinen Spaziergang, einverstanden?«, sagte Claude.

»Wohin gehen wir?«

»Nach draußen«, sagte Claude und blickte zum Fenster.

Die Schauspielerin schluckte. »Ich habe Höhenangst, wissen Sie.«

»Ich weiß«, sagte er. »Aus diesem Grund haben Sie auch immer ein Double gebraucht.« Er blickte sie an. »Aber das wird sich jetzt ändern.«

Er zeigte auf die Frisierkommode. »Hochsteigen!«

Sie widersprach nicht; es hätte nichts genützt. Deshalb stieg sie auf die Kommode und sah ihn erneut flehentlich an.

»Wohin soll ich gehen?«, fragte sie schließlich. »Es gibt keinen Ausgang außer der Tür.«

»Irrtum. Direkt über Ihrem Kopf gibt es einen, er führt direkt aufs Dach. Als Junge habe ich oft dort oben gespielt.«

Claude nahm den Besen, der an der Wand lehnte, und stieg zu ihr auf die Kommode. Mit dem Besenstiel drückte er an eine bestimmte Stelle der Decke, ein Paneel ließ sich zur Seite schieben, und eine Dachluke kam zum Vorschein.

»Lügnerinnen zuerst«, sagte er und warf bei diesen Worten ein weißes, leeres Kärtchen auf den Tisch. Das letzte Feld war nun auch ausgefüllt – unsichtbar natürlich.

Tap Tap Tap Tap Tap Tap.

Die verschlüsselten Erhebungen ergaben die Zahlen

25 14 23

Das letzte Wort würde DEM lauten, genau wie Ruby vermutet hatte.

51. Kapitel

Ruby im Einsatz

Hitch rannte die Treppen der Scarlet Pagoda hinauf. Er hatte den Sicherheitsdienst bereits alarmiert – Ruby *musste* sich einfach irren, das alles klang total verrückt, aber er rannte trotzdem.

»Was meinst du mit ›er ist bereits hier‹?«

»Ich habe ihn auf dem Friedhof gesehen«, sagte Ruby, »und bin ihm bis hierher ins Hotel gefolgt. Er starrte nach oben, und ich spürte, dass er hochklettern wollte. Ich vermute, dass er auf einem Hochseil vom Hoteldach zur Scarlet Pagoda geht oder schon gegangen ist.«

»Kleine, du bist auf dem Holzweg. Erstens: Woher sollte der Typ wissen, dass Margo nicht im Hotel ist? Das weiß nicht mal der Polizeichef von Twinford!«

»Er weiß alles, haben Sie das noch nicht begriffen?« Ruby lehnte inzwischen aus dem Fenster, den Blick nach oben gerichtet, und überlegte sich, wie sie hochklettern könnte. »Er ist unter Künstlern aufgewachsen, er kennt Margo von früher, er kennt ihre Schwächen und ihre Ticks, weiß, wo sie sich vor einem Auftritt gern aufhält, in welcher Garderobe sie sein wird … er weiß es einfach.« Ruby stieg auf die Fensterbank.

»Deine Stimme klingt irgendwie komisch, Kleine, was hast du

vor? Ich habe das dumpfe Gefühl, dass du vorhast, dich wieder mal in Gefahr zu begeben.«

»Der Sicherheitsdienst lässt keinen aufs Dach, deshalb muss ich aus dem Fenster klettern.«

»In einem *Seidenkleid*?«

»Beruhigen Sie sich«, sagte Ruby. »Ich habe mich umgezogen. Ich trage den Overall, den Sie mir hingelegt hatten.«

Eine Pause.

»Warum willst du aufs Dach?«, fragte Hitch dann.

»Dort muss ein Hochseil gespannt sein. Ich wette, er wollte auf einem Drahtseil zur Pagoda gehen und über das Dach in das Gebäude einsteigen. Er kennt es wie seine Hosentasche.«

»Kleine, der ganze Platz ist umstellt.«

Ruby ignorierte diesen Einwand. »Wenn ich das Drahtseil finde, kann ich ihn verfolgen.«

»Wozu denn das?«, fragte Hitch. »Falls du recht hast, würde man den Skywalker sehen, noch bevor er auch nur in der Nähe der Pagoda ist.«

»Sie könnten eine ganze Armee dort postiert haben – er käme trotzdem an ihnen vorbei.«

»Warum bist du dir da so sicher?«

»Weil er … unsichtbar ist.«

Hitch blieb abrupt stehen. »Was?«, sagte er. »Redest du schon wieder von Gespenstern, Redfort?«

»Nein, ich rede von einer hypermodernen Technologie. Ich hab's mit eigenen Augen gesehen. Ich habe gesehen, wie er sich etwas über die Schultern warf, und in derselben Sekunde war er verschwunden. Er kann sich tatsächlich unsichtbar machen.«

Schweigen.

»Hitch, sind Sie noch da?«

»Ja …« Hitch schickte eine Nachricht an alle Agenten.

»*Das* ist es, was die Katze Capaldi gemeint hat, als ich sie in dem verlassenen Firmengebäude mit dem Skywalker reden hörte. Sie sprach von etwas, das ihn schützte – damit hat sie einen Tarnumhang gemeint, und deshalb konnte ich ihn nicht sehen. Und deshalb konnte auch *sie* ihn nicht sehen, und deshalb wurde er nie geschnappt. Folglich wird er problemlos in die Scarlet Pagoda gelangen – in Margos Garderobe –, ohne dass ihn jemand sieht.«

»Ist das dein Ernst, Kleine?«

»Wieso? Klinge ich nicht ernst genug?«

Schweigen. Doch es war kein schockiertes Schweigen. Es war ein nachdenkliches Schweigen.

»Hat es zufällig etwas mit diesem verschwundenen Prototyp aus dem Verteidigungsministerium zu tun?«, fragte Ruby.

Schweigen.

»Ha, Ihr Schweigen bedeutet, dass ich recht habe! Das war der Prototyp, der verschwunden ist!«

Hitch schwieg noch immer. Doch dann sagte er: »Hör mal, Kleine, überlass die Sache mir. Bleib, wo du bist. Ich werde …«

»Nein«, sagte Ruby. »Ich gehe ihm nach.«

»Ruby, tu's nicht, bitte warte, bis Verstärkung eintrifft. Ich bin schon …«

Doch Ruby kletterte unbeirrt weiter. Der Wind pfiff ihr um die Ohren. Die Straße war tief unter ihr, doch sie sah nicht hinunter.
»Ruby!«
»Wir sehen uns dann dort«, sagte sie.
»Redfort, das war ein Befehl!«

Sie waren inzwischen auf dem Dach, und der Vogelmann tänzelte leichtfüßig über die jadegrünen Dachziegel, während die Schauspielerin stolperte und immer wieder auszurutschen drohte, und sie griff ein ums andere Mal nach dem Arm ihres Kidnappers, um nicht in den sicheren Tod zu stürzen.
»Wohin …«, keuchte sie, »… wohin gehen wir?«
Margo Bardem drehte den Kopf, um ihn anzusehen, doch der junge Mann war gar nicht mehr da, er war verschwunden, einfach weg. Einen Moment lang glaubte sie, er hätte sie hier auf dem Dach allein gelassen, und sie blickte an den dunklen Himmel hinauf und dankte egal welcher überirdischen Macht, die offenbar über sie wachte – bis sie mit Schrecken merkte, dass ihr Arm immer noch fest umklammert wurde.
Der junge Mann war aus ihrem Blickfeld verschwunden, nicht aber von ihrer Seite, und sie spürte, wie er sie zum Rand des Daches zog, immer näher an den schwindelerregend tiefen Abgrund zwischen der Pagoda und dem Hotel Circus Grande. Sie konnte die Scharen von Fans vor dem Hotel sehen, die mit ihren Autogrammheften in der Hand darauf warteten, dass ihr Idol aus dem Hotel kommen und über den roten Teppich schreiten würde.

Wie hätten die Menschen dort unten auch ahnen können, dass sie hier oben stand, in dem sicheren Wissen, dass ihr letztes Stündchen geschlagen hatte und sie gleich schreiend vom Himmel fallen würde?
Und wer hätte gedacht, wie eng sich die letzten Sekunden im Leben der Margo Bardem an die Vorlage des Films halten würden, der an diesem Abend uraufgeführt werden sollte?

Es gab nicht viele Möglichkeiten, zwischen dem obersten Stockwerk des Hotels und dem Dach einen Halt für die Füße zu finden. Ruby musste sich ganz auf die Kraft in ihren Fingern verlassen, um sich auf den breiten Sims hochzuziehen, der um das ganze Gebäude verlief, gute sechzig Zentimeter unterhalb der Brüstung. Von dort aus war Ruby dann aber blitzschnell ganz oben, kauerte sich hinter die Brüstung und überlegte, was sie als Nächstes tun sollte. Während sie über die Brüstung spähte, bot sich ihr ein sehr merkwürdiger Anblick.
Sie sah Margo Bardem, die sich an einen Mann klammerte, der gar nicht da war, und auf ein fast unsichtbares Drahtseil zutaumelte, das zwischen der Scarlet Pagoda und dem Hotel gespannt war.

Claude schob Margo zum Rand des Daches. »Sie haben die Welt getäuscht, indem Sie vorgaben, eine ausgezeichnete Seiltänzerin zu sein – und das werden Sie jetzt beweisen. Ihre Fans wollen Sie über ein Hochseil balancieren sehen.«
Als Margo nach unten blickte, sah sie die große Menschen-

menge, die sich eingefunden hatte, um die Gäste und VIPs zu bejubeln: gefeierte Stars, Regisseure und etliche andere Größen des Filmgeschäfts, die nun über den roten Teppich schritten.

Dann hob sie den Kopf und sah, was vor ihr lag: ein dünnes Drahtseil, das hinüber zum Hoteldach führte. Es war erschreckend dünn, hatte höchstens zwei Zentimeter Durchmesser.

»Das meinen Sie nicht ernst, oder?«, stammelte sie.

»O doch, todernst«, sagte Claude. Verwundert sah er sie an. »Es muss Ihnen doch klar sein, dass jetzt das Schicksal entscheidet.«

»Das Schicksal?«

»Ja. Wenn Sie es von hier bis zum Hotel hinüberschaffen, haben Sie es verdient weiterzuleben; andernfalls ist es nur recht und billig, dass Sie dasselbe Schicksal ereilt wie meine Mutter.«

Margo starrte nach unten zu ihren Fans. »Das kann nicht wahr sein«, flüsterte sie. »Das mit Ihrer Mutter tut mir leid, wirklich. Es tut mir leid, dass Sie sie verloren haben, es tut mir leid, dass George Katsel ihr das Herz gebrochen hat, aber Sie müssen doch einsehen, dass ich nichts dafür konnte. The Cat hat nie jemanden geliebt, er war nur an sich selbst interessiert – Ihre Mutter hat nichts verloren, als sie ihn verlor.«

»Gehen Sie! Sonst werden Sie gleich fliegen.«

Margo wusste, dass ihr nichts anderes übrig blieb, und sie setzte zögernd den ersten Fuß auf das Hochseil. Einen Moment lang glaubte sie, auf dem Hoteldach drüben auf der anderen Seite ein junges Mädchen zu sehen. War sie schon verrückt vor

Angst? Ein stürmischer Wind pfiff ihr um die Ohren, und sie wusste, dass sie in den sicheren Tod ging. Ein falscher Schritt – und sie wäre verloren.

Scheinwerfer glitten über den Himmel und kündigten das Finale des Filmfestivals an, Blitzlichter zuckten auf, als die Stars eintrafen, und keiner der dort unten Versammelten ahnte etwas von dem Drama, das sich hoch über ihren Köpfen abspielte.

Die Fliegen-Haarspange knisterte, und Hitchs Stimme ertönte.

»Kannst du mich hören, Kleine?«

»Ja.«

»Wir haben keine Zeit, das Gebiet abzuriegeln oder genügend Sprungtücher aufzuspannen«, sagte Hitch. »Ich muss allein versuchen, sie aufzufangen, aber dafür brauche ich noch etwas Zeit.«

»Okay«, sagte Ruby.

»Immer noch furchtlos?«, fragte Hitch.

»Was soll ich tun?«, fragte Ruby zurück.

»Kannst du gut balancieren?«

»Klar, supergut.«

»Vertraust du mir, Kleine?«

»Total«, sagte sie.

52. Kapitel

Was für ein Schauspiel!

Margo Bardem musste ein Schluchzen unterdrücken – sie war eine Schauspielerin der alten Schule und galt als zäh und belastbar, eine Lady, die die Dinge so nahm, wie sie kamen, eine Frau, die sich blitzschnell umstellen konnte, doch das hier war keine Filmszene. Hier ging es um Leben und Tod.

»Sie müssen sich zusammenreißen«, sagte Claude, »sonst haben Sie gar keine Chance. Und schauen Sie auf keinen Fall nach unten.«

»Himmel, sind Sie verrückt? Ich blicke ja nicht mal hoch.« Das war die Art von Sprüchen, mit denen Margo Bardem berühmt geworden war.

Plötzlich glitten die Scheinwerfer über sie hinweg, und für den Bruchteil einer Sekunde wurden sie beide geblendet. Dann wurde es wieder dunkel, und die Menschenmenge am Boden, die fasziniert die Luft angehalten hatte, brach in frenetischen Applaus aus.

»Das Jubeln wird ihnen vergehen, wenn Sie in den Tod stürzen«, sagte Claude kühl.

Die Menschenmenge hatte natürlich nur Margo Bardem auf dem Hochseil gesehen, denn ihr Kidnapper war ja unsichtbar.

Die Scheinwerfer glitten zu ihr zurück, und sie wurde erneut angestrahlt; die Menschen am Boden hielten gebannt die Luft an, weil sie dachten, es handle sich um eine geniale Einlage zum Abschluss des Filmfestivals, mit der die Vorfreude auf die Uraufführung des lange verschollenen Films mit Margo Bardem in der Hauptrolle noch mehr gesteigert werden sollte.

»Wow, was für ein Schauspiel!«, sagte Brant Redfort. »Eines muss man diesen Filmleuten lassen: Sie wissen, wie man eine gute Show abzieht.«

»Wer hätte gedacht, dass Margo Bardem es noch drauf hat – wie *alt* ist sie eigentlich?«, fragte Sabina.

»Ich wünschte, Ruby könnte es auch sehen«, sagte Brant.

Ruby tat genau das, was Hitch gesagt hatte – sie stand am Rand des Hoteldachs, stellte einen Fuß auf das Seil und tippte eine Nachricht ein: *Tap Tap Tap.*

Sie spürte, wie sich die Spannung im Draht veränderte – aha, er hatte sie bemerkt. Er war zwar unsichtbar, doch sie konnte seine Angst spüren. »Hallo, Claude!«, rief sie. »Sieht gut aus.«

Ein weiterer Scheinwerfer fing nun eine kleine Gestalt ein, die ganz am Rand des Dachs vom Hotel Circus Grande stand.

»Himmel, wie großartig, aber dieser Wind ist total nervig!« Sabina musste ihr Kleid mit beiden Händen festhalten. »Dabei hatte Ruby mir noch geraten, das schwere Brokatkleid anzuziehen! Aber habe ich auf sie gehört? Nicht die Bohne.«

»Ich weiß, was Sie wollen!«, rief Ruby, und der Wind trug ihre Stimme auf die andere Seite. »Sie wollen endlich Anerkennung für Little Canary. Ich habe Ihre Kärtchen gefunden, und ich bin zufälligerweise auch Ihrer Meinung – Ihre Mutter sollte endlich die Anerkennung bekommen, die ihr zusteht.«
Das hatte er definitiv gehört. Sie konnte ihn nicht sehen, doch sie konnte die arme Margo Bardem sehen, die auf dem dünnen Hochseil noch einen weiteren kleinen Schritt machen musste. Claude stand vermutlich vor ihr und hielt ihre Hände, aber nur, um sie im richtigen Moment loszulassen.
»George Katsel hat ihr alles genommen! Er hat ihr das Herz gebrochen und sie zugrunde gerichtet. Genauso gut hätte er sie eigenhändig vom Seil stoßen können!«, rief Claude.
»Aber warum soll Margo für Katsels Vergehen büßen?«, rief Ruby.
»Weil sie den Platz meiner Mutter eingenommen hat. Sie hat sich genommen, was rechtmäßig meiner Mutter zustand, sie hat *mir* die Mutter geraubt – und sie sterben lassen. Niemand erinnert sich mehr an ihren Namen. Sie ist für die Welt unsichtbar.«
»Wenn Sie Margo jetzt umbringen, wird sich die Welt später nur daran erinnern, dass der Sohn von Little Canary ein Mörder war. Das klingt nun wirklich nicht nach Ruhm und Ehre.«
Schweigen.
»Wissen Sie, Sie kommen mir eigentlich nicht wie ein Mörder vor«, rief Ruby. »Und glauben Sie mir, mir ist in meinem Leben schon mancher Psychopath untergekommen. Ich weiß nur,

dass diese Typen normalerweise keine Menschen retten, die durch morsche Fußbodenbretter zu fallen drohen – das haben Sie doch getan. *Sie* haben mir das Leben gerettet, nicht wahr, Claude?«

»Das war ein Zufall, keine bewusste Entscheidung, nur ein kleiner Zwischenfall.«

»Es gibt keine Zufälle im Leben«, rief Ruby zurück. »Sie haben mich gerettet, weil ich etwas für Sie tun kann.«

»Du?«, rief Claude. »Was kannst *du* schon tun?«

»Ich kann Celeste wieder sichtbar machen.«

»Wer bist du? Supergirl?«

»Nein, das würde ich nicht behaupten. Ich kenne nur ein paar Leute, das ist alles. Ich habe eine Hotline zu Superwoman. Sie sitzt im Komitee des Filmfestivals. Sagen Sie das richtige Wort, und Ihre Mutter wird für alle Zeiten ein gefeierter Star sein … man wird ihr ein Denkmal widmen. Vertrauen Sie mir!«

»Wie könnte ich?«

»Das weiß ich nicht«, sagte Ruby und stellte sich nun mit beiden Füßen auf das Drahtseil. »Aber ich vertraue *Ihnen*! Ich stehe auf einem Hochseil tierisch weit oben – wenn Sie jetzt auf und ab springen, bin ich geliefert.«

Der Wind frischte auf, der angekündigte Sturm konnte jeden Augenblick über Twinford hereinbrechen. Sie musste den Mann von dort oben wegbringen. Und noch wichtiger: Sie musste Margo Bardem vom Seil holen.

»Lassen Sie Margo jetzt frei – bringen Sie sie aufs Dach zurück, und ich werde mein Versprechen halten.«

Hätte nicht so viel auf dem Spiel gestanden, wäre der Wortwechsel zwischen dem Mädchen und dem unsichtbaren Mann vielleicht sogar komisch gewesen, doch es ging um einen SEHR hohen Einsatz, der nicht höher hätte sein können – Leben und Tod waren nur durch ein Drahtseil getrennt.
»Habe ich dein Wort?«
»Ja, mein Pfadfinderinnen-Ehrenwort!«, rief Ruby.

»Mit den Verstärkern stimmt etwas nicht«, sagte Brant. »Ich kann kein Wort von dem verstehen, was die da oben reden.«
»Die Kleine ist ziemlich gut«, sagte Sabina. »Sie muss eine professionelle Schauspielerin sein. Dabei ist sie noch klein, sieht fast wie ein Kind aus.«

Als Claude kehrtmachte, um Margo wieder in Sicherheit zu bringen, ertönte ein gottsallmächtiges Getöse.
Ein heftiger Windstoß hatte die zierliche Turmspitze der Pagode vom Dach gerissen, und die rutschte über die Dachziegel hinunter. Sie knallte gegen den geschnitzten Pflock, an dem das Stahlseil festgebunden war, und es kam mächtig ins Schwanken.
Die Menschenmenge am Boden hörte einen markerschütternden Schrei – Margo Bardem war vom Seil gefallen.
Auch Ruby stieß einen lauten Schrei aus.
Die Zuschauer japsten nach Luft, als die Schauspielerin wild um sich schlagend vom Himmel fiel, und sie schnappten erneut nach Luft, als eine schwarzgekleidete Gestalt durch den

Scheinwerferstrahl flog, um sie aus der Dunkelheit zu reißen. Das alles geschah so schnell, dass keiner richtig begriff, was er da gerade sah.
»Sag mal, Schatz«, sagte Brant kopfschüttelnd zu seiner Frau, »spinne ich jetzt, oder hat dieser Typ eben wie Hitch ausgesehen?«
»Schön wär's!«, sagte Sabina. »Glaub mir, Brant, falls Hitch mich jemals auffängt, wenn ich von einem Dach falle, verdopple ich glatt sein Gehalt.«
Der Windstoß, der in seinem Ungestüm die Turmspitze abgerissen hatte, ließ Ruby taumeln, er schleuderte sie nach hinten und zurück auf das Dach. Sie hatte Glück gehabt – wie immer. Rasch sprang sie wieder auf und spähte über die Brüstung.
»Na, Hitch, was sagen Sie jetzt«, sagte sie, mehr zu sich selbst. »Ich hab schon wieder überlebt.«
»Bis jetzt ja.«
Ruby wirbelte herum. Sie kannte diese Stimme.
»Capaldi? Die Katze mit den sieben Leben?« Ruby fiel aus allen Wolken.
Die Frau lachte. »Wer sonst?«, sagte sie, packte Rubys Arme und drehte sie ihr auf den Rücken – *klick, klick* –, und Handschellen schnappten zu.
»Himmel, nicht Sie schon wieder!«, stöhnte Ruby. »Wie viele Leben haben Sie denn noch?«

53. Kapitel

Elegante italienische Lederschuhe

Was Ruby sah, war eine Frau, die vor nichts, aber auch gar nichts zurückschreckte. Und die zudem wie ein Filmstar aussah: Ihr schwarzer Catsuit passte wie angegossen, sie hatte eine Haut wie aus Elfenbein und herrlich blaue Augen. Die langen, roten Haare wehten ihr ins Gesicht, und in ihrer Hand sah Ruby etwas glitzern.

Ruby erinnerte sich an dieses Lachen, an diese Stimme, an den kleinen, diamantenbesetzten Revolver. O ja, sie erinnerte sich bestens an Valerie Capaldi alias »die Katze«.

Sie erinnerte sich aber auch genau daran, dass die Capaldi tot war.

»Was machen Sie hier?«, fragte Ruby.

Die Katze lachte und warf ihre rote Haarmähne nach hinten, und für eine Sekunde war die Narbe über ihrem linken Auge zu sehen, die ihr hübsches Gesicht verunstaltete. »Wieso? Hätte ich eine Einladung gebraucht? Ist das hier etwa eine private Dachterrassenparty?«, sagte sie mit ihrem schleppenden texanischen Akzent.

»Ich meine: Warum sind Sie nicht tot?«

Die Katze grinste. »Ach, weißt du, tot zu sein ist langweilig. Das wirst du selbst noch früh genug erfahren.«

»Schon gut, ich glaube Ihnen«, sagte Ruby. »Und warum sind Sie hier?«

»Nicht deinetwegen, mein Mädchen. Obwohl ich dich gleich mit Hochgenuss umlegen werde, der guten alten Zeiten wegen. Aber nein, ich bin hier wegen einer Sache, nach der das Verteidigungsministerium und deine kleinen Agentenfreunde so eifrig suchen.«

»Der Tarnumhang …«, sagte Ruby.

»Richtig, bravo!«, sagte die Katze gedehnt. »Es geht um den Umhang, kleines Mädchen. Um den phantastischen Prototyp, der vor der Nase deiner angeblich so hochkarätigen Geheimdienstorganisation aus dem Hochsicherheitsraum geklaut wurde! Du meine Güte, wie geheimniskrämerisch Spektrum immer tut – sie hätten dich wirklich einweihen können, als dieser Umhang verschwand. Hätte die Sache einfacher für dich gemacht, wenn du gewusst hättest, wonach du suchen sollst.«

»Woher wollen Sie wissen, dass wir es nicht wussten?«, konterte Ruby patzig.

»Ein kleines Vögelchen hat es mir gezwitschert.« Die Katze lachte.

»Claude hat den Tarnumhang also gestohlen. Aber wie?« Ruby musste die Katze unbedingt hinhalten und reden lassen – sie hatte keinen Plan, sie musste einfach nur Zeit schinden.

REGEL 44: WENN DU IN DIE ENGE GETRIEBEN WIRST, VERSUCH, ZEIT ZU SCHINDEN; SCHON EINE EINZIGE MINUTE KANN DEIN SCHICKSAL WENDEN.

»Die Wände des Hochsicherheitsraums sind aus Stahl«, sagte Ruby, »ohne Genehmigung kommt kein Mensch rein – höchstens durch den Lüftungsschacht, und der ist so eng, dass man …«
»… ein Schlangenmensch sein müsste? Richtig, er ist ein phantastischer Zirkuskünstler. Er kommt durch jeden Türspalt. Stimmt doch, Claude, oder?« Die Katze lachte erneut. »Und nachdem er den Tarnumhang hatte, konnte er sich die Hauptsache holen.«
Die Hauptsache?, dachte Ruby. Was meint sie damit?
Capaldi, die Katze, drehte sich zum Stahlseil. »Hallo, Birdboy!«, rief sie betont fröhlich. »Ich bin gekommen, um zu holen, was mir gehört!«
Ein heftiger Windstoß brauste heran, und sein Pfeifen verstärkte den Eindruck, dass hier oben auf dem Dach ein Bühnenstück aufgeführt wurde. Das Heulen des Windes: der ideale Soundtrack für Angst.
Da hörte Ruby Schritte auf den Steinplatten: Claude, der unsichtbar vom Seil auf die Brüstung getreten war. Sie konnte ihn nicht sehen, doch sie spürte ihn, direkt hinter sich.
»Da bist du ja, Birdboy, ich kann dich riechen.« Die Capaldi schnüffelte. »Dieser Umhang macht dich zwar unsichtbar, doch du hättest dich nicht in die Windrichtung stellen sollen; sein Geruch verrät dich.« Sie zielte mit ihrem kleinen diamantenbesetzten Revolver in seine Richtung.
Ein erstaunlicher Geruchssinn, dachte Ruby, die rein gar nichts riechen konnte.

»Gib mir, weswegen ich hier bin, sonst wird der Tarnumhang dein Leichentuch«, fauchte die Capaldi.

»Lassen Sie das Mädchen gehen!«, zischte Claude.

Capaldi warf den Kopf in den Nacken und lachte ihr kehliges, texanisches Lachen. »Claude, mein Guter, ich wusste ja, dass du gefühlsduselig bist, was die Vergangenheit und deine liebe verstorbene Mutter betrifft, aber willst du wegen dieser dummen kleinen Göre hier wirklich alles aufgeben?« Sie schnalzte missbilligend mit der Zunge. »Mal ehrlich, du enttäuschst mich, du hast dein Ziel aus den Augen verloren, mein Lieber.« Und sie lachte erneut.

Es war eine groteske Situation – Rubys Schicksal lag in den Händen einer Mörderin, und der Mann, der ihr das Leben retten wollte, war ein mehrfacher Einbrecher und potentieller Mörder.

»Lassen Sie das Mädchen gehen, Capaldi, sonst sind Ihre Schätze für immer verloren.«

»Ich glaube nicht, dass du in einer guten Verhandlungsposition bist«, schnaubte die Katze und zog Ruby mit Gewalt zur Brüstung. »Sieht fast so aus, als müsstest du deiner kleinen Freundin hier Lebewohl sagen.«

»Sie wollen das hier haben?«, rief Claude. Er riss sich den Tarnumhang vom Leib, und da stand er nun: der Skywalker, ein ganz normaler Sterblicher, von Kopf bis Fuß schwarz gekleidet, Sohn einer Akrobatin. »Und das hier?« Er holte etwas aus seiner Tasche, einen kleinen Gegenstand, den Ruby nicht richtig sehen konnte.

»Du wirkst so viel größer, wenn du unsichtbar bist«, sagte die Capaldi und schob Ruby noch einen Schritt näher an den Rand. »Her damit! Sonst siehst du sie gleich in die Tiefe fallen.«

Claude tat das Einzige, was er unter diesen Umständen tun konnte – er streckte die Hand aus –, und als Valerie Capaldi einen Schritt auf ihn zumachte, blickte Claude auf Ruby und rief: »Fang!«

Doch als er seinen unsichtbaren Tarnumhang in den Wind schleuderte, warf er noch etwas anderes mit. Etwas Kleines, Glänzendes flog durch die Luft, und Ruby hörte es in der Dunkelheit klirrend auf den Boden fallen. Die Capaldi stieß einen wütenden und frustrierten Schrei aus, als beide Gegenstände außerhalb ihrer Reichweite landeten. Sie machte einen Satz nach etwas, das sie weder sehen noch spüren konnte, und griff verzweifelt ins Leere, während der Tarnumhang ungesehen davonflatterte.

Als die Capaldi eine Sekunde lang abgelenkt war, verlor Ruby Redfort keine Zeit. Obwohl ihre Hände auf dem Rücken zusammengebunden waren, rannte sie über die Brüstung, sprang mit einem Tic-Tac-Sprung vom Treppenhaus auf irgendwelche Rohre, rannte auf ihnen entlang, sprang dann wieder aufs Dach und versteckte sich hinter einem Luftschacht der Klimaanlage. Von hier aus hatte sie im Schutz der Dunkelheit einen guten Blick auf das Dach. Wo war der kleine Gegenstand, den Claude weggeworfen hatte? Sie schaffte es, mit den Füßen über ihre gefesselten Arme zu steigen, so dass sie zumindest die Arme wieder vorne hatte, und dann begann sie, sich wie eine Raupe auf dem Bauch vorwärtszuschieben.

»Wo bist du, Kaugummi-Girl?«

Loreley? Ruby stutzte. Natürlich, du bist Loreley!

Die Capaldi war nicht die Katze Capaldi, denn die war tot. Mausetot. Die Frau hier war Loreley van Leyden, die Verwandlungskünstlerin, die Frau mit den tausend Gesichtern, die Ruby zuletzt als Parfümverkäuferin erlebt hatte.

Aber spielte das eine Rolle? Diese Frau hier war eine eiskalte Killerin, egal ob sie nun Valerie Capaldi oder Loreley van Leyden hieß, und Ruby fühlte sich plötzlich alles andere als furchtlos.

Finde dieses Ding, egal was es ist, und dann sieh zu, dass du von hier verschwindest, sagte sie sich.

Sie schloss die Augen, holte tief Luft, riss sie wieder auf und blinzelte – und da sah sie es: ein kleines Rechteck aus durchsichtigem Plastik, das an einem hypermodern aussehenden Schlüssel hing und *haargenau* wie der Gegenstand aussah, den Ruby neulich in LBs Hand gesehen hatte. Und jetzt lag er hier auf dem Dach, maximal einen Meter vor Rubys Nase.

Handelte es sich dabei um die »Hauptsache«, von der Loreley gesprochen hatte?

Ruby brauchte sich das Ding nur holen, dann konnte sie damit weglaufen und eventuell auf ein tieferes Dach springen und wäre damit aus der Gefahrenzone. Sollte sich doch jemand anderes mit den Untoten herumschlagen! Sie streckte die gefesselten Hände aus, der Gegenstand war nur noch wenige Zentimeter von ihr entfernt, gleich konnte sie ihn ergreifen. Doch gerade als sie ihn mit den Fingern umschließen wollte, hörte sie plötzlich etwas, das sie nur zu gut kannte – ein Geräusch, das ihr kalte Schauer über den Rücken jagte und ihre Haare zu Berge stehen ließ.

Es war das Klick-Klack der Sohlen eleganter italienischer Lederschuhe.

54. Kapitel

In ein Vakuum starren

Sie wollte den Kopf nicht drehen, sie wollte nicht hinsehen, doch sie konnte nicht anders, und sie blickte in eiskalte dunkle Haifischaugen. Es verschlug ihr kurz den Atem, weil es war, als würde sie in ein Vakuum starren.

Der Graf hielt sich einen Finger an die Lippen. »Psst, Miss Redfort. Wir wollen Miss van Leyden nicht unnötig aufregen. Ich bin nur deswegen hier …«

Er bückte sich, um nach dem Anhänger an dem silbrigen Gegenstand zu greifen. »Gut«, sagte er dann, »so ein Theater. Wochenlang habe ich darauf gewartet, dass diese unzuverlässige Person es mir besorgt … aber wie sagt der Volksmund so schön: *Selbst getan, ist gut getan*, nicht wahr?« Er lächelte zufrieden vor sich hin. »Bis bald, Miss Redfort, und passen Sie auf sich auf, damit Sie dann noch am Leben sind.« Er wandte sich ab und stieg auf die Brüstung.

Ruby hatte keine Zeit, sich zu wundern, wohin er so plötzlich wieder verschwand, sie hatte keine Zeit zum Nachdenken, sie hatte überhaupt keine Zeit zu irgendetwas, denn gleich darauf hörte sie: »Ah, hier bist du, Kaugummi-Girl. Sieht ganz so aus, als wären wir nun unter uns, nur du und ich. Und ich habe nichts zu verlieren …«

»Lange nicht mehr gesehen, Loreley«, sagte Ruby. Sie drückte sich an den Luftschacht, weil Loreley langsam und bedächtig auf sie zukam.

»Oh, bravo, du hast es endlich geschnallt, gratuliere! Ich dachte schon, du würdest es nie merken.« Ihr Texas-Akzent war verschwunden. »Dachtest du wirklich, die liebe Valerie sei von den Toten auferstanden?«

Der Sturm brauste heran, immer heftigere Böen peitschten über das Dach, rissen alles mit sich, was sie auf ihrem Weg fanden, und ließen es wieder fallen. Doch Ruby hörte noch etwas anderes, ein merkwürdiges Summen und Vibrieren, rhythmischer als der Wind.

»Eins muss man Ihnen lassen«, sagte Ruby, »In der Kunst der Verkleidung sind Sie unschlagbar.«

»Und du bist eine ganz Oberschlaue«, sagte Loreley. »Ich fühle mich geschmeichelt, wirklich.«

»Ach, halb so wild«, sagte Ruby, »ich versuche doch nur, Zeit zu schinden.« Sie blickte über Loreleys Schulter, und da sah sie etwas, das wie kleine schwarze Käfer in der Luft aussah, die zielgerichtet näherkamen.

»Ah, die Zeit …«, sagte Loreley. »Unsichtbar rieselt sie einem durch die Finger …«

»Fast wie Claude«, sagte Ruby.

»Oder du«, sagte Loreley und zog Ruby unsanft auf die Füße.

Die Käfer schwebten in der Luft, an Fäden aufgehängt.

»Komm, genieß den Ausblick von hier oben«, sagte Loreley van Leyden und schob Ruby bis vor an die Dachkante. »Ein

Klischee, ich weiß, aber sehen die Menschen von hier oben nicht tatsächlich wie Ameisen aus?«

»Ach, das glaub ich Ihnen unbesehen«, sagte Ruby und starrte weiter nach oben.

Die Käfer sahen inzwischen eher wie Menschen aus, als sie lautlos auf dem Dach landeten.

»WAFFE FALLEN LASSEN UND VOLLE DECKUNG!«

Loreley wirbelte herum und sah sich mindestens einem Dutzend bewaffneter Spektrum-Agenten gegenüber.

Ihr habt euch ganz schön lange Zeit gelassen, Leute, dachte Ruby. Sie konnte Hitch nicht erkennen, obwohl er sicher dabei war und das Kommando hatte.

Loreley schaute sich hektisch nach einer Fluchtmöglichkeit um, aber es gab keine. Ihre Augen blitzten vor Zorn, und sie ballte ohnmächtig die Fäuste, doch was konnte sie gegen eine ganze Armee von Bewaffneten ausrichten?

Nun, sie tat das Einzige, was sie noch tun konnte – sie rächte sich an dem Mädchen, das ihr die Suppe versalzen hatte und ihrer Meinung nach an allem schuld war.

Und Ruby
fiel
und fiel
und fiel
im freien Fall.

55. Kapitel

Fallen

Rubys Hände waren noch immer mit Handschellen gefesselt, sie hatte keine Chance, sich irgendwo festzuhalten, keine Möglichkeit festzustellen, ob sie vielleicht fliegen könnte.

Sie fiel *schnell.*

Im Sturzflug raste sie durch die kalte Abendluft dem Asphalt entgegen.

Sie schloss die Augen. Doch nicht unbesiegbar, dachte sie. Sie hatte ihre Ration an Redfort'schem Glück offenbar inzwischen aufgebraucht.

Aber plötzlich passierte etwas sehr, sehr Sonderbares. Zuerst war es nur ein komisches Kribbeln zwischen den Schulterblättern. Es fühlte sich an, als würden ihr Flügel wachsen, was ein lustiger Zufall war, weil sie ja tatsächlich zu fliegen schien … nun ja, eher zu gleiten, doch das Ergebnis war dasselbe: Der Asphalt kam nicht mehr näher, und die Menschen vor der Scarlet Pagoda wurden auf einmal wieder zu Ameisen.

Als sie vom Wind aufgefangen und getragen wurde, dachte Ruby an ihren Overall – auch Jumpsuit genannt, und das bedeutete wörtlich: Springeranzug, wie passend! In dem Geschenk von Hitch steckte mehr, als man auf den ersten Blick vermutete. Mensch, was für ein Butler!

Langsam und gemächlich schwebte sie vom Himmel dem Gehsteig entgegen, fast ohne unliebsame Zwischenfälle, abgesehen davon, dass der Wind einen der Flügel abriss, aber da war Ruby zum Glück nur noch knappe fünf Meter über dem Boden. Wäre sie nicht in den überquellenden Müllcontainer gefallen, hätte sie sich garantiert wieder etwas gebrochen. So aber wurde der Aufprall abgefedert.

Elegant erhob sich Ruby von ihrem Landeplatz, was wahrlich nicht ganz einfach ist, wenn es sich hierbei um einen Müllcontainer handelt, sprang dann mit einem Satz herunter und landete mit einer perfekten Parkour-Rolle auf der sicheren Erde.

Ein paar Leute kamen vorbei, doch die meisten hatten nur einen kurzen Blick für sie übrig. Ein Teenager war vom Himmel gefallen, na und? Für die Twinforder war das nichts Umwerfendes, und sie gingen achselzuckend weiter.

Es handelte sich vermutlich nur um einen Stunt und hatte etwas mit dem Filmfestival zu tun – also kein Grund zur Aufregung, wirklich keine große Sache.

56. Kapitel

Der Albtraum kehrt zurück

An diesem Abend machte man sich bei Spektrum auf die hektische Suche nach dem Tarnumhang, doch da man ihn nicht *sehen* konnte, war es ein Ding der Unmöglichkeit, ihn zu *finden*. Als Ruby, die nicht schlafen konnte, um fünf Uhr früh das Radio anmachte, um Twinford Talk Radio zu hören, erfuhr sie, dass das Standbild des Bürgermeisters gestohlen worden war – es stand jedenfalls nicht mehr auf seinem Sockel auf dem Skylark Building, das nur eine Straße vom Hotel Circus Grande entfernt war –, und ihr schwante, was passiert sein musste.

Nicht gestohlen, dachte sie, nur verhüllt.

Das Standbild war schließlich sehr schwer – aus massivem Stein –, und man hätte schon ein Abschleppfahrzeug gebraucht, um es vom Fleck zu bewegen. Folglich konnte die scheußliche Statue keinesfalls unbemerkt davongekarrt worden sein.

So verlockend der Gedanke auch war, den Tarnumhang dort zu lassen, wo der Wind ihn hingeweht hatte, nämlich über dieser potthässlichen Statue, wäre ein Verhalten dieser Art einer Spektrum-Agentin nicht würdig gewesen – und Ruby bemühte sich ja gerade um professionelles Verhalten. Deshalb fuhr sie noch vor Tagesanbruch mit der U-Bahn in die Innenstadt und befreite den steinernen Bürgermeister von dem Tarnumhang. Die Bewohner von Twinford waren mächtig enttäuscht, als sie feststellten, dass das hässliche Standbild wieder an seinem Platz stand und heimtückisch vom Skylark Building auf sie herabschielte.

»Ein Jammer«, stöhnte Brant. »Ich dachte, wir seien es für immer los!«

»Ich auch«, seufzte Sabina. »Von diesem Anblick bekommt man Albträume. Man sollte eine Decke darüberwerfen.«

57. Kapitel

Wer zuletzt lacht

Als Ruby anschließend wieder nach Hause ging, beschloss sie, einen kleinen Umweg zu machen und Clancy Crew zu besuchen; ihm würde der Tarnumhang sicher gefallen. Und tatsächlich – er machte einen Freudensprung und brauchte eine ganze Weile, bis er sich wieder einigermaßen beruhigt hatte.

»Zu schade, dass wir ihn zurückgeben müssen«, sagte er und ruderte vor Begeisterung noch immer ungläubig mit beiden Armen.

»Ich weiß«, sagte Ruby, »muss aber sein.«

Ruby wollte bereits Hitch anfunken und ihm sagen, dass sie den Umhang gefunden hatte, als sie plötzlich eine Idee hatte. Eine dieser Ideen, die so gut sind, dass es sich lohnt, notfalls für den Rest seines Lebens oder zumindest für ein paar Wochen auf eine einsame Insel verbannt oder ins Gefängnis geworfen zu werden. Ruby sah Clancy an.

»Na ja …«, sagte sie dann, »auf ein, zwei Stunden mehr kommt es vielleicht nicht an …«

Es war Samstagmorgen, und sie ahnten, wo sie Bailey Roach finden würden.

Und tatsächlich, er hing mit seinen drei Kumpels vor Marty's Minimart ab. Clancy und Ruby gingen auf sie zu – für den Gorilla-Jungen und seine Clique sah es jedoch aus, als sei Clancy allein.

»Sieh an, sieh an, wer kommt denn da?«, rief Bailey spöttisch. »Ruby Redforts kleiner Freund, so ganz allein … der traut sich was! Er braucht offenbar noch 'ne kleine Abreibung, hmm?«

Seine Freunde lachten gackernd. Bailey Roach hielt sich wirklich für einen großen Witzbold. Clancy blieb etwa einen Meter vor ihm stehen und sah ihn nur an, wortlos und ohne das Gesicht zu verziehen. Das irritierte den Gorilla sichtlich. Warum zitterte der Pimpf nicht vor Angst? Warum lief er nicht weg oder winselte um Gnade?

»Hast du ein Problem, Crew? Hab ich dich neulich ein bisschen zu hart verkloppt? Oder hast du an der gelben Farbe an deinem Rad geschnüffelt, und sie hat dein Hirn verstopft? Und jetzt hast du sie nicht mehr alle?!«

»Oh, tut mir leid, Bailey, ich wollte dich nicht nervös machen oder so«, sagte Clancy gelassen. »Ich musste mich nur schnell sammeln.«

»Hä? Du musst dich sammeln? Da kann ich dir helfen, Crew. Ich kann dich so verprügeln, dass du deine Einzelteile vom Boden aufsammeln musst«, sagte Bailey Roach und machte einen Schritt auf Clancy zu.

»Mann, deine Haare riechen echt gut«, sagte Clancy. »Aber ist es nicht ein ziemlicher Aufwand, sich jeden Morgen so aufzupimpen? Kostet sicher viel Zeit. Kein Wunder, dass man dann in der Schule nicht viel bringt.« Ein kleiner Muskel in Bailey Roachs Gesicht begann zu zucken, doch Clancy Crew ließ sich nicht beirren. »Aber du hast natürlich recht, eine coole Frisur ist total wichtig. Öffnet einem alle Türen, wie ich hörte. Mal ganz unter uns: Wer braucht schon Köpfchen, wenn er eine Frisur hat, die aller Welt zuruft: Hey, Leute, ich komme grad frisch vom Friseur.«

Diese letzte Bemerkung brachte das Fass offenbar zum Überlaufen. Bailey Roach ballte die rechte Hand zur Faust und stürzte sich auf Clancy, um ihm eine reinzuhauen. Doch auf einmal passierte etwas sehr, sehr Merkwürdiges. Seine Faust war nur noch wenige Millimeter von dem vermeintlichen Opfer entfernt, als Bailey plötzlich rückwärts gezogen wurde und zu Boden ging – ohne ersichtlichen Grund, soweit seine Gorillafreunde sehen konnten. Hey, wie hatte der Loser das gemacht? Bailey sprang sofort wieder auf die Füße, um Clancy einen Tritt zu verpassen, so richtig im Kung-Fu-Stil – was echt gefährlich gewesen wäre, wenn sein Fuß das Ziel erreicht hätte. Tat er aber nicht. Stattdessen wurde dem Gorilla plötzlich das andere Bein weggezogen. Von wem oder was, wusste er nicht. Das konnte unmöglich mit rechten Dingen zugehen! Jedenfalls verlor er das Gleichgewicht und plumpste unsanft auf seinen Allerwertesten. Seine Freunde begannen zu grölen.

»Toller Trick, Beetle!«, rief einer von ihnen höhnisch.

»Ja«, gackerte ein anderer, »du zeigst es dem Loser ja richtig!«

Der Obergorilla funkelte sie wütend an und sprang blitzschnell wieder auf. Er kniff die Augen zusammen. »Aus dir mach ich Hackfleisch, Crew!« Und wieder wollte er sich auf Clancy werfen, doch der blickte ihm gelassen entgegen. Er machte nur eine kleine Handbewegung, als wollte er eine lästige Fliege verscheuchen. Doch diese Bewegung reichte aus, um Bailey Roach, den Jungen mit der gestylt-ungestylten Frisur, erneut hinfallen zu lassen.

Dessen Freunde waren sichtlich beeindruckt.

»Hey, sag mal, Crew, hast du den schwarzen Karategürtel oder was?«

»Du siehst zwar schmächtig aus, aber du hast es echt drauf, Mann!«

»Kannst du mir den Trick mit der Hand mal beibringen?«

Doch Clancy hatte genug. In Marlas Diner wartete ein Donut auf ihn, und er wollte nicht noch mehr Zeit mit diesen Blödmännern hier vergeuden.

Nachspiel

Ruby saß bei Spektrum an ihrem Schreibtisch inmitten von Papierstapeln und Büchern über alle möglichen Codes und versuchte immer noch, die verschlüsselten Nachrichten zu knacken, die von ihrer Fluchtuhr aus geschickt worden waren. Doch sie kam einfach nicht weiter.

Wo war der Knackpunkt?

Da öffnete sich die Tür hinter ihr, aber Ruby war so in ihre Arbeit vertieft, dass sie nicht mal den Kopf drehte. Erst als sie leise Schritte von nackten Füßen hörte, wurde sie hellhörig und blickte auf.

LB sah irgendwie verändert aus. Vielleicht lag es an dem Licht, vielleicht auch nur daran, dass sie aussah, als bräuchte sie dringend eine Mütze Schlaf. Ruby fand, dass ihr Gesicht weniger unnahbar wirkte als sonst, fast so, als hätte man eine Chance zu erahnen, was ihr durch den Kopf ging.

»Redfort«, begann LB, »ich muss dir gratulieren, obwohl ich nicht die leiseste Ahnung habe, was du gestern Abend auf dem Hochseil zwischen der Scarlet Pagoda und dem Hotel Circus Grande zu suchen hattest.«

»Oh, das kann ich erklären …«, fiel Ruby ihr ins Wort.

»Bitte nicht«, stöhnte LB. »Ich finde deine Erklärungen in der

Regel ziemlich ermüdend und bekomme davon meistens Kopfschmerzen. Und da ich mein Aspirin in meinem Büro gelassen haben, würde ich vorschlagen, dass wir gleich zur Sache kommen.«

»Von mir aus«, sagte Ruby achselzuckend.

»Ich finde es lobenswert, dass du den Tarnumhang gefunden hast, das Verteidigungsministerium ist heilfroh darüber – es ist nicht die Art von Prototyp, den man gern in falschen Händen wüsste.«

»Aber warum durfte keiner von uns davon wissen?«, fragte Ruby. »Es ergibt doch keinen Sinn. Diese Leute wollten, dass wir etwas Bestimmtes finden, aber uns fehlte die Information, wonach wir suchen sollen.«

»Du hast recht«, sagte LB, »es ergibt absolut keinen Sinn, und als ich heute Nacht mit dem Officer sprach, der diese Anweisung gegeben hatte, behauptete er, von nichts zu wissen.«

»Und das bedeutet?«, fragte Ruby.

»Es bedeutet, dass es keine solche Anweisung gegeben hat, ganz im Gegenteil: Er sagte sogar, er hätte ausdrücklich angeordnet, dass *alle* Spektrum-Agenten genauestens über den Einbruch und den immens wichtigen Prototyp informiert werden sollten. Seltsamerweise aber erhielten *wir* die Nachricht, dass nur die ranghöchsten Agenten davon Kenntnis erhalten sollten – Agenten, die noch höherrangig sind als ich.«

»Und dieser andere Gegenstand, den Claude gestohlen hat?«, fragte Ruby weiter. »Was war *das*? Ich glaube, ich konnte auf dem Dach erkennen, was es war. Ich meine, ich habe ihn in

Ihrer Hand gesehen, neulich, als … ähm, als Sie mich zu Stubenarrest verdonnert haben.«

»Der 8er-Schlüssel«, sagte LB.

»Der 8er-Schlüssel?«, wiederholte Ruby fragend.

»Ein Sicherheits-Codierer von Spektrum 8«, erklärte LB. »Er wurde aus meinem Safe gestohlen, während ich im Forschungslabor des Verteidigungsministeriums war. Dieser Safe befindet sich in einem Tresorraum, der ebenfalls mit einem Zugangscode gesichert ist. Der Diebstahl des Tarnumhangs erklärt natürlich, wie jemand, vermutlich Claude Fontaine, von dem wir ja immer noch keine Spur haben, den Schlüssel stehlen konnte. Doch es erklärt nicht, woher er gewusst hat, wo er ihn finden konnte. Das war nur möglich, wenn er … ähm, Insiderwissen gehabt hätte.«

»Sie meinen, es gibt hier bei Spektrum … einen Maulwurf?«

»Das weiß ich nicht, aber es sieht immer mehr danach aus«, sagte LB.

»Dieser 8er-Schlüssel, warum sollte jemand ihn haben wollen?«, fragte Ruby. »Spektrum konnte ihn ja jederzeit deaktivieren, nachdem sein Verschwinden bemerkt worden war, oder? Und sobald er deaktiviert wird, ist er nutzlos.«

»Das ist richtig«, bestätigte LB. »Der 8er-Schlüssel ist nutzlos, sobald er deaktiviert ist.«

Etwas an LBs Antwort machte Ruby stutzig; es war, als wollte sie vorsätzlich etwas *nicht* aussprechen.

»Sie versuchen also nicht, ihn wiederzufinden?«, fragte sie.

LB antwortete nicht sofort. »Etwas daran möchte ich zurückhaben«, sagte sie dann. »Nicht den Schlüssel selbst, sondern den Anhänger.«

»Warum ist der so wichtig?«, bohrte Ruby weiter.

»Er gehört mir, hat mir schon immer gehört«, antwortete LB. »Es ist ein persönlicher Gegenstand. Ich hatte ihn schon, seit ich … als ich noch sehr, sehr jung war. Jemand hat ihn mir geschenkt.«

»Wer?«, fragte Ruby.

Doch LB hatte genug gesagt. »Ach, nur ein Souvenir«, sagte sie schließlich. »Und ich hätte es gern zurück.«

Eine gute Minute lang schwiegen beide, bis LB schließlich fragte: »Was machst du überhaupt hier?«

Ruby seufzte. »Ich habe diese Nachrichten noch immer nicht entschlüsselt, die vom Codierer meiner Fluchtuhr geschickt wurden.« Sie sah LB an. »Ich nehme an, Sie wissen davon?«

LB nickte. LB wusste immer alles.

»Sie wurden an Hitch und Blacker geschickt, doch ich sehe keinen Zusammenhang zu unserem letzten Fall, und ich komme und komme nicht darauf, was sie bedeuten könnten. Aber sie *müssen* etwas bedeuten.«

»Warum?«, fragte LB.

Ruby sah sie irritiert an. »Alles hat etwas zu bedeuten, oder?«, sagte sie. »Zuerst dachte ich, es hätte etwas mit dem Skywalker zu tun, aber inzwischen bin ich anderer Meinung – was ist, wenn jemand, der weitaus schlimmer ist, die Uhr in den Händen hat?«

»Vermutlich hast du recht mit deiner Annahme, und deine

Uhr ist tatsächlich in den Händen von jemandem, der weitaus schlimmer ist«, sagte LB.

Ruby schluckte, das hatte sie eigentlich nicht hören wollen.

»Aber …«, fuhr ihre Chefin fort, »hast du dir auch schon mal überlegt, dass der Betreffende vielleicht gar nichts *will*?«

»Ich kann Ihnen nicht ganz folgen …«, sagte Ruby, und das stimmte sogar.

»Mal ganz einfach gefragt: Wann genau hast du die Uhr zuletzt gesehen?«

»An dem Abend, als ich den Skywalker zum ersten Mal beobachtete. Das weiß ich genau, weil ich da ganz allein in die Wohnung der Thompsons gegangen bin. Ich weiß, das hätte ich nicht tun dürfen, aber ich wollte unbedingt dieses Kärtchen finden.«

»Du sprichst von den Thompsons, die in den Warrington Apartments wohnen?«

»Ja, genau.«

»Den Eltern von Nileston?«

»Ja.« Ruby begriff nicht, warum LB so endlos auf den Thompsons herumritt. Sie klang ja fast schon wie das *Twinford Echo*.

»Und wo genau hast du dieses Kärtchen dann gefunden?«, fragte LB weiter.

»In der Spielzeugkiste, in einem großen Weidekorb mit Deckel«, antwortete Ruby. »Der Einbrecher hat es sicher nicht dort reingelegt, aber ich vermute, dass der Kleine es gefunden hat und damit herumgekrochen ist – es lag unter einem Haufen Plastikspielzeug.«

»In dem du bei deiner Suchaktion herumgewühlt hast, richtig?«
»Ja, es hat eine ganze Weile gedauert, bis ich das Kärtchen schließlich unter Mr Potatohead entdeckt habe.«
»Na also.«
»Wie – na also?«
»Ich denke, damit wäre das Rätsel gelöst.« LB wandte sich zur Tür.
»Ich sag's ja nicht gern, dass ich nicht mitkomme, aber ich weiß wirklich nicht, was Sie meinen«, sagte Ruby.
LB seufzte. »Redfort, ich denke, du brauchst dringend etwas Schlaf, du bist wirklich nicht in Hochform. Muss ich es dir wirklich vorkauen?«
Ruby blinzelte nur. Deshalb fuhr LB fort: »Ich denke, wir können davon ausgehen, dass du die Uhr in Nilestons Spielzeugkiste verloren hast, und falls Mr Potatohead nicht selbst unter die Spione gegangen ist, ist zu vermuten, dass Nileston diese ›codierten‹ Nachrichten verschickt hat.«
»Was?! Wollen Sie damit sagen, dass ein Krabbelkind verschlüsselte Nachrichten an Spektrum-Agenten verschickt?«
»Nein, Redfort, das habe ich nicht behauptet. Schalte doch mal für fünf Minuten deinen Verstand ein! Dieses Kind hat deine Uhr in die Finger bekommen und damit herumgespielt. Dabei hat es auf ein paar Knöpfe gedrückt, die Codierfunktion aktiviert und irgendwelchen Unsinn an alle und jeden geschickt, mit denen du jemals Kontakt hattest. Ich selbst bekam auch eine Nachricht. Du hast hier einen veritablen Gorilla über-

sehen. Es ist nicht immer ratsam, sich zu viele Gedanken zu machen, merk dir das!«

Ruby bekam den Mund nicht mehr zu. Das entsprach tatsächlich einer ihrer Regeln, nämlich REGEL 71: IM ZWEIFELSFALL IMMER DAS NÄCHSTLIEGENDE ANNEHMEN.

»Es ist also kein Code«, sagte LB, »sondern die willkürliche Spielerei eines sabbernden Kleinkinds.«

Ruby schlug sich an die Stirn.

»Mach dir nichts daraus«, sagte LB, als sie zur Tür ging. »Kann jedem von uns passieren. Gorillas, Elefanten, solche Dinge kann man an einem Ort wie Spektrum schon mal übersehen, aber ich weiß zufälligerweise, dass du ganz gut darin bist, Gorillas zu erspähen.«

Sie war schon im Korridor und auf dem Weg zum Aufzug, als sie noch zurückrief: »Du solltest wirklich gründlich ausschlafen, Redfort – am Montag fängt dein Training an!«

Nachspiel 2

Ruby fuhr mit dem Fahrstuhl nach oben in die Tiefgarage des Schroeder Buildings. Als sich die Türen öffneten, blickte sie in ein Gesicht, das sie sehr gut kannte.

»Ich dachte, du brauchst vielleicht eine Mitfahrgelegenheit«, sagte Hitch. »Wohin kann ich dich bringen – nach Hause?«

Ruby blickte auf Hitchs Armbanduhr.

Sie seufzte.

»Nein, zu den Humberts«, sagte sie.

»Bist du dir sicher, Kleine?«

»Quent feiert Geburtstag, und aus irgendeinem Grund fühle ich mich verpflichtet, dort aufzukreuzen.«

Hitch musterte sie erstaunt. Machte sie Witze? Nein, es war Rubys voller Ernst.

»Du bist ein besserer Mensch, als ich gedacht hätte, Redfort.«

»Seine Party steht unter dem Motto ›Superheld‹«, sagte Ruby. »Ich nehme nicht an, dass Sie mir vielleicht ein Kostüm ausleihen können, oder?«

Hitch sah sie an und zog eine Augenbraue hoch. Sein Gesichtsausdruck sagte: Bist du noch ganz bei Trost?

»Und was ziehe ich dann an?«, quengelte Ruby.

»Ach«, antwortete Hitch, »geh einfach als du selbst, Kleine!«

Aus dem »Twinford Echo« …

MARGO BARDEM ERKLÄRT:
ICH VERDANKE ALLES LITTLE CANARY!

Wie die Schauspielerin ankündigte, soll die lange erwartete Skulptur aus der Werkstatt der berühmten Louisa Parker nicht sie, sondern Little Canary darstellen, zu Ehren der ursprünglich für ihre Rolle vorgesehenen Celeste, einer begabten Zirkusakrobatin und Seiltänzerin.
Das Kunstwerk soll vor der Scarlet Pagoda aufgestellt werden (die glücklicherweise doch nicht abgerissen werden muss) und ist eine wohlverdiente Hommage an Celeste Fontaine alias Little Canary aus Twinford.
Margot Bardem sagte: »Es ist nur recht und billig, dass diese großartige Künstlerin gefeiert wird. Sie wurde zu ihrer Zeit von Königen, Dichtern und dem ganzen Volk geliebt. Und sie spürte die Zuneigung und hörte den Beifall all jener, die sie sahen – es ist höchste Zeit, dass sie endlich die verdiente Beachtung findet und wieder sichtbar gemacht wird.«

DINGE, DIE ICH WEISS:

Der Graf ist nach wie vor auf freiem Fuß und im Besitz des 8er-Schlüssels.
Der Graf und Loreley van Leyden kennen sich.
LB hat viel Erfahrung mit Babys und Kleinkindern.

DINGE, DIE ICH NICHT WEISS:

WARUM wollte der Graf den 8er-Schlüssel unbedingt haben? Er musste doch wissen, dass er längst deaktiviert wurde.
Ist Claude noch am Leben?
Was hat es mit diesem Schlüsselanhänger auf sich, der für LB so wichtig ist?
Gibt es bei Spektrum tatsächlich einen Maulwurf?

Ruby Redfort

Wie Ruby Claudes Tastcode entschlüsselt hat

Von Marcus du Sautoy, seines Zeichens genialer wissenschaftlicher Berater von Ruby Redfort

Die Brailleschrift (auch Blindenschrift genannt) ist ein berühmter Code, der nur mittels Abtasten gelesen werden kann. Ein Buchstabe wird durch bestimmte Pünktchen dargestellt, die aus dem Papier ragen und jeweils in einem Viereck aus 2 auf 3 Punkten angeordnet sind. Hier zum Beispiel der Name RUBY in Braille:

⠗⠥⠃⠽

Dank dieser Tastschrift können auch blinde Menschen einen Text und sogar ganze Bücher lesen. Braille beruht jedoch auf einer Geheimschrift, mit der Wörter ursprünglich *verborgen* werden sollten – der *Nachtschrift*, die vor über zweihundert Jahren in Napoleons Armee entwickelt wurde. Dank der tastbaren Pünktchen konnten die Soldaten im Feld auch nachts im Dunkeln schriftliche Befehle lesen, ohne dass der Feind etwas mitbekam.

Sowohl Braille als auch die napoleonische Nachtschrift basieren auf einer binären Darstellungsart. Man legt die Fingerspitzen auf die Vorlage und spürt, ob da ein Pünktchen ist oder nicht. Computer basieren auf derselben Idee, doch hier gibt es statt der Erhebungen Schalter, die entweder »an« oder »aus« sind. Die Digitalisierung hat Wörter, Bilder, Beiträge in sozialen Netzwerken und E-Mails in Reihen von 0 und 1 verwandelt. Im 17. Jahrhundert hat der deutsche Mathematiker Gottfried Leibniz als Erster entdeckt, was die Ziffern 0 und 1 alles können und dass sich damit alle anderen Zahlen ausdrücken lassen. Normalerweise schreiben wir Zahlen in Zehnerschritten. Die Zahl 234 zum Beispiel besteht aus 4 Einsern, 3 Zehnern und 2 Hundertern, also 4 mal 1, 3 mal 10 und 2 mal 100. Dass wir in Zehnerschritten rechnen, liegt daran, dass wir zehn Finger haben. (Die Comicfiguren bei den Simpsons, die ja nur acht Finger haben, zählen vermutlich eher in Achtern …) Wir, mit unserem Dezimalsystem, brauchen für das Zählen zehn Symbole beziehungsweise Zeichen, nämlich: 0,1,2,3,4,5,6,7,8 und 9.

Leibniz hat allerdings gemerkt, dass man mit den Potenzen der Zahl 2 genauso weit kommt wie mit zehn Ziffern, und dann braucht man nur 0 und 1. Das ist der sogenannte Binärcode. Wenn man z. B. die Ziffernfolge 110101 von rechts nach links liest, ergibt sich: eine 1, keine 2, eine 4, keine 8, eine 16, eine 32 = 1 + 4 + 16 + 32 = 53 (im Dezimalsystem).

Braille und die napoleonische Nachtschrift sind Beispiele für Binärcodes in tastbarer Form, sprich: die Einser und Nullen werden durch tastbare Pünktchen und Leerstellen ersetzt.

Ruby steht in diesem Band jedoch vor der Aufgabe, eine neue Art von tastbarem Code zu entschlüsseln, der nicht auf Binär-, sondern auf Ternärzahlen beruht. Hier werden keine Zweier-, sondern Dreierpotenzen benutzt, um Zahlen darzustellen. Dafür braucht man 3 Symbole, nämlich 0, 1 und 2. Die Zahl 16 zum Beispiel wird folglich als 121 dargestellt, was – wieder von rechts nach links gelesen – bedeutet: eine 1, zwei mal 3, eine 9 = 1 + 3 + 3 + 9 = 16.

Um dies in eine tastbare Botschaft umzuwandeln, die mit den Fingerspitzen gelesen werden kann, hat Claude sich folgenden Code ausgedacht: In jeder Reihe gibt es jeweils drei Pünktchen, die entweder als Erhebung oder als Vertiefung in dem Kärtchen zu spüren sind. Eine 1 ist eine Vertiefung, eine 2 ist erhaben. Eine Null ist eine Leerstelle. (Siehe Abbildung auf der gegenüberliegenden Seite.)

Claude benötigte drei Reihen, um drei Zahlen auf jedem Kärtchen zu »verstecken«. Die entscheidende Erkenntnis für Ruby war, dass drei Zahlen verwendet wurden und auch Reihen mit drei Pünktchen. Das ließ sie an die Zahl drei denken, und da ging ihr ein Licht auf, als sie merkte, dass es sich bei dem Code um ein Dreier-Zahlensystem handelte, auch ternäres Zahlensystem genannt. Hätte Claude für seine letzte Karte größere Zahlen gebraucht, z. B. 29 und 27, hätte er eine weitere senkrechte Reihe hinzufügen müssen. Dann hätte sein Kärtchen folgendermaßen ausgesehen:

Claudes fiktive Karte (mit einer vierten Spalte)

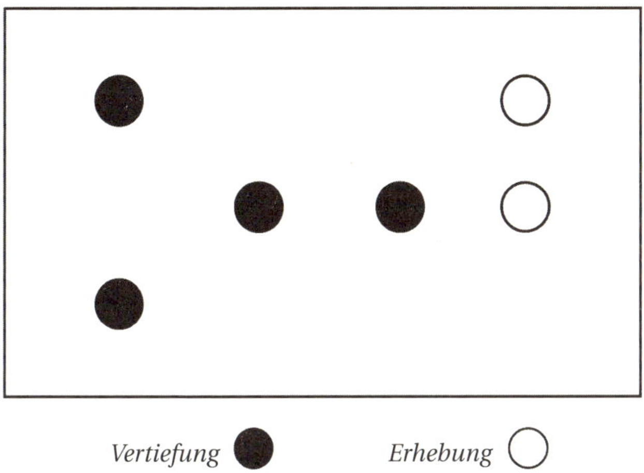

Wenn Braille auf dem Binärsystem beruht, dann sollten wir den neuen Tastcode, der auf Ternärzahlen beruht, am besten als »Traille« bezeichnen. So sehen die Zahlen von 0 bis 30 in Traille aus:

Traille

Rubys ternärer Tastcode

Marcus hat die Tabelle von 1 bis 30 ausgefüllt. Findest du die beiden letzten Zahlen allein heraus?

				0
			●	**1**
			○	**2**
		●		**3**
		●	●	**4**
		●	○	**5**
		○		**6**
		○	●	**7**
		○	○	**8**
	●			**9**
	●		●	**10**

	●		○	11
	●	●		12
	●	●	●	13
	●	●	○	14
	●	○		15
	●	○	●	16
	●	○	○	17
	○			18
	○		●	19
	○		○	20
	○	●		21

	○	●	●	22
	○	●	○	23
	○	○		24
	○	○	●	25
	○	○	○	26
●				27
●			●	28
●			○	29
●		●		30
				31
				32

Was ist Parkour?

Parkour ist eine Art Hindernislauf, der meist mitten in der Stadt durchgeführt wird, indem man sich möglichst schnell von Punkt A zu Punkt B bewegt. Der Name kommt vom französischen Wort *parcours,* was so viel wie »Strecke« oder »Durchgang« bedeutet. Ursprünglich wurde es in der Zeit vor dem Ersten Weltkrieg als eine Art militärisches Hindernistraining entwickelt und gehört heute zur Standardausbildung bei der Armee. In seiner modernen, populären Form wurde es ab 1980 weiterentwickelt. Heutzutage gilt Parkour als Trendsport, und im Internet findet man Tausende von Videos, in denen Parkourläufer zeigen, was sie können. Laufend, springend oder kletternd überwinden sie Hindernisse aller Art: Treppen, Mauern, Zäune, Baugerüste, Fassaden oder ganze Häuser – indem sie ihren eigenen Schwung ausnützen. Ein Geländer, das sie überspringen, wird so zu einem Objekt, mit dem sie sich vorwärtskatapultieren.

Bei manchen Formen von Parkour liegt das Schwergewicht auf Effizienz und Geschwindigkeit, bei anderen mehr auf fließenden Bewegungen und Selbstdarstellung. Doch alle, die Parkour oder Freerunning praktizieren, sehen darin weit mehr als nur eine körperliche Betätigung – es ist für sie eine

Philosophie und eine Lebensart. Angstgefühle werden als natürliche Warnung gesehen und als wesentliches Element, um ganz konzentriert im Hier und Jetzt zu sein, und mit Praxis, Training und Achtsamkeit kann diese Angst überwunden werden. Ein Parkourläufer sieht seine Umgebung mit ganz anderen Augen, für ihn gibt es keine Hindernisse auf seinem Weg, die nicht überwunden werden können – weder materielle noch mentale. Einem echten Parkourläufer geht es nicht um den Nervenkitzel; er (oder sie) ist jemand, der jede Umgebung meistern kann.

☞ Parkour erfordert großes Geschick und darf keinesfalls ohne Aufsicht ausprobiert werden, denn die Verletzungsgefahr ist sehr hoch! Im Internet findest du geeignete Kurse und Klassen in vielen deutschen Städten.
www.parkour-germany.de

Die ROLLE

1. Haltung
Hier wird die Fallenergie in eine Vorwärtsbewegung umgeleitet. Aus der Hocke oder aus dem Stand rollt man diagonal über Schulter und Hüfte ab.

2. Runterspringen und abrollen
Nach dem Sprung auf den Händen aufkommen und über die Schulter auf die gegenüberliegende Hüfte abrollen. Kinn und Knie an die Brust drücken.

3. Aufkommen
Aus der Rolle gleich auf den Oberschenkel weiterrollen; bleib so klein wie ein Ball und behalte die Gliedmaßen unter Kontrolle.

4. Weiterrennen
Über ein Bein und eine Schulter aus der Rolle hochkommen, genau wie am Anfang. Aufspringen und weiterlaufen.

Der HOCKSPRUNG

1. Anlaufen
Kopf beim Anlaufen gerade halten, Schwung holen und Beine beim Absprung leicht spreizen. Auf den richtigen Abstand zum Hindernis achten, nicht zu nah!

2. Abspringen
Po hochnehmen und die Knie an die Brust ziehen. Beide Hände flach auf das Hindernis aufsetzen.

3. Überspringen
Der Rücken muss waagrecht sein. Füße zwischen den Armen durchziehen.

4. Landen
Mit beiden Händen vom Hindernis abstoßen. Willst du gleich weiterrennen, nur auf einem Fuß aufkommen, sonst auf beiden, für eine weiche Landung.

Die MAUERÜBERWINDUNG

1. Anlaufen
Kopf beim Anlaufen gerade halten, mit den zwei letzten Schritten viel Schwung holen. Oberkörper leicht zurücknehmen und zur Mauer hochschauen.

2. Hochrennen
Eine Schrittlänge vor der Mauer Fuß in Hüfthöhe aufsetzen. Abdrücken und das andere Bein mit Schwung hochnehmen.

3. Hände aufsetzen
Beide Arme hochreißen und oben auf der Mauer aufsetzen. Oft reichen schon die Fingerspitzen.

4. Hochziehen
Stütz dich mit den Händen auf der Mauer ab und zieh dich hoch. Dabei gleichzeitig ein Bein oben aufsetzen, zum nächsten Move übergehen.

Eine Anmerkung zu *

Das US-Militär hat zwar »Tarntechnologien« entwickelt, mit denen ein Panzer oder ein Kampfjet gegen Radar abgeschirmt werden kann, doch dass etwas komplett unsichtbar wird – also für das menschliche Auge nicht wahrnehmbar –, galt bis vor kurzem als unmöglich, da es einen unterschiedlichen Teil des elektromagnetischen Spektrums mit einbezieht: Licht.
2007 gelang einem Team von Ingenieuren an der Purdue University in Indiana ein erster Durchbruch, nachdem sie ein »Metamaterial« aus Nanonadeln entwickelt hatten. Dieses Material erzeugt ein elektromagnetisches Feld, das die Lichtstrahlen, die einen Gegenstand umgeben, krümmen oder ablenken kann – ganz ähnlich wie Wasser in einem Fluss um einen Felsen herumfließt. Doch dieses Metamaterial wächst leider nicht auf Bäumen. Es muss im Nanobereich entwickelt werden (ein Nanometer entspricht 1 Millionstel Millimeter), und das bedeutet konkret: einen »Tarnumhang« herzustellen, unter dem man nicht mal einen Katzenfloh unsichtbar machen kann, lohnt sich nicht.
2014 gab es in dem Wettlauf, komplette Unsichtbarkeit zu

* Unsichtbarkeit

erzielen, einen größeren Durchbruch. Wissenschaftler an der Universität von Florida ließen verlautbaren, dass sie etwas entwickelt haben, das in einer Art 3-D-Druckprozess die Massenproduktion von Metamaterial erlaubt. Das gedruckte Material selbst kann zwar nicht zu einem »Tarnumhang« verarbeitet werden, aber immerhin kann man mit diesem Fertigungsprozess schneller Material herstellen, das diese Fähigkeit besitzt.
Zur gleichen Zeit hat Professor Chen Hongsheng von der Zhejiang Universität in China einen ähnlich gewaltigen Durchbruch verkündet: Seinem Team ist es gelungen, einen Goldfisch und eine Katze verschwinden zu lassen – ebenfalls mit einem Verfahren, bei dem Lichtstrahlen gekrümmt werden. Das Team des Professors ist eines von über vierzig Forschungsteams, die an der Erzielung von Unsichtbarkeit arbeiten und von der chinesischen Regierung finanziert werden.
Wer das Wettrennen gewinnen wird, muss sich erst noch herausstellen. Die Chinesen sind in diesem Punkt sehr zuversichtlich; der frühere US Naval SEAL Officer Chris Sajnog sagte: »Die Öffentlichkeit weiß nicht, wie weit die Vereinigten Staaten mit dieser Technologie schon sind, weil die Ergebnisse geheim sind und geheim bleiben werden.«

Der Test mit dem »unsichtbaren« Gorilla

Dieser Test, manchmal auch nur »Gorilla-Test« genannt, stammt aus der Mitte der 1970er Jahre und wurde 1999 von Christopher Chabris an der Universität von Illinois und Daniel Simons von Harvard aktualisiert. Den Teilnehmern wird ein kurzes Video gezeigt, in dem sich zwei Teams mit jeweils drei Spielern einen Ball zuspielen – das eine trägt schwarze, das andere weiße T-Shirts. Die Frage lautet: Wie oft wirft das weiße Team den Ball? Nach nicht einmal einer Minute geht ein Mann in einem Gorillaanzug mitten durch den Raum, trommelt sich auf die Brust und macht sich wieder davon. Kaum zu übersehen, würde man denken, doch weit gefehlt: Als der Test zum ersten Mal an der Harvard University stattfand, hat die Hälfte der Testpersonen die Pässe zwar richtig gezählt, den Gorilla jedoch komplett übersehen. Mit dem Test wurde die selektive Wahrnehmung genauer erforscht – mit dem Ergebnis, dass man, wenn man sich auf eine bestimmte Sache konzentriert, durchaus etwas anderes übersehen kann, selbst wenn es so groß ist wie ein Gorilla.

Du findest dieses Video auf Youtube unter The invisible gorilla (featuring Daniel Simons).

Dank

Wie immer danke ich Rachel Folder für ihre guten Ideen, die sie in ihrer hübschen Handschrift auf kleine Karten geschrieben und auf meinem Fußboden verteilt hat. AD und TC mussten monatelang über diese Kärtchen oder an ihnen vorbeigehen. Awsa Bergstrom, die mir die Grundlagen von Parkour und viele der diversen Moves erklärt hat – Hocksprung, Tic-Tac und Korkenzieher-Sprung –, sie kann einen so begeistern, dass ich drauf und dran war, selbst einen Korkenzieher-Sprung auszuprobieren. Maisie Cowell, die ein Praktikum bei mir machte und eine sehr wichtige Wendung für den Plot beisteuerte – ein cleveres Mädchen! Danke auch an Marcus du Sautoy, der sich durch keine Frage irritieren ließ und immer eine Antwort fand, egal ob er gerade in einem Zelt mitten im Dschungel von Guatemala oder im walisischen Hay-on-Wye beim Frühstück saß. Ich danke auch Rachael Stirling, die die Ruby-Geschichten für das Hörbuch einlas und eine so perfekte Consuela Cruz abgab, dass ich sie glatt wieder aufgreifen werde, und einen so lustigen Quent Humbert, dass ich ihn auch in den nächsten Bänden nicht streichen werde. Dank auch an Philippa Perry, weil ich es bisher immer vergessen hatte, obwohl ich mir nicht vorstellen kann, ohne sie etwas von dem zu tun, was ich allein

können sollte – und außerdem ist sie ein supertoller Mensch.
Ich danke Mary Byrne, Geraldine Stroud und Sam White von der HarperCollins-Werbeabteilung, die ebenfalls supernett sind und nie mürrisch (zumindest solange ich im Raum bin).
Meinen Lektoren Ruth Alltimes und Nick Lake danke ich aus einer Zillion Gründen, aber besonders dafür, dass sie die Ruhe bewahren und nicht schimpfen, wenn ein Manuskript nicht pünktlich fertig wird, sondern mir im Gegenteil versichern, das sei ein gutes Zeichen. David Mackintosh, der auch mit knappsten Deadlines umzugehen weiß und trotzdem eine wunderschöne Ausstattung und tolle Illustrationen hinbekommt. Und wie immer danke ich meiner Verlegerin Ann-Janine Murtagh, die ein Problem auch dann mit mir durchspricht, wenn ich weiß, dass sie gerade ganz woanders sein müsste, und die es irgendwie schafft, Zeit zu schaffen, selbst wenn eigentlich keine Zeit mehr ist.
Ihnen allen gilt mein aufrichtiger Dank.